Solenne Dauriac

Perfectly Wrong for me

Édition : BoD - Books on Demand, info@bod.fr
Impression : BoD - Books on Demand, In de Tarpen 42,
Norderstedt (Allemagne)
Impression à la demande
Dépôt légal : juillet 2024

Illustration de couverture : Morgane Barret, @morganebrretshop

Corrections : Axelle R. relectrice-correctrice

Copyright © 2024 Solenne Dauriac

Tous droits réservés.

ISBN : 978-2-3225-2269-9

Aux femmes de ma vie : ma mère, ma sœur et mes grands-mères.

Je vous aime.

Et à toutes les autres à travers le monde :

Vous êtes belles.

Vous êtes fortes.

Vous y arriverez.

« You're perfectly wrong for me.
And that's why it's so hard to leave. »

— Shawn Mendes

Playlist

« Perfectly Wrong », Shawn Mendes

« Hurt », Christina Aguilera

« Us », James Bay

« Let Me Love You », Glee Cast

« I Love You », Woodkid

« At My Best », Machine Gun Kelly, Hailee Steinfeld

« Desire », Years & Years

« Best Years », 5 Seconds of Summer

« Crying in the Club », Camila Cabello

« Treat You Better », Boyce Avenue

« Kiss the Girl », Samuel E. Wright

« You Found Me », The Fray

« Cry Out », Loïc Nottet

« Sparkle », RADWIMPS

« Demons », Imagine Dragons

« Kiss You », One Direction

« Mum », Luke Hemmings

« Tempête », Angèle

« Sois tranquille », Emmanuel Moire

Retrouvez la playlist complète sur Spotify en scannant ce code

Avertissement

Ce livre aborde des sujets qui peuvent heurter le lecteur. Si vous êtes sensibles à certaines thématiques, je vous invite à lire les *trigger warnings* ci-dessous :

Trigger warnings : Féminicide, violences conjugales, coups et agressions, relation toxique, crises d'angoisse, mention de viol, mention de suicide, stress post-traumatique.

1
Cami

« *Allô… Jim… c'est moi.*

Ce matin, je me suis réveillée avec une boule au ventre en réalisant que c'est mon dernier week-end à Portsmouth avant de partir pour l'Université. Je sais que je reviendrai ici, pour voir Jane et Gabi, mais c'est comme une page qui se tourne. Et j'espère ne trouver que du bon dans le prochain chapitre.

Je pourrais te dire que je n'ai que de beaux souvenirs dans cette ville, mais toi comme moi savons que c'est faux. Même si je pars en n'ayant que du positif en tête, les mauvais moments sont toujours là.

Car je n'oublie pas. »

❊

À la fin du mois d'août, je demande à Lily de me couper les cheveux.

Tandis que Rachel met à fond de la musique pop dans la chambre de Lily, cette dernière raccourcit mes cheveux blonds au niveau de mes épaules. Ce serait mentir de dire que j'ai décidé de me couper les cheveux sur un coup de tête — j'y ai d'ailleurs réfléchi tout l'été —, mais cela ne m'empêche pas de stresser à l'idée de voir le résultat final.

— Alors, c'est comment ? demandé-je à l'intention de Lily qui inspecte son travail fini.

— Magnifique.

— Vraiment ?

— Je confirme, intervient Rachel qui se laisse tomber dans un fauteuil poire et mange des Mini eggs[1].

Je me lève et vais me regarder dans le miroir de la penderie.

Je pensais que mes meilleures amies n'étaient pas objectives, mais il s'avère que le résultat est vraiment bien. J'apprécie un moment ma nouvelle coiffure devant la glace avant de remercier Lily et de la rejoindre sur son lit.

— Nouvelle coiffure pour un nouveau départ, déclare Rachel en nous passant le paquet d'œufs en chocolat.

— On peut dire ça, réponds-je.

— J'ai hâte de commencer l'Université, ça va être génial !

L'enthousiasme de Rachel est contagieux. En grande optimiste qu'elle est, je ne suis pas étonnée qu'elle soit aussi excitée à l'idée de cette nouvelle vie qui nous attend. Pour ma part, j'ai encore cette angoisse nichée au creux de mon estomac. La seule chose qui me rassure face à cette inconnue est que mes deux meilleures amies entrent, elles aussi, à l'Université de Southampton.

— J'espère ! Dans tous les cas, je suis juste contente de quitter cette maison, dit Lily. Je crois que mes frères se sont passé le mot pour me rendre dingue tout l'été.

— C'est parce que tu vas leur manquer, assuré-je.

---

1 *Mini œufs en chocolat de la marque Cadbury*

— Ils pourraient le montrer autrement. Je ne sais pas moi, avec des câlins et des bisous, pas avec des *prank* idiots. Je me suis retrouvée à trois reprises recouverte de farine, et une fois de chocolat en poudre, soupire-t-elle, ce qui nous fait rire.

Lily est l'aînée de triplés âgés de onze ans et, même si elle les aime plus que tout, je sais qu'ils lui en font voir de toutes les couleurs. C'est pour ça qu'elle a préféré emménager seule à la rentrée.

La question d'une potentielle colocation entre nous trois s'est longuement posée. Finalement, Lily et moi voulions voir si nous étions capables de vivre seules et avons préféré prendre une chambre chacune de notre côté. Rachel, quant à elle, a quand même choisi l'option « colocation », mais avec de parfaits inconnus.

— Je suis sûre que tu regretteras leurs bêtises, reprend Rachel.

— Pour l'instant, j'ai juste envie de me retrouver seule dans ma chambre d'étudiant, sans bruits, sans chamailleries et sans chocolat en poudre.

— En parlant de chambre d'étudiant, ça a été l'emménagement, Cam ? Contente d'avoir retrouvé ton futur chez toi ?

— « Chez moi » est un bien grand mot pour l'instant, mais oui sinon, ça a été.

Jane et Gabi, mes deux tutrices, m'ont aidée, la veille, à emménager dans ma chambre. La rentrée ayant lieu dans quelques jours, il était temps que je m'installe. Mon nouveau « chez moi » est actuellement rempli de piles de cartons et des quelques meubles inclus dans le logement.

— Et toi, tu as déjà rencontré tes colocataires ?

— Pas encore. De ce que j'ai compris, ils ne reviennent à l'appartement que lundi. Mais je leur ai parlé sur Whatsapp et je pense que je vais bien m'entendre avec cette petite bande. D'ailleurs, ils m'ont déjà proposé d'aller à une soirée. C'est l'avantage d'être en colocation avec des deuxièmes et troisièmes années.

— C'est clair. Tu penses pouvoir nous incruster à cette soirée ? demande Lily en oscillant ses sourcils.

— C'est possible. Tu me donnes quoi en échange ?

— Pourquoi il faut toujours que tu quémandes quelque chose ?

— Ce sont les affaires, ma chère. Alors ?

— Je te laisse prendre le dernier Mini eggs.

Lily tend le paquet vers Rachel qui inspecte l'intérieur avec dédain.

— C'est tout ?

Je regarde à tour de rôle mes amies d'un air amusé en me demandant comment cette négociation d'une *extrême* importance va se terminer.

— Je te laisse la dernière part de pizza lorsqu'elles vont arriver.

— Si c'est une pizza quatre fromages, c'est d'accord.

— Va pour une quatre fromages, alors.

— Rachel, tu es une mauvaise négociatrice, interviens-je en riant.

— Comment ça ?

— Je parie que Lily t'aurait laissé *toute* la pizza si tu avais un peu insisté.

— Eh ! ne lui donne pas des idées comme ça, s'offusque faussement cette dernière.

— Mince, j'aurais dû y penser ! s'exclame Rachel.

La fameuse pizza quatre fromages, ainsi qu'une chèvre-miel, sont livrées quelque temps plus tard. Nous décidons de nous installer dans le jardin pour dîner. L'air de cette soirée d'été est encore bien agréable malgré le soleil qui se couche à l'horizon.

Nous dévorons les pizzas en discutant de cette nouvelle aventure universitaire qui nous attend. Puis Lily propose de regarder *Mamma Mia*, aka notre comédie musicale préférée. Je crois que nous avons dû la voir plus d'une centaine de fois maintenant sans jamais s'en lasser.

J'aide Rachel à tirer un drap blanc entre deux arbres tandis que Lily installe le vidéo projecteur que j'ai apporté. Notre cinéma de fortune installé, nous nous enroulons dans des plaids et chantons en chœur les tubes d'ABBA.

Je grave ce moment de bonheur dans ma mémoire, me rappelant à quel point je suis chanceuse d'avoir Lily et Rachel. Je sais qu'un jour je serai capable de leur dire la vérité sur moi. Mais pas encore. Je veux profiter d'instants comme celui-ci sans que le poids de mon passé ressurgisse.

Le film terminé, nous remballons notre matériel et décidons d'aller nous coucher. Lily et Rachel s'endorment rapidement tandis que je fixe le plafond en essayant de trouver le sommeil. Dès que je ferme les paupières, de mauvais souvenirs s'infiltrent sous mon crâne. Des hurlements, des bruits sourds, des coups. Je m'agite en essayant de me sortir de ce mauvais rêve, mais je reste bloquée dans cette scène que je ne connais que trop bien. Je répète un mot en boucle.

Maman.

Son image me tord le ventre et me fait mal. Terriblement mal. Je l'appelle, mais elle ne m'entend pas. Elle ne m'entend *plus*. Je sens des larmes sur mes joues. Puis, finalement, je hurle. Je hurle à m'en brûler la gorge. Je pleure. Mon ventre, ma tête, mon cœur me font mal. Je vois mon père avant de finalement émerger de ce cauchemar.

Lorsque je me réveille, je suis trempée de sueur et je peine à retrouver une respiration normale. J'essaye de me calmer en silence pour ne pas réveiller Lily et Rachel qui dorment profondément sur les matelas à côté de moi. Je déglutis, maîtrise mon souffle.

Je me lève finalement et sors sur le petit balcon attenant à la chambre. L'air frais m'accueille et, enfin, je respire. Le froid s'abat sur mes joues inondées de larmes, mais la sensation est agréable. Je ferme les yeux, appréciant la brise sur mon visage. Je regarde la lune et les étoiles, me concentrant sur la luminosité de celles-ci pour penser à autre chose. En me tournant vers l'intérieur de la chambre, je me convaincs que je fais le bon choix en cachant la vérité à Lily et Rachel, en les éloignant de tout ça.

Quand je retrouve mes esprits, je décide de rentrer. Je me recouche et tente de me rendormir, en tenant à distance les cauchemars.

Malheureusement, mon sommeil a été rythmé par de mauvais rêves. En quittant Lily et Rachel en fin de matinée, je me sens fatiguée et la tête ailleurs. Même si j'aimerais rentrer à la maison et me recoucher, j'ai promis de retrouver Jane et Gabi pour déjeuner sur le port. C'est notre dernier jour ensemble avant mon départ pour Southampton.

Je rejoins les deux femmes au restaurant de fruits de mer où nous avons l'habitude d'aller, alors qu'elles sont déjà installées à une table face aux bateaux.

— Coucou, *minha linda*[2] ! Alors, c'était bien chez Lily ? me demande Gabi. Je parie que vous avez encore regardé *Mamma Mia*.

Gabi nous connaît trop bien.

Je leur raconte alors la soirée, leur donne des nouvelles de mes amies et la conversation bifurque naturellement vers mon départ du lendemain.

— Tu es sûre que tu as pris tout ce dont tu avais besoin ? s'enquiert Jane. De toute façon, s'il te manque la moindre chose, tu nous appelles et nous te l'apporterons.

— J'ai tout ce qu'il me faut, ne t'inquiète pas. Et je pourrais toujours acheter ce qu'il me manque. Il y a aussi des boutiques à Southampton, tu sais ? me moqué-je gentiment.

— Je sais, je sais. C'est juste que ton départ m'angoisse, m'avoue ma tutrice.

— Il m'angoisse aussi, mais ça va aller, lui assuré-je. Je ne suis pas loin et je ne suis pas seule.

— Ça nous rassure vraiment que Lily et Rachel soient là-bas avec toi, reconnaît Gabi.

Toutes deux restent un instant silencieuses, échangeant seulement des regards complices qui me portent à croire qu'elles veulent me dire quelque chose. Et en effet, je ne m'y suis pas trompée.

— Je sais que ce départ signifie beaucoup de choses pour toi, ma chérie, commence Jane. Pour nous aussi. Gabi et moi voulions te dire à quel point nous sommes fières de toi et du chemin que tu as parcouru. Alors peu importe ce qu'il ad-

---

2 « *Ma belle* », *en portugais*

vient de ton année loin de nous, loin de Portsmouth. Peu importe si tu préfères revenir à la maison parce que c'est trop dur ou, au contraire, que tout se déroule parfaitement et que tu souhaites rester là-bas encore longtemps. Nous serons toujours là et nous te soutiendrons quoi que tu décides de faire. Pense uniquement à toi, à tes besoins et tes souhaits, parce que c'est le plus important. D'accord, ma puce ?

J'ai la gorge nouée face au discours de Jane. Ses mots résonnent dans ma tête et me réchauffent le corps. J'attrape les mains de mes tutrices par-dessus la table, les serre fort, leur signifiant par là à quel point elles vont me manquer.

— Merci d'être là pour moi.

Mon cœur se serre en me disant que c'est la dernière fois que nous déjeunons ici toutes ensemble avant bien longtemps. Nous n'avons jamais été séparées en cinq ans. C'est une première fois qui me fait plus mal que je ne le pensais. J'ai l'impression de les trahir en partant ainsi, mais nous savons toutes les trois combien il est important que je prenne un nouveau départ, et ce, loin de cette ville.

Le serveur choisit ce moment pour venir prendre nos commandes. Comme d'habitude, nous optons pour le plateau de fruits de mer à partager, ainsi que trois limonades.

Nous finissons par changer de sujet, voyant que l'ambiance tourne à la morosité. Nous discutons de nos prochaines retrouvailles, de ce que Jane et Gabi vont faire en mon absence, des cours qui m'attendent. Elles m'interrogent également sur Teddy, mon meilleur ami.

— On n'a pas encore eu le temps de s'appeler. Il est débordé par sa pré-rentrée, leur expliqué-je.

Teddy est parti en début de semaine pour Oxford où il suit un programme de sept jours pour se préparer à l'année chargée qui l'attend. Nous avons échangé quelques messages, sans plus.

Je suis reconnaissante au serveur qui nous apporte notre repas, me permettant d'évincer le sujet « Teddy » dont la présence me manque déjà. Nous déjeunons dans un silence réconfortant, avec le bruit des mouettes et du roulis de l'eau en fond. Je profite de ce moment pour ne penser à rien, ni à la rentrée, ni à Teddy, ni à Jim. À *rien*.

J'écoute Jane me raconter sa réunion des professeurs, ris aux blagues de Gabi et me délecte de mon repas. J'aimerais mettre cet instant sur pause et y rester plongée encore un moment. Parce que je sais ce que je quitte en partant de Portsmouth, mais je ne sais pas ce qui m'attend à Southampton. Et cet inconnu m'inquiète.

2
Cami

« Jim, c'est encore moi.

Aujourd'hui est un jour particulier car j'entre à l'Université de Southampton.

J'imagine que si tu avais été quelqu'un d'autre, tu aurais été fier de moi. Tu m'aurais préparée pour ce jour si spécial en me donnant des conseils sur les cours, sur le campus, sur mes fréquentations, peut-être sur les garçons… Tu m'aurais aidée à faire mes cartons et tu m'aurais accompagnée jusqu'à ma nouvelle chambre universitaire. Tu m'aurais souhaité bonne chance, me disant que tu serais toujours là s'il y avait le moindre souci, et que je pourrais revenir à la maison si nécessaire. Tu aurais été quelqu'un de bien.

Je ne sais pas pourquoi je continue d'imaginer des scénarios différents quand la réalité n'est rien.

Peu importe… Le plus important est que cette rentrée marque le début d'une nouvelle aventure pour moi.

Et j'espère enfin t'oublier. »

En ce dimanche matin ensoleillé, je suis en route pour Southampton, mon dernier carton d'affaires posé à côté de moi sur la banquette arrière du taxi.

Même si je les ai quittées il y a seulement une demi-heure, Gabi et Jane m'ont déjà envoyé plusieurs messages remplis d'amour et de bons sentiments. Elles me souhaitent bon courage pour la rentrée, mais surtout pour le rangement qui m'attend.

Quelques minutes plus tard, je pose le dernier carton sur le sol de cette chambre qui va devenir mon refuge pour les trois ans à venir. Elle manque de décoration et les piles de cartons s'y entassent, mais elle me plaît déjà.

Je me décourage face à l'ampleur du rangement qui m'attend maintenant et me laisse aller sur mon lit. Je flâne quelques minutes, fixant le plafond, quand je sens mon portable vibrer dans la poche avant de ma salopette.

— Meuf, t'es arrivée ? me demande directement Rachel lorsque je décroche.

— Oui, tout juste. Et toi ?

— Oui, je suis arrivée il y a une heure, mais j'en ai déjà marre de déballer mes cartons. Ça te dirait qu'on aille prendre un café en ville ? On pourrait découvrir le centre-ville par la même occasion.

— Avec plaisir ! Ça me fera une excuse pour ne pas me mettre au rangement.

— Ravie de te servir d'alibi ! plaisante-t-elle. Lily n'arrive que ce soir, du coup ce sera seulement nous deux.

— Ça marche. On se retrouve directement en ville ?

— Oui, à tout de suite.

Après avoir raccroché, je délaisse déjà mon petit appartement et me rends dans le centre de Southampton à vélo. Rachel m'a envoyé l'adresse d'un petit café qu'elle a envie de tester. Je l'y retrouve une quinzaine de minutes plus tard.

Nous passons commande au comptoir — un thé glacé à la pêche pour moi et un café latte pour Rachel — puis nous donnons nos noms à la serveuse qui les note sur deux gobelets. Je laisse le soin à Rachel d'aller nous chercher une table sur la terrasse extérieure et j'attends pour récupérer nos boissons. Une fois prêtes, je me saisis des deux gobelets et me dirige vers la sortie quand une main se glisse sur mon épaule. Je sursaute à ce contact et sens mon cœur battre la chamade dans ma poitrine.

Ce n'est rien,
ce n'est rien,
tout vas bien, tenté-je de me rassurer en peinant à retrouver une respiration normale.

Pourquoi est-ce que je me mets encore dans tous mes états pour un simple effleurement ? Ça ne s'arrêtera donc jamais ?

Dans ma panique, je me rends compte que j'ai lâché mon thé glacé. Le café de Rachel est sauvé, mais ma boisson est écrasée à mes pieds.

— Oh merde, je suis désolé. Je ne voulais pas t'effrayer, déclare le jeune homme face à moi. Est-ce que ça va ?

Je retrouve mon calme peu à peu et prends le temps de regarder mon interlocuteur. Le type, qui ne semble pas plus âgé que moi, me dépasse d'une bonne tête, si bien que je dois me tordre le cou pour l'observer. Il a un visage carré, le teint clair et des cheveux bruns en bataille. Ses yeux, d'un gris presque transparent, me regardent avec tant de culpabilité que je ne lui en veux déjà plus de m'avoir touchée.

— Je crois que tu as pris le gobelet de... euh... mon amie, continue-t-il en me montrant du doigt la dite amie qui l'attend de l'autre côté du café, le nez plongé vers l'écran de son téléphone.

Il soulève le gobelet qu'il tient où s'étale le prénom de Rachel. Ce n'est qu'à ce moment-là que je me rends compte que le mien dit « Raquel ».

— Effectivement. Désolée.

— C'est plutôt à moi de m'excuser pour t'avoir fait peur. Je peux te repayer ta boisson pour me rattraper ?

— Euh... oui, d'accord.

Sur ces mots, nous retournons au comptoir où je m'excuse directement à la serveuse pour la boisson renversée, laquelle a déjà envoyé un de ses collègues nettoyer l'incident. L'inconnu repasse alors commande pour mon thé glacé avant de me demander le prénom à inscrire sur le gobelet.

— C'est Cami, C-A-M-I.

— Ok, Cami, C-A-M-I, répète-t-il avant de l'indiquer à la serveuse.

Il paye ma boisson puis reste avec moi le temps que celle-ci arrive. Nous patientons dans un silence gêné et je me demande pourquoi il a décidé d'attendre avec moi. Je détaille la carte des collations affichée au-dessus du comptoir puis glisse un œil vers lui. C'est à ce moment-là que je remarque qu'il m'observe aussi. Lorsque nos regards se croisent, il m'offre un sourire qui illumine son visage. Il s'apprête à dire quelque chose, mais est interrompu par l'arrivée de son amie.

— Tu en mets du temps, déclare la jolie rousse en se penchant vers l'inconnu pour lui déposer un baiser sur la joue.

— Ouais, désolé, il y a eu un petit accident de thé glacé.

Elle soulève un sourcil face à cette explication puis hausse les épaules avant de replonger dans son téléphone. Finalement, ma boisson tant attendue arrive.

— Bon, et bien merci, pour la boisson, dis-je d'une voix maladroite.

— De rien. Et encore désolé pour tout à l'heure.

— Ce n'est rien.

Ni l'un ni l'autre ne savons comment clore cette conversation. Je fixe mes pieds, mal à l'aise, avant de sentir le regard de l'inconnu sur moi. Lorsque je relève la tête, je constate qu'il me sourit.

— Et bien, bonne journée Cami C-A-M-I.

— Merci, à toi aussi.

Je le quitte, tenant fermement mes deux gobelets et me glisse sur le siège en face de Rachel, à l'extérieur du café.

— Désolée pour l'attente, j'avais échangé ta boisson puis j'ai renversé la mienne.

Je ne prends pas la peine de lui raconter toute l'histoire, bien trop longue pour le peu d'intérêt qu'elle a.

— Ah mince. Et ne t'inquiète pas pour l'attente, je me suis occupée.

J'observe Rachel prendre une gorgée de son latte quand mon regard coule par-dessus son épaule et se pose sur l'inconnu qui s'éloigne dans la rue, un bras nonchalamment posé sur Raquel.

Je me reconcentre sur ma meilleure amie et sur son téléphone qu'elle me tend où s'affiche une photo Instagram d'une fille avec des taches de rousseur, un visage mat et des cheveux coupés courts qui bouclent sur son front.

— C'est qui ?

— Ma nouvelle colocataire, déclare Rachel fièrement. Enfin, l'une d'eux.

— Très jolie. Tu as rencontré tes colocataires, alors ?

— Seulement elle. Elle s'appelle Emiliana, mais elle préfère Emi, explique-t-elle avec un grand sourire tout en regardant la photo d'Emi.

C'est clair, Rachel a un *crush*.

— Emi. Et bien, j'ai hâte de la rencontrer.

— Tu pourras dès demain soir puisque j'ai réussi à vous incruster à la soirée dont je vous parlais vendredi.

— C'est vrai ? Super ! Par contre, tu as dit demain soir ? C'est la veille de la rentrée.

— Et c'est pour ça qu'elle s'appelle la « soirée de pré-rentrée ».

— C'est plutôt logique, ris-je. J'aurais bien aimé me reposer demain soir pour être en forme pour notre premier jour.

— Oh allez, Cami, tu ne peux pas dire non à ta première soirée universitaire.

— Je ne peux pas ? demandé-je en faisant les yeux doux à ma meilleure amie.

Elle croise ses bras sur sa poitrine.

— Non, tu ne peux pas, rétorque-t-elle sur un ton faussement sévère. Je suis ta capitaine de soirée et je refuse que tu manques celle-ci. Lily a déjà accepté, elle.

— Ok, Capitaine, alors j'en suis.

— Yes ! J'ai hâte, ça va être super !

— Si tu le dis.

Nous trinquons nos boissons à cette conclusion.

Plus tard dans la journée, je déballe mes cartons en écoutant du Shawn Mendes. Je sors en priorité mes affaires scolaires — stylos, surligneurs, feuilles, et des tonnes et des tonnes de carnets — installe quelques vêtements dans ma penderie et range mes affaires de toilette dans la salle de bain. Je continue sur le même rythme pendant plusieurs heures, aménageant chaque partie de mon petit appartement. Il reste très sommaire, mais fonctionnel. La pièce principale est composée d'un canapé-lit, d'un bureau, d'un placard, d'une petite table et d'une kitchenette. J'ai vite recouvert les murs blancs d'affiches encadrées et de photos de Rachel, Lily et Teddy. Les quelques plantes que m'ont offertes Jane et Gabi habillent cette pièce.

Avec mon ukulélé à sa place près de mon lit, mon rétroprojecteur branché et mon exemplaire des *Misérables* sur ma table de nuit, je commence à retrouver un peu de ma chambre de Portsmouth. Il me faudra du temps avant de trouver mes marques ici, mais y amener un peu de chez-moi m'aide à m'y faire.

Au bout de trois heures de rangement, je suis épuisée et décide d'en rester là pour aujourd'hui. Pour me récompenser de cet effort, je me fais livrer Chinois. Installée dans le cocon de mon lit, je déguste ce premier repas qui a le goût d'indépendance en regardant *Your Name* sur l'écran de mon projecteur.

Après le film, je sens les retombées de l'intensité de cette journée, si bien que je m'endors en quelques minutes. Et pour la première fois depuis des mois, mes rêves ne sont pas remplis de cauchemars.

3
Cami

Le réveil me déboussole. Je prends quelques secondes à réaliser où je suis. Puis je me souviens : un nouveau départ.

Je passe ma journée à finir de ranger tous mes cartons. J'ajoute quelques décorations ici et là — une guirlande lumineuse, un vase rempli de fleurs séchées, des bougies parfumées — avant de préparer mon sac pour la rentrée. Je remplis mon Kanken de cahiers de notes, trousse, agenda et carte de bus, le tout déposé soigneusement dans mon entrée.

Je suis en train de regarder des vidéos de pingouin sur Youtube quand mon portable sonne.

— Salut Jane.
— Salut ma chérie. Je venais aux nouvelles.
— Rien de bien nouveau depuis hier. Tu n'as pas à m'appeler tous les jours, tu sais ?
— Je sais, désolée. Mais ça m'angoisse de te savoir seule dans ton appartement.

— Je vais bien. Je n'ai eu la visite d'aucun *serial killer*.
Je l'entends rire à l'autre bout du téléphone.
— Me voilà rassurée, confirme-t-elle. Tu t'en sors avec tes cartons ? Si tu as besoin d'aide, nous pouvons venir en urgence ta mè... Gabi et moi.
— Non, ne t'inquiète pas, je m'en occupe. J'ai fini de tout déballer. Et puis, il faut bien que je commence à apprendre à vivre par moi-même.
— Je sais, répète-t-elle.
Elle marque une pause. Je peux sentir dans ce silence qu'elle aimerait que j'ai encore besoin d'elle, et c'est le cas, mais je dois aussi apprendre à me débrouiller seule.
— Oh attends, Gab veut te parler, finit-elle par dire avant que la voix de Gabi ne sorte du combiné.
— Coucou *minha linda*, alors, cette première approche de l'Université ? Tu as retrouvé les filles ? Tu as rencontré des garçons ?
— Eh ! Arrête de l'embêter avec les garçons, intervient Jane en fond.
— Je ne l'embête pas, je l'interroge, rétorque Gabi. Alors, tout va bien ?
— Oui, oui. J'ai vu Rachel hier et je les retrouve elle et Lily ce soir. On va à une soirée de pré-rentrée.
— Première soirée universitaire ! Profites bien, *minha querida*[3] !
— *Contem comigo*[4] !
Je coupe ce bref appel. Les avoir au téléphone, même quelques minutes, m'a fait du bien. Je me sens motivée à la

---

3 « *Ma chérie* », *en portugais*
4 « *Comptez sur moi* », *en portugais*

perspective de cette nouvelle vie car je sais que je peux compter sur ces deux femmes, peu importe la distance qui nous sépare.

Après avoir raccroché, je décide d'aller prendre l'air et me rends sur le campus en vélo

Je me sens ridiculement petite face à ces grands bâtiments qui composent l'Université de Southampton. Je continue de me balader sur le campus en m'imaginant profiter de chaque endroit avec Lily et Rachel. Arrivée devant la Harley library, je prends un selfie et l'envoie à Teddy.

> Bien arrivée à l'Université et
> j'ai déjà trouvé mon endroit préféré !

Sa réponse ne tarde pas à arriver.

> Super, C ! J'ai hâte de venir te
> rendre visite sur le campus. Ou que tu
> viennes me voir à Oxford, tu adore-
> rais !

Dans le même temps, je reçois un message de Rachel me disant qu'elle et Emi passeront me chercher dans une heure. Malgré mon envie d'explorer davantage le campus, je retrouve le chemin de ma chambre, bien décidée à me préparer pour la soirée qui m'attend.

La dernière soirée à laquelle j'ai participé a été la fête de remise des diplômes et, entre nous, j'ai seulement un vague souvenir de la fin de celle-ci. J'ai appris deux choses à cette soirée, 1) je ne tiens pas l'alcool et 2) je dois donc me contenter de boire de la bière en quantité limitée avec du sirop.

Malgré mon envie de mettre le paquet pour cette première soirée universitaire, mon choix vestimentaire se porte finalement sur la simplicité et le confort.

Me voilà donc habillée d'une robe noire à fine bretelle que j'ai enfilée sur un tee-shirt blanc. J'applique une couche de mon rouge à lèvres préféré, avant d'attacher mes cheveux en une queue-de-cheval. Je ne peux m'empêcher de jeter un coup d'œil dans le miroir. Satisfaite du résultat, j'envoie un « *Prête* » à Rachel qui m'annonce qu'elles ne vont pas tarder à arriver.

En effet, quelques minutes plus tard, je retrouve les deux filles en bas de mon immeuble.

— Camiii ! hurle Rachel depuis le siège passager dès que je me suis glissée l'arrière de la voiture.

— Salut toi ! Et salut Emi. Merci de nous avoir invitées et de nous emmener, dis-je à la jolie brune qui se trouve derrière le volant et que je reconnais de la photo Instagram.

— Avec plaisir ! J'aime rencontrer de nouvelles têtes. Et puis, Rachel vous a très bien vendues, Lily et toi.

— Ah bon ? Je ne sais pas ce qu'elle a pu te raconter, mais je pense qu'elle a largement exagéré les choses.

— Vous n'êtes donc pas des fêtardes invétérées qui mettent l'ambiance dès qu'elles arrivent quelque part et qui connaissent les plus grands DJ de la planète ?

— Rien que ça !

Je croise le regard d'Emi dans le rétroviseur et nous nous mettons à rire en même temps.

— OK, je vous ai peut-être un peu survendues. Mais vous restez les meilleures pour moi.

— Moooh ! m'exclamé-je en pressant l'épaule de Rachel par-dessus son siège.

La bonne ambiance est au beau fixe dans la voiture lorsque nous passons prendre Lily à quelques rues de ma résidence. Avec sa jupe droite, son haut en mousseline et ses longs cheveux noirs relevés au-dessus de sa tête en deux petits chignons, Lily est magnifique. Elle a mis une légère touche de mascara qui fait ressortir ses yeux vairons bleus et verts que je n'ai cessé de jalouser depuis notre rencontre.

— Bonsoir tout le monde ! lance-t-elle à la cantonade en me rejoignant à l'arrière de la voiture. Prêtes pour cette première soirée en tant que jeunes étudiantes ?

— Je me sens vieille tout à coup, plaisante Emi qui, elle, ne fait plus partie des nouveaux étudiants fraîchement arrivés.

— Tu vas pouvoir nous chaperonner, alors, ajoute Rachel, ce qui fait rire Emi.

Nous arrivons bientôt devant la maison accueillant la soirée. La musique diffusée à l'intérieur se répercute dans le jardin où des étudiants ont envahi l'espace pour discuter ou fumer. Ou les deux à la fois. Je me sens tout de suite intimidée face à la foule qui s'agglutine à l'intérieur.

Emi trouve une place libre un peu plus loin et nous rejoignons le cœur de la fête. Même si on l'entend de l'extérieur, je reste surprise par l'intensité de la musique en m'engouffrant dans la maison. La chaleur dégagée par les corps dansant et buvant fait monter ma température corporelle d'un coup. Je me sens un instant oppressée. Il y a trop de monde, trop de contacts.

— Venez, je vais vous présenter à mes amis, déclare alors Emi.

Elle se fraie un chemin à travers la masse d'étudiants tout en levant à plusieurs reprises un appareil photo.

— Tu fais de la photo ? l'interrogé-je, en ayant l'impression de hurler par-dessus le brouhaha de la pièce.

— Ouais, de l'argentique.

— Cool !

Nous la suivons en fil indienne jusqu'à un espace un peu à l'écart de la foule et du bruit, où trônent des fauteuils et une table de ping-pong. Elle nous présente au petit groupe qui s'est entassé là, notamment ses colocataires, Cillian et Jasmine, qui sont ravis de rencontrer Rachel, leur nouvelle cohabitante.

Cillian a un air de Robert Sheehan à l'époque de la série *Misfits*, avec ses cheveux bruns qui bouclent sur sa nuque. Quant à Jasmine, elle dégage un certain charme, avec sa peau brun clair, ses cheveux longs frisés qui forment comme un halo autour de son visage. Charme d'autant plus intensifié par son accent français.

— Et voici mes deux meilleurs amis, déclare Emi alors que nous rejoignons deux garçons à l'allure très différente.

Le premier, grand, à la peau noire et au crâne rasé s'appelle Jameson, ou Jamie, comme il l'a spécifié. Je me tourne vers le deuxième et tombe sur des yeux gris que j'ai rencontrés la veille. L'inconnu du café.

Le monde est terriblement petit. Il me sourit en me reconnaissant tandis qu'Emi le présente comme étant Alexander. Il est appuyé contre la table de ping-pong, un bras posé sur les épaules d'une fille aux cheveux blonds qui n'est certainement pas la Raquel avec qu'il était pas plus tard qu'hier.

— Les gars, je vous présente ma nouvelle coloc, Rachel, et ses meilleures amies, Lily et Camryn.

— Vous pouvez m'appeler Cami, précisé-je en toute hâte.
— Cami C-A-M-I, déclare soudain Alexander d'un air amusé.

Tous les regards ondulent entre nous, surpris de l'intervention d'Alexander.

— On s'est déjà rencontrés, explique-t-il en résumant brièvement notre accroc de la veille.

Tandis qu'il finit son explication, je soutiens son regard, essayant de l'analyser. Il se penche ensuite vers sa copine et lui chuchote quelque chose à l'oreille, ce qui suffit à la faire partir. Visiblement, elle n'a pas apprécié ce qu'il lui a dit.

— Tu viens, Cami ? On va s'asseoir avec les colocataires de Rachel.

J'acquiesce et commence à suivre Lily vers le reste du groupe quand je sens une présence à côté de moi.

— Salut Cami C-A-M-I.

Je lève la tête vers Alexander qui se tient tout prêt, un demi-sourire sur les lèvres.

— Salut.
— Encore désolé pour hier.
— Tu t'es déjà excusé au moins trois fois, fais-je remarquer en riant.
— Tu me pardonnes, alors ?

Je balaie sa question d'un geste de la main et réponds :

— C'est tout oublié. Il s'est passé quoi déjà ?

Mes paroles le font sourire.

— T'es une marrante, Camryn.
— C'est juste Cami, je précise à nouveau.
— Cami comment ?
— Blue, réponds-je, sans trop savoir pourquoi il me demande mon nom de famille.

Il reste silencieux un instant, me fixant de son regard gris si hypnotisant.

— « *Celle-là avait des yeux bleus, de ces yeux bleus qui semblent contenir toute la poésie, tout le rêve, toute l'espérance, tout le bonheur du monde !* »[5]

— Pardon ?

— C'est de Guy de Maupassant.

Je hausse un sourcil face à cette conversation... originale.

— Ça t'arrive souvent de citer du Maupassant à des inconnus ?

— Seulement aux filles qui ont les yeux bleus. Comme toi.

Je contiens un rire tant sa réplique me paraît ridicule.

— Et pour les autres ? l'interrogé-je, intriguée par ses explications.

— J'ai d'autres écrivains français en réserve.

— Je vois. Tes techniques de drague sont donc bien huilées.

— Qui a dit que c'était de la drague ? demande-t-il d'un air faussement innocent.

Je le contemple en haussant un sourcil et en croisant les bras sur ma poitrine.

— Ne me dis pas que tu cites par cœur des extraits de romans juste comme ça. Tu dois bien avoir une arrière-pensée quand tu le fais auprès d'une fille, non ?

— Peut-être. Et alors, ça marche ?

— Non, pas vraiment. Désolée.

— Dommage.

---

[5] *Citation extraite du recueil de nouvelles* Monsieur Parent *de Guy de Maupassant*

Je roule des yeux. Je ne pensais pas qu'Alexander avait une idée derrière la tête en entamant cette discussion avec moi. Visiblement, je me suis trompée.

— Je ne suis pas sûre que ta copine de tout à l'heure apprécierait de te voir en draguer une autre. Du moins, *essayer* d'en draguer une autre. D'ailleurs, qu'est devenue Raquel ?

— Ce n'était pas ma copine. Et Raquel ne l'était pas non plus, pour information.

— Oh, OK. Laisse-moi deviner, c'était ta dixième conquête de la semaine ? Sachant qu'on n'est que lundi, ça fait déjà beaucoup.

Le sourire qu'il affiche ensuite me porte à croire que je l'amuse. Ou alors, est-ce parce que j'ai réellement vu juste ?

— J'aime bien ta répartie, Camryn Blue.

— C'est juste Cami. Et j'ai raison, pas vrai ?

Il hausse les épaules.

— Tu veux boire un verre, Camryn Blue ? me propose-t-il en évinçant ma question.

— Je veux bien. Et c'est toujours seulement Cami.

Je ne sais pas pourquoi il insiste tant sur mon nom complet.

— OK, seulement Cami, que veux-tu boire ?

— Une bière. Avec du sirop de grenadine, s'il y a.

— Je vais essayer de te trouver ça.

— Merci.

Il me fait un semblant de révérence puis s'éloigne en direction du bar. Décidément, Alexander est un drôle de... personnage. Je l'observe de loin, servant nos deux verres dans la cuisine ouverte. Il discute en même temps avec d'autres étudiantes qui passent par là, puis finit par revenir vers moi avec deux gobelets rouges remplis. Il m'en tend un. L'odeur du sirop me confirme que j'aurais bien le droit à mon mélange favori.

— Tu entres à l'Université, donc ? Tu étudies quoi ? demande-t-il après avoir trinqué avec moi.

— La littérature française, justement.

— Ah ! Tu as dû apprécier que je cite du Maupassant.

— Plutôt, oui. Même si j'ai une petite préférence pour Victor Hugo.

Il lève son verre au-dessus de sa tête, comme pour porter un toast.

— « *Je t'estime autant que je t'aime* »[6].

— Non, sérieusement ? Tu cites *aussi* du Hugo ?

— Je t'ai dit que j'en avais en réserve.

Il semble content de lui. Son côté dragueur mis à part, je passe plutôt un bon moment à discuter avec Alexander.

— Et ça marche vraiment ? Avec les filles, je veux dire, reprends-je.

— Plutôt bien, oui. Ça a marché sur toi, cette fois ?

Voyant qu'il attend ma réponse avec avidité, je le laisse languir quelques instants avant de dire :

— Toujours pas. Mais c'est bien tenté.

— Qui faudrait-il que je cite pour réussir à impressionner Camryn Blue ?

Il se penche vers moi en plongeant ses yeux dans les miens.

— Je suis déjà impressionnée par ta capacité à retenir des citations juste pour draguer. C'est quand même un sacré investissement pour simplement coucher.

— Ce n'est jamais pour « simplement coucher ».

6 *Citation extraite d'une lettre de Victor Hugo à Léonie Biard*

— Ah bon ? C'est pour quoi, alors ? Revaloriser ton égo quand une fille tombe dans tes bras ?

Il semble surpris par ma réponse, mais pas déstabilisé.

— Tu veux que je te dise un secret ?

— Je suis tout ouïe.

— La plupart du temps, ce sont elles qui viennent me draguer, pas l'inverse.

Cette fois, je ne retiens pas mon rire.

— Waw, tu as un égo tellement surdimensionné ! Tu es donc celui que toutes les filles s'arrachent sur le campus ?

— On peut voir ça comme ça.

Je roule des yeux face à tant de vanité. Je n'avais jamais croisé un tel cliché en dehors des *teen movies*.

Nous restons un instant silencieux. Je bois mon verre en espérant chasser le malaise de ce blanc. Alexander en fait de même, tout en me fixant. Je me sens étourdie sous son regard. Je crois que l'alcool commence à faire effet.

— Tu es belle.

Je manque de recracher ma gorgée.

— Quoi ?

— Tu es belle, Camryn Blue. Je trouve que c'est important de le dire quand on trouve une personne belle. Alors, je te le dis.

— OooK. Il est temps pour moi de quitter cette conversation.

Je le plante là, le laissant seul avec ses citations et ses techniques de drague toutes faites.

Je retrouve le reste du groupe qui s'est réuni autour de la table de ping-pong et joue à un jeu d'alcool tout en discutant et rigolant.

— Ça va ? me demande Lily lorsque je me cale entre elle et Rachel.

— Tu avais l'air en grande conversation avec ce gars. Alexander, c'est ça ?

— Ça va. Ouais, je discutais avec Alexander le cliché ambulant.

— Pourquoi tu l'appelles comme ça ?

— Parce qu'en l'espace de dix minutes, monsieur m'a cité du Maupassant et du Hugo en espérant me rajouter à son tableau de chasse, expliqué-je.

— Ah oui, je vois le genre, commente Rachel.

— Je ne veux pas faire l'avocat du diable, mais je le trouve super canon, intervient Lily dont les joues commencent à rougir.

— C'est vrai qu'il est pas mal, confirme Rachel.

Je ne peux nier qu'elles ont raison, mais je ne réponds pas et finis mon verre d'un trait.

— Bon, est-ce qu'il ne serait pas l'heure d'aller danser ? propose Rachel.

— Avec plaisir !

Rachel nous attrape toutes les deux par la main et nous entraîne vers la piste de danse improvisée au centre du salon.

Nous nous retrouvons au milieu des danseurs qui ondulent en synchronisation avec la musique pop. Aussitôt, Rachel et Lily les imitent. Je reste une seconde sans bouger, intimidée par tous ces corps bougeant autour de moi, mais la voix de Camilla Cabello qui chante *Crying in the Club* à cet instant a raison de moi et je me mets à danser. Je ferme les yeux, me laissant emporter par la musique.

En dansant, je me plonge dans une bulle où je me sens libre. Où je me sens moi. Où j'en oublie toutes les personnes autour de moi qui me touchent sans le vouloir. Mon cerveau est embrumé par la musique, par mon corps qui bouge, par tous les changements qui arrivent et vont arriver. Par ce nouveau départ qui, je l'espère, m'aidera une fois pour toute à délaisser mon passé pour profiter de mon avenir. Même si la route est encore longue, j'ai ce pressentiment que quelque chose de beau va arriver.

Quelque chose de

parfaitement bon.

4
Alex

Bonne rentrée mon chéri !

Je relis le message de ma mère, confus qu'elle ait pensé à moi, mais pas étonné qu'elle se soit trompée de jour. La rentrée n'a pas lieu avant demain, mais j'imagine que c'est l'intention qui compte. Je lui réponds par un simple *merci* avant de me replonger dans ma toile.

Je peins sans vraiment y réfléchir. J'ai juste besoin de me vider l'esprit. Alors je laisse les traits de couleur s'affirmer sur la toile blanche, sans but précis.

Je suis toujours un peu angoissé par les rentrées, parce que plus j'avance d'année en année, plus j'approche du moment où je vais devoir décider de ce que je veux faire après. Et je n'en ai pas la moindre foutue idée. Évidemment, mon frère voudrait que je le suive après avoir obtenu mon diplôme, mais il est hors de question que je plonge à 100% dans ses affaires.

Il me reste deux ans pour faire un choix.

Je suis perdu dans mes pensées quand on sonne à la porte de mon appartement. J'essuie rapidement mes mains pleines de peinture sur un chiffon et vais ouvrir. Jamie se tient sur le pas de la porte, les cheveux fraîchement rasés et son habituel sourire sur le visage.

— Salut, mec.

— Salut, Jay. Laisse-moi deviner, tu viens essayer de me convaincre d'aller à cette soirée ?

— Il se pourrait, oui.

Je souffle en m'affalant sur mon canapé, vite imité par mon meilleur ami.

— Emi a déjà essayé.

— Je sais, c'est elle qui m'envoie.

— Super.

Je roule des yeux, ce qui semble amuser Jamie qui n'a pas l'air de prendre mon refus comme acquis.

— Allez Alex, c'est la soirée de pré-rentrée ! C'est l'occasion de rencontrer les premières années. Tu ne vas pas me dire que tu n'es pas intéressé de voir les nouvelles étudiantes ?

Je hausse les épaules.

— J'ai toute une année pour les rencontrer. Je n'ai vraiment pas envie de sortir. J'ai la tête en vrac.

— Tout va bien ?

Je peux voir l'inquiétude de mon meilleur ami lorsque je me tourne vers lui. Je sais que je peux tout lui dire, alors je me lance :

— Ouais, à part que Liam me met un peu plus la pression. Que je ne sais pas ce que je vais faire de ma vie. Que j'ai parfois l'impression d'être un gros nul.

— Oh mec, tu sais bien que c'est faux. Pour Liam, je ne peux malheureusement pas t'aider, mais pour le reste, tu sais que je suis là. Tu finiras par trouver ce que tu veux faire. Rien ne presse.

— Merci, Jay. Mais, au contraire, j'ai l'impression que le temps défile à une vitesse folle. Tu vas être diplômé à la fin de l'année, et l'an prochain, ce sera mon tour.

— Je sais que c'est une sacrée pression, mais tu verras, les choses t'apparaîtront clairement le moment venu. N'y pense pas trop, profite de l'instant. OK ?

— OK.

— Et tu sais quoi ? Tu profiterais vachement de l'instant en venant à la soirée de pré-rentrée.

Les paroles enthousiastes de mon meilleur ami finissent de me convaincre. Je soupire à nouveau parce que, comme d'habitude, je n'arrive pas à dire non à Jamie.

— Il y aura qui à la soirée ?

— Emi, Jasmine, Cillian, leur nouvelle coloc et deux de ses amies. Ça va être cool, tu verras.

— OK, j'en suis.

La soirée commence tranquillement. Nous discutons avec les colocs et Jay, en buvant des bières fraîches. Une deuxième année du nom d'Olivia, avec qui j'ai eu une aventure d'un soir, vient à ma rencontre et entame la conversation. Elle me pose tout un tas de questions en laissant traîner ses mains gracieuses sur tout mon corps, qui réagit aussitôt. Je la laisse faire, même si je sais que ce petit jeu entre nous n'ira pas plus loin. Si je couche à nouveau avec elle, elle ira s'imaginer des choses que je ne peux pas lui offrir. Je le sais, j'en ai déjà fait les frais. Alors je préfère ne pas retenter l'expérience.

J'ai un bras nonchalamment posé sur ses épaules lorsque Emi fait son entrée, suivie de sa nouvelle coloc, Rachel, et de ses copines, Lily et Camryn. Je salue les trois dernières arrivées d'un hochement de tête en les détaillant un instant avant de me rendre compte que je connais le troisième nom. Ou du moins, que je l'ai déjà rencontrée. Cami C-A-M-I. La fille du café.

Je l'observe un moment, prenant le temps de mieux la contempler sous les éclairages colorés de la soirée. Mon impression de la veille ne change pas, elle est vraiment très belle. Elle est de ces filles qui sont jolies sans vraiment savoir à quel point, avec ses cheveux blond clair coupés au-dessus de ses épaules, ses lèvres bordées de rouge et ses yeux bleus qui ont accroché tout de suite mon regard. Je mentirais si je disais que Camryn Blue ne m'a pas attiré en premier par sa beauté.

Face à cette fille, j'en oublie rapidement Olivia vers qui je me penche pour lui chuchoter que je ne suis pas un gars pour elle et qu'il ne se passera rien entre nous. Je la regarde s'éloigner avec une moue de dégoût, mais, honnêtement, ça me passe au-dessus de la tête. Ce qui m'importe, à présent, c'est mon inconnue du café.

Je m'approche d'elle, assez près pour qu'elle sente ma présence. Lorsqu'elle lève ses grands yeux vers moi, j'engage la conversation en m'excusant une nouvelle fois pour l'incident de la veille. Nous discutons un moment puis, après un court silence, je me lance :

— « *Celle-là avait des yeux bleus, de ces yeux bleus qui semblent contenir toute la poésie, tout le rêve, toute l'espérance, tout le bonheur du monde !* »

L'expression de son visage ne trompe pas : ma citation n'a pas eu l'effet escompté sur elle.

Je reconnais que cette manière d'aborder les filles n'est pas la plus probante, mais elle a eu quelques résultats sur des demoiselles qui ont apprécié l'effort. Et puis, je connais ces citations par cœur à force de lire et relire ces œuvres littéraires que j'apprécie, alors autant les utiliser auprès de la gent féminine.

Camryn réplique à toutes mes paroles. Plus je converse avec elle, plus je découvre une fille avec de l'esprit et une répartie que j'aime particulièrement. Cette Camryn Blue a quelque chose d'intrigant.

Je suis surpris par la façon dont nous échangeons fluidement. Notre conversation n'est pas des plus profondes, mais elle m'amuse par sa simplicité et par les réponses de Camryn.

Puis, finalement, un silence s'installe. Je la sens plutôt mal à l'aise, mais, de mon côté, je profite de cet instant pour la détailler. Son visage à la peau blanche est marqué de deux grains de beauté directement positionnés sous son œil gauche. Je remarque que celui-ci aborde une teinte de bleu un peu plus foncé que celui de droite. Sa bouche rouge ne sourit qu'à moitié, créant une fossette au creux de sa joue. Ce sont de simples détails que je prends le temps de contempler avant de lui dire :

— Tu es belle.

Ma remarque l'interpelle. Malheureusement, j'ai mal estimé son effet auprès de Camryn qui finit par prendre la fuite.

Je me retrouve seul à siroter ma bière avec un goût d'inachevé en bouche.

Aucune autre occasion de discuter avec Camryn ne se présente au cours de la soirée. Je l'observe de loin, tantôt dansant avec ses amies, tantôt discutant avec les colocataires. Je ne sais pas pourquoi je n'arrive pas à détacher mon regard de cette fille. Peu importe, je dois arrêter de la fixer sinon elle va me prendre pour un psychopathe.

Je reporte mon attention sur Emi et Jamie qui sont partis sur un débat sans queue ni tête, comme ils ont l'habitude de le faire depuis le lycée. Je m'inclus à leur conversation et je comprends qu'ils sont en train de décider quel film de Noël est le meilleur. Emi soutient que c'est *The Holiday*, quand Jamie défend son favori qui est *A christmas prince*.

— Si je peux me permettre, *Love actually* est sans conteste le meilleur. Il n'y a pas débat, je rétorque.

— Tu rigoles ? Ce vieux film ?

— Je ne te permets pas de traiter ce *classique* de vieux film ! m'exclamé-je à l'intention d'Emi. C'est une merveille ce film, avec un casting cinq étoiles. C'est *le* film de Noël par excellence. Et je te ferais remarquer que *The Holiday* n'a que quelques années de plus.

— Au moins on est d'accord sur ce point, Em, ce film craint, confirme Jay.

Je lance un regard noir à mon meilleur ami qui ne trouve rien de mieux à faire que d'appuyer sa remarque en faisant un *high five* à Emi.

— Je savais que vous n'aviez pas de goût, de toute façon.

— Oh, ça suffit Calimero. Et ce n'est pas une question de goût, mais de nostalgie. Tu aimes ce film parce que tu le regardes chaque décembre avec ton frère. C'est vrai, non ?

Jamie me connaît trop bien pour ne pas avoir raison sur ce point. C'est vrai que j'ai une part d'attachement à ce film parce que c'est... *c'était* quelque chose que je partageais avec Liam. Mais ça n'enlève en rien la qualité de ce classique. Et je n'en démordrai pas là-dessus.

— C'est quand la dernière fois que tu as vu ton frère ? demande soudainement Emi qui doit voir que l'évocation de Liam m'a rendu morose.

— Il y a quelques semaines. Mais je l'ai régulièrement au téléphone.

— Il t'entraîne toujours dans ses histoires ?

— Ouais.

— Tu as essayé de lui parler ?

Je secoue la tête. Elle sait que je n'arrive pas à parler à mon frère, mais, comme Jamie, elle espère qu'un jour je prendrai mon courage à deux mains pour le faire.

— Tu finiras par y arriver, tu verras.

— Ouais, je ne sais pas trop.

L'atmosphère est devenue pesante avec cette conversation, si bien que je suis ravi quand Cillian et Jasmine nous entraînent dans un *beer pong*. Rachel, Lily et Cami nous rejoignent après avoir quitté la piste de danse et déclarent qu'elles vont rentrer. Emi propose à Lily et Cami de les ramener en voiture chez elles, puis de continuer la soirée à la Coloc pour ceux qui restent. Nous acceptons tous et disons au revoir au petit groupe qui nous salue en quittant la maison. Je suis une certaine tête blonde du regard jusqu'à ce qu'elle disparaisse dehors.

Quelques dizaines de minutes et un *beer pong* plus tard, nous arrivons à la Coloc où nous retrouvons Rachel et Emi.

Je m'installe entre Cillian et ma meilleure amie sur les canapés et nous commençons à discuter de tout et de rien. Cillian nous parle de son projet où il doit écrire et réaliser un court métrage, qui comptera pour sa note finale avant d'obtenir son diplôme à la fin de l'année. Il évoque ce projet et son cursus en cinéma avec tellement de passion que j'en viens à jalouser son implication dans ses études. Il a trouvé sa voie et je l'envie pour ça. Je suis entré à l'Université en psychologie avec l'assurance que c'était ce que je souhaitais faire. Mais aujourd'hui, je suis perdu. Est-ce vraiment ce que j'ai envie de faire toute ma vie ? Devenir psy ? Ou enseigner cette matière ? Je ne connais même pas les débouchés de ce cursus. J'ai choisi celui-ci pour des raisons que je croyais pertinentes, nécessaires. Mais plus le temps passe et les cours avancent, plus je me rends compte de mon erreur. Je sais qu'il n'est pas trop tard pour changer, mais pour faire quoi d'autre ?

— Et toi, Alex ?

Je me tourne vers Cillian qui vient de me sortir de mes pensées avec sa question.

— Désolé, tu disais ?

— Tu voudrais jouer dans mon court métrage ?

— Euh... je ne sais pas. Je ne suis pas sûr d'être très doué pour jouer la comédie.

— Tu le fais bien avec toutes les filles avec qui tu sors, se moque Emi. Tu leur fais croire au grand amour avant de les rejeter quand elles veulent aller trop loin.

— Eh ! c'est faux.

— Em n'a pas tort, intervient Cillian. En un an que je te connais, j'ai vu comment tu agissais avec elles. Tu es plutôt doué lorsqu'il s'agit de jouer, au contraire.

— Vous vous foutez de moi ?

Le ton dans ma voix est mêlé de surprise et d'offense. Je ne pensais pas que mes potes me voyaient comme ça, et pourtant...

— Oh, allez, mec. Tu sais très bien comment tu es avec ces filles. Ne me fais pas croire que tu es soudain gêné par la situation.

— Un peu... je n'ai pas l'impression que je joue avec elles. Je suis très clair avec elles dès le début. Je suis honnête en ce qui concerne mes intentions. C'est elles qui ne m'écoutent pas et finissent par en vouloir plus.

— Vraiment ? demande Emi qui paraît étonnée.

— Oui, vraiment, insisté-je Vous pensiez réellement que je leur promettais monts et merveilles pour les mettre dans mon lit avant de les jeter après une nuit ?

— Bah ouais, répond Cillian en haussant les épaules.

— Emi ?

Je me tourne vers ma meilleure amie qui me connaît bien. Du moins, c'est ce que je croyais vu sa réaction.

— J'avoue que je pensais ça aussi. En même temps, tu restes discret sur tout ça. On n'a jamais réellement rencontré les filles avec qui tu étais. C'est normal de se poser des questions sur tes agissements.

— Je ne vous les fais pas rencontrer justement pour éviter qu'elles ne se fassent des idées. Content de voir que vous me preniez pour un connard qui joue et ment aux filles pour coucher avec elles.

— C'est pas ça, Alex. Honnêtement, on pensait que tu n'arrivais simplement pas à trouver la bonne, et c'est pour ça que tu les enchaînes. Et non que tu ne souhaitais tout simplement pas de relation.

La sincérité dans les paroles d'Emi me pousse à croire que je leur ai envoyé une image de mes relations qui n'est pas la réalité. Tu m'étonnes qu'il me prenne pour un connard de joueur !

— Ce n'est pas que je ne veuille pas de relation, c'est juste que... je ne sais pas. J'ai envie de m'amuser.

— Être en couple ne veut pas dire que tu ne peux plus t'amuser, rétorque Cillian.

— Tu sais très bien ce que je veux dire.

— Pas vraiment, non. Emi a raison quand elle dit que tu n'as pas trouvé la bonne. Lorsque ce sera le cas, tu verras que tu auras juste envie de te poser. Demande à Jasmine. Elle ne voulait pas de relation stable avant de rencontrer Elliot.

Je coule un regard vers Jasmine qui discute joyeusement avec Jamie et Rachel, tout en entortillant une mèche de cheveux blonds — qui détonne parmi le reste de sa chevelure brune — autour de son doigt.

— Ils ne vivent même pas dans le même pays, lui fais-je remarquer en pensant au copain de Jasmine qui est resté en France tandis qu'elle est partie faire ses études ici, à Southampton.

Jasmine est la petite Française du groupe. Elle s'est mise avec son copain l'été précédant son entrée à l'Université. Avant Elliot, elle n'était jamais tombée amoureuse, par choix. Aujourd'hui, ils semblent vivre la parfaite histoire d'amour, malgré la distance. J'ai pu rencontrer Elliot à quelques reprises et il est évident que l'un comme l'autre sont fou amoureux. Ce que me confirme Cillian :

— Et ça ne les empêche pas de s'aimer et de s'éclater ensemble. C'est ça, l'amour. Malgré la distance, rien ne change entre eux parce qu'ils s'aiment trop pour cela.

— T'es vraiment un romantique, toi.

Cillian hausse les épaules, un sourire en coin sur les lèvres.

— Peut-être, ouais.

— Comment ça se fait qu'un gars comme toi ne soit pas encore en couple ?

— Parce que je n'ai pas trouvé la bonne, justement.

J'essaye de réfléchir à ce que me dit Cillian, mais j'ai du mal à comprendre le concept de l'amour. Je n'ai jamais eu ce fameux « coup de foudre », ni aucune réelle attirance, autre que physique, pour toutes ces filles. Peut-être qu'il a raison, peut-être que je n'ai pas encore trouvé la bonne. Comment savoir s'il s'agit de *la* bonne, d'ailleurs ? Et si elle ne souhaitait pas de moi ? Et si...

je l'avais déjà rencontrée sans le savoir ?

5
Cami

Des bruits provenant de la pièce d'à côté m'ont réveillée dans la nuit. Je suis descendue de mon lit et suis sortie de ma chambre le plus discrètement possible. J'ai traversé le couloir sur la pointe des pieds, gardant mon doudou serré contre moi pour me donner du courage. Les bruits se sont intensifiés, bientôt rejoints par des cris. Je suis arrivée devant la porte fermée de la chambre de mes parents. Je n'avais beau avoir que cinq ans, j'avais compris qu'ils étaient en train de se disputer.

Leurs cris étaient chuchotés, si bien que je ne comprenais pas ce qu'ils disaient. Je crois que ma mère tentait de calmer mon père. Elle s'excusait. Mais mon père a continué de lui dire des mots que je n'avais pas le droit de répéter. Leurs paroles ont été coupées par des bruits que je n'arrivais pas à identifier. Des bruits sourds, lourds.

J'ai reculé d'un pas et fait craquer le parquet. J'ai retenu mon souffle sans bouger, espérant qu'ils n'aient rien entendu depuis l'intérieur de la chambre. Mais le silence s'est installé et, bientôt, mon père m'a rejointe sur le pas de la porte. Il avait les sourcils froncés, les joues rouges. Je ne l'avais jamais vu si énervé.

— Qu'est-ce que tu fais debout, Camryn ?

Il m'a posé la question d'une voix qu'il voulait douce et calme, mais qui n'arrivait pas à masquer sa colère.

— Je... j'ai fait un cauchemar, ai-je menti.

— Rose, vas la recoucher, tu veux.

Ma mère, qui était restée au fond de la pièce, nous a rejoints et m'a prise dans ses bras. Elle m'a ramenée dans mon lit et m'a bordée.

— Ça va aller, m'a-t-elle rassurée d'une voix douce. Les monstres de ton cauchemar sont partis.

À ce moment-là, je l'ai cru, sans savoir que le monstre de mes futurs cauchemars se trouvait au bout du couloir.

La première chose à laquelle je pense le lendemain matin est de me recoucher. Je suis épuisée de la soirée de la veille. Heureusement, je n'ai pas trop bu, sans quoi je me serais retrouvée avec une gueule de bois pour mon premier jour.

Je suis tentée de me glisser à nouveau sous la couette, dans mon lit douillet qui ne cesse de crier mon nom, mais je me décide finalement à me lever. On n'a qu'une seule rentrée à l'Université et je ne compte pas la rater.

Je me prépare en sentant l'excitation s'emparer de moi, prenant peu à peu la place de la fatigue. Je prends une douche rapide pour enlever les dernières traces de sommeil. Comme d'habitude, je m'arrête un instant sur les tatouages qui recouvrent mon corps, notamment la rose sur mon bras. Je les connais par cœur, mais je ne peux m'empêcher de les contempler dès que je suis sous le jet d'eau. Ils sont un rappel de mon histoire.

Finalement, je sors de la douche, m'habille, me brosse les dents, coiffe mes cheveux blonds et, une fois totalement préparée, quitte ma petite chambre pour rejoindre l'arrêt de bus.

Une fois à l'intérieur du bus, je cale mon casque sur mes oreilles et me laisse emporter par la musique de l'album éponyme de Shawn Mendes. Le bus est bondé d'étudiants. Je parcours les visages de mes nouveaux camarades lorsque mon regard croise des yeux gris que je n'aurais jamais pensé trouver là. Alexander me salue d'un geste bref de la main avant de se faufiler pour venir à ma rencontre.

— Salut, Cami, parviens-je à lire sur ses lèvres.

Je retire mon casque, me faisant à nouveau emporter par le brouhaha du bus.

— Salut.

— Décidément, on n'arrête pas de se rencontrer. Comment ça va, ce matin ?

— Comme un jour de rentrée, j'imagine. Et toi ?

— Ça va très bien. Je suis content d'être tombé sur toi.

Sa réplique me surprend, si bien que je lève un sourcil à son attention.

— Ah bon ? Pourquoi ça ?

— Parce que j'ai l'impression qu'on n'a pas tout à fait fini notre conversation d'hier. D'ailleurs, désolé de t'avoir effrayée avec mon compliment.

— Tu ne m'as pas effrayée. C'est seulement que je n'étais franchement pas d'humeur à me faire draguer.

— Je ne te draguais pas. Du moins, pas au moment où je t'ai dit que tu étais belle. C'était juste une pensée qui me traversait l'esprit et que j'avais envie de te partager.

Il me fait part de son explication comme si tout était parfaitement logique. Je l'observe, essayant de comprendre ce garçon. Je me surprends, un moment, à le détailler du regard. Ses cheveux foncés sont recouverts d'un bonnet noir, assorti au reste de sa tenue. Sous son bomber bleu marine, il porte en effet un tee-shirt noir et un jean de la même couleur. Visiblement, il a un goût prononcé pour cette teinte.

— OK, et bien merci d'avoir partagé cette pensée avec moi, mais juste, ne le refais plus.

— Très bien, mademoiselle Blue. Et du coup ?

— Du coup ? répété-je, ne voyant pas où Alexander veut en venir.

— Est-ce qu'on peut reprendre notre conversation ?

— Notre conversation ? Celle où tu me cites des auteurs français pour essayer de me séduire, tu veux dire ?

Il roule des yeux, un rictus amusé sur le visage.

— Ouais, celle-là.

— C'est vrai qu'elle était incroyablement intéressante, réponds-je, sarcastique.

C'est à mon tour de lever les yeux au ciel.

— Tu sais qu'une étude montre que la plupart des filles utilisent le sarcasme comme moyen de défense pour éviter de montrer leurs vraies émotions ? Alors, Camryn Blue, qu'est-ce que tu me caches ?

— J'aimerais bien voir cette étude, déclaré-je. Et je ne vois pas ce que je pourrais te cacher puisqu'on ne se connaît pas.

— Tu marques un point ! Et ça tombe bien, parce que j'aimerais bien apprendre à te connaître.

Encore une fois, je suis surprise par son discours. Pourquoi voudrait-il apprendre à me connaître ? Question que je ne tarde d'ailleurs pas à lui poser.

— Pourquoi ?
— Parce que j'en ai envie.
— C'est une très bonne explication ça, me moqué-je.

Il fait un pas vers moi. Je lève la tête pour croiser son regard.

— Voilà pourquoi, alors. Le peu que nous avons échangé m'a plu. Je veux voir ce qu'il y a derrière tout ce sarcasme, justement.

Je m'arrête un instant sur ce qu'il vient de dire. Je n'ai jamais été celle qui intéresse les garçons. Et voilà que j'échange quelques mots sans importance avec cet Alexander et que je... l'intrigue ? Il y a quelque chose que je ne saisis pas dans tout ça. Ou plutôt, si, et ce n'est pas une explication qui me plaît.

— J'aurais plutôt une autre hypothèse sur ce tu veux réellement. Tes techniques de drague n'ont pas marché sur moi, ce qui ne t'arrive jamais puisque tu es *tellement* irrésistible, et donc tu te mets au défi de réussir à me mettre dans ton lit. C'est ça, n'est-ce pas ?

Un blanc s'ensuit. Il semble confus, et je ne sais pas si c'est parce que j'ai raison ou parce qu'il se sent blessé par mes paroles.

— Tu me vois vraiment comme ça ?

Je hausse les épaules.

— Peut-être un peu. Je me trompe ?

À nouveau, il reste silencieux. Cette fois, je sais que j'ai raison.

— J'ai l'impression que tu es le genre de gars à enchaîner les conquêtes avec ton sourire charmant et tes citations, à ne jamais se faire rembarrer parce que tu es *le* gars que toutes s'arrachent sur le campus, un Don Juan par excellence.

— J'ai donc un sourire charmant ?

Son visage s'éclaire en reprenant ma réplique. Je ne sais pas pourquoi, mais j'ai l'impression que cette situation l'amuse beaucoup. Je marmonne un « crétin » dans ma barbe.

— C'est tout ce que tu as à dire sur moi, sinon ?

— Attends, je réfléchis. Quel autre cliché peux-tu être ? demandé-je en feignant de me concentrer.

— Cliché ?

— Ah si, je sais. Tu es une sorte de *bad boy* avec un côté sombre qui, au fond, est très sensible et écrit en cachette des poèmes dans sa chambre universitaire à la nuit tombée. Oh, et *évidemment*, tu es le chef d'une quelconque fraternité.

Pour être honnête, mes suppositions n'ont rien de fondé. À première vue, il ne correspond à aucun de ces clichés, si ce n'est le côté « coureur de jupons ». Je m'amuse seulement de la situation.

Il ne répond rien, mais je lis un brin de mépris sur son visage. À croire que, finalement, j'ai vu juste.

— J'ai raison, pas vrai ?

Il hausse les épaules.

— Je ne fais partie d'aucune fraternité. Pour le reste, à toi de le découvrir, mademoiselle Blue.

Son rictus froid se change en un sourire.

— Ne compte pas là-dessus, monsieur Cliché.

— Et pour information, je ne cherche pas à relever un défi avec toi, Cami. J'ai juste envie de voir plus loin que cette première conversation, est-ce que ça fait sens ?

Le bus finit par arriver à destination, me permettant de fuir cette discussion qui ne mène nulle part. Je ne comprends toujours pas à quoi joue Alexander ni ce qu'il attend

de moi. Je sors sans lui répondre. Je pensais que ma seconde fuite était un message clair, mais Alexander n'a pas l'air de cet avis. À peine ai-je atteint l'arrêt de bus qu'il m'interpelle.
— On n'a pas fini cette conversation, Blue.
Je me retourne vers lui.
— Qu'est-ce que tu veux vraiment, Alexander ?
— Tu peux m'appeler Alex.
— Sans façon.
— OK, appelle-moi comme tu veux.
— Ce sera « Crétin », alors.
— Très drôle. Peu importe. Je voulais juste te demander, pour conclure notre échange, si tu voulais aller boire un verre avec moi un de ces jours.
— Non.
— Pourquoi ? Ce n'est pas donné à tout le monde d'avoir un tête-à-tête avec moi, tu sais.
J'ignore s'il plaisante ou s'il est sérieux. Dans tous les cas, j'ai envie de couper court à la conversation.
— Tu vois, c'est justement pour ça que je refuse d'aller boire un verre avec toi. Ton arrogance te tuera.
— C'était pour rire, Cami.
— Tu devrais revoir ton humour, alors. Sérieusement, laisse tomber cette idée de rendez-vous. Ça évitera qu'on perde du temps tous les deux.
— Je suppose que c'est un non *définitif* pour le verre ?
— Tu as tout compris.
Sur ces mots, je le plante là. Pour la seconde fois en deux jours.

La première heure de la matinée passe lentement tandis que le président nous présente chaque aspect de l'Université, les différents clubs, événements, etc. Heureusement, les heures qui suivent sont consacrées à nos premiers cours.

Je suis ravie de découvrir le programme de mon cursus littéraire et je me régale d'avance des différents cours auxquels je vais assister. La charge de travail me réjouit moins, mais ce n'est pas comme si je ne m'y étais pas préparée. Je prends des notes pendant chaque intervention des professeurs, essayant de m'organiser du mieux que je peux entre chaque matière. Je crée différents dossiers sur mon ordinateur, classant chaque prise de note. Je me sens en confiance face à cette année qui s'étend devant moi.

La matinée se termine finalement sur une note très positive. J'ai hâte d'entamer concrètement ce premier semestre de cours.

En sortant de classe, je reçois un message de Teddy.

Tu me manques C.

Mon ventre se tord face à ces mots.

Teddy fait partie de ma vie depuis le début du lycée. Il a été la première personne à laquelle je me suis confiée concernant mon passé. Même en connaissant mon histoire, il ne m'a pas prise en pitié ni agit différemment avec moi. Teddy est à la fois mon confident, mon meilleur ami et le frère que je n'ai jamais eu. J'ai conscience de la chance que j'ai d'avoir une personne comme lui dans ma vie.

Sur le chemin du retour, je décide de l'appeler.

— Salut, Cam, comment vas-tu ?

Je pousse un soupir inexpliqué en entendant sa voix. Nous sommes séparés depuis seulement quelques jours, mais je ressens déjà le manque de sa présence, de ce sentiment de réconfort lorsque je suis avec lui. J'essaye de ne pas montrer mon désarroi en le sachant loin de moi en répondant :

— Salut Ted. Ça va. Je prends petit à petit mes marques ici. Et toi, c'est comment Oxford ?

— C'est... grand, impressionnant, et angoissant. Je me sens encore perdu, même après une semaine ici.

— Tu vas y arriver, j'en suis sûre. Tu es le meilleur d'entre nous. Oxford ne te résistera pas, lui assuré-je.

— J'espère ! J'ai eu mon emploi du temps des prochaines semaines et je pourrais venir te voir pendant les vacances d'automne, m'annonce-t-il.

— Super ! Je te ferai faire le tour de Southampton.

— J'ai hâte de te voir. Tu me joueras du ukulélé, quand je viendrai te rendre visite.

— Bien sûr. J'apprends un morceau de *Your Name* en ce moment.

— Il me tarde de l'entendre. Bon, désolé Cami, mais je dois te laisser. J'ai promis à des gars de ma promo que j'irai avec eux faire le tour des clubs de l'Université. On se parle plus tard ?

— Bien sûr.

— À plus tard, Cam.

— À plus tard, Ted.

Lorsque je retrouve ma chambre à l'heure du déjeuner, je me sens vidée. Entre ma première matinée intensive à l'Université, mon appel avec Teddy et mon échange avec ce donjuan-de-l'arrêt-de-bus, je me sens épuisée. Je m'étale sur mon lit, après m'être fait chauffer des ramens, et mets en route un épisode du podcast de Rachel.

J'écoute plusieurs épisodes de *That's so Rachel* (titre qu'elle a « emprunté » à la série *Glee*) avant de me décider à faire une sieste. À peine ai-je éteint les lumières, que des pensées se bousculent en masse sous mon crâne. Évidemment, je pense à *elle*, qui ne quitte pas mon esprit depuis toutes ces années. Mais je pense également à *lui*, Jim, qui continue de venir hanter mes rêves.

Sentant que je n'arrive pas à me sortir de mes nombreuses pensées, je me relève et attrape mon téléphone posé sur ma table de chevet. Je parcours mon répertoire, m'arrêtant sur le nom de Jim. Mon doigt hésite longuement au-dessus de la touche « Appeler ». Je résiste à cette pulsion et me lève finalement de mon lit. J'enfile en hâte une tenue de sport, composée d'un legging, d'un tee-shirt et de mes baskets de course, avant de quitter la chambre.

Courir a été une échappatoire dès mon arrivée chez Jane et Gabi. Lorsque mon cerveau est trop encombré pour me laisser dormir ou que des souvenirs douloureux resurgissent, je vais courir. Cela me permet de me vider la tête.

Ne pas avoir de trajectoire précise, courir là où mes pas me portent, sentir la fraîcheur du vent sur mon visage et l'effort fourni dans mon cœur, tout ça a quelque chose de libérateur. Danser lors de la soirée de pré-rentrée m'a fait le même effet.

Le soleil et la légère brise de Southampton m'accueillent lorsque je sors de mon immeuble. Je décide de courir jusqu'au campus. Bientôt, mes pieds m'entraînent devant la Hartley Library que j'ai repérée la veille. À bout de souffle, je m'assois contre la façade de la bibliothèque.

J'aimerais, à cet instant, avoir ma copie des *Misérables*, mon roman préféré. J'aime relire des passages de ce classique de Victor Hugo. Il me tient à cœur parce que c'était le préféré de ma mère, et qu'il est devenu le mien, même si elle ne le saura jamais.

À cette simple pensée, je sens les larmes couler sur mon visage. Quelque chose casse en moi et je me mets à pleurer à chaudes larmes.

Entre deux sanglots, je réussis à composer le numéro de Jim. Inévitablement, je tombe sur sa messagerie.

Je te déteste. Je te déteste.

6
Alex

Des traits bruts, sombres, un brin mélancoliques. L'expression de sentiments purs et douloureux que j'enfouissais au plus profond de moi depuis des années.

Le pinceau bougeait sur la toile sans que je réfléchisse à mon prochain mouvement. Du noir, du gris, du rouge… autant de couleurs qui représentaient mon état d'esprit lorsque je peignais et qui se transmettaient sur la toile immaculée.

Je peignais parce que je souffrais. Je laissais mon pinceau s'exprimer à ma place. Les formes que je crée étaient indescriptibles, abstraites. Elles étaient le reflet de mes pensées qui se battaient sous mon crâne.

Je le haïssais et pourtant je l'aimais. Il avait toujours été là, m'avait aidé à grandir, à donner le meilleur de moi-même, pour finalement me tirer vers le fond des abysses, là où l'obscurité régnait.

Ma peinture a pris vie en plusieurs coups de pinceau rageurs. Toute ma colère s'exprimait et s'estompait au fur et à mesure qu'elle imprégnait le tableau.

Lorsque ma tête fut vide, j'ai pris la toile maintenant recouverte et suis allé l'entreposer avec les autres, là où elles ne voyaient jamais le jour. J'ai fermé l'armoire à double tour, enfermant mes idées les plus sombres dedans.

J'ai repris mon souffle et ai retrouvé la lumière.

❋

Je fixe le plafond de ma chambre en me demandant ce que je vais bien pouvoir faire de ma journée libre. Nous sommes mercredi et les cours des secondes et troisièmes années ne commencent pas avant le lendemain. La rentrée de la veille s'est passée de façon totalement banale et conventionnelle. Les professeurs nous ont présenté notre programme du troisième et quatrième semestre, puis nous ont remis la liste des ouvrages de psycho qu'il nous faudra lire pour l'examen de fin d'année. Rien de bien intéressant à l'horizon.

En revanche, cette rentrée m'a permis de revoir Cami et je ne peux cacher que j'ai été content de pouvoir à nouveau lui parler. C'est bête car elle n'a fait que me remballer et me traiter de dragueur arrogant, mais elle a un charme que je ne peux ignorer et le peu de son caractère que j'ai pu observer me plaît. Et, oui je dois l'avouer, il y a cet aspect « défi » que j'ai nié auprès d'elle qui n'est, pourtant, pas totalement faux.

Le cours de mes pensées est interrompu par l'arrivée d'un nouveau SMS sur mon téléphone. Toujours allongé sur mon lit, je ne bouge pas pour regarder de qui il s'agit. Le dernier message que j'ai reçu au cours de la nuit m'a bien suffi. J'ai été terrassé par une crise d'angoisse à cause de celui-ci. Je ne serais pas étonné s'il s'agissait du même destinataire. Liam.

Prenant mon courage à deux mains, je me décide enfin à regarder l'écran de mon téléphone. Sous les mots « *J'ai du boulot pour toi* » envoyés par Liam à quatre heures du matin s'étale sa nouvelle mission pour moi.

> J'ai une course pour toi ce soir. 20h.
> Je t'envoie l'adresse dans la journée. Il
> y aura de potentiels clients. Je te laisse
> utiliser ton charme pour vendre. G et
> H seront là pour t'escorter et te filer le
> matos. Éclate-toi bien.

Une boule se forme dans ma gorge et dans mon ventre, la même qui est apparue cette nuit. Je soupire et me redresse dans mon lit en me passant une main dans les cheveux. Je me concentre sur le silence de l'appartement pour ne pas perdre le contrôle. Ma solitude dans ce grand espace ne m'attriste pas, au contraire, elle me rassure, car elle est le rappel que Liam est loin aujourd'hui.

Je me lève et vais à la salle de bain pour me passer de l'eau sur le visage. Je me concentre sur ma respiration, refusant une nouvelle crise. Lorsque je me sens mieux, l'angoisse passée, je prends mon téléphone, envoie un « *OK* » en réponse à mon frère, avant de composer le numéro de Jamie.

— Salut mec.
— Salut, Jay, je ne te dérange pas ?
— Jamais, tu le sais bien. Quoi de neuf ?
— J'ai besoin de voir du monde.
— Ah, Liam ?

Je soupire, mais ignore la question. De toute façon, il connaît déjà la réponse.

— On peut se voir ?

— Bien sûr. Donne-moi une heure et un lieu et je serai là.
— Aux Docks, vers 14h ?
— Ça marche.
— Je vais aussi proposer à Emi. Ça te dérangerait de passer la prendre à la Coloc ?
— Pas de soucis. À tout à l'heure, Alex.
— Salut.

Emi et Jamie sont déjà là quand j'arrive au café des Docks en début d'après-midi. Mes meilleurs potes sont en plein débat lorsque je les rejoins.
— Moi je te dis qu'il y avait assez de place sur cette planche, rétorque Jamie quand je m'assois en face de lui, à côté d'Emi.
— Oui, mais c'était une question de poids, pas de place. Ils auraient coulé tous les deux sur ce bout de porte si Léo ne s'était pas sacrifié.
— Je vous en supplie, ne me dites pas que vous êtes encore en train de vous battre pour savoir si Jack aurait pu être sauvé dans *Titanic* ?
— Tout à fait, confirme Emi le plus sérieusement du monde. C'est un débat très important. Et tu arrives pile au bon moment pour nous donner ton avis.
— Sérieux, Em, tu crois que j'en ai quelque chose à faire de *Titanic* ?
— Tu n'as pas de cœur de toute façon.
— C'est quoi le rapport ?
— Il n'y en a pas, je voulais juste le rappeler.
— Super ! Je donne rendez-vous à mes deux meilleurs potes pour avoir un peu de soutien, et à la place on me traite de sans cœur.

J'essuie une larme inexistante sur ma joue, l'air faussement peiné.

— Calme-toi, la *drama queen*.

Il y a un instant de silence avant qu'Emi ne reprenne :

— Jamie m'a dit que c'était à cause de Liam, encore. Une nouvelle mission ?

— Ouais.

— On ne veut pas savoir, c'est ça ? suppose Jamie.

— Non. Je n'ai pas envie de vous mêler à ça. J'avais juste besoin de me vider la tête et de ne pas trop penser à ce soir.

— Tu as bien fait. Tu sais quoi ? On n'a qu'à faire un truc ce week-end, histoire d'évincer ce qui t'attend ce soir. Une bonne soirée pour remplacer une soirée pourrie. T'en es ? demande Emi à l'attention de Jamie.

— Toujours. Alex ?

— Ouais, pourquoi pas. On peut le faire chez moi. Je ne pense pas que Liam rentre avant un moment.

— Parfait ! Je me charge de faire passer le mot.

L'enthousiasme d'Emi est contagieux, si bien que je souris à la perspective de cette soirée.

— Il y a une fille que j'aimerais bien inviter, me surprends-je à dire.

— Ah bon ? Qui ? m'interroge Jamie.

— Cami.

— L'amie de ma coloc ? s'étonne Emi.

— Ouais.

— Pourquoi elle en particulier ?

— Parce qu'elle m'a rembarré à un arrêt de bus, hier.

L'histoire est plus compliquée que ça, et moi-même j'ai du mal à comprendre ce qui m'attire autant chez elle, mais ma réponse résume plutôt bien la situation.

— Intéressant comme approche, plaisante Jamie. Donc elle t'a rembarré et toi, pour la remercier, tu veux l'inviter à une soirée ?

— Ce n'est pas ça. C'est juste que... je ne sais pas. Je crois que cette fille me plaît... et je ne la connais même pas.

— Ouh là, on dirait qu'Alex est cassé !

— Arrête, Em, t'es lourde. Sérieusement, je ne sais pas ce qu'il se passe, mais j'ai besoin de la revoir.

— OK, mais si elle t'a rembarré une fois, qui te dit qu'elle ne recommencera pas quand tu l'inviteras à ta soirée ?

Je hausse les épaules face à l'interrogation de mon ami.

— Je ne sais pas, mais qui ne tente rien n'a rien.

L'après-midi passé avec Jamie et Emi m'a fait un bien fou. Mais ma bonne humeur retombe vite lorsque l'heure du rendez-vous imposée par mon frère approche, d'autant plus lorsqu'il m'envoie ladite adresse.

Je prends la route de la course avec un nœud au ventre. Cela fait des années que je fais ça, mais rien ne change. Je suis toujours autant angoissé et ne ressens aucun plaisir à aller vendre les merdes de mon frère. La seule perspective qui m'enchante est la course de voiture qui accompagne les échanges avec les clients. Le sentiment de liberté et de contrôle dans ces moments est jouissif.

Arrivé à l'adresse indiquée, j'y retrouve Garrett et Hugo, deux amis et associés de mon frère qui, a fortiori, ont fini par devenir également les miens.

— Hey, A, la forme ? me salue Hugo.

— Ça va. Et toi mec ?

— Tranquille. Il y a pas mal de monde ce soir, donc on a prévu large. On va commencer à faire les rangs pendant ta course. Toi, tu gagnes, tu fais le beau devant ces dames, et tu leur refourgues le plus possible.

— Je sais ce que j'ai à faire, Hugo.

— Bien. Au boulot, les gars.

Nos chemins se séparent lorsque Hugo et Garrett se dirigent vers la foule de spectateurs qui attendent le début de la course, tandis que je rejoins les autres pilotes amateurs. Je reconnais plusieurs visages parmi eux, dont celui de Taron, un autre dealer avec qui mon frère a déjà eu plusieurs désaccords qui ont parfois fini dans le sang. Je ne suis pas pour la violence, mais j'y fais parfois face sans le vouloir. Les soirées comme celles-ci peuvent vite mal tourner lorsque les affaires de chacun entrent en conflit. Au fur et à mesure des années, j'ai dû apprendre à me battre, pour me défendre, mais également pour défendre les autres. Car, s'il y a bien une chose importante quand on entre dans ces affaires, c'est de rester fidèle à son camp, à ses amis. Une chose pire que d'entrer en rivalité avec les autres, c'est de l'être avec les siens. D'autant plus lorsque l'un d'entre eux est son propre frère.

— Alexander.

Mon prénom prononcé dans la bouche de Taron n'a rien d'agréable.

— Le toutou de Liam est enfin arrivé.

— Sérieux, Taron, ne commence pas à me faire chier. Je n'ai vraiment pas envie de me foutre sur la gueule avec toi.

— Je vois qu'on sort les grands mots directement. Ne t'inquiète pas, je n'ai pas non plus envie de me battre avec toi, à part là-bas.

Il indique la piste de course du doigt au moment où nos deux noms sont justement appelés pour la prochaine.

— Bonne chance, me lance-t-il avant de se diriger vers sa Camaro.

Je rejoins à mon tour ma voiture, une Aston Martin Vantage, cadeau de mes parents pour ma majorité (et pour compenser leur absence).

Je n'ai pas d'appréhension face à cette course car Taron n'est pas un adversaire redoutable. Mon Aston a plus de puissance que sa Chevrolet, et même si la vitesse est vite limitée avec la forme de cette piste, je sais que je le largue sur place sans soucis.

Je prends place sur la ligne de départ à côté de la caisse de Taron qui me fait un signe depuis son poste de pilote. Je ne le lui renvoie pas et me concentre sur la route qui s'étend devant moi. L'adrénaline monte en moi, accompagnée de cette soif de vitesse qui me fait vibrer.

Un gars que je ne connais pas prend place devant nos deux voitures pour annoncer le départ. Lorsque le « *Go* » part, j'enfonce la pédale d'accélérateur et démarre en faisant voler la poussière.

L'aiguille du compteur de vitesse monte rapidement et, plus elle augmente, plus mon corps est pris d'un plaisir indescriptible. J'ai le contrôle sur la situation, c'est ce que j'aime là-dedans. Je ne pense pas au danger, à la possibilité que je me plante. Je pense seulement au paysage autour de moi qui défile beaucoup trop vite pour que je puisse l'apprécier. Je pense aux roues de mon Aston qui dérape sur la terre et avale les kilomètres. Je pense à ce connard de Taron qui peine à me suivre et s'efface dans le rétroviseur. Je pense à cette petite chose que m'a offerte mon frère parmi toute cette merde dans laquelle il m'a entraîné il y a des années.

Je hurle de plaisir en passant la ligne d'arrivée et sors de la voiture sous les applaudissements de l'assistance. Je n'échappe pas non plus à mon prénom hurlé dans la bouche de certaines filles qui, je le sais, vont faire partie de mes premières cibles pour refiler la marchandise de Liam.

Une fois débarrassé de ma veste en cuir qui me colle à la peau, je rejoins le groupe d'étudiantes que j'ai repéré dans la foule.

— T'es vraiment trop fort, Alex ! s'exclame une des demoiselles dès que j'arrive à leur hauteur.

— C'est clair. Tu gagnes à chaque fois.

— À chaque fois, je ne sais pas, mais je me débrouille, ouais.

— Je ne sais pas comment tu fais pour faire ça, j'aurais trop peur de mourir à chaque virage, intervient une autre.

Je hausse les épaules et n'ai pas le temps de répondre que je suis assailli par d'autres questions, dont l'une d'elles constitue en une invitation à un *after*. Je décline l'invitation, profitant de ce moment pour leur proposer les produits de mon frère, qu'elles acceptent, enclines à de nouvelles expériences. Je les présente à Garrett et Hugo et délaisse le groupe, lorsque l'une d'elle me rattrape en trottinant.

— Alex, attends !

Je me tourne et fais face à la brune qui a été la première à m'accoster.

— Dis, tu ne voudrais pas qu'on continue la soirée, rien que tous les deux ?

Elle pose une main sur mon torse pour accompagner sa question et je me surprends à la dégager.

— Désolé... Lara, c'est ça ? Je n'ai pas trop la tête à ça ce soir.

— Oh... OK. Une prochaine fois, peut-être ?

J'acquiesce et m'en vais, sans prendre la peine de lui donner mon numéro de téléphone. Je n'ai pas envie d'elle, ni maintenant, ni une prochaine fois.

Je rentre seul chez moi, pour la première fois depuis longtemps. Peut-être qu'Emi a raison finalement. Peut-être que je suis bel et bien c a s s é.

7
Cami

Le matin de mon entrée au collège, j'étais une boule de nerf et d'excitation.

Pour l'occasion, maman m'avait préparé des pancakes. J'ai senti leur odeur quand j'ai descendu l'escalier. Mon ventre gargouillait à l'idée de ce petit-déjeuner. Pourtant, quand je suis entrée dans la cuisine, je n'ai plus du tout eu faim. L'image devant moi m'a coupé l'appétit et m'a tordu le ventre.

Mon père tenait fermement ma mère par le poignet, une main levée près de son visage. Il ne l'avait pas frappée, pas encore, car j'étais arrivée à temps. Mais en apercevant l'ecchymose sur la joue de ma mère, j'ai compris qu'il l'avait fait plus tôt dans la matinée ou dans la nuit. J'avais envie de hurler, de lui crier de la lâcher tout de suite, mais la peur m'a paralysée sur place et m'a empêchée de dire quoi que ce soit.

En m'apercevant, mon père a lâché aussitôt ma mère qui s'est écroulée sur la chaise, à la fois soulagée et fatiguée. Il s'est approché de moi, un sourire sur le visage qu'il espérait assez naturel pour me faire oublier ce que je venais de voir.

— Alors ma grande, prête pour ce premier jour ?

Les mots ne voulaient toujours pas sortir alors je me suis contentée d'acquiescer d'un hochement de tête.

— *Ta mère t'a préparé un petit-déjeuner de fête.*

Ma mère avait les traits tirés et l'air malade. Son visage était marqué de tout ce qu'elle subissait, aussi bien physiquement que moralement. Elle n'était plus que l'ombre d'elle-même.

J'avais envie de pleurer pour elle, de hurler pour elle, pourtant, je n'en ai rien fait. J'étais totalement impuissante face à la situation. J'avais essayé d'en parler, mais personne n'avait voulu m'écouter. On me disait que c'était normal que mes parents se disputent, que ça arrivait dans un couple, mais je savais que ce que mon père faisait à ma mère n'avait rien de normal.

Pourquoi lui faisait-il du mal ? Il l'aimait, non ?

J'avais supplié ma mère de le dénoncer, d'au moins en parler aux Connor-Pawlak, la famille de Rachel, mais elle refusait. Elle disait que ce n'était rien, qu'il ne voulait pas vraiment lui faire du mal. J'étais jeune, mais je savais que tout ça était faux. Elle ne voulait pas le dénoncer car elle avait peur, à la fois pour elle, et aussi pour moi.

Avec un goût amer dans la bouche, j'ai fini d'avaler mon petit-déjeuner. C'est mon père qui m'a conduite ce matin-là. Il est resté silencieux tout le long du trajet. Je sentais la tension qui émanait de lui. Elle se ressentait dans son air crispé, ses poings serrés sur le volant et les regards qu'il me lançait.

— *Je suis désolé, a-t-il dit finalement.*

Évidemment, je savais pourquoi il s'excusait. Mais en entendant ces mots, j'avais juste envie de vomir.

— *Tu sais que je vous aime, ta mère et toi.*

Je suis restée mutique, concentrée sur la route qui défilait et me rapprochait de l'arrivée.

— *Je n'ai que vous et... je ne voudrais pas vous perdre. Tu ne le souhaites pas non plus, n'est-ce pas ?*

Ses paroles sous-entendaient autre chose : Si tu parles, tu perdras tout. Alors, pour toute réponse, j'ai secoué la tête.

— C'est seulement nous trois, Cami.

J'ai acquiescé en silence tant j'avais la gorge serrée. Ma poitrine me faisait mal, mais je ne le montrais pas.

J'ai poussé un profond soupir lorsque le collège s'est dévoilé devant nous. J'ai sauté de voiture sans un mot pour mon père et ai couru vers l'entrée de l'établissement, trop soulagée de mettre le plus de distance entre lui et moi.

Je me retrouvais dans la même classe que Rachel, ma meilleure amie depuis toujours, et nous avons éclaté de joie en apprenant la nouvelle. Elle m'a parlé de ses vacances d'été qu'elle avait passées dans sa famille en Pologne, et je l'ai écoutée tout en rêvant d'une famille où l'amour et la violence ne seraient pas systématiquement associés.

— Et toi, tes vacances ? Je suis triste qu'on n'ait pas pu se voir cet été.

— Ça a été, je n'ai pas fait grand-chose. Ne t'inquiète pas, tu te serais de toute façon ennuyée ici. Et je suis contente que tu aies pu voir tes grands-parents.

— Oui, moi aussi. Ils m'avaient manqué.

Elle est repartie dans la narration de ses vacances.

Nous sommes bientôt entrés en classe et avons rencontré notre professeure principale. Madame Blue était une jolie jeune femme aux longs cheveux bruns qu'elle avait ramenés en queue-de-cheval. Avec son chemisier et son pantalon droit, elle affichait un air sérieux qui, je le sentais, n'était qu'une façade pour tenter de se faire respecter pour ce premier jour. Elle a commencé à nous présenter le programme de cette année, ainsi que nos emplois du temps, avant de proposer de faire un petit exercice pour apprendre à mieux se connaître.

— Vous allez rédiger un portrait de votre famille du point de vue d'un inconnu. Imaginez-vous dans la peau d'une personne qui ne vous connaît pas et qui vous rencontre, vous et votre famille, pour la première fois. Ce texte peut faire 20 lignes, comme 3. Je ne vous impose aucune contrainte. Alors, à vos rédactions !

Mon ventre s'est tordu dès qu'elle a prononcé le mot « famille ».

À côté de moi, Rachel s'est penchée sur sa feuille et a commencé à rédiger son texte. Moi je suis restée tétanisée, impossible de me saisir d'un stylo. J'avais l'impression d'être prise dans un piège, où l'on allait me forcer à avouer cette vérité qui me terrifiait tant.

J'ai eu de la peine à respirer pendant quelques secondes, avant que je sente une main sur mon épaule qui m'a fait sursauter. Madame Blue se tenait derrière moi, l'air préoccupé.

— Tout va bien ?

— Je... Oui.

Elle n'a pas posé plus de questions et a repris sa marche entre les rangées de tables. J'ai pris une grande inspiration et ai fini par prendre un stylo. Tout ce que j'ai rédigé ensuite n'était que mensonge et fantaisie. J'ai décrit sur ma feuille la famille de mes rêves, pas celle détruite qui m'attendait à la maison.

Lorsque Madame Blue a estimé que le temps de rédaction était fini, elle a invité chaque élève à se lever et à lire son texte. Lorsqu'est venu mon tour, la boule qui obstruait ma gorge a fait son retour. Je me suis levée péniblement et, d'une voix tremblante, ai commencé la lecture de mon portrait.

— Cette famille est charmante. Le père et la mère sont des personnes heureuses et bienveillantes qui sont fières de leur fille. Camryn n'a pas de frère et sœur, mais elle a des parents présents qui la comblent de bonheur tous les jours. Cette jeune fille est heureuse grâce à eux.

Je me suis empressée de m'asseoir dès ma phrase achevée. Cette description était si utopique que j'étais prête à pleurer tellement elle était loin de la réalité. J'avais mal à la tête, mal au ventre, mal au cœur. J'avais de nouveau envie de vomir, surtout lorsque des images de ce matin ont continué de défiler sous mon crâne.

La pause du matin est arrivée comme une délivrance. Je me suis levée avec précipitation de mon siège et étais presque arrivée à la porte quand Madame Blue a appelé mon nom.

— Peux-tu venir me voir un instant ? a-t-elle demandé.

Je me suis tournée vers Rachel qui m'attendait à la sortie et lui ai indiqué que je la rejoignais plus tard. Je me suis traînée jusqu'au bureau de ma professeure, la tête basse.

— Camryn, il faut que je sache. Est-ce que tout va bien à la maison ?

Les larmes me sont montées aux yeux instinctivement. J'avais envie de lui hurler la vérité. Mais, trop apeurée par les conséquences, je me suis contentée d'un « Oui » timide.

— S'il y a le moindre souci, tu peux m'en parler. Je suis là pour ça aussi, vous aider.

— D'accord.

Elle m'a regardée avec une moue inquiète. J'ignorais comment, mais elle avait compris.

— Écoute, je vais te laisser mon numéro et si, un jour, tu sens que c'est nécessaire, tu m'appelles.

J'ai pris le post-it qu'elle me tendait et l'ai remerciée avant de filer hors de la salle.

Je ne savais pas encore, à ce moment-là, qu'un jour, ce post-it allait me sauver la vie.

Le soleil qui accompagne mon réveil ce matin me ravit tellement que je décide d'en profiter en allant en cours à vélo. J'évite ainsi le bus bondé, ce qui me convient très bien. D'autant plus que la route jusqu'au campus est vraiment agréable avec ses allées d'arbres encore bien verts malgré l'automne qui approche. Je commence cette nouvelle journée de cours de très bonne humeur.

Le reste de la matinée est aussi positif que le début. J'assiste à mon premier cours de littérature française, que j'ai choisi en spécialité, essentiellement influencé par mon amour pour Victor Hugo. J'ai le plaisir d'y retrouver Jasmine, la colocataire de Rachel. Elle m'explique être en cursus de création littéraire et qu'elle a choisi ce cours, ouvert à tous les niveaux d'étude, pour se remettre à niveau sur le sujet. Nous discutons ainsi quelques instants avant que le cours ne commence.

Je suis captivée par les paroles de mon professeur, si bien que je ne vois pas l'heure passer. À la pause de midi, je laisse Jasmine rentrer à la Coloc et retrouve Lily et Rachel dehors. Nous décidons de profiter un maximum du beau temps et de déjeuner sur les tables de pique-nique disponibles dans la cour du campus.

Nous mangeons en discutant de nos cours, de nos nouveaux camarades et de tout ce qui se rapporte de près ou de loin à l'Université. Je jalouse mes meilleures amies un instant lorsque j'apprends qu'elles ont plusieurs cours en commun. Pas étonnant quand on sait qu'elles ont toutes les deux choisi un cursus scientifique, Rachel en biologie, et Lily en prépa médecine.

Je profite de la pause pour commencer le roman que nous a demandé de lire notre professeur de littérature classique, tandis que mes deux meilleures amies continuent de discuter à côté de moi.

Lily m'interrompt dans ma lecture en me donnant un petit coup de coude dans les côtes pour attirer mon attention.

— Eh, ce n'est pas l'ami d'Emi ? Alexander, le cliché ambulant. C'est bien comme ça que tu l'avais appelé, Cam ?

Oh non, qu'est-ce qu'il veut encore ?

Rachel et Lily ignorent que j'ai reparlé à Alex depuis cette soirée-là. J'espère qu'il ne veut pas remettre son invitation sur le tapis.

— Ouais, c'est lui.

— Il regarde dans notre direction, fait remarquer Rachel.

— Et il *marche* dans notre direction, complète Lily.

Effectivement, le cliché ambulant vient vers nous d'un pas nonchalant.

— Salut les filles !

— Salut ! répondent en chœur mes copines.

— Je me suis dit que ce serait sympa d'apprendre à connaître les nouvelles amies d'Emi, du coup je voudrais vous inviter à une soirée à mon appartement.

À quoi il joue ?

— C'est demain soir, il n'y aura que des gens cool et je suis sûr que vous en faites partie. Ça vous dit, alors ?

— Complètement !

— Avec plaisir !

Je suis visiblement la seule à ne manifester aucun enthousiasme à l'idée de cette fête.

— Super ! Emi vous donnera mon adresse. À demain alors, déclare-t-il avant de nous laisser.

Dès qu'il disparaît de notre champ de vision, je me tourne vers Lily et Rachel.

— C'était quoi ça ?

Je ne reçois que des regards interrogateurs, ce qui me pousse à préciser.

— Vous aviez l'air de vraies *fangirl* devant lui ! Vous auriez manifesté moins d'enthousiasme si ça avait été Sam Claflin qui vous avait proposé cette soirée. Qu'est-ce qui vous arrive ?

— Rien, c'est juste que c'est sympa de sa part de nous inviter, répond finalement Lily.

— Et ce n'est pas tous les jours qu'on est invitées à une soirée d'étudiants.

— Peut-être pas tous les jours, mais on n'en est pas loin, rétorqué-je.

— Tu ne veux pas y aller, c'est ça ? demande Lily en faisant mine de bouder.

— Pas...

— Viiiiens, s'il te plaiiiiit, Camiiiii, me supplie Rachel avant que je n'ai pu répondre quoi que ce soit.

Comment puis-je résister aux yeux de cocker de mon amie ?

— Je n'ai pas le choix, j'imagine.

— Tu as tout compris !

Et c'est reparti pour un élan d'enthousiasme à la Lily et Rachel.

Deux soirées en une semaine, j'ai l'impression de vivre dans un épisode de *Riverdale*.

Je suis scotchée devant ma penderie depuis dix bonnes minutes lorsque Rachel me passe devant pour inspecter à son tour mes vêtements.

— Trop classique. Trop simple. Trop... Tu as encore cette chose ? commente-t-elle en sortant une jupe patineuse.

Elle et Lily m'ont rejointe à ma chambre pour se préparer avant d'aller à la soirée d'Alexander.

— J'adore cette jupe ! Et elle me va toujours, je te ferais dire.

— Contente pour toi, mais tu ne mettras certainement pas ça ce soir.

— Pourquoi pas ta petite robe noire ? C'est un incontournable qui marche toujours, intervient Lily.

Assise sur mon lit, elle regarde des TikTok de comédies musicales sur son téléphone.

Elle est vêtue d'une robe chasuble noire sur un chemisier gris clair qui lui va à merveille. Lily a une beauté naturelle qui lui vient du parfait mélange entre sa mère, irlandaise, et son père, vietnamien. La peau blanche, les cheveux d'un noir de jais et les yeux marron.

Rachel, de son côté, porte un pantalon en simili cuir qui marque ses courbes rondes et un tee-shirt blanc avec un liseré aux couleurs du drapeau bisexuel sur les manches. Elle a ramené ses cheveux châtains, qui lui arrivent d'habitude aux épaules, en une queue-de-cheval haute. Sa frange souligne ses yeux bruns qu'elle a maquillés avec un peu de fard bleu et un trait d'eye-liner. Son look pop est à son image, extravagante et pétillante.

— Oui, la robe noire pourrait aller, commente cette dernière.

— Sinon, je peux aussi choisir mes propres vêtements ? demandé-je en riant.

— Cam, ne me mens pas, j'ai vu ta détresse face à ta penderie. Tu avais clairement besoin d'aide pour choisir ta tenue.

— Peut-être, oui. Mais maintenant j'ai trouvé et, désolée de vous décevoir, mais ce ne sera pas la robe noire.

Je reprends ma place face au placard et en sors un jean taille haute et une chemise rose poudrée à manches courtes.

— Une chemise et un jean, sérieusement ?

— J'aime beaucoup cette chemise et ce jean.

Rachel roule des yeux, mais avant qu'elle n'ait le temps de rajouter quelque chose, je m'éclipse dans la salle de bain et enfile ma tenue. Je laisse mes cheveux blonds tomber naturellement sur mes épaules, puis me décide à les lisser un peu. J'applique mon rouge à lèvres préféré, la seule touche un peu « festive ». Le tout me convient très bien.

Je retrouve mes amies qui sont en train de mettre en vitesse leurs chaussures.

— Emi nous attend en bas, explique Rachel.

Cette dernière soupire en me voyant enfiler mes Converses blanches. Une fois prêtes, nous rejoignons Emi avant de prendre la route en direction de l'appartement d'Alexander.

Notre hôte de la soirée nous accueille tout de noir vêtu. Tee-shirt noir, jean noir, Converses noires... il porte même du vernis noir sur les ongles. Un instant, il me fait penser à Edward de *Twilight*. Je dois reconnaître que le look « vampire rebelle désespéré » lui va plutôt bien.

— Mesdemoiselles, bienvenue chez moi, déclare-t-il d'un ton solennel en nous invitant à entrer. Emi, tu connais déjà la maison...

— Yep ! s'exclame cette dernière en s'affalant sur le canapé du salon où s'est agglutiné le reste des invités. Je reconnais Jameson, Cillian et Jasmine de loin qui sont en train de discuter en buvant une bière.

— Je vous fais un rapide tour ? propose-t-il.

Nous n'avons pas le temps de répondre qu'il nous entraîne déjà dans son appartement. Il nous montre les pièces stratégiques : salon, cuisine, toilettes, avant de nous proposer à boire. On se sert toutes les trois un verre de bière avant de retrouver le salon.

Je m'installe sur un des deux canapés, à côté de Jameson, l'autre meilleur ami d'Emi, avec qui je n'ai pas échangé plus de deux mots à la dernière soirée.

— Salut ! Tu es Cami, c'est ça ?

— C'est ça. Et toi, Jameson ?

— Tout à fait. Mais tu peux m'appeler Jamie. Ou James. Ou Jay. Comme tu préfères, répond-il avec un grand sourire.

Je bois une gorgée de ma bière, pas très à l'aise parmi ces étudiants que je connais peu. Je regarde en direction de Rachel, en grande discussion avec Emi, puis scanne la pièce à la recherche de Lily. Je repère un bout de sa robe à travers l'ouverture de la cuisine, où se tient également Alexander. Celui-ci coule un regard vers moi, que j'évite rapidement.

— Il paraît que tu l'as remballé royalement à la rentrée.

Je me tourne vers Jamie, surprise de ses mots. Je me sens soudainement gênée qu'Alexander ait parlé de moi à son ami. J'imagine que ce n'était pas pour faire mes éloges.

— Oh. Ouais, on peut dire ça.

— Je crois que tu lui plais.

Je me mets à pouffer face à cette affirmation de Jamie.

— Comment je pourrais lui plaire ? La seule chose que j'ai faite depuis qu'on s'est rencontrés, c'est le repousser. Je crois surtout que son ego en a pris un coup.

— Tu n'as pas tort sur ce point, confirme finalement Jamie en riant.

— C'est donc bien ça qui l'attire chez moi ? Le fait que je représente un défi pour lui ?

— Non, je ne pense pas.

— Alors, c'est quoi ? Je ne sais pas pourquoi il s'entête avec moi alors que, selon ses dires, toutes les filles lui courent après.

— Peut-être parce qu'il a vu quelque chose en toi qu'il n'a vu chez aucune autre.

Je m'arrête un instant sur les dires de Jamie. Qu'est-ce qu'il aurait vu chez moi ? Je ne pense pas être bien différente d'une autre de ses conquêtes. Je m'apprête à interroger de nouveau son meilleur ami, quand celui-ci reprend :

— Attends, il t'a vraiment dit que toutes les filles lui courent après ? demande Jamie en levant un sourcil, un sourire amusé aux lèvres.

Je hausse les épaules en buvant une nouvelle gorgée de ma bière.

— Bon, c'est peut-être moi qui ai spéculé sur la chose, mais il n'a pas contesté.

— Je ne vais donc pas contredire ses propos, réplique-t-il.

— Solidarité entre amis, hein ? D'ailleurs, je serais bien curieuse de savoir comment vous vous êtes rencontrés tous les deux.

— Je l'ai connu à l'époque où je sortais avec son frère. Malgré la rupture, on est restés très proches, Alex et moi. C'est un peu comme mon petit frère.

— Je vois.

Je ne peux m'empêcher d'à nouveau jeter un œil vers la cuisine, avant de le reporter sur Jamie et de lui dire :

— Toi qui le connais bien, tu peux me confirmer que c'est un *player*, alors ?

— Il drague, oui, mais il ne joue pas.

— Je ne vois pas la différence.

— La différence est qu'il ne promet rien aux filles avec qui il couche. Il est très clair avec elles sur le fait que ce n'est l'histoire que d'une nuit. Ce n'est pas jouer que d'être simplement honnête.

— OK, alors qu'est-ce qu'il cherche avec moi ?

— Peut-être pas l'histoire d'une nuit, justement.

Plus tard dans la soirée, je suis en plein milieu d'une conversation avec Jasmine, Emi et Rachel qui implique Emma Watson, le groupe The Score, un tour en Jeep et de la pizza chèvre-miel, quand Alexander et Lily nous rejoignent. Ces deux-là ont passé le reste de la soirée ensemble et, même si je suis contente pour mon amie, je ne peux pas m'empêcher de penser aux regards que m'a lancés Alexander et aux paroles de Jamie. J'ai médité un moment sur ce qu'il m'a dit, mais je suis toujours autant perdue dans l'énigme Alexander. J'ai vraiment du mal à croire qu'il ne cherche pas à se *challenger* auprès de moi.

— Un verre ? me propose justement celui-ci, amusé de me poser à nouveau cette question. Promis, ce n'est pas une proposition de rendez-vous.

— OK.

Je me lève et le suis à la cuisine où il sort une bouteille de bière et une de sirop.

— Une bière avec du sirop de grenadine, c'est ça ?

— Je ne sais pas si je dois me sentir flattée ou apeurée que tu te souviennes de ça.

Il rit en remplissant mon verre de mon mélange. J'en bois une gorgée et m'appuie au bar en l'observant se servir à son tour.

— Je peux te demander quelque chose, Axel ?

— C'est Alex. Et bien sûr.

— Pourquoi tu nous as invitées ?

— Pour être gentil ?

— C'est moi ou c'est toi que tu essayes de convaincre ?

— Toi, définitivement. Je ne te l'ai peut-être pas montré jusque là, mais je suis quelqu'un de gentil.

— Contente de l'apprendre.

Je vide mon verre d'une traite. Comme me l'a confirmé Jamie et comme me le confirme cette conversation, Alexander sait y faire avec les filles. Nous discutons de banalité, mais ses yeux qui ne lâchent pas les miens, son demi-sourire et sa façon de se pencher légèrement en avant dans ma direction ne mentent pas. Est-ce qu'il a joué au même jeu avec Lily un peu plus tôt dans la soirée ? Est-ce que c'est quelque chose qu'il fait pour se prouver à lui-même qu'il peut plaire ?

Nous restons un instant silencieux. Je le regarde, restant de marbre face à ses tentatives de séduction, ce qui semble l'amuser.

— Parle-moi de toi.

Je suis surprise par sa demande si bien que je reste un instant silencieuse. Il m'a dit vouloir apprendre à me connaître, je suppose que c'est sa façon de le faire.

— Il n'y a pas grand-chose à dire.

— Je suis sûr du contraire. Tu aimes Victor Hugo, c'est déjà quelque chose. Et Shawn Mendes, à priori.
— Comment tu sais ça ?
— Je l'ai entendu dans ton casque quand on s'est croisé dans le bus. Tu écoutes ta musique vachement fort !
— OK, très bien, oui j'aime beaucoup Shawn Mendes. Et Victor Hugo. Et toi, alors, tu aimes vraiment la littérature ou tu t'en sers juste pour draguer ?
— Un peu des deux.
— Ces pauvres auteurs...
— ...Seraient fiers de voir leurs œuvres utilisées pour la bonne cause, complète-t-il avec un air fier.
— Si tu le dis. Je serais curieuse de savoir la citation qui marche le mieux auprès des filles.

Il s'approche du bar et s'y appuie.

— « *L'amour ne voit pas avec les yeux, mais avec l'âme.* »[7]
— Oh, tu ne fais donc pas que dans les auteurs français.
— Et non, mademoiselle Blue, Shakespeare est aussi un bon allié pour séduire ces demoiselles.

Je dois avouer que l'attitude d'Alexander m'amuse... du moins, quand je ne suis pas impliquée dans ses tentatives de séduction. J'ai beau me creuser la tête, je ne comprends pas ce qu'il cherche avec moi.

— L'autre jour, tu as dit vouloir apprendre à me connaître.
— C'est exact. Et je le souhaite toujours, Blue.

---

[7] *Citation extraite du roman* Le songe d'une nuit d'été *de William Shakespeare*

Je suis surprise par ce surnom. Et encore plus par la sincérité que je sens derrière cette phrase. Il semble réellement le penser. Ce qui me trouble davantage.
— Je ne comprends pas. Pourquoi ?
— Parce que je te vois et j'aime ce que j'ai en face de moi.
Je secoue la tête.
Son sourire charmeur s'élargit, tandis qu'il se rapproche davantage, chose que je ne pensais pas possible. J'ai l'impression de retenir mon souffle un instant.
— Je te vois, Camryn Blue, répète-t-il d'un ton plus grave.
Sur ces mots, il quitte la cuisine.

Je réintègre le petit groupe de filles peu de temps après. Je m'assois à côté de Lily qui m'interpelle dès mon arrivée.
— Ça va ? Tu as été plutôt longue dans la cuisine, me questionne-t-elle aussitôt.
— Alexander m'a tenu la jambe. Rien d'intéressant.
— OK.
Sa réponse est simple, mais je sens qu'elle attend plus. C'est clair, Lily en pince pour Alexander. Je ne peux pas l'en blâmer. Je ne souhaite simplement pas qu'elle se retrouve face à des sentiments à sens unique.
— Écoute, Lily. Je ne sais pas ce qu'Alexander a pu te raconter, mais… fais attention. Ce n'est pas le genre de gars qui… disons… est adepte de la monogamie.
— Tu ne le connais pas, Cam.
— Toi non plus.
— Non, c'est vrai. Et ne t'inquiète pas, j'ai bien compris qu'il enchaînait les conquêtes, mais, je ne sais pas, on a eu une sorte de connexion durant la soirée. On discutait comme si l'on se connaissait depuis des années.

— Je veux seulement que tu ne souffres pas.
— Je sais.

Elle me prend dans ses bras. Je me crispe à son contact avant de me détendre et d'apprécier son geste signifiant « *merci* ». Je ne sais pas à quoi joue Alexander, mais s'il fait le moindre mal à Lily, il peut être sûr que je serais là pour l'accueillir comme il faut.

Je ne laisserai pas ce crétin jouer sur plusieurs tableaux, surtout si cela inclut ma meilleure amie.

Et je compte bien le lui faire comprendre.

8
Alex

La toile s'est parée d'une silhouette dans la pénombre. Elle était assise sur un canapé de style scandinave, sous une lumière tamisée qui créait un halo autour d'elle. Il n'y avait qu'elle dans ce décor froid et impersonnel. Pas de photos, pas d'objets de décoration, pas de souvenirs.

Rien.

Et elle était là, au milieu de tout ça, un sourire sincère sur le visage. Ses lèvres étaient recouvertes d'un rouge à lèvres que j'avais déjà vu sur elle, moins d'une semaine plus tôt. Elle le portait fièrement, comme une seconde peau. ~~Cette seule touche de couleur au milieu de ce visage blanc~~.
Non, pas la seule touche.

Car il y avait ses yeux, d'un bleu au couleur de l'océan qui, selon une expression cliché, nous donnait l'envie d'y plonger.

Je l'ai imaginée se moquer de moi en lui prononçant ce genre de phrases. Ces phrases qui, si je l'avais bien cernée, étaient tout ce qu'elle détestait entendre.

J'ai fini de peindre son visage rond et ses grands yeux bleus, avant de me concentrer sur sa chevelure blonde. Ses cheveux lui arrivaient juste au-dessus des épaules et tombaient raides. Je l'avais bien observée ce soir-là et j'avais pu constater cette manie qu'elle avait de passer une mèche de ses cheveux derrière son oreille. Je l'ai représentée donc ainsi, une oreille découverte.

Bordel ce qu'elle était belle.

J'avais déjà pu voir à quel point elle était belle la première fois que je l'avais vue. Elle avait cette allure pure, naturelle, comme une toile vierge qui n'attendait que toutes les couleurs de l'univers. Et, croyez-moi, cette fille-là méritait toutes ces couleurs.

J'ai fini cette peinture en y ajoutant sa tenue simple, un jean et une chemise rose, ainsi que ses Converses blanches. Et voilà. Elle était là, peinte sur cette toile que j'allais enfermer avec les autres. Elle restera cachée, comme cette passion que je protégeais. Parce que c'était une part de moi que je n'osais montrer.

J'ai laissé cette toile ici, avec mes pensées sombres et mon envie d'autre chose.

✻

Cami Blue fait la moitié de ma taille, mais elle m'intimide.

Ce que j'ai retenu de nos quelques conversations, c'est que je ne sais clairement pas y faire avec elle. Et qu'elle ne me porte pas dans son cœur. Ces deux constatations combinées ne vont vraiment pas m'aider à me rapprocher d'elle.

Elle a raison, je ne la connais pas, mais je commence à la découvrir petit à petit. Elle paraît si confiante, pourtant je sens une fêlure au fond d'elle. Je peux le voir dans son regard, dans sa façon de se décaler lorsqu'une personne la touche. Quelque chose la hante. Je ne connais cette sensation que trop bien pour ne pas la repérer chez elle. Et à cause de ça, j'ai cette envie irrépressible de la protéger.

Je veux tout voir d'elle, au-delà de cette image froide qu'elle renvoie, l'aider à porter un peu du poids du monde qui pèse sur ses épaules.

Je veux la voir rire,
encore
et encore,
et être la raison de celui-ci.

J'ai encore un long chemin à faire avant de la faire sourire, et pas d'un sourire cynique. Je ne suis pas parti du bon pied avec elle. Je compte bien la faire changer d'avis à mon propos.

Je suis prêt à prendre les pagaies, et ramer.

Comme d'habitude, c'est la sonnerie de mon téléphone qui me sort du sommeil dans lequel j'étais plongé.

Je constate l'arrivée de plusieurs messages et appels manqués. Les appels viennent de mon frère, que je me permets d'ignorer pour le moment. Je n'ai pas envie de me replonger dans l'enfer de cette vie-là, pas après avoir entraperçu un semblant de vie normale dans mes rêves. Une vie où je ne suis plus obligé de travailler pour mon frère. Où la seule chose qui importe est une jeune fille aux cheveux blonds et aux yeux bleus.

J'efface les appels avant de revenir sur les messages. La plupart viennent d'anciennes conquêtes, ou de filles qui sont intéressées pour le devenir. Mais l'un d'eux attire mon attention. Il est signé du nom de Lily, ce qui me ramène au long moment que j'ai passé avec elle. Elle est loin d'être une fille désagréable, et on ne peut nier qu'elle est très jolie. Mais pendant tout le temps où j'ai pu discuter avec elle, mes pensées étaient indéniablement tournées vers une autre personne. J'en ai même oublié que je lui avais passé mon numéro.

Hey Alex ! Je voulais te remercier pour hier, c'était une très bonne soirée et j'ai beaucoup aimé parler avec toi. N'hésites pas, si tu as envie que l'on se revoie, seulement tous les deux, pour continuer notre conversation. Bonne journée !

Je ne sais pas quoi répondre à ce message. Je ne veux pas lui donner de faux espoirs, ni la blesser en refusant son invitation. En attendant d'avoir les idées claires, je l'ignore.

La soirée de la veille m'a reboosté. Je profite de mon samedi pour peindre dans mon bureau, une pièce où je suis le seul à entrer. À part mon frère et Jamie, personne ne sait que je peins et que des dizaines de toiles sont enfermées dans cette pièce. Je ne veux pas montrer cette facette-là de moi, celle qui extériorise avec des traits de couleur.

Je m'exprime mieux ainsi. Toutes mes pensées, tous mes sentiments se retranscrivent sur la toile.

La colère, la frustration, l'angoisse, le ressentiment, la peine.

Et parmi tout ça, il y a ce nouveau sentiment que je ne saurais expliquer. Il est là, enfoui dans mon ventre, et se manifeste dès que je pense à

elle.

Elle doit avoir raison, je suis un putain de cliché. Et malheureusement, ce n'est pas la seule chose sur laquelle elle a raison. Je suis ce *bad boy* coureur de jupons qu'elle a décrit. Ce type au côté sombre qui, au fond, a une certaine sensibilité qui s'exprime dans l'art qu'il cache. Et aussi... je ne suis qu'un c r é t i n.

Mais un crétin avec des amis de très bons conseils qui pourront peut-être m'aider à m'améliorer.

Je compose sans plus attendre le numéro de Jamie.

— Salut mec ! m'exclamé-je dès qu'il décroche.

— Salut, Alex. T'es bien matinal, toi. Et bien trop en forme pour un lendemain de soirée. Qu'est-ce qui t'arrive ?

— Disons que la soirée m'a motivé.

— À quoi ?

— Devenir un mec bien.

J'ai à peine prononcé ces mots que Jamie raccroche. Quelques secondes plus tard, un message arrive sur mon téléphone.

C'est trop grave pour en parler par téléphone. J'arrive tout de suite.

Il ne m'a pas menti. Vingt minutes plus tard, Jamie est assis sur mon canapé et m'observe comme un objet d'étude.

— Première chose, commence-t-il. Tu es un mec bien... à ta façon, disons. Tu te comportes des fois comme un pur enfoiré, mais c'est plus par bêtise que par méchanceté.

— Euh... merci ?

— Et tu sais qu'il y a des choses sur lesquelles je ne pourrais rien faire. Ton frère...

Je secoue la tête, refusant de parler de ~~Liam~~.

— Je sais, le coupé-je. On va éviter de penser à cette partie-là. Je veux juste renvoyer une bonne image de moi.

— OK. Je suppose que je n'ai pas besoin de te demander pour quelle raison tu as soudainement envie de changer ?

Le sourire que me renvoie Jamie est éloquent.

— Tu as déjà compris pourquoi.

— D'accord. Mais à part pour elle, dis-moi que tu le fais aussi pour toi ? Que ce n'est pas juste pour lui plaire, mais parce que tu en as vraiment envie ?

Je reste un instant silencieux, réfléchissant à sa question. Évidemment que je veux changer pour qu'elle m'apprécie, que c'est le déclic à tout ça. Mais c'est également quelque chose dont j'ai besoin. Je ne peux plus continuer cette vie où je ne fais que le mal autour de moi. Et peut-être qu'au bout du compte, ce changement m'aidera plus profondément, dans les douleurs qui subsistent depuis des années. Peut-être que les choses avec mon frère... non, je ne veux pas penser à ça pour le moment.

— Ce n'est pas seulement pour elle, réponds-je fermement.

— Très bien. On a du boulot, mon pote !

Les conseils que me donne Jamie le reste de la journée sont simples. Arrêter de jouer les abrutis. Arrêter de vouloir draguer la terre entière. Arrêter de prendre cet air froid et inaccessible. Arrêter d'être vaniteux. Arrêter de penser que tout m'est dû. Et surtout, arrêter d'être quelqu'un d'autre.

Je sais ce qu'il entend par là. Jay est la personne qui me comprend le mieux. Il me connaît depuis tellement d'années qu'il sait que je n'ai pas toujours été comme ça. Que cette façade que j'affiche n'est qu'une carapace pour me protéger. Je ne veux pas montrer mes faiblesses, car je sais comme c'est facile de les utiliser pour me faire du mal. Alors je les cache derrière cette façon d'être et d'agir, même si ça fait de moi quelqu'un d'autre. J'ai été ainsi tellement longtemps que je ne sais plus comment redevenir l'ancien moi. Le *vrai* moi. Mais j'ai besoin de le retrouver pour avancer.

— Ça ne va pas être facile, mais je serai là pour t'aider à redevenir *toi*. Parce que je connais ta vraie personne, le vrai Alex. Celui qui est drôle, loyal, humble, parfois un peu timide. Celui qui se confie sur tout, qui n'enchaîne pas les conquêtes pour le plaisir, qui est là pour ses meilleurs potes, quoi qu'il arrive... Moi aussi, j'ai envie de le retrouver.

Les paroles de mon meilleur ami me touchent. Je n'avais pas réalisé que mon comportement pouvait aussi affecter mes amis les plus proches.

— Je suis désolé. Je ne pensais pas être différent avec toi.

— Je te mentirais si je disais que tu n'as pas changé ces dernières années. Tu es plus distant parfois, plus secret. Tu as tendance à te renfermer sur toi-même et à nous mettre à l'écart. Et pas seulement en ce qui concerne ton frère. Et puis, il y a cette image que tu renvoies que je peine à reconnaître. Jouer les *bad boy*, attirer les regards des filles, être détaché de tout...

— Au fond, je suis devenu comme ça.

— Un peu, oui. Mais je ne pourrai jamais t'en vouloir pour ça car tu as tes raisons. Je sais que ce que tu supportes n'est pas facile et que cette façon d'être te permet de le rendre plus tolérable. Le fait que tu le reconnaisses est déjà une première étape vers ce changement que tu souhaites.

— Merci, Jay.

— Je suis là et que je serai toujours là, même quand ce côté « abruti » ressort.

À nouveau, je le remercie, mais cette fois avec un sourire. Je n'ai pas besoin de mot pour lui dire à quel point ce qu'il me dit compte pour moi.

La conversation prend un ton plus léger lorsque Jamie déclare :

— Tu sais, j'ai un peu discuté avec Cami hier soir.

— Ouais, j'ai vu ça.

— Elle ne t'aime pas beaucoup.

Son ton catégorique me fait rire, malgré le fait déplaisant qui en découle.

— Merci de l'info, mais ça je le savais déjà.

— C'est quoi le truc avec cette fille, alors ?

— Elle... elle me plaît.

Elle me plaît plus que je ne pourrais l'expliquer, pensé-je.

— Comme toutes les filles avec qui tu couches, non ?

— Pas comme ça. C'est la première fois que j'ai cette envie de... plus ? Elle m'attire, c'est clair. Je n'arrive pas à détacher mon regard d'elle, je bois ses paroles même quand elle m'engueule, elle arrive à me faire rire alors qu'elle se montre froide avec moi... putain, je suis *vraiment* un cliché.

— Ce n'est pas être un cliché, c'est craquer pour quelqu'un. Tu es touché, mon pote. Graaave touché, même !
— Bordel.

Je me passe une main dans les cheveux, l'air songeur. Comment je peux être autant attiré par une fille que je connais à peine ? Une interrogation que je partage avec Jamie.

— Tu sais, j'ai ressenti exactement la même chose quand j'ai rencontré Liam. C'est ce qu'on appelle le coup de foudre, mon pote.
— Le coup de foudre, sérieux ? T'as pas trouvé plus niais que ça ?
— Eh ! c'est toi qui as demandé, je te ferais dire. Désolé de te l'apprendre, mais les coups de foudre existent, et tu es tombé en plein dedans.
— Je ne crois pas, non.
— Hm. Pense ce que tu veux, mais ce que je vois ne trompe pas. T'en pinces pour elle d'une façon que tu ne t'expliques pas. Il y a un terme pour ça : le coup de foudre !
— La ferme !

Mon exclamation le fait rire. Ou bien est-ce ma situation qui l'amuse ? Je ne saurais le dire. En tout cas, cette conversation avec Jamie m'a bien aidé et m'a ouvert les yeux. Je ne sais pas exactement où j'en suis, mais j'avance. Un pas à la fois.

La semaine suivante passe à une vitesse folle. J'alterne entre les cours et les boulots pour mon frère qui se multiplient avec la reprise des cours et des *race*[8]. J'ai à peine le temps de souffler.

Lorsque le week-end arrive, je m'autorise enfin à me reposer, à peindre un peu et, surtout, à penser à Camryn Blue. Je l'ai à peine croisée cette semaine, ce qui me désole bien. J'ai envie de la revoir, ou au moins de la contacter, mais je n'ai pas osé lui demander son numéro de téléphone lors de notre dernière rencontre. De toute façon, elle aurait certainement refusé de me le donner. Mais Instagram est mon ami.

J'ouvre l'application sur mon téléphone et commence à chercher son nom. Heureusement pour moi, elle a inscrit celui-ci sur son compte et, malgré son pseudonyme original *camiserablue*, je la trouve facilement. Je fais défiler son *feed* composé de photos de paysage, de livres, d'elle seule, d'elle avec Lily et Rachel, d'elle avec un type que je ne connais pas, ce qui crée une alerte dans mon cerveau. J'aime toutes ses photos, sauf celle avec le garçon inconnu. Cette technique est bien connue pour attirer l'attention de quelqu'un, ce qui se confirme quelques minutes plus tard lorsque je reçois un message de Cami sur l'application.

Espèce de stalker.

> Salut, Blue. Dis-moi, tu vas aller aimer toutes mes photos toi aussi ?

---

8 *Fait référence au car race, les courses de voiture illégales auxquelles participe Alexander*

Lesquelles ? Celles où tu montres ton corps musclé ou celles où tu es entouré de filles ?

Donc tu as bien été voir mon compte ?

Non, simple déduction. C'était facile de trouver, tu es un tel cliché.

Mon ego en prend un coup.

Tu parles de ton ego surdimensionné ?

Tu vois, finalement, tu commences à me connaître.

Qu'est-ce que tu veux, Axel ?

*Alex. Et je ne veux rien, c'est toi qui m'as contacté la première, je te rappelle. Mais puisque tu le demandes, je voulais simplement savoir ce que Camryn Blue faisait de son dimanche. Alors ? :)

Si tu veux tout savoir, je suis en train d'étudier à la BU[9].

Tu es à la BU ? Un dimanche ?

Pourquoi pas ?

9 *Bibliothèque Universitaire*

> De 1) parce qu'on est dimanche, et de 2) Qui va à la BU, sérieusement ?

Moi, j'y vais. Je n'arrive pas à étudier chez moi. Trop de distractions.

> Tu sais, ce n'est pas parce que tu vas à la BU que tu cesseras de penser à moi. Je sais que je peux vite devenir une distraction.

Tu te prends vraiment pour le centre du monde, en fait.

> Seulement le tien.

Tu deviens gênant, Axel.

> Je t'amuse, avoue-le, Blue.

Cami coupe court à la conversation en me laissant en « vu ». Malheureusement pour elle, elle a fait une grave erreur.

Soudainement, je trouve que le dimanche est un jour parfait pour se rendre à la Bibliothèque Universitaire.

9
Cami

« *Tu sais, Jim, je ne me suis jamais vraiment remise de ce jour tragique. Malgré l'aide de Jane et Gabi, malgré les rendez-vous chez le psychologue, malgré tout ce que j'ai pu faire pour oublier tout ça, je n'ai pas réussi. Chaque jour, j'y pense. Encore, encore et encore. Ces pensées et ces souvenirs me rongent de l'intérieur. Me consument jour après jour, me laissant toujours un peu plus plongée dans ma peine.*

Je ne sais pas comment m'en sortir. J'ai même perdu l'espoir de guérir.

Je suis
    b   r   i   s   é   e
et je ne sais pas comment recoller les morceaux. »

❀

Quel crétin !

Lorsque je lève la tête de mon cahier et que je croise son regard, je ne peux m'empêcher de soupirer. Il m'a vraiment suivie à la BU ? *Stalker...*

Il s'est installé à plusieurs tables de moi, mais il n'attend pas longtemps avant de me rejoindre.

— Tiens, salut, Blue. Quelle coïncidence, chuchote-t-il en prenant place en face de moi.

Je décide de l'ignorer et me replonge dans ma dissertation sur *Les Misérables*. Lorsque le professeur de littérature a indiqué que nous allions étudier ce roman, j'ai failli sauter de joie. Parler de mon roman favori ne peut que me rendre heureuse.

Je suis en train de parler de la relation entre Jean Valjean et Cosette, en piochant des citations dans ma copie du livre, lorsque celle-ci disparaît de mon champ de vision et se retrouve entre les mains d'Alexander.

— Ça va, on ne te gêne pas ? Je travaille, si tu n'avais pas remarqué.

— Ce livre est tellement barbant, commente-t-il.

Comment veut-il que je l'apprécie après ça...

— Tu plaisantes ?

— Tiens, tu as décidé de me parler finalement ?

— Comment peut-on trouver un roman de Victor Hugo « barbant » ? poursuivis-je en ignorant sa pique.

— Je l'ai trouvé lent et soporifique. L'histoire s'étire en longueur et la deuxième partie n'est pas la plus passionnante.

— Je vais faire comme si tu n'avais rien dit, déclaré-je avant de poursuivre l'écriture de mon devoir.

Alex continue de feuilleter mon exemplaire. Je le vois alors froncer les sourcils en lisant une page.

— Propriété de Camryn Leckie, lit-il à voix haute.

Oh non...

Je me penche brusquement par-dessus la table et lui arrache le livre des mains, même si le mal est déjà fait.

— Je croyais que tu t'appelais *Blue*.

— Je m'appelle Blue, confirmé-je.

Je sens mon cœur battre à toute allure dans ma poitrine. Comment me sortir de cette situation ?

— Tu as changé de nom ?

— Oui. C'est une longue histoire.

Je ferme mes paupières pour retenir les larmes qui menacent de couler.

Ne pas craquer,

ne pas craquer.

— Je préfère Blue, dit-il soudain.

Je rouvre les yeux et croise ceux d'Alex.

Comprenant qu'il ne m'interrogera pas davantage, je reprends finalement mon travail.

— Je peux t'emprunter du papier et un crayon ?

Je lui donne le matériel et le vois se mettre à l'œuvre. Il commence à dessiner sur la feuille vierge, ce qui attire mon attention. J'essaye d'apercevoir ce qu'il dessine, mais il me cache la vue avec son bras.

— Patience, déclare-t-il, imperturbable.

Je le regarde ainsi sans un mot, une pliure entre ses sourcils marquant sa concentration. Il travaille son esquisse sans lever une fois les yeux de sa feuille, à part pour jeter des coups d'œil sur son téléphone qui affiche une image que je ne distingue pas. Sa main bouge si rapidement que j'ai l'impression que son crayon ne quitte jamais le papier. Il a pourtant des gestes précis, preuve qu'il n'est pas amateur dans cet art.

Lorsqu'il termine et me tend son dessin, je ne peux que confirmer qu'il est doué. *Très* doué.

Il a représenté un éléphant sur une plate-forme avec, en son centre, une tour à l'architecture proche de l'Arc de Triomphe.

— Qu'est-ce que c'est ? demandé-je.

— L'Éléphant de la Bastille.

— Comme dans *Les Misérables* ?

— C'est ça. C'est un projet de monument qui a failli voir le jour avant d'être abandonné. Victor Hugo l'a quand même utilisé comme décor dans son roman, explique-t-il.

— Je suppose que c'est Google qui vient de t'apprendre tout ça ?

— Google est un bon instructeur.

Je ravale un rire, évitant ainsi de troubler le silence tenace de la bibliothèque.

— En tout cas, c'est magnifique. J'ignorais que tu avais un tel talent.

— Il y a tant de choses que tu ignores sur moi, Blue. Mais je compte bien tout te dire de moi et tout savoir de toi.

Je m'apprête à le contredire, mais en regardant son dessin, je me rétracte. Si en apprenant à le connaître, je découvre d'aussi belles choses que son talent pour le dessin, alors pourquoi pas ?

Je me tais sur cette pensée qui me traverse l'esprit, ne voulant pas qu'il se fasse de films.

Je lui rends finalement son dessin, qu'il refuse cependant.

— Garde-le. Il est pour toi.

— Merci.

Je le range dans mon sac, avec le reste de mes affaires.

— Je n'aurais jamais cru que tu accepterais un cadeau de ma part.
— À croire que je commence à t'apprécier.
— C'est vrai ?
Je roule des yeux, restant silencieuse sur ma réponse.
— Tu me tues, Camryn Blue.

En sortant de ma première matinée de cours de la semaine, j'ai la tête pleine. J'ai juste envie de profiter de ma pause pour rentrer chez moi, manger et faire une sieste, enroulée dans un plaid comme un sushi.

C'est sans compter sur l'apparition d'Alex devant le bâtiment d'où je sors. Je tente de me faire discrète et de filer sans qu'il m'aperçoive, mais je ne parviens pas à faire deux mètres avant qu'il ne m'interpelle.

— Salut, Blue.
— Je ne sais pas ce que tu veux, Axel, mais je n'ai vraiment pas envie de parler avec toi. Je veux rentrer, déjeuner et dormir, c'est tout.
— Je peux régler la partie « manger », si tu veux. Ça te dit qu'on aille manger un morceau ? Il y a de très bons restaurants autour du campus. Je t'invite, déclare-t-il en sortant un billet de 20£ de son portefeuille.

Il me le tend, très fièrement.

— Tu crois m'impressionner avec ça ? me moqué-je en haussant un sourcil. En plus, ce n'est pas très bien vu d'étaler toute sa richesse comme ça.
— Ah ah, très marrant, Blue. Ce n'est peut-être que 20£, mais ça suffit à te payer un bon déjeuner. Alors ?

Je souris face à tant d'efforts. Je me saisis du billet et le fourre dans ma poche.

— Merci pour l'invitation ! J'avais justement envie de commander une pizza ! m'exclamé-je avant de tourner les talons.

— La garce ! C'était pour nous deux, je te ferais dire. Mais comme je suis un grand *gentleman*, je te laisse le billet. *Enjoy* ! l'entends-je crier alors que je m'éloigne de lui.

Je ne peux m'empêcher de rire. Un point pour moi.

Je rejoins Lily à la fin de la journée qui m'attend pour aller dîner en ville. Rachel nous a fait faux bond et passe sa soirée avec Emi. Le rapprochement entre ces deux-là est indéniable et je suis vraiment contente pour elles. J'espère seulement que Rachel n'attendra pas cent sept ans avant de faire le premier pas. Je connais ma meilleure amie. La confiance qu'elle affiche s'efface complètement lorsqu'elle est face à une personne qui lui plaît. Elle se dénigre complètement et a peur d'être rejetée. Alors, elle préfère garder ses sentiments pour elle. Mais à cause de ça, elle passe à côté de jolies choses. En espérant que ce ne sera pas le cas avec Emi.

— Cam !

Je cours presque en direction de Lily qui m'attend avec une immense joie inscrite sur son visage.

— Salut, toi. Quoi de neuf ?

— J'ai parlé à Alex tout l'après-midi par message. Je crois que je commence à craquer pour lui.

Le sourire qui accompagne ses paroles me brise le cœur. *Oh non.*

À quoi joue Alex ? Il m'invite à sortir au déjeuner, puis drague Lily par message l'après-midi. Il n'a vraiment aucune morale. Et une chose est sûre, ce crétin n'est sincère ni avec moi ni avec ma meilleure amie.

Il m'avait pourtant donné une autre image de lui lors de notre rencontre à la BU. Et voilà qu'il redevient ce dragueur invétéré de nos premières rencontres.

Peut-être a-t-il finalement compris qu'il ne m'intéressait pas et qu'il se rapproche maintenant de Lily ? Pourtant, à en croire ses paroles de la veille, il ne semble pas lâcher l'affaire avec moi. Alors quoi ?

Je ne sais pas ce que cherche Alex, mais je dois protéger mon amie.

— Tu devrais t'en méfier, dis-je en me mordant la lèvre.

— Pourquoi ?

J'ai essayé de la mettre en garde une première fois, mais elle semble quand même s'attacher à lui. Je ne veux pas qu'elle souffre s'il s'avère qu'il se joue d'elle. Je ne veux pas non plus qu'elle croie que j'ai cherché l'attention d'Alex. Alors, en plus de lui cacher la vérité, je décide de lui mentir. On a vu mieux comme meilleure amie...

— Parce qu'il drague une autre fille.

Ou plusieurs, pour ce que j'en sais.

— Une fille de ma classe. Je l'ai vu plusieurs fois lui tourner autour.

Mon mensonge me tord le ventre, d'autant plus quand je vois le visage de Lily se parer d'une moue déçue.

— Vraiment ?

J'acquiesce.

Elle semble méditer sur ce que je viens de lui révéler. J'espère qu'elle va laisser tomber cette histoire avec Alex ou...

— Tu sais quoi, peu importe. Je ne peux pas lui demander d'arrêter de parler à d'autres alors que nous ne sommes pas ensemble. Il fait encore ce qu'il veut. On verra bien si quelque chose se passe entre lui et moi, et, à ce moment-là, j'aviserai sur sa proximité avec ces filles.

— Ah ?

Sa réponse me décontenance. Croit-elle à ce point à l'honnêteté d'Alex ?

— Mais, il..., commencé-je à rétorquer avant que Lily ne m'interrompe.

— Ne t'en fais pas, Cam, je sais ce que je fais.

— Tu es sûre ?

Elle hoche la tête avec conviction. Un sourire est de nouveau visible sur ses lèvres.

— D'accord. Tu me tiendras au courant de ce qu'il se passe entre vous, alors ?

— Promis ! Et je ferais attention à moi, ne t'inquiète pas. Si je ne pensais pas lui plaire aussi, je n'aurais pas continué à me rapprocher de lui.

En cet instant, j'espère vraiment qu'elle a raison.

10
Cami

Je savais que nous allions passer une bonne soirée car, ce soir-là, nous sommes allés dîner chez les Connor-Pawlak. Au moins, là-bas, mon père ne lèvera pas la main sur ma mère.

Nous avions revêtu nos plus belles tenues, papa avait insisté. Était-ce pour camoufler l'envers du décor ? Les coups cachés derrière les robes à paillettes ? Certainement. C'est pour ça que ma mère portait une robe à manches longues, dissimulant ainsi les bleus qui parcouraient ses bras.

Hannah, la mère de Rachel, nous a reçus avec tant d'enthousiasme que l'angoisse qui me tordait le ventre sur la route s'est évaporée. Elle nous a amenés à la salle à manger où la table ressemblait à celle du repas de Belle. Il ne manquait plus que le chandelier qui chantait « C'est la fête ».

Tandis que les adultes ont entamé une conversation ennuyeuse à table, j'ai retrouvé Rachel dans sa chambre où elle était en train de découper des portraits de célébrités dans un magazine.

— Qu'est-ce que tu fais ?
— *Je fais la liste de tous les artistes que je voudrais épouser.*
— Pardon ?

Elle a soulevé une feuille où étaient collés les visages de Colin Firth, Victoria Beckham, Alicia Keys, Tom Felton, un chanteur de boys band dont j'avais oublié le nom et Keira Knightley qui formaient un cercle autour du mot « Futur époux/future épouse ».

— Il faudra que celui ou celle que j'épouse soit le mélange parfait entre ces artistes.

— Tu n'as pas peur d'être déçue si il ou elle ne l'est pas ?

Elle a haussé les épaules.

— Non, parce que ça veut dire qu'il ou elle n'en vaut pas la peine. Qui voudrait quelqu'un qui ne ressemble pas à Tom Felton ou ne chante pas comme Alicia Keys ?

— *C'est vrai ça, qui ?* me suis-je moquée gentiment en riant.

Elle m'a tiré la langue en guise de réponse.

Rachel et moi, nous nous connaissions depuis bientôt dix ans. La première fois que je l'avais vue, c'était en première année de maternelle, alors qu'elle portait encore les cheveux longs. Dès notre arrivée au collège, elle avait tout coupé aux épaules. Lorsque j'avais vu cette petite fille en tutu violet, avec des bottes de pluie jaunes et un tee-shirt aux couleurs arc-en-ciel, j'avais immédiatement compris qu'elle allait devenir ma meilleure amie. À vrai dire, tout le monde voulait devenir l'amie de Rachel. Mais, pour je ne sais quelle raison, c'est moi qu'elle avait choisie. Depuis ce jour où elle m'avait emprunté une feuille de papier rouge, on ne s'était plus jamais quittées.

Rachel me connaissait et me comprenait mieux que personne. Pourtant, elle ignorait ce qui se passait chez moi. Je n'arrivais pas à le lui dire. Je voulais la protéger de tout ça, c'est pour ça que je me taisais. Comme ma mère le faisait, pour moi.

— Les filles ! À table ! *nous a hurlé Nate, le père de Rachel.*

Nous nous sommes ruées à la salle à manger et avons commencé à dîner. La conversation s'est engagée tranquillement. Mes parents ont demandé des nouvelles de Judith, la grande sœur de Rachel, qui ve-

nait d'entrer à l'Université de Bath. Puis Rachel et moi avons été questionnées sur nos cours. Finalement, les adultes nous ont laissé tranquilles et en sont venus à parler entre eux.

Mon père et ma mère discutaient tranquillement avec Hannah et Nate, comme si de rien n'était. En les voyant comme ça, on aurait eu du mal à imaginer ce qui se passait réellement. Les traits fatigués de ma mère et sa manie de tirer sur ses manches étaient pourtant un indice. Mais Nate, Hannah ou Rachel n'ont semblé remarquer quoi que ce soit.

Mon père a même posé une main désinvolte sur l'épaule de ma mère, ce qui l'a fait sursauter. Face à ce mouvement, je me suis tournée vers Hannah qui, cette fois, a semblé alertée. Elle et ma mère se connaissaient maintenant assez bien pour que ce genre de geste l'interpelle.

— Tout va bien, Rose ? a demandé Hannah, soucieuse.

— Oui, oui. J'ai simplement eu un frisson. Il fait un peu frais, non ?

Ma mère s'est frottée les bras comme si elle avait vraiment froid.

— Je vais monter le chauffage, a déclaré Nate.

— Merci, lui a répondu ma mère, une moue triste sur le visage.

J'aurais aimé mettre Hannah et Nate face à la vérité, mais je ne le pouvais pas. Je ne pouvais pas car je savais que ma mère nierait tout en bloc. Elle l'avait déjà fait par le passé lorsque, en primaire, j'en avais parlé avec mon institutrice. Alors je n'ai rien fait, comme d'habitude.

Le reste du dîner s'est passé sans nouvel incident.

Nous sommes rentrés après avoir salué les Connor-Pawlak. Dès que la voiture s'est engagée sur la route du retour, mon père s'est mis à hurler contre ma mère, lui reprochant son sursaut lorsqu'il l'avait touchée, son manque d'effort pour cacher ses bras, son sourire qui se voyait être faux... Je me suis bouchée les oreilles, refusant d'en entendre plus.

Nous sommes arrivés à la maison et la colère de mon père ne s'était pas calmée. À peine avions-nous passé la porte qu'il l'a attrapée par le bras et l'a tirée jusqu'à leur chambre.

— Papa et maman vont discuter, m'a-t-il indiqué.

Leurs voix ont directement éclaté et j'ai entendu des bruits sourds survenir de derrière la porte, synonymes de coups. Je ne pouvais plus supporter ça. J'ai couru sur la porte et ai tapé de toutes mes forces en implorant mon père de laisser ma mère tranquille.

— Arrête, arrête, arrête !

J'avais l'impression que mes supplications étaient inutiles, quand enfin la porte s'est ouverte. Son regard noir m'a pénétrée, me faisant frissonner.

— Ne te mêle pas de ça, Camryn.

— Je t'en prie, ne lui fais pas de mal !

— Nous discutons, c'est tout.

— Tu mens, tu mens, tu mens.

J'ai donné des coups contre son ventre qui m'ont paru si faibles.

— Camryn, arrête s'il te plaît, ai-je entendu ma mère dire depuis le fond de la pièce.

Mais je ne l'ai pas écoutée. Pas quand elle voulait encore et toujours le défendre.

— Tu lui as fait trop de mal !

— Camryn, ça suffit, a-t-il craché entre ses dents.

Il se retenait avec moi, mais son calme apparent n'était rien. Il ne voulait pas me montrer sa fureur, ses démons. Pourtant, j'ai continué de hurler et de le frapper mollement sur le torse.

— Je n'arrêterai pas tant que tu continueras à lui faire du mal ! Je vais hurler jusqu'à alerter tout le voisinage, leur montrer quel genre de monstre tu es !

Sur ces dernières paroles, je me suis sentie soulevée et projetée à l'intérieur de la chambre. J'ai atterri lourdement sur le parquet, le souffle coupé.

— *Nooooon !*

J'ai reconnu le cri effrayé de ma mère. Ce même cri qu'elle poussait lorsqu'il s'en prenait à elle. Sauf que cette fois, il était pour moi. Cette fois, il s'était attaqué à moi.

J'ai tenté de me relever, mais la gifle que m'a filé mon père ensuite m'a remise à terre. Les larmes coulaient toutes seules sur ma joue.

— *Jim, arrête, je t'en supplie.*

— *Fais-la sortir.*

L'instant d'après, ma mère m'a aidée à me lever et m'a conduite jusqu'à ma chambre où elle m'a couchée. Elle m'a apporté ensuite une poche de glace que j'ai appliquée sur ma joue heurtée. La culpabilité sur son visage me tordait le ventre.

— *Je suis désolée.*

— *Maman... ne t'excuse pas à sa place.*

— *Je...*

— *Ne dis rien.*

Je lui ai pris la main, l'ai serrée fort pour lui indiquer que je la soutenais, que j'étais là. Elle a embrassé mes phalanges.

— *Je t'aime.*

— *Je t'aime aussi, maman.*

C'était la dernière fois que je lui prononçais ces mots.

Je lui ai proposé un rendez-vous !

Le message que je reçois de Lily le lendemain me tire de ma lecture de *Ne tirez pas sur l'oiseau moqueur*. Faites qu'il ait refu...

Il a accepté ! On va boire un verre
vendredi soir !!!

Oh non !
La joie de Lily se transmet à travers ses messages. J'aurais pu éprouver la même chose si la source de son bonheur n'était pas Alexander. Je n'arrive décidément pas à le cerner. Qu'est-il en train de faire avec Lily ? Est-il sincère avec elle ? Il s'amuse avec moi, me propose de déjeuner avec lui, mais accepte quand même le rendez-vous de mon amie ? Je ne comprends vraiment pas.

Il va encore falloir que je discute avec ce crétin.

Je trouve Alexander avant le début des cours, au détour d'un couloir, et me plante furieusement devant lui.

— Axel, on peut parler ?

— On dirait que le ciel a viré au Bleu. Et arrête de faire comme si tu ne connaissais pas mon prénom, je sais que tu le cries dans tes rêves.

Je lève les yeux au ciel, agacée par sa vanité.

— Arrête de te prendre pour le centre du monde. Je ne rêve pas de toi. Ou alors, il s'agit seulement de cauchemar.

— Ça signifie quand même que tu penses à moi, fait-il remarquer, fier de lui.

— Peu importe. Tu peux me dire pourquoi tu as accepté un rendez-vous avec Lily ?

— Euh... parce qu'elle me l'a proposé ?

Sérieusement, c'est son argumentation ?
— Oui, mais *pourquoi* as-tu accepté ?
— C'est quoi cet interrogatoire, Sherlock ?

Il semble s'amuser de la situation, alors que je commence à bouillir de l'intérieur. Je croise mes bras sur ma poitrine, essayant de paraître ferme dans mes mots et mon attitude.

— Réponds-moi.
— Je ne vois pas pourquoi j'aurais dû refuser.
— Tu l'aimes bien ? Tu t'intéresses à elle ?

Il hausse les épaules en guise de réponse.

— C'est oui ou non ? insisté-je.
— Non, je ne m'intéresse pas à elle. Tu sais très bien celle que j'ai en tête, Blue.

Son regard devient brûlant sur moi.

Si ce qu'il dit est vrai, alors pourquoi se joue-t-il de ma meilleure amie comme ça ? Je ne tarde pas à lui poser la question.

— Je ne joue pas avec elle. J'ai été honnête avec elle pas plus tard qu'hier sur le fait que ce rendez-vous ne voulait rien dire pour moi. Elle a eu l'air de l'accepter. Ce n'est pas ma faute si elle s'imagine que ça ira plus loin entre elle et moi.

— Peut-être que refuser son invitation aurait été plus clair, tu ne penses pas ?

Il reste silencieux. Visiblement, ça ne lui a même pas effleuré l'esprit. *Quel idiot !*

Je prends son mutisme pour une réponse et poursuis :

— Elle t'aime bien, Alex, *vraiment* bien. Alors tu as intérêt à mettre fin à ce jeu avec elle le plus tôt possible. Je ne voudrais pas qu'elle commence à tomber amoureuse de toi alors que tu ne souhaites rien avec elle. OK ?

— Pourquoi mon rendez-vous avec Lily t'intéresse tant ? demande-t-il alors, ignorant complètement mes paroles.
— Parce que je m'inquiète pour elle, réponds-je.
— C'est la raison, Blue ? Tu ne serais pas un peu... jalouse ?
Jalouse ? Il est sérieux ?
La satisfaction que je lis sur son visage suffit à me faire tourner les talons et à le planter là. Je suppose que ça répond à sa question.

L'après-midi même, je suis en plein milieu d'un cours de littérature française lorsque je sens une présence derrière moi.
— Hey, Blue. Salut, Jasmine.
Même dans ce chuchotement, je reconnais cette voix qui me hérisse les poils. Jasmine, assise à côté de moi, se retourne et salue Alex.
— Qu'est-ce que tu fais là ? demandé-je par-dessus mon épaule. Ce n'est pas ta classe.
— On peut parler ?
— Maintenant ? m'étonné-je.
— Je vous laisse.
Sur ces mots, Jasmine se lève et va s'installer au bout de la rangée de l'amphithéâtre. Je la supplie du regard de revenir, de ne pas me laisser avec lui, mais elle ne semble pas comprendre ma demande silencieuse. Je me retrouve donc avec Alexander qui se glisse à côté de moi.
— Qu'est-ce que tu veux ?
— Je voulais te dire que j'ai annulé mon rendez-vous avec Lily.
Je me tourne brusquement vers lui. Il enchaîne :

— Tu avais raison, ce n'était pas malin de ma part d'accepter de sortir avec elle, quand bien même je savais d'avance qu'il ne se passerait rien entre elle et moi. Je lui ai dit que je préférais qu'on reste amis, que ce rendez-vous n'était pas une bonne idée.

Oh. J'ai conscience que c'est ce que je voulais de lui, mais je ne peux m'empêcher de me sentir mal pour Lily. Elle a dû être si déçue...

— Tu voulais autre chose ? lui demandé-je en voyant qu'il ne bouge pas.

— Tu sais très bien ce que je veux...

Malheureusement, oui, pensé-je. Il ne lâchera donc jamais son histoire de rendez-vous ?

— Pourtant, ajoute-t-il précipitamment, je ne te poserai pas à nouveau la question maintenant, parce que je sais que tu refuseras encore une fois. Mais je sais que tu finiras par craquer, Blue.

Je n'ai pas le temps d'ajouter quoi que ce soit qu'il a déjà filé.

Je reçois un « *SOS* » de Lily dans la soirée.

J'arrive chez elle avec un gros sachet de pop-corn qui, je l'espère, saura lui remonter le moral. Rachel est déjà en train de la consoler lorsque je pénètre dans sa chambre étudiante. Lily a des larmes séchées sur le visage et les joues rouges. J'ai une pointe au cœur en la voyant dans cet état.

— Qu'est-ce qu'il s'est passé ? demandé-je doucement, sachant pertinemment la réponse à cette question.

— Alex m'a dit qu'il ne s'intéressait finalement pas à moi, arrive-t-elle à dire entre deux sanglots. Il a annulé notre rendez-vous.

— C'est un con, commente Rachel.
— Elle a raison.
— Tu m'avais prévenue, Cam. J'aurais dû t'écouter. Je n'aurais pas dû autant m'attacher à lui.

Je me sens tellement mal à ce moment-là que je suis sur le point de vomir. C'est à cause de moi s'il l'a rejetée. Est-ce qu'il l'aurait fait si je n'avais pas insisté ? Est-ce que les sentiments de Lily auraient fini par être réciproques ?

Je n'ai pas vraiment de réponse à mes questions. La seule chose que je sais, c'est que je me sens terriblement coupable.

— Tu sais quoi ? Tu ne dois pas te laisser abattre, surtout pas par un mec. Il y en a plein d'autres dehors qui t'attendent. De bien meilleurs gars qu'Alex. Tu verras, confirme Rachel.
— Tu crois ?
— J'en suis sûre. Et tu sais ce qui est mieux que n'importe quel gars ?
— Quoi ?
— Regarder *Mamma Mia 2* avec ses meilleures amies.

La tristesse sur le visage de Lily disparaît à cette proposition et me réchauffe le cœur. C'est comme ça que nous passons la soirée à regarder *Mamma Mia : Here we go again*.

Au moment de la scène sur la chanson éponyme, nous nous levons et nous mettons à réaliser la chorégraphie de *Donna et les Dynamo*[10], Rachel prenant la place de Lily James. Nous dansons et chantons tout en riant de bon cœur ce qui, je m'en rends compte, ne m'était pas arrivé depuis un moment.

10 *Groupe de musique fictif des films* Mamma Mia

11

Cami

Je passe le samedi suivant à flâner dans le centre-ville. Cette pause dans mon travail scolaire me fait du bien et je m'autorise quelques achats qui me font plaisir, notamment des livres. Une fois mon *tote bag* rempli de classiques et de romances contemporaines, je décide d'aller prendre un thé glacé dans le café où Rachel m'a traînée lors de notre arrivée à Southampton. Celui-là même où j'ai rencontré Alex pour la première fois. Et comme par un appel du destin, c'est justement sur lui que je tombe une fois ma commande prise.

Alex est assis à une table dans un coin de la salle, une tasse de café fumant posée devant lui, et la tête entre les mains. Je l'observe un instant de loin, lui ne m'ayant pas encore repérée. Je vois sans mal qu'il n'est pas bien. Il a le regard fixé sur l'écran de son téléphone, l'air préoccupé. Mon instinct me soufflant que quelque chose ne va pas, je m'avance vers lui.

— Salut, Axel.

Il relève la tête, visiblement surpris de me voir là.

— Blue.

— Je... je peux m'asseoir ?

Son étonnement face à ma question transparaît dans ses traits, si bien qu'il met quelques instants avant de m'inviter à le rejoindre.

— Tout va bien ? lui demandé-je.

En le voyant souffler, je comprends que non, tout ne va pas bien. Il se passe une main dans les cheveux, soucieux, avant de secouer négativement la tête.

— Tu veux en parler ?

— Ce n'est rien, une histoire avec mon frère.

Jamie a effectivement évoqué le frère d'Alex, mais c'est la première fois que ce dernier m'en parle.

— J'espère que ce n'est pas grave, dis-je.

Il hausse les épaules, reste silencieux. J'ai vraiment l'impression que cette histoire le tracasse, mais, pour une raison qui m'échappe, il ne souhaite pas en parler. Pourtant, c'est bien lui qui voulait que nous apprenions à nous connaître, non ? Même si je ne le voulais pas au début, cette semaine m'a fait changer d'avis sur la question. Depuis notre discussion en amphithéâtre au sujet de son rendez-vous avec Lily, Alex et moi avons échangé quotidiennement dans le bus. Nos conversations restent simples, tournant autour de nos goûts musicaux et littéraires et de nos cours, et je me rends compte que cela me plaît. C'est agréable de parler avec Alex quand il ne me propose pas de sortir avec lui. Je n'aurais peut-être pas dû me montrer aussi froide avec lui.

— Tu es proche de lui ? l'interrogé-je alors.

Lui comme moi avons délibérément évité le sujet « famille » lors de nos discussions. Pourtant, je ne peux m'empêcher de me montrer curieuse quant à sa relation avec son frère.

— Plus ou moins, répond-il évasif. Mes parents ont souvent été absents dans mon enfance, c'est quasiment Liam qui m'a élevé.

Son aveu m'attriste autant qu'il me fait mal au cœur.

— Le boulot avant les enfants. C'est comme ça qu'ils voyaient les choses. Qu'ils *voient* les choses, corrige-t-il.

Je vois une certaine vulnérabilité derrière les paroles d'Alex. Visiblement, il a souffert de cette absence. Je me demande comment il vit la situation aujourd'hui. Mais je m'abstiens de le lui demander, voyant que cela lui coûte déjà de me dire tout ça. D'autant plus quand, de mon côté, je suis bien incapable de lui dire quoi que ce soit sur ma famille.

— Je suis désolée que tu aies dû vivre ça, lui dis-je tout bas en avançant ma main vers la sienne.

Je ne le touche pas, ne m'en sentant pas encore capable pour le moment, mais lui faisant savoir ainsi que je le comprends. Il voit mon geste et pose sa main juste à côté de la mienne, si bien qu'un seul centimètre les sépare. Ça parait peut-être bête, mais c'est déjà beaucoup pour moi.

— J'ai eu de la chance d'avoir Liam à ce moment-là, enchaîne-t-il. Mais aujourd'hui...

Il ne finit pas sa phrase.

— Tu n'es pas obligé d'en parler si tu ne veux pas, le rassuré-je.

Il hoche la tête, reconnaissant. Je n'ai pas de mal à comprendre que sa relation avec son frère n'est plus la même qu'autrefois et que ça le pèse.

— Et toi, ta famille ? Tu n'en parles jamais.

Je devais me douter que la question finirait par pointer le bout de son nez, mais la boule qui s'infiltre dans mon ventre en l'entendant n'en est pas moins désagréable.

— C'est... compliqué, me contenté-je de dire, la gorge serrée. J'ai été adoptée par Jane et Gabi, deux femmes merveilleuses, il y a deux ans, mais je vivais déjà chez elles depuis trois ans. Voilà.

Je ne lui donne pas plus d'explication sur le « avant » Jane et Gabi et il ne quémande pas plus, ce qui me va très bien. Tout comme lui, il y a des sujets sur lesquels je ne souhaite pas m'étendre et nous respectons chacun le silence de l'autre.

Nous restons un moment sans rien ajouter, concentrés l'un sur l'autre. Il y a une certaine électricité dans l'air. Je ne sais pas ce qui se passe entre nous à cet instant, mais c'est quelque chose de nouveau. Comme une compréhension mutuelle sur nos histoires respectives, que nous préférons taire pour le moment, mais dont la souffrance qui y est associée transparaît dans nos regards.

— Tu as toujours vécu à Southampton ? le questionné-je, détournant volontairement la conversation.

L'atmosphère s'allège instantanément.

Pendant l'heure qui suit, il me parle de sa vie dans cette ville qui l'a vu grandir et évoluer. Je lui décris à mon tour Portsmouth et tous les endroits où j'aime aller là-bas. Il me raconte sa rencontre avec Jamie, il y a maintenant dix ans, qu'il a connu via Liam, puis de celle avec Emi au début du lycée. Tous les trois ont rapidement formé un trio soudé qui s'est maintenu jusqu'à aujourd'hui. Je reconnais facilement mon amitié avec Rachel et Lily au travers de celle qu'il entretient avec Jamie et Emi, ce qui me fait sourire.

Je me sens détendue après cette conversation avec Alex. Je me sens *bien*, tout simplement.

12
Alex

Le temps s'est refroidi en cette fin septembre. Un vent frais vient balayer mes cheveux lorsque je traverse le centre-ville pour retrouver Jamie dans un café. Je ne suis qu'à quelques centaines de mètres de ce dernier lorsque j'aperçois une tête blonde au bout de la rue qui marche dans ma direction. Mais elle n'est pas seule. Rapidement, je reconnais le jeune homme qui est à ses côtés. C'est le même que sur ses photos Instagram. Est-ce qu'elle a un... copain ? M'aurait-elle caché ça ?

Je peux lire la gêne sur le visage de Cami quand elle finit par me repérer. Je lui envoie un sourire que son copain, en plein monologue, ne voit pas. Cami me le retourne discrètement avant de me dépasser sans un mot. Je ne l'interpelle pas, la laissant profiter de la présence de cet inconnu.

Je continue mon chemin, non sans avoir jeté un coup d'œil par-dessus mon épaule.

Elle et moi allons avoir une conversation à propos de ce mystérieux jeune homme.

❅

Cami

Teddy est arrivé au début du week-end. Nous avons passé la matinée du samedi à nous raconter nos rentrées respectives, n'ayant pas vraiment eu l'occasion de le faire par téléphone jusque-là.

Je lui parle de mon installation dans cette nouvelle ville, de Lily et Rachel, des cours qui me confortent dans le fait que j'ai trouvé ma voie, du campus, des soirées, des nouvelles personnes qui sont apparues dans ma vie. Lorsque je cite ces dernières et que le nom d'Alex roule sur ma langue, une légère sensation de chaleur vient s'installer dans mon ventre.

Je mentirais si je disais qu'Alex et moi ne sommes pas proches depuis notre rencontre au café il y a maintenant deux semaines. Nous continuons d'avoir nos discussions matinales dans le bus et nous apprenons véritablement à nous connaître. Je dois dire que je commence à apprécier les quelques moments que nous passons ensemble.

Je me détache de mes pensées concernant Alex et me reconcentre sur Teddy. Ce dernier me parle à son tour de sa vie étudiante. Il décrit Oxford et son expérience là-bas. Je l'écoute avec attention, ravie de voir qu'il s'y plaît.

L'après-midi, je l'emmène visiter le campus et le reste de la ville. Je lui montre la Harley Library, les bâtiments dans lesquels j'étudie et les différents endroits de Southampton où Lily, Rachel et moi aimons traîner.

Teddy est en train de me parler quand mon attention se retrouve accaparée par des yeux gris que j'ai appris à connaître par cœur. Il est là, marchant dans notre direction. Lorsqu'il arrive à notre hauteur, je pense qu'il va s'arrêter, mais il poursuit son chemin, me lançant au passage un sourire discret.

Après cette rapide rencontre et en constatant l'heure tardive, Teddy et moi rejoignons Lily et Rachel qui nous attendent pour dîner. Nous entrons dans le petit restaurant italien où mes meilleures amies nous attendent déjà. Toutes les deux sautent dans les bras de Teddy, ravies de retrouver le quatrième membre de notre bande.

— Salut vous deux ! s'exclame Teddy. Je suis trop content de vous voir.

— Nous aussi, répond Lily alors que nous nous installons. Tu nous manques, Bouclettes.

Le petit surnom affectueux de Lily pour Teddy vient de ses cheveux tout frisés qui forment une masse harmonieuse sur son crâne.

— Vous aussi vous me manquez. Rien n'est pareil sans vous.

Je sens le poids de son regard sur moi.

— Sans toi non plus, interviens-je.

La main de Teddy attrape la mienne sous la table, déclenchant une vague de frissons désagréables dans tout mon corps.

Le serveur choisit ce moment pour venir prendre nos commandes. Je profite de cette interruption pour retirer ma main de celle de Teddy, me sentant gênée par ce geste soudain. Teddy et moi n'avons jamais été proches physiquement, parce qu'il sait que j'ai du mal avec le fait d'être touchée. Alors qu'il prenne l'initiative de me prendre la main me surprend. Mais je ne saurais dire si c'est une bonne ou une mauvaise chose.

Après avoir noté nos choix de plats, le serveur s'éclipse et la conversation reprend naturellement. Lily et Rachel interrogent Teddy sur Oxford, sur les amis qu'il s'est faits là-bas, sur les filles qu'il a rencontrées et qui l'intéresseraient potentiellement.

À l'évocation de ce sujet, je sens le malaise de Teddy. Lui comme moi avons ce point commun que nous n'avons jamais eu de relation amoureuse. Alors que je connais parfaitement les raisons qui font que je sois toujours célibataire, en revanche, j'ignore celles de Teddy. Je ne l'ai jamais interrogé à ce sujet, ne me sentant pas à ma place de le faire. Pourtant, Teddy mérite de tomber amoureux, et qu'une personne l'aime autant en retour.

Pour détourner l'attention de lui, Teddy retourne la question à Rachel et Lily qui s'empressent de lui parler de leurs différentes rencontres. Rachel évoque sans surprise Emi et montre à Teddy les photos qu'elles ont prises ensemble. Quant à Lily, elle lui raconte l'histoire avec Alex. En entendant son nom, je ne peux m'empêcher de ressentir de la culpabilité vis-à-vis de Lily. Mais également, autre chose, que je ne saurais expliquer.

Nous finissons notre dîner dans une ambiance qui me pèse. Parce que je mens à mes meilleurs amis sur Alex. Et, surtout, je crois que
je me mens
à moi-même.

Comme d'habitude, le bus est bondé en ce lundi matin. Pourtant, je repère sans mal Alex au milieu des passagers. Contrairement à samedi, il ne semble pas m'ignorer et vient même à ma rencontre.
— Salut, Blue.
— Salut, Axel.
Je crois que nous ne nous sommes pas appelés par nos prénoms depuis nos premières rencontres. Je me suis habituée à ce qu'il m'appelle par mon nom de famille. J'en suis même venue à apprécier la tonalité de celui-ci dans la bouche d'Alexander. De mon côté, je continue de l'appeler Axel, parce que je sais que ça l'agace.
— Comment vas-tu ?
Je suis toujours surprise lorsqu'il me pose cette question car, à chaque fois, il semble sincèrement inquiet de savoir comment je vais.
— J'imagine que ça va.
— Tant mieux.
À nouveau, sa sincérité dans sa réponse me surprend.
— Et toi, tu ne me demandes pas comment je vais ?
Je lève les yeux vers lui :
— Comment vas-tu, Axel ?
— Je vais bien, merci. Je vais même très bien depuis que je t'ai rencontrée.
Ce genre de phrases bateaux m'agaçait au début de notre rencontre, maintenant elles me font rire.
— Tu en fais vraiment trop, tu sais ? me moqué-je.
— Juste légèrement, répond-il sur le même ton amusé.
Mon portable vibre à ce moment-là. Un nouveau message de Teddy vient d'arriver.

Merci pour ce weed-end, C ! :)

Un sourire vient effleurer mes lèvres. Malgré le léger malaise que j'ai eu lorsqu'il m'a pris la main, avoir vu Teddy ce week-end m'a fait du bien. Je ne me rendais pas compte à quel point il m'avait manqué.

— Au fait, pourquoi tu ne m'as pas dit que tu avais un copain ?

Je me tourne d'un coup vers Alex, les sourcils froncés. Je constate qu'il a lu mon écran par-dessus mon épaule.

— Je n'ai pas de copain, affirmé-je en rangeant mon téléphone.

— Le garçon avec qui tu étais samedi dernier n'est pas ton copain ?

— Teddy ? Non, c'est juste un ami.

Il lève un sourcil, geste qui me porte à croire qu'il doute de mes paroles.

— Je vois, finit-il par dire simplement.

— Quoi ?

— C'est un ami pour toi. En revanche, toi pour lui...

— Quoi ? répété-je, ne comprenant pas où Alex veut en venir.

— Je ne l'ai vu que quelques instants, mais il est évident qu'il en pince pour toi.

Pardon ?

Je ne sais pas ce qu'Alex est allé s'imaginer, mais, si je suis sûre d'une chose, c'est que je n'intéresse pas Teddy. Pas comme ça, en tout cas.

— Qu'est-ce que tu racontes ?

— Ça se voit. Lorsqu'il discutait avec toi au moment de notre rencontre, il te dévorait des yeux, comme je le fais. Lui et moi avons le même regard pour toi. À croire que tu ne vois vraiment pas quand tu plais, Blue.

Je reste muette face à l'affirmation d'Alex. Est-ce qu'il pourrait avoir raison ? ~~Non, c'est faux.~~ Teddy et moi sommes amis, simplement. À moins que je me voile la face ? À moins que le geste de Teddy au restaurant ne soit pas anodin ? Est-ce que je serais vraiment passée à côté de ça, à côté de ses sentiments ? J'aimerais avoir des réponses à mes questions, mais à l'instant, je n'en ai pas. Le seul qui pourrait m'aiguiller se trouve actuellement à cent kilomètres d'ici. Il va falloir que j'aie une conversation avec Teddy car Alex a réussi à semer le doute dans mes pensées.

— Blue ?

— Hm ?

— S'il s'avère que j'ai raison concernant ton ami, est-ce que j'ai une chance face à lui ?

Sa question m'interpelle et me ~~trouble~~.

Si les sentiments de Teddy se trouvent être réels, je ne sais pas ce qu'il adviendra de notre relation. Parce que j'ai un profond attachement pour Teddy, mais je ne suis pas amoureuse de lui. Je l'aime seulement de façon amicale.

Quant à Alex...

— Je ne compte pas sortir avec Teddy, réponds-je finalement, restant volontairement silencieuse concernant Alex.

— OK, se contente-t-il d'ajouter.

J'imagine que ma réponse le rassure un peu, même si cela ne signifie rien le concernant. Je ne peux nier que je commence à apprécier Alexander. C'est une personne que j'ai appris à découvrir au-delà de l'image qu'il renvoie. Mais ce n'est pas pour autant que je souhaite sortir avec lui et rentrer dans son jeu. Parce qu'après tout ce n'est que ça, un jeu.

N'est-ce pas ?

13
Cami

Alex a proposé à toute la bande de se retrouver chez lui ce samedi soir. Je pensais que Lily refuserait d'y aller, mais elle a insisté pour que nous acceptions la proposition, Elle a assuré être passée à autre chose et qu'elle n'en veut plus à Alex pour ce qu'il s'est passé entre eux.

Je travaille quelques heures sur mes cours avant d'être interrompue par Lily, Rachel et Emi qui ont décidé que ma petite chambre serait le lieu idéal pour faire un *before*.

— Hello, *chica* ! me salue Emi en soulevant deux bouteilles de vin rouge.

— Salut, vous !

— On a ramené de quoi se désaltérer, explique Rachel, comme si ce n'était pas évident.

— Je vois ça. Eh bien, désaltérons-nous !

Une heure plus tard, les deux bouteilles sont presque vides et nous décidons qu'il est temps d'aller à la soirée d'Alex.

Emi, notre conductrice attitrée et sobre, arrive à nous faire rentrer tant bien que mal dans sa voiture. Il faut dire que nous sommes un peu éméchées à cause du vin, ce qui nous rend indisciplinées et hilares. Nous chantons à tue-tête des chansons des Spice Girls durant tout le trajet, faisant rire Emi.

Heureusement pour elle, nous arrivons bientôt chez Alexander, ce qui ne nous empêche pas de continuer notre karaoké improvisé dans sa cage d'escalier. Il nous accueille en haussant un sourcil, surpris de voir que nous avons déjà bien entamé la soirée.

— Eh bien, bonsoir ! Je vois que vous êtes en forme.

— On est au taquet ! s'exclame Rachel avant de s'engouffrer dans l'appartement, les bras au-dessus de sa tête en signe de victoire, suivie de Lily et Emi.

— Blue, me salue-t-il.

— Pas. Un. Commentaire.

Il lève les mains, l'air innocent.

— Je ne comptais rien dire. Je suis juste content de ne pas voir ce froncement de sourcils, pour une fois. Juste là, déclare-t-il en indiquant de son doigt un point entre mes sourcils.

— Idiot.

Je le dépasse sans ajouter un mot et vais m'affaler sur le canapé du salon, à côté de Jasmine qui me salue avec sa mine contagieuse. Nous discutons un instant, de tout et de rien, de la vie en générale. L'alcool commence à me faire tourner la tête si bien que je me retrouve à demander à Jasmine :

— Comment as-tu su que tu étais amoureuse d'Elliot ?

Jasmine semble surprise et amusée de ma question. Nous avons déjà discuté d'elle et son copain, de la relation à distance qu'ils entretiennent et de l'amour fou qu'ils se portent. Elle m'a aussi avoué qu'avant lui, elle n'avait jamais eu de relations sérieuses, tout simplement parce qu'elle les fuyait comme la peste. Aujourd'hui, je suis ravie de voir à quel point elle est heureuse dans son couple. C'est pourquoi je décide de jouer les curieuses.

— Elliot et moi n'avions jamais été vraiment proches avant cet été-là, alors que nous vivions l'un en face de l'autre, m'explique-t-elle. Début juillet, un peu sur un coup de tête, je lui ai proposé de partir en *road trip* avec moi et, contre toute attente, il a accepté. Ça a été deux mois intenses où nous nous sommes clairement rapprochés, aussi bien physiquement qu'émotionnellement. Je pense que mes sentiments pour lui ont évolué de jour en jour, jusqu'à ce que je me rende compte que j'étais tombée amoureuse de lui. Je ressentais cette chaleur au creux du ventre quand il me regardait. J'avais le cœur qui battait un peu plus fort chaque fois qu'il était près de moi. J'avais envie de tout lui dire de moi, de me confier à lui, d'être sûre qu'il me voyait *vraiment*. Nous étions la plupart du temps tous les deux, mais lorsque nous nous retrouvions au milieu d'une foule, je le cherchais du regard. Ce sont tous ces petits signes qui m'ont fait comprendre que ce n'était pas que des sentiments amicaux que je ressentais pour lui.

J'écoute Jasmine religieusement. Lorsqu'elle me raconte son histoire avec Elliot, je ne peux m'empêcher de penser à Teddy, à ce qu'il ressent peut-être pour moi et qui n'est pas réciproque. Je ne me retrouve pas dans les mots de Jasmine en ce qui le concerne.

Je secoue la tête, refusant de penser à Teddy pour le moment. Heureusement, Jasmine commence à me raconter en détail son *road trip*, ce qui me fait oublier mon meilleur ami.

Plus tard dans la soirée, je suis avec Alex dans la cuisine où nous échangeons le billet de 20£, avec lequel il m'avait proposé un restaurant, tout en nous posant des questions.

— Quelle est ta couleur préférée ? l'interrogé-je.

— Très originale comme question ça, Blue, se moque-t-il.

Je lui tire la langue.

— Ma couleur préférée est le noir, répond-il finalement. Enfin, ma nuance préférée puisque le noir n'est pas vraiment une couleur.

— Et tu parles d'originalité ? Et ce n'est pas vraiment une surprise que ce soit ta couleur... enfin ta nuance préférée. Tu en portes *littéralement* jusqu'au bout des ongles, fais-je remarquer en montrant ses ongles vernis. C'est peu commun d'en voir sur un homme.

— Ouais, je sais. C'est bête, mais c'est ma façon d'avoir toujours une touche artistique sur moi.

— Ce n'est pas bête, au contraire. J'aime bien ta réflexion, confirmé-je.

Il me sourit, satisfait que ça me plaise.

— *Até o teu sorriso é irritante*[11], m'entends-je dire.

— J'ai l'impression que ce n'était pas très gentil.

— Tu penses bien.

Je prends une gorgée de ma boisson, cachant mon rictus derrière mon gobelet.

— Je peux au moins savoir en quelle langue tu m'as insulté ?

— En portugais.

— Tu parles couramment ?

Je hausse les épaules.

---

11 *« Même ton sourire est agaçant », en portugais*

— Quasiment.
— Comment ça se fait ?
— Ma mè... enfin, Gabi, ma tutrice, m'a appris.
Alex doit sentir mon malaise, mais il n'insiste pas.
— Dis-moi autre chose. Par exemple, que tu m'aimes bien.
— *Eu não gosto de ti.*
Il lève un sourcil, comprenant que je n'ai pas tout à fait traduit ce qu'il me demandait.
— Qu'est-ce que tu as dit ?
— Que je ne t'aimais pas, lui traduis-je.
Il roule des yeux avant de les reporter sur moi.
— Tu mens très mal, Blue. Toi et moi savons que c'est faux. Tu sais comment je le sais ? continue-t-il, sûr de lui. Je peux le lire au fond de tes yeux. Tu vas certainement me certifier le contraire, mais je le vois bien. Je peux voir aussi que tu aimes que je ne regarde que toi quand nous sommes dans le même espace. Tu aimes quand je te cherche partout pour t'inviter à une soirée où l'on ne se parle que pour nous chamailler. Tu aimes cette complicité que nous avons.
À la fin de son monologue, nous plongeons dans le silence. Je secoue la tête face à sa déclaration.
— J'ai raison, n'est-ce pas ? déclare-t-il avec un air triomphant, voyant que je reste muette.
Plutôt que d'affronter sa question, je préfère le fuir. Je prends mon verre et tourne les talons, m'éloignant de lui. Je l'entends me suivre, mais fais mine de l'ignorer. Malheureusement lorsqu'il s'installe à côté de moi sur le canapé et passe le billet de 20£ sous mon nez, je ne peux faire autrement.
— Quoi ? demandé-je, mon regard passant du billet à lui.

— Oublions ce que j'ai dit dans la cuisine, OK ?

Je hoche la tête, soulagée, avant de prendre le billet.

Nous reprenons notre jeu de question-réponse, quand c'est à son tour de me présenter le billet.

— Je te redonne le billet si tu me fais un compliment, quémande-t-il.

Je ne peux me retenir de pouffer.

— Tu dois être vraiment désespéré si tu dois payer pour recevoir un compliment.

— Je n'ai pas d'autre choix pour en recevoir un de toi en tout cas. Alors ?

Je lui arrache le billet.

— Tu es déterminé.

— C'est tout ce que tu as trouvé ?

Il paraît déçu, ce qui me va *parfaitement*.

— C'est un bon compliment, je trouve, dis-je en haussant les épaules.

J'agite le billet entre mes doigts d'un air pensif avant d'ajouter :

— À toi.

— Te faire un compliment ? J'en ai dix mille en tête.

Je lève les yeux au ciel, une habitude que j'ai prise en sa présence.

— Non, à toi de me dire quelque chose que tu n'aimes pas chez moi.

— J'en ai dix mille en tête également.

— Enfoiré ! m'exclamé-je en feignant d'être offensée.

Alex réfléchit à la question, la tête baissée. Puis, finalement, il me regarde d'un air très sérieux et dit :

— Tu te caches. Voilà ce que je n'aime pas chez toi.

Je lui redonne le billet, l'air soudain maussade. Il a raison, évidemment, mais l'entendre de sa bouche est comme un coup à mon moral. Je ne pensais pas qu'Alex avait vu si clair en moi. Et pourtant...

— Je suis désolé, Blue. Je ne voulais pas te dire ça comme ça.

— Je ne veux pas en parler, c'est tout.

— OK, alors nous n'en parlerons pas.

La patience et l'empathie que je ressens derrière ces mots me confirment ce que j'avais vu au café. Alex et moi portons une même blessure, que nous préférons garder secrète. Parce que nous voulons protéger les autres de celle-ci, mais également nous protéger nous-mêmes. Encore un point que nous avons en commun et qui me prouve que je m'étais trompée sur Alex.

Bien trompée.

La soirée continue dans une bonne ambiance. Nous discutons, dansons, chantons, buvons, rions. Emi nous bombarde de photos avec son appareil argentique. Nous prenons avec plaisir la pose devant l'objectif.

Je parle avec Alex d'un naturel qui me déconcerte. Cet imbécile arrive même à me faire sourire une ou deux fois. J'en oublie presque ses paroles du bus ou notre dernière conversation, ce qui n'est pas plus mal.

Je suis en pleine conversation avec Lily et Rachel, quand la porte d'entrée s'ouvre brusquement. Un jeune homme brun, grand, à la peau aussi pâle qu'Alexander, se présente à nous. Je n'ai pas de mal à comprendre qu'il s'agit de son frère tant la ressemblance est frappante.

— Qu'est-ce que tu fous là ? demande aussitôt Alex qui s'est levé d'un bond du canapé.

Je remarque le ton alerte dans sa voix.

— Je n'ai pas le droit de rendre visite à mon petit frère ? Et bonjour à toi aussi, frangin.

Alex prend son frère par le bras et l'entraîne à l'écart dans la cuisine. Je les suis des yeux, à la fois intriguée et inquiète. Je croise le regard de Jamie et y lis une certaine détresse.

Les discussions reprennent timidement, mais l'ambiance a changé. Chacun est conscient que cette visite impromptue n'est pas la bienvenue. Je continue de fixer la porte de la cuisine, attendant qu'elle s'ouvre à nouveau.

Quand Alex et son frère réapparaissent, tous deux affichent un rictus qui semble faux. Le frère d'Alexander se glisse sur le canapé parmi notre petit groupe et se présente.

— Liam, enchanté.

Rachel, Lily et moi nous présentons à notre tour, un peu gênées.

— Content de rencontrer les nouveaux amis de mon frère. Je suis désolé de cette entrée un peu... embarrassante. Je suis arrivé à l'improviste et Alex n'a pas trop apprécié. Mais on s'est expliqué, et tout va bien. Je ne voulais pas casser l'ambiance.

— Tu n'as pas cassé l'ambiance, intervient Alex qui vient de s'asseoir à côté de moi. Désolé, j'étais surpris que tu passes ce soir.

— Je sais. J'aurais dû te prévenir.

Je coule un regard vers Alex, essayant de déchiffrer son visage. Mais il ne laisse rien paraître face à la présence de son frère.

— Ça va ? lui chuchoté-je.

Il hoche la tête pour toute réponse.

— Et alors, comment avez-vous rencontré mon frère ? s'enquiert Liam.

— À une soirée. Il a cité des auteurs français à Cami, ici présente, et depuis, on est devenus amis, explique Rachel en me désignant d'un mouvement de tête.

Son résumé me fait rire tant le raccourci est rapide.

— C'est une rencontre... originale. Et vous étudiez quoi, du coup ?

Nous continuons de discuter avec Liam que je trouve finalement plutôt sympathique. Je retrouve énormément d'Alex en lui. Ce dernier ne dit plus un mot pendant le reste de la conversation, mais je le sens tendu à mes côtés. J'essaye de capter son regard, mais il fixe son frère. Je ne peux ignore la forte tension qu'il y a entre eux. Je sais qu'Alex ne m'en parlera pas, alors j'essaye de ne pas y penser et continue de répondre aux questions de Liam.

Nous parlons du travail de ce dernier (il est vendeur), de notre rencontre à toutes les trois, et d'autres sujets banals. J'en viens même à évoquer Teddy, mais détourne rapidement la conversation.

Quelques heures plus tard, nous convenons qu'il est temps de rentrer. Nous saluons Liam et tout le reste des invités avant d'être raccompagnées à la porte par Alex. Emi, Lily et Rachel sont déjà parties quand il appelle mon nom.

— Blue.

— Oui ?

Je m'approche de lui, lisant sur ses traits à quel point il n'est pas bien.

— Je suis désolé pour cette fin de soirée. Je ne pensais pas que Liam serait là.

La peine qui s'est accumulée sur son visage depuis l'arrivée de son frère me fait mal.
— Tu n'as pas à t'excuser. C'était finalement plutôt sympa de discuter avec lui.
— Ouais...
— Est-ce que tout va bien ?
Il se passe une main dans les cheveux, hésitant.
— Ouais, tout va bien. Rentrez bien. Bonne nuit, Blue.
— Bonne nuit, Alex.

14
Alex

— JOYEUX ANNIVERSAIRE FRANGIN !

J'ai senti un poids sauter sur mon lit, ce qui m'a réveillé instantanément. Encore à moitié endormi, j'ai observé Liam en train d'exécuter une danse, debout sur mon lit.

— Lève-toi, p'tit frère ! Aujourd'hui, c'est ta journée !

J'ai marmonné dans ma barbe avant de passer la couverture sur ma tête afin d'étouffer les cris de joie de mon frère. Finalement, celui-ci a arrêté de faire des bonds et s'est allongé à côté de moi.

— Douze ans déjà ! s'est-il exclamé. Tu grandis vite, frangin.

— Je grandis à la même allure que n'importe qui, ai-je fait remarquer.

— Tiens, regardez qui se décide enfin à dire quelque chose, a-t-il rétorqué avant de me retirer brusquement la couette. C'était censé être une surprise, mais maman t'a préparé un super petit-déjeuner d'anniversaire.

— C'est vrai ? me suis-je étonné.

— Ouaip ! Pancakes, scones, tartines et confiture, œufs brouillés... bref, tout ce que tu aimes.

En moins de temps qu'il en faut pour le dire, je me suis retrouvé sur mes jambes et ai dévalé l'escalier à toute vitesse. Je suis arrivé dans la cuisine où j'ai été accueilli par une banderole « Joyeux douzième anniversaire » et mes parents qui arboraient un grand sourire. Ils m'ont souhaité un joyeux anniversaire à leur tour avant de retourner à leur petit-déjeuner. Je les ai rejoints à table, bientôt imité par mon frère et nous avons commencé à déjeuner tous ensemble, comme une vraie famille.

— Alors, qu'est-ce qu'on fait aujourd'hui ? ai-je demandé en engloutissant une tartine à la confiture de fraise.

— Oh chéri, je suis désolée, mais nous avons une urgence au bureau et nous ne pourrons pas passer la journée avec toi, m'a expliqué maman d'un air désolé.

— Vous partez ?

Elle a hoché la tête, une moue coupable sur le visage.

— Dans quelques minutes, oui.

— Et vous rentrez quand ? a demandé Liam froidement, le nez dans ses céréales.

— Demain soir, si tout se passe bien, a répondu mon père. Mamie et papi viendront vous surveiller. Tu les as appelés, d'ailleurs, Kate ?

— Je vais le faire de suite.

— On le fera, ne t'inquiète pas maman, est intervenu Liam.

— Merci, mon chéri, ça nous fera gagner du temps. On ne va pas tarder à y aller.

J'ai senti que mes parents m'observaient, bien conscients du mal qu'ils étaient en train de me faire en nous lâchant le jour de mon anniversaire.

— On se rattrapera, a promis mon père.

J'ai acquiescé sans oser lever la tête de mon petit-déjeuner qui me paraissait soudain fade. Je ne voulais pas voir le mensonge dans ses yeux. Je ne l'aurais pas supporté.

Quelques dizaines de minutes plus tard, nos parents nous ont quittés, non sans me souhaiter un dernier « joyeux anniversaire ». Dès que la porte s'est refermée derrière eux, Liam a passé un bras sur mes épaules et m'a chuchoté à l'oreille.

— Prêt à passer le meilleur anniversaire de ta vie ?

J'ai levé la tête vers lui et n'ai pu passer à côté de la joie qui s'étendait à présent sur son visage.

— On ne va pas appeler papi et mamie, c'est ça ?

— Tu as tout compris, p'tit frère.

Ce jour-là, Liam ne m'a pas menti. Nous avons commencé par le magasin d'art créatif où Liam m'a acheté du matériel de peinture (avec l'argent pris dans le porte-monnaie de papa), avant de m'emmener faire du karting. Nous avons récupéré ensuite des places de cinéma pour un film d'horreur auprès d'un de ses amis plus âgé, le film étant interdit aux moins de 16 ans. J'ai eu si peur que j'ai cru faire pipi dans ma culotte. Après le film, nous sommes allés chez Jamie, le meilleur ami de Liam. Nous avons joué aux jeux vidéo avec lui tout l'après-midi, en nous racontant des blagues et en nous goinfrant de friandises. J'adorais aller chez Jamie parce qu'il avait une immense chambre et un grand écran plat.

Lorsque la nuit est tombée, nous avons quitté Jamie et sommes partis manger au McDo.

— Parce que c'est ton anniversaire et parce que t'es mon petit frère, je vais t'emmener dans un endroit où je n'ai jamais emmené personne, a dit Liam alors que nous sommes sortis du fast-food.

— Un endroit secret ?

— On peut dire ça.

Le fameux endroit secret était en réalité un vieux panneau publicitaire qui s'élevait à quatre ou cinq mètres de haut. On pouvait accéder à la plateforme via une échelle en métal un peu rouillée. J'habitais dans cette ville depuis toujours, mais je ne l'avais jamais remarqué.

Nous sommes montés sur la plateforme derrière le panneau et avons admiré la vue. Nous n'étions pas très haut, mais nous avions un bon aperçu de la ville et des lumières qui l'éclairaient dans l'obscurité de la nuit. Nous sommes restés silencieux un moment, appréciant le calme de Southampton. J'ai senti le bras de Liam qui m'entourait les épaules.

— Tu avais raison. C'est le meilleur anniversaire de ma vie. Alors, merci.

— Avec plaisir, frangin. Tu sais que je ferais tout pour toi.

— Et moi, pour toi.

Nous sommes restés là-haut quelques heures, à nous raconter nos secrets, nos rêves, nos envies… bref, tout ce que l'on n'osait confier à personne, à part nous.

— Tu crois qu'on sera toujours ensemble ? ai-je demandé d'une petite voix.

— Bien sûr. Je serais toujours là pour toi, quoi qu'il arrive. Toi et moi contre le reste du monde.

— Promis ?

— Promis.

Je n'aurais jamais cru que, quelques années plus tard, je regretterais cette promesse.

Le souvenir de ce douzième anniversaire me revient lorsque je regarde mon frère, endormi sur le canapé du salon. Je me rappelle de ce jour comme si c'était hier. Malgré l'absence de mes parents, Liam m'avait fait passer une journée exceptionnelle. Évidemment, nous nous étions pris un méchant savon au retour de nos parents, lorsqu'ils avaient découvert que nous n'avions jamais appelé mes grands-parents, mais ça n'avait pas pour autant gâché ce jour.

Je me demande ce qui a tant changé entre nous. Comment suis-je passé de l'admiration à la crainte vis-à-vis de Liam ? Nous étions si proches et, aujourd'hui, j'ai l'impression de ne plus connaître mon frère.

— Salut, frangin.

Je sursaute en entendant sa voix endormie. J'étais tellement dans mes pensées que je n'ai pas remarqué qu'il s'était réveillé.

— Bien dormi ? demandé-je.

— Ouais. Je dois dire que ton canapé est plutôt confortable.

Il se lève de celui-ci et se dirige vers la cuisine. Je lui emboîte le pas.

— Content de l'apprendre, réponds-je d'un ton sec.

— Ouh là, on dirait que quelqu'un s'est levé du mauvais pied. Qu'est-ce qui t'arrive, p'tit frère ?

— Tu aurais pu prévenir.

— Je sais, je sais, dit-il tout en préparant son petit-déjeuner. On a déjà eu cette conversation, je te rappelle. Tu m'en veux encore ?

Je baisse les bras que j'avais croisés sur ma poitrine, l'air apaisé.

— Non, soufflé-je.

— Tu ne voulais pas que tes nouveaux amis me rencontrent, c'est ça ?

Je sens le poids de la culpabilité me tordre le ventre. Oui, c'est exactement ça. Je ne voulais pas que *Cami* le rencontre.

— Tu as honte de moi ?

— Je... Non.

— Tu n'avais pas envie que tes deux mondes se croisent.

Je ne peux décidément rien lui cacher.

— Ouais. Tu sais, personne, à part Jamie et Emi, ne sait réellement ce que nous faisons. Et je veux que ça reste comme ça. Alors, quand tu as débarqué à l'improviste, j'ai eu peur que tu parles.

— Je ne suis pas idiot. Je ne vais pas aller balancer à des inconnus des trucs comme ça.

— Pas quand tu es dans ton état normal, non, mais...

— Je suis *clean* depuis plusieurs mois, Alex, et tu le sais.

Il me crache presque cette phrase au visage. Je sens que je le blesse avec mes mots, mais je rétorque :

— Non, justement, je n'en sais rien ! Je ne sais pas ce que tu fais quand tu n'es pas là. Je ne sais même pas où tu dors. Est-ce que tu restes dans ton appartement à Brighton ? Ou tu squattes ailleurs ?

— Ça ne te regarde pas.

Il me tourne le dos pour se servir dans le frigo. Je me rapproche et me cale contre le plan de travail pour lui faire à nouveau face.

— Au contraire, ça me regarde, surtout quand tu m'entraînes dans tes embrouilles.

— On y est ! Je ne t'ai jamais forcé à embarquer là-dedans. Tu as décidé de me suivre. Aujourd'hui, t'assumes !

Je soupire, conscient que je ne me sortirai pas de cette conversation. Ce n'est pas la première fois que nous avons ce genre de discussion, mais à chaque fois je me retrouve pris au piège. Liam ne me laissera jamais sortir de cet enfer. Il me tient et il ne compte pas me lâcher.

— Écoute, je ne veux pas me prendre la tête avec toi, déclare-t-il finalement en se tournant vers moi. Je m'excuse encore une fois d'avoir débarqué sans prévenir. Et, si tu veux, je te ferai savoir où je vais quand je ne suis pas à Brighton. Ça te va ?

— Ouais, ça me va.

— Super. Maintenant, tu peux me parler de cette fille qui te fait craquer ?

Je manque de m'étouffer.

— De quoi tu parles ?

— Oh allez, tu crois que je n'ai pas vu que cette fille, Cami, te plaît. C'est vrai qu'elle est plutôt canon.

Je serre les dents en entendant mon frère parler d'elle comme ça. Je ne veux pas qu'il en parle, point final. Cami et lui sont deux personnes que j'aimerais tenir à distance. Leur rencontre de la veille m'a amplement suffi. Je refuse que Liam et ses problèmes s'approchent de Cami.

— Je n'ai pas envie de parler de ça avec toi.

— On parlait de tout avant, toi et moi.

— Oui, avant.

— Maintenant tu préfères te confier à James, pas vrai ?

Je vois son visage se crisper en mentionnant le nom de son ex-petit copain. Je sais que lui et Jamie ont été très amoureux, et je me demande parfois ce que serait devenu Liam s'il n'avait pas plongé dans ses merdes et s'il était resté avec Jamie. J'aurais définitivement préféré cette version-là de mon frère.

— Est-ce qu'il va bien ? demande-t-il d'un air sincèrement inquiet.

— Ça va. Il sera diplômé à la fin de l'année.

— C'est bien pour lui, répond Liam en hochant la tête. Je n'ai pas osé lui parler hier soir.

— Je pense que c'est mieux comme ça.

— Ouais.

Un silence s'installe, nous mettant mal à l'aise tous les deux. Finalement, je demande à Liam s'il compte passer la journée avec moi. Il secoue la tête.

— Je ne vais pas tarder à y aller. J'ai des choses à faire.

Je ne lui demande pas de quoi il s'agit. Il ne me le dirait probablement pas et je n'ai pas envie de le savoir. Plus je me tiens à distance de ses combines, mieux je me porte.

— Tu vas où, cette fois ?

— Probablement à Londres.

— Tu passeras voir papa et maman ?

Il ricane.

— Pff, y'a peu de chance.

— Ouais, je m'en doutais.

Il me regarde d'un air désolé. Je sais que cette séparation avec nos parents lui pèse autant qu'à moi, même si lui ne le montre pas.

— C'était quand la dernière fois que tu leur as parlé ? demande-t-il.

— Avant la rentrée, je crois. Et toi ?

— Pour mon anniversaire.

En juin dernier, donc. Des mois sans parler à ses enfants, ça doit faire beaucoup pour certains parents, mais pas pour les nôtres. Et je ne parle même pas de la dernière fois que nous les avons vus. Le travail avant les enfants. Ça a toujours été leur credo. À force, on finit par s'habituer à cette absence. Ce n'est pas comme si nous avions le choix, de toute façon.

— Tu sais que je suis là pour toi, hein ? Toi et moi contre le reste du monde.

— Ouais, je sais.

Je le serre dans mes bras avant qu'il ne rassemble ses affaires et me quitte. Lorsque je me retrouve à nouveau seul, je relâche ma respiration, me sentant soulagé de son départ.

Je passe la matinée à ranger mon appartement. Ce n'est que vers midi, après avoir tout nettoyé, que je me rends compte des messages non lus sur mon téléphone. La plupart sont de Jamie ou d'Emi, mais je ne peux me retenir de sourire lorsque je vois le nom de Cami s'afficher dans mes notifications Instagram. Le message date de ce matin.

> Salut, Alex. Je voulais juste savoir comment tu allais. Je sais que tu ne le diras pas, mais j'ai bien vu que l'arrivée de ton frère hier t'a contrarié. Alors, voilà, est-ce que tout va bien ? Sur ce, je retourne me plonger dans mon indifférence pour toi. Bon dimanche.

Comment peut-elle réussir à me toucher et me faire rire dans un même message ?
Je ne sais pas quoi ressentir face à ses inquiétudes par rapport à mon frère. Je suis content qu'elle prenne la peine et le temps de me demander si ça va, comme elle l'a fait à plusieurs reprises la veille. Mais je ne peux m'empêcher de me dire qu'elle commence à entrevoir un aspect de moi que je refuse de montrer.
Cette fragilité et cette anxiété qui surviennent lorsque Liam est dans les parages sont deux choses que je garde pour

moi. Est-ce que c'est idiot de ne pas vouloir que Cami les voie ? Est-ce que le but n'est pas qu'elle me connaisse pleinement, même les côtés qui me déplaisent le plus ? Je veux être vrai avec elle, alors pourquoi ai-je tant de mal à accepter de paraître vulnérable face à elle ?

J'ai peur,

voilà pourquoi.

Je relis une nouvelle fois son message et lui réponds simplement un « ça va ». S'il y a bien une chose que je veux éviter, c'est qu'elle s'inquiète pour moi. D'autant plus si cela concerne Liam. Elle me répond par un smiley qui sourit. Et je me sens déjà mieux.

15
Cami

« Allô Jim, c'est moi. Oui, encore. J'ai essayé de résister, de ne pas t'appeler, mais il fallait que je le fasse pour te demander une chose.

Tu sais, j'ai beaucoup pensé à tout ça ces derniers temps, à toutes ces horreurs que tu lui as fait subir. Et à cause de toi, j'ai peur. J'ai peur d'être touchée, peur de faire confiance, peur de me laisser pleinement aller avec quelqu'un.

Peur d'aimer.

Je ne sais pas comment lâcher prise. Tu as réduit à néant tous mes espoirs d'être complètement heureuse avec quelqu'un d'autre. Tu as instauré dans ma vie une angoisse irrationnelle d'autrui. Comment pourrais-je faire confiance à une personne que je connais à peine quand je n'ai jamais pu te faire confiance à toi, ~~mon père~~ ?

Pourquoi ? Pourquoi la battais-tu ? Pourquoi lui faire du mal quand, en même temps, tu assurais l'aimer de tout ton cœur ? Pourquoi, dis-moi ?

Pourquoi est-ce que je continue de souffrir à cause de toi ?

Tu m'as enlevé la personne qui comptait le plus pour moi. Alors, je te le demande une dernière fois.

Jim… papa… pourquoi as-tu tué ma mère ? »

❀

— Comment peux-tu manger ça ?

Rachel pose cette question avec du dégoût dans la voix. Je rigole en voyant la tête consternée de Lily à qui la question s'adresse. Nous sommes réunies toutes les trois à la pizzeria pour dîner avant d'aller à la Coloc pour une soirée film d'horreur. Et, visiblement, le choix de garniture de pizza de Lily ne fait pas l'unanimité.

— La pizza à l'ananas ne mérite pas autant de haine, répond finalement Lily. Le mélange sucré-salé est un délice. Mais seuls les fins gourmets peuvent l'apprécier, ce qui n'est pas ton cas Miss pizza-quatre-fromages.

Je ris de plus belle face à cette joute verbale ridicule.

— Ne rigole pas trop, toi, intervient Rachel en se tournant vers moi. On a déjà eu ce débat récemment et je confirme que la pizza chèvre-miel est du même topo que la pizza hawaïenne.

— Lily a raison, tu ne sais pas apprécier ce qui est *vraiment* bon. Ce n'est pas ma faute si tu n'aimes pas le sucré-salé.

— Il y a peut-être une raison pour que les deux soient séparés, non ? Le sucré d'un côté, le salé de l'autre, et c'est très bien comme ça. Pourquoi vouloir à tout prix les mélanger ?

— Parce que c'est délicieux ! s'exclame Lily en croquant généreusement dans une part.

— Je confirme, ajouté-je en l'imitant

Nous narguons Rachel avec nos pizzas qui semblent réellement l'écœurer et rions joyeusement.

— Qu'est-ce qu'ils ont prévu comme film ? demande Lily.

Le choix des films a été confié à Cillian et Jasmine, fins connaisseurs du genre.

— Des vieux classiques, apparemment. *Scream*, *L'exorciste*, *Saw*, énumère Rachel.

— Rappelle-moi, pourquoi j'ai accepté de venir ? reprend Lily qui, je le sais, n'est pas vraiment friande de ce genre de film.

— Parce que ça va être drôle, répond joyeusement Rachel.

— Ah oui, c'est sûr que c'est très drôle de se faire peur volontairement. On ne pouvait pas plutôt faire une soirée comédie musicale ? C'est plus sympa et moins... flippant.

— Sauf que nous sommes à deux semaines d'Halloween, Lily, et que ce n'est pas vraiment la période des comédies musicales.

— Ça va aller, ne t'inquiète pas. On va se blottir l'une contre l'autre et se cacher mutuellement les yeux pendant les scènes qui font peur, proposé-je à Lily en prenant sa main dans la mienne.

Ce contact fait tout de suite réagir ma meilleure amie qui n'a pas vraiment l'habitude de me voir aussi tactile. Même si elles ignorent la raison véritable de mon refus d'être touchée, je sais que Rachel et Lily en ont clairement conscience. Elles ne m'ont jamais interrogée là-dessus, supposant, à juste titre, que ça a un rapport avec mes parents biologiques. Je ne suis pas prête à leur avouer la vérité. Peut-être ne le serais-je même jamais. C'est difficile d'en parler, d'autant plus à des personnes proches, comme peuvent l'être mes meilleures amies.

— Merci, Cam. Nous formerons le groupe des flipettes de la soirée.

— Et ça me va très bien, j'acquiesce en cognant ma canette de Dr Pepper contre la sienne.

Nous finissons de dîner dans une discussion animée où Rachel tente de nous convaincre de participer à son podcast en imitant, pour je ne sais quelle raison, Maître Yoda.

— À mon super podcast, tu prendras part, jeune *padawan*.

Sa tentative nous fait tellement rire que Lily et moi acceptons sa proposition. Nous passons le reste du temps à décider des sujets que nous pourrions évoquer toutes les trois, sans vraiment réussir à nous décider. Puis nous convenons qu'il est temps de rejoindre la Coloc. Nous quittons le restaurant et cette parenthèse qui nous a fait à toutes les trois du bien.

Le salon de la Coloc est plongé dans le noir. Seul l'écran de la télévision éclaire nos visages apeurés, ou hilares. Tandis que Lily et moi sursautons à chaque scène effrayante, le reste du groupe se marre du ridicule de celles-ci. Après *Scream*, nous enchaînons avec *L'exorciste* qui, je dois l'avouer, m'amuse à mon tour. Je sens que Lily, à côté de moi, se détend aussi.

Chacun en va de son commentaire sur les effets spéciaux vieillissants et l'écriture du film, notamment Cillian qui est notre expert en la matière. Assis de l'autre côté de Lily, il discute avec elle en lui expliquant les techniques de réalisation. Tout le monde délaisse peu à peu le film pour parler avec son voisin. J'observe cette petite bande à laquelle Lily, Rachel et moi sommes intégrées depuis quelques semaines. Moi qui ai toujours peur de l'inconnu, je suis contente d'avoir pu rencontrer ces nouvelles personnes.

Mes yeux se posent finalement vers celui que j'ai le plus appris à découvrir.

Alex.

Assis en face de moi, il me retourne mon sourire. Il marmonne un « ça va ? » en silence, auquel je réponds par un hochement de tête. Cette nouvelle dynamique entre nous a quelque chose de réconfortant.

Nous abandonnons finalement les films d'horreur et préférons passer notre soirée à papoter tous ensemble. Jasmine nous annonce qu'Elliot va venir lui rendre visite à Halloween, ce qui nous met tous en joie. Elle nous a tant parlé de lui qu'il me tarde de le rencontrer.

Nous continuons de discuter quand Emi propose de faire un jeu. Nous nous retrouvons à jouer au *Time's up*. J'ai mal au ventre tellement je ris face aux tentatives de mime désastreuses de Rachel et Jasmine, ou aux exclamations rageuses d'Emi, que je découvre être mauvaise joueuse. Je feins de me sentir offusquée d'être déclarée la pire devineuse et repars dans un grand éclat de rire quand Alex imite Jasmine en train de faire ses mimes approximatifs.

Finalement, Jamie, en grand médiateur, déclare que tout le monde remporte le jeu.

Nous décidons qu'il est temps de mettre fin à cette soirée qui aura été chaotique, mais incroyablement drôle. Jamie, Alex, Lily et moi quittons les colocs avec de la bonne humeur à revendre.

Je ne sais pas comment les choses ont fini par tourner ainsi, mais je me retrouve à être raccompagnée par Alex, tandis que Jamie ramène Lily. Je me doute qu'Alex a quelque chose à voir là-dedans, ce que je m'apprête à lui demander, mais ma question reste en suspens au moment où nous arrivons au niveau de sa voiture. Je reste silencieuse, prenant le temps d'admirer cette superbe voiture noire qui semble tout droit sorti d'un film des années 60.

— Votre carrosse vous attend, mademoiselle Blue, déclare Alex en ouvrant grand les bras face à son véhicule.

— Tu prends le bus tous les matins pour venir en cours alors que tu as *ça* ?!

Je suis en extase devant la beauté de la voiture d'Alex. Il pourrait flamber sur le campus à bord de ce bolide, mais il préfère venir en bus ? *Quel gâchis...*

— Je l'utilise très peu.

— Comment ça se fait ?

— C'est un cadeau de mes parents pour s'excuser d'avoir raté mon dix-huitième anniversaire. En la conduisant, j'ai l'impression qu'ils ont réussi à m'acheter. Et je réalise seulement à quel point ça fait de moi un enfant pourri gâté et capricieux en disant ça.

— Je ne trouve pas. Je comprends, d'une certaine façon.

Je passe une main délicate sur la carrosserie de la voiture, impressionnée par le modèle. Des souvenirs de moi enfant, regardant mon père bricoler sur sa Camaro, me reviennent en mémoire. Je les chasse rapidement, m'empêchant de ressasser le bon comme le mauvais.

— Elle s'appelle comment ? l'interrogé-je.

— Qui ça ?

— Ta voiture ! Ne me dis pas que tu as une voiture comme ça et que tu ne lui as pas donné de nom !

— Je te le confirme, ma voiture n'a pas de nom.

— C'est une honte ! Un tel modèle en mérite un.

— Je te promets d'y réfléchir. On y va ?

J'acquiesce et monte à bord. Mes indications pour guider Alex jusque chez moi sont les seules paroles qui emplissent l'habitacle. L'atmosphère est particulière à l'intérieur du véhicule. Ni lui ni moi ne semblons vouloir entamer la conversation. Finalement, je me lance, repensant à la question que j'avais laissée suspendue au bout de ma langue.

— Dis-moi, est-ce une coïncidence que je me retrouve avec toi comme accompagnateur et pas Jamie ?

— C'est une très grosse coïncidence, répond-il ironiquement. Il s'avère que Jamie habite plus près de chez Lily, et moi de chez toi.

— Comme c'est pratique.

— N'est-ce pas ? Avoue, tu es ravie que ce soit moi qui te raccompagne.

— Je me sens si chanceuse, Axel, tu n'imagines même pas !

— Je m'appelle toujours Alex, mademoiselle Blue. Et tu te souviens de ce que je t'ai dit à propos du sarcasme ?

— Je ne cache rien, *Alex*, dis-je en insistant sur son prénom.

Bien sûr, ma réponse est absolument fausse. Je cache beaucoup de choses, à beaucoup de monde. Mais comment pourrais-je lui avouer tout ce que j'ai traversé ? Tout mon passé que même mes meilleures amies ignorent ? Est-ce que ce serait simple, finalement, de tout lui avouer ? Comme avec Teddy ? Je chasse vite cette idée de mon esprit. Il n'est pas question que je me confie à Alex.

— Au fait, merci, Cami.

Je me tourne vers lui.

— Pourquoi tu me remercies ?

— Pour m'avoir laissé entrer dans ta vie et te découvrir davantage. Et je confirme ce que je t'ai dit au début de notre rencontre, j'aime ce que je vois. Tu es spéciale, Camryn Blue.

Le regard tendre qu'il me lance ensuite me confirme que c'est un compliment. Une douce chaleur envahit mon ventre malgré moi.

— Toi aussi tu es spécial, Axel.

Ces paroles dans ma bouche sonnent bizarrement. Et pour le coup, je ne saurais dire si c'est dans le bon sens ou non.

Alors, mes mots restent en suspens entre nous, remplissant le véhicule d'une atmosphère différente. Une atmosphère tout aussi spéciale que nous.

— Camryn ?

— Oui ?

— Je sais qu'on ne se connaît pas encore assez bien, que tu penses que je ne suis qu'un crétin sans cœur qui ne joue qu'avec les filles, et c'est sûrement pour ça que tu as tant de mal à t'ouvrir à moi. Mais sache que si tu as besoin de parler, je suis là.

Sa réponse m'atteint plus que je ne le pense. À quel point a-t-il réussi à me comprendre pour savoir que j'ai besoin de parler, de me confier ? Je ne suis peut-être pas prête à le faire, mais je suis touchée qu'il prenne le temps de me dire ces mots.

Nous arrivons finalement devant mon immeuble. Après avoir coupé le moteur de sa voiture, Alex se penche vers moi pour ouvrir la boîte à gant devant moi. Je note qu'il prend ses précautions pour éviter de me toucher, à croire qu'il a même remarqué que j'étais sensible au contact des autres. Il revient de son côté en brandissant un marqueur noir et un bout de papier.

— Je ne te force pas à l'utiliser, mais sache que tu peux m'écrire n'importe quand, lorsque l'envie te prend. Je serais même heureux que tu m'appelles juste pour me dire quel cliché je suis, dit-il en riant à cette dernière remarque.

Il me tend le papier où s'étale ce que je devine être son numéro de téléphone, qu'il a accompagné d'une signature qui me fait sourire : *Axel, ce crétin de cliché*.

Je fouille dans mon sac à main et en sors le billet de 20£ que j'ai récupéré quelques jours plus tôt, lorsque Alex a décrété que j'en avais besoin pour m'acheter un vrai sourire, autre que celui, moqueur, que j'affiche en sa présence. Je le place dans sa main, tout en le délaissant de son papier.

— C'est pour quoi ? demande-t-il en brandissant le billet entre deux doigts.

— Pour la course. Et pour ça, réponds-je en soulevant le papier.

Il hoche la tête comme s'il avait compris qu'il avait vu juste.

— Bonne nuit, Axel.

— Bonne nuit, Blue.

Et sur ces mots, je m'éclipse.

16
Cami

Revenir à Portsmouth est comme une bouffée d'air frais. Je n'y suis pas retournée depuis la rentrée et je sens à quel point ma vie là-bas m'a manqué. À quel point Jane et Gabi m'ont manqué.

Je descends du taxi qui m'a amenée depuis Southampton et me jette dans les bras de mes tutrices qui m'attendent devant l'entrée de la maison.

— Joyeux anniversaire, ma chérie ! s'exclame Jane en me serrant contre son cœur.

— *Feliz aniversário, minha linda* ! Enfin tu es là, commente à son tour Gabi avec un immense sourire aux lèvres.

— Merci ! Je suis tellement contente d'être de retour.

— Nous aussi, ma puce, affirme Jane.

Je les suis à l'intérieur de la maison. *Ma* maison.

Même si Southampton est devenu un endroit où je me sens bien, rien n'égale cette maison qui m'a vue au plus mal, mais qui m'a également vue renaître et réapprendre doucement à vivre. Même si, encore aujourd'hui, je porte les marques de mon passé, cette maison et celles qui y habitent ont contribué à mon début de guérison.

— Comment vas-tu ? s'enquiert Gabi alors que nous nous installons dans le canapé du salon.
— Ça va. J'ai plein de choses à vous raconter.
— Et on veut tout savoir, décrète-t-elle.

Je leur parle de mes cours, de mes nouvelles rencontres (même si j'omets volontairement de parler d'Alex), de la vie étudiante et des évènements qui ont pu arriver durant ce premier mois. Je leur donne des nouvelles de Lily et Rachel, ainsi que du *crush* de cette dernière, ce qui ravit Gabi, toujours à l'affût du moindre ragot.

— Et toi, alors, as-tu rencontré quelqu'un ?

Évidemment, je ne pouvais pas passer à côté de la curiosité de Gabi.

— Non, pas vraiment.

Je reste évasive. Je ne veux pas leur parler d'Alex, parce que moi-même je ne sais pas ce qui se passe entre lui et moi. Et encore moins si j'ai envie qu'il se passe quoi que ce soit. J'ai encore trop de doute par rapport à Alex, au fait qu'il soit vraiment sincère avec moi ou non. Est-ce que je lui plais vraiment ou suis-je un challenge pour lui ? Peut-être que je l'attire seulement parce que je le repousse ? Tant que tout ça ne sera pas clair dans mon esprit, je préfère me taire sur lui.

En entendant ma réponse, Gabi semble un brin déçue. Je sais qu'elle aimerait me voir amoureuse, parce qu'elle estime que c'est le plus beau sentiment, mais je ne suis pas prête. Parce que, même si le couple de Jane et Gabi me montre une image magnifique de l'amour, j'ai aussi vu ce qu'il peut faire lorsqu'il est toxique et violent.

Mes tutrices n'insistent pas plus sur la question. Elles échangent alors un regard complice qui me pousse à croire que quelque chose se prépare. Et je ne me suis décidément pas trompée lorsque Jane déclare :

— Tu n'as pas encore eu ton cadeau d'anniversaire, il me semble.

— Vous n'étiez pas obligées de m'en faire un.

— C'est ça, oui ! s'exclame Gabi. Tu penses vraiment qu'on ne va pas gâter notre bébé ?

— Dites-moi que vous ne m'avez pas acheté de voiture, au moins.

— Ce n'est pas prévu. Enfin, pas tant que tu ne passes pas le permis en tout cas, répond Jane, amusée, avant de se lever pour, j'imagine, récupérer le fameux cadeau.

Je n'ai pas besoin de l'ouvrir pour savoir ce qui se cache sous l'emballage, tant la forme du paquet est flagrante.

— Sérieux ? m'étonné-je mi-joyeuse, mi-gênée.

— On s'est dit que tu pourrais passer à la taille au-dessus, explique Gabi alors que je m'empresse de déchirer le papier cadeau et découvre une magnifique guitare sèche.

— Vous savez que c'est différent de jouer sur un ukulélé et sur une guitare ?

— Oui, mais comme tu es douée, tu vas tout déchirer sur l'un comme sur l'autre.

— Ça ne te plaît pas ? s'enquiert Jane.

— Vous rigolez ? Je suis trop contente ! Mais vous m'avez encore trop gâtée.

— On veut seulement te faire plaisir, parce que ça *nous* fait plaisir.

— Vous êtes les meilleures.

Elles s'installent de part et d'autre de moi sur le canapé et me serrent dans leurs bras, comme un sandwich. Je retrouve ce cocon de protection. Je me sens bien. Je me sens aimée.

J'ai soudain un trop plein d'amour en me retrouvant avec ces femmes qui sont devenues ma famille. Il y a tant de mots que j'ai manqués avec elles, parce que je ne me sentais pas prête à les dire. Pourtant, lorsque je les regarde avec cet éclat de bienveillance et d'amour dans les yeux, je sais que ceux-là sont une évidence.

— Je vous aime.
— Oh ma puce, nous aussi nous t'aimons.
— *Nós amamos-te[12], minha linda.*
Ça fait du bien d'être de retour à la maison.

Je profite du samedi pour retrouver les coins de la ville que je préfère. Le Spinnaker Cafe, le vieux Portsmouth, la librairie Waterstones et, évidemment, le bord de mer. Je passe la journée avec Jane et Gabi, ce qui me fait un bien fou. Le midi, nous déjeunons face à la mer, comme lors du dernier jour avant mon départ. Lorsque nous rentrons en fin d'après-midi, je me sens épuisée, mais heureuse. Après des semaines à me torturer l'esprit, je me couche apaisée, sereine.
Parfaitement bien.

Je passe une éternité devant ma penderie, à me demander ce que je pourrais porter pour ma soirée d'anniversaire avec Teddy, Rachel et Lily. Je sais que ce n'est rien d'extraordinaire, seulement une petite soirée entre nous, mais j'ai envie de mettre une tenue dans laquelle je me sentirais belle.

---

12 « *Nous t'aimons* », *en portugais*

J'opte finalement pour une robe vert d'eau à carreaux, des collants opaques et des baskets blanches. Enfin, je mets la touche finale en appliquant mon rouge à lèvres fétiche.

Jane me dépose chez Teddy quelques dizaines de minutes plus tard. Je suis la dernière arrivée, si bien que lorsque je passe le pas de la porte, mes meilleurs amis m'accueillent avec un lancer de confettis.

— Joyeux anniversaire ! hurlent-ils en chœur.

Je les prends un à un dans mes bras, pour les remercier de cette petite surprise.

— Prête à faire la fête, *birthday girl* ? demande joyeusement Rachel en me mettant un verre rempli à ras bord dans la main.

— Carrément ! m'exclamé-je avant de trinquer avec elle.

Pour la première fois depuis un moment, je profite de ma soirée en oubliant tout ce qui me tracasse. Nous jouons à des jeux d'alcool, durant lesquels Teddy est définitivement le grand perdant, mangeons des cochonneries à n'en plus finir et rigolons à en avoir mal au ventre. Pendant tout ce temps, je ne me dépars pas de mon sourire.

Je suis reconnaissante et chanceuse d'avoir des amis comme Lily, Rachel et Teddy. À eux trois, ils ont réussi, le temps de quelques heures, à me sortir de ma bulle, à me sentir libre de m'amuser. En six ans, les moments où j'ai été aussi bien, loin des pensées noires sur mon passé, profitant pleinement de ma vie, sont rares. Mais je me rends compte qu'ils se sont multipliés depuis mon arrivée à Southampton. Est-ce que cela signifie que je commence à g u é r i r ?

Je n'ai peut-être pas de contrôle sur ce que j'ai vécu, mais je l'ai sur ce qu'il me reste à vivre. Et, bordel, j'ai le *droit* de vivre. Même si chaque jour est difficile parce que mon traumatisme est encré en moi, je sais que c'est ce genre d'instant qui m'aide à avancer. Il suffit que je me laisse aller, que j'évince tout ce qui me tourmente. Certes, c'est plus facile à dire qu'à faire, mais je compte bien y arriver. Et, peut-être qu'un jour, je réussirai à dépasser complètement mes peurs et mes blessures.

Lily et Rachel sont parties depuis quelques minutes seulement lorsque Teddy déclare qu'il a quelque chose à m'offrir.

Les jeux d'alcool ne lui ont vraiment pas fait de cadeau, si bien qu'il tangue légèrement jusqu'à sa chambre où il récupère un petit paquet qu'il me tend en me rejoignant dans le salon. J'y découvre un collier en or où pend une breloque en forme de rose. Cette fleur est un symbole fort pour moi, me ramenant au prénom de ma mère.

— Merci, Ted, il est magnifique, déclaré-je en le prenant dans mes bras.

Je me sens infiniment touchée par ce cadeau si personnel. Mais je ne peux m'empêcher, en même temps, de me souvenir de ma conversation avec Alex au sujet de Teddy. C'est le moment ou jamais d'avoir une discussion avec mon meilleur ami.

— Ted ?

Je capte le regard de Teddy dont la pupille m'indique qu'il est plus éméché que je ne le pensais. Malgré son état, je me lance :

— Ted, est-ce que tu as des sentiments pour moi ?

Mon ton est posé, ma question directe. Pourtant, Teddy n'a pas l'air déconcerté par celle-ci. Peut-être est-ce dû à l'alcool qu'il a dans le sang et qui annihile tout. Ou bien alors...

— Oui.

Je m'attendais plus ou moins à cette réponse, mais j'aurais préféré qu'elle soit différente. Parce qu'alors je n'aurais pas eu à m'inquiéter de blesser mon meilleur ami.

— Comment tu l'as su ? me demande-t-il.

— Je crois que je l'ai compris la dernière fois que l'on s'est vus, quand tu m'as pris la main.

Je ne mens pas complètement car ce geste m'avait interpellée, même si, finalement, c'est surtout le discours d'Alex qui m'a fait m'interroger sur la question.

— Oh, je vois, se contente-t-il de répondre.

Un silence s'ensuit, nous plongeant dans un malaise pesant. Je ne sais pas comment lui dire que je ne ressens pas la même chose, et lui ne semble pas vouloir le savoir. Il ouvre la bouche, mais finit par se raviser.

Me prenant de court, il s'approche de moi et pose brusquement ses lèvres sur les miennes. Ce baiser me désarçonne. Je suis tellement bousculée par ce geste soudain que je prends quelques instants avant de le repousser. Teddy s'éloigne, me laissant un goût amer sur la bouche.

— Merde, Cami, je suis désolé. Je croyais que tu... enfin que tu en avais envie aussi, tente-t-il maladroitement de s'excuser.

Je secoue la tête. J'aurais dû être claire avec Teddy dès qu'il a reconnu avoir des sentiments pour moi. Mon silence l'a laissé penser qu'ils étaient réciproques et qu'il pouvait librement m'embrasser. Ce n'était pas le cas et je me sens mal après ce baiser volé.

— Tu aurais peut-être dû me poser la question avant de le faire sans savoir si j'en avais réellement envie, précisé-je d'une petite voix.

Je ne veux pas qu'il se sente coupable, mais je ne veux pas qu'il pense non plus que c'était OK de sa part de m'embrasser comme ça.

— Tu n'as rien dit alors j'ai cru...

— Tu as cru que m'embrasser comme ça, sans me demander, était une bonne idée, affirmé-je. Alors même que tu sais combien c'est dur pour moi d'être touchée, surtout de la sorte.

— Excuse-moi, C. Mais tu comprends, ça fait tellement longtemps que je refoule mes sentiments. Le fait que tu saches enfin ce que je ressens... j'ai pensé que c'était le moment de tenter quelque chose. Ne m'en veux pas, Cami. Ce n'était qu'un baiser après tout. Il n'y a pas de mal.

À ce moment-là, j'espère sincèrement que ses paroles sont dues uniquement à l'alcool qu'il a ingéré. Parce que j'aime Teddy, mais là je ne le reconnais pas. Pas quand il a l'air de prendre à la légère le fait qu'il m'a embrassée sans mon consentement. Alors oui, ce n'était peut-être qu'un baiser, mais c'est déjà beaucoup pour moi, et il le sait. C'était mon premier baiser et je n'en avais même pas envie.

Il esquisse un geste vers moi, mais je me recule brusquement, mettant le plus de distance entre lui et moi. Je me sens soudain très gênée face à Teddy qui n'est pas dans son état normal. L'étincelle dans ses yeux me prouve qu'à tout moment, il serait capable de m'embrasser à nouveau. Parce qu'à cet instant, il n'a pas conscience des limites.

— Je ferais mieux d'y aller, déclaré-je finalement.

— Ne pars pas comme ça, C. J'ai dit que je m'excusais.

— Et je t'ai entendu. Mais je préfère rentrer. Tu as trop bu, Ted, et je crois que tu risques de faire encore plus de bêtises si je reste.

— Putain, ça veut dire quoi ça ?

La colère qui transperce dans sa voix me surprend.

— Je ne vais pas non plus te violer, Cam.

Je ne pensais pas à ça en parlant de « bêtises », mais ce mot dans la bouche de Teddy me donne envie de vomir. Je sais que Teddy ne ferait jamais ça, pourtant, j'ai peur de penser que dans son état, il aurait pu aller plus loin.

— Tu crois vraiment que je pourrais te forcer à coucher avec moi ? demande-t-il d'un ton acerbe.

Je ne réponds pas, tétanisée par l'air furieux que je lis sur le visage de Teddy. Je me sens toute petite face à lui. Je n'ai jamais été comme ça en sa présence, gênée et effrayée.

— Non, finis-je par dire calmement.

Il se passe une main sur le visage. Je ne sais pas si ma réponse l'a convaincu. Il commence à faire les cent pas dans le salon, l'air de réfléchir.

— Tu as raison, tu ferais mieux de rentrer.

Il n'a pas besoin de me le dire deux fois. J'attrape mon sac et quitte la maison, m'éloignant de cette facette de Teddy que je n'ai jamais vue.

Je mets près d'une heure à rentrer jusqu'à la maison. Jane et Gabi me tombent dessus en me demandant pourquoi je ne les ai pas appelées pour leur demander de venir me chercher. J'omets de leur dire que je suis rentrée à pied, préférant leur faire croire que c'est la mère de Rachel qui m'a ramenée. Je ne veux pas leur parler de ce qu'il s'est passé avec Teddy.

C'est en allant me coucher que je reçois d'ailleurs un message de sa part.

Cami, je suis vraiment désolé pour ce soir. Ce n'est pas une excuse, mais j'étais bourré et je ne savais pas ce que je faisais. J'ai été un gros con et je m'en excuse mille fois. Je regrette sincèrement et j'espère que tu me pardonneras. Je te promets que ça n'arrivera plus.

Je ne veux pas te perdre, C, jamais. Tu es ma meilleure amie et je suis encore désolé d'avoir agi ainsi, je n'aurais pas dû. S'il te plaît, pardonne-moi.

Son message est comme un coup au cœur.
Je ne veux pas te perdre. Jamais.
C'est la dernière chose que je souhaite, le perdre. Voilà pourquoi je finis par lui pardonner ses actes.
Mais, ce soir-là, je m'endors avec une boule désagréable dans le ventre. Et les cauchemars peuplent mon sommeil.

17
Alex

Ignorer les messages de mon frère est devenu de plus en plus fréquent. Tout comme les crises qui accompagnent ceux-ci. Dès que le nom de Liam apparaît sur mon écran de téléphone, je sens cette boule d'angoisse grossir au creux de mon ventre, jusqu'à parfois éclater et me consumer de l'intérieur. Je pleure, je suffoque, je souffre. Je n'ai aucun contrôle sur ces crises. Alors, j'attends seulement qu'elles s'arrêtent, en espérant que la prochaine ne vienne pas. Mais ça n'arrive jamais. Parce que cela recommence, encore et encore.

Il est évident que ne pas répondre à mon frère n'est pas la solution à mon problème. D'autant plus que je *sais* que je vais subir les conséquences de mon silence. Liam est très doué pour blesser psychologiquement. J'en ai déjà fait les frais, tout comme Jamie. Il réussit à trouver les mots pour faire mal, pour toucher votre point sensible. Je redoute le moment où il va revenir en force et se montrer dur. Ce moment où je vais devoir recommencer ce que je déteste le plus au monde : dealer.

Alors je profite de cet instant loin de tout ça avant que la réalité des choses ne me rattrape.

Je suis allongé sur mon lit, torse nu, et fais tourner le billet de 20£ entre mes doigts en pensant à Cami. Je lui ai envoyé un message sur Instagram pour lui souhaiter son anniversaire, mais n'ai pas eu de réponse. Depuis la soirée film d'horreur, c'est silence radio. Elle n'a pas daigné utiliser mon numéro de téléphone, à mon plus grand désespoir. Je me doutais qu'elle ne se jetterait pas dessus et m'inonderait d'appels, mais j'aurais espéré qu'elle m'envoie un petit message, au moins pour que je puisse avoir son numéro, à elle.

La sonnerie de mon téléphone me porte à croire qu'il fallait justement que j'y pense pour que l'inattendu arrive, mais c'est finalement le nom d'Emi qui s'affiche à l'écran.

Partant pour une après-midi
Friends à la Coloc ?

D'habitude, j'aurais été occupé un dimanche, soit par une mission de mon frère, soit par une fille, mais il s'avère que je suis libre comme l'air. J'accepte sans hésiter la proposition d'Emi, espérant que celle-ci me fasse penser à autre chose.

Lorsque j'arrive à la Coloc, tout le monde est assis dans le salon, devant un épisode de *Friends*. Je salue les résidents de l'appartement, qui me répondent vaguement, trop absorbés par les débâcles des six amis new-yorkais.

En voyant Rachel, une idée me vient. Je prends place à côté d'elle, affichant le visage le plus bienveillant et amical possible.

— Salut, Rachel !

— Qu'est-ce que tu veux ? demande-t-elle d'un ton méfiant.

— Oh là ! doucement, Cerbère. J'ai besoin de ton aide.

Elle se met à rire comme si je lui avais raconté la blague de l'année.

— Et tu crois que je vais accepter de t'aider parce que... ?

— Parce que tu ne veux que le bonheur de ta meilleure amie ?

Je lui fais les yeux doux, espérant l'amadouer ainsi. Mais je vois bien à son visage fermé que Rachel reste suspicieuse.

— Donc c'est bien à propos de ça... Et tu parles de laquelle, au juste ? Comme tu batifoles avec les deux, j'ai un doute.

Son ton sarcastique ne m'échappe pas. Je poursuis :

— Je ne *batifole* pas avec les deux. D'ailleurs, ce mot n'est plus utilisé depuis 1832, mais passons... Je parle de Cami.

— Dis toujours ce que tu veux de moi.

— Pourrais-tu, avec toute la bonté qui te caractérise, me passer son numéro de téléphone ?

Elle fronce les sourcils, ce qui n'est clairement pas bon signe pour moi.

— Je n'ai pas envie que tu la harcèles, rétorque-t-elle. Ou que tu lui brises le cœur, comme tu l'as fait avec Lily.

— Je m'excuse de m'être comporté comme ça avec Lily. J'ai merdé en laissant cette histoire aller aussi loin.

— C'est bien de reconnaître que tu es un petit merdeux.

— Je n'ai pas dit...

— Et concernant tes intentions envers Cami ? me coupe-t-elle, l'air très sérieux et concerné.

— Je veux juste discuter avec elle.

— Pourquoi tu ne lui demandes pas directement son numéro ? Ah non ! je sais pourquoi. Parce qu'elle ne t'aime pas et qu'elle refuserait, ce qui ferait un peu trop mal à ton ego.

— Tu blesses mon petit cœur, Rachel. Et sache que tu as tort. Je ne le lui ai pas demandé parce que ça fait plusieurs jours que je ne l'ai pas vue et qu'elle ne répond pas à mes messages Instagram. Je m'inquiète pour elle et je voudrais savoir comment elle va, c'est tout. En plus de ça, tu sais très bien que c'est faux quand elle affirme qu'elle ne m'aime pas. Cami est sur la défensive avec moi pour se protéger, n'est-ce pas ?

— Je l'ai vue hier soir et elle va bien. Rassuré ?

Elle souffle, comme vaincue, avant d'enchaîner :

— Pour répondre à ta question, je ne sais pas. Cami se confie très peu sur ce qu'elle ressent, de manière générale. J'ignore ce qu'il se passe entre vous deux, et après ce que tu as fait à Lily, je n'ai pas envie de le savoir.

— Je comprends. Encore une fois, je suis désolé de l'avoir blessée.

— Je sais bien, Alex, mais je n'ai pas envie que tu fasses la même chose à Cami.

— Ce ne sera pas le cas.

Je sens de l'incertitude dans son regard, mais également une étincelle qui me dit qu'elle est sur le point de craquer.

— Elle me plaît vraiment, Rachel, affirmé-je.

Elle hoche la tête, intégrant ce que je viens de dire.

— Tu n'as pas intérêt à lui faire du mal sinon je t'arrache tes superbes ongles vernis et je te crève les yeux avec, me prévient-elle.

— Promis. Est-ce que ça veut dire que tu acceptes ?

Rachel acquiesce en silence.

— Ne me le fais pas regretter. Je t'ai à l'œil, Evans.

Au regard noir qu'elle me lance, je sais qu'elle ne me ment pas.

Je passe une bonne partie de l'après-midi à la Coloc où nous enchaînons les épisodes de séries et les parties de jeux de société. J'aime bien venir ici, je me sens moins seul. Il faut dire qu'avec ces quatre énergumènes, difficile de se sentir seul. Entre Jasmine, notre *french girl* qui a toujours des histoires incroyables à nous raconter. Cillian, passionné de cinéma, qui aime rire et faire rire. Emi qui est pipelette comme une pie et est toujours surexcitée. Et Rachel, la dernière arrivée, qui n'a pas non plus sa langue dans sa poche et est la joie de vivre incarnée (et le sarcasme incarné), on ne s'ennuie pas vraiment.

J'aime l'ambiance ici. C'est pourquoi mon moral retombe lorsque je me décide à rentrer chez moi. Heureusement, dix chiffres dans mon téléphone arrivent à égayer mon retour à la maison. Je clique sur le numéro et attends que quelqu'un réponde de l'autre côté.

— Allô ?

— Blue, comment ça va ? Je sais que tu ne vas pas être contente d'entendre ma voix, mais sache que la réciproque n'est pas vraie, je suis ravi de t'avoir au téléphone.

— Tu plaisantes, là ? Comment as-tu eu mon numéro ?

— Une âme charitable me l'a donné.

— Sérieux, ce n'est pas le moment, Alex.

Je remarque alors les trémolos dans sa voix. Des trémolos de tristesse. Est-ce qu'elle a pleuré ?

— Blue, ça va ?

Elle ne répond pas pendant un moment et, un instant, j'ai peur qu'elle ait raccroché. Mais lorsqu'elle souffle un « non » à travers le téléphone, je sais que quelque chose ne va vraiment pas.

— Où es-tu ? Je peux venir si tu veux.

Elle reste à nouveau silencieuse, certainement pour peser le pour et le contre. Puis je l'entends finalement souffler, signe qu'elle a choisi son camp.

— Enfile un jogging et des basket, et retrouve-moi devant la BU.

— J'arrive !

Je la retrouve sur place quelques minutes plus tard alors que le soleil commence à se coucher à l'horizon. Elle aussi est en tenue de sport. Ses cheveux sont attachés en une haute queue-de-cheval et elle a les yeux et les joues rouges, dus à l'effort et aux larmes qu'elle a certainement versées.

— Tu veux en parler ? lui demandé-je dès que j'arrive à sa hauteur.

Je peux voir la peine sur ses traits et dans son regard. À ce moment-là, et dans d'autres circonstances, j'aimerais la prendre dans mes bras, la rassurer, lui dire que tout ira bien. Mais je ne suis pas cette personne pour elle. Alors, je me contente de rester là, à distance. J'espère que ma présence suffit à lui faire comprendre qu'elle peut compter sur moi.

— Pas pour le moment, répond-elle d'une voix qui me brise le cœur. Je veux juste courir, donc soit tu me suis en silence, soit tu peux partir dès maintenant.

— Je te suis.

Nous courons l'un à côté de l'autre, sans dire un mot. Le silence est assourdissant, mais je sais que c'est ce qu'elle veut. Elle court plutôt vite et j'essaye de caler mon rythme sur le sien. Je ne me souviens plus de la dernière fois où j'ai fait un jogging. Il y a quelque chose de revigorant à cela. J'ignore si c'est l'effort, ou la présence de Cami à côté de moi, mais je me sens bien. Je suis content qu'elle m'ait demandé de venir. Je ne sais pas si c'est dû à mes paroles de la soirée film, ou au fait que j'étais simplement là au bon moment, pourtant, qu'elle ait décidé de me faire confiance montre que je n'ai pas tout à fait tort de croire à notre relation.

Nous nous arrêtons une bonne demi-heure plus tard et nous installons sur un banc, toujours silencieux. Je regarde le campus, désert à cette heure-là, et y trouve un côté assez effrayant. Tout est si vivant en temps normal que cette absence est étrange.

Je suis concentré sur mes pensées, lorsque je sens le regard de Cami sur moi.

— Oui ?
— Pourquoi es-tu venu ?

Sa question me prend au dépourvu. Est-ce que la raison n'est pas assez claire ?

— Parce que tu avais visiblement besoin de quelqu'un et que tu me l'as demandé. Tu ne te serais pas tournée vers moi si ça n'avait pas été important, alors me voilà.

— Merci.

Elle baisse la tête et, cette fois, c'est moi qui la regarde. À nouveau, je peux sentir le poids du monde qui pèse sur ses épaules. Je ne sais pas ce qu'elle vit, mais il y a quelque chose qui ne va pas, c'est certain. Et je ne m'y trompe pas lorsqu'elle déclare :

— Mon père est en prison.

Je suis si surpris par sa réplique que je crois avoir mal entendu. Elle se tourne de nouveau vers moi, un immense chagrin sur le visage, et je comprends que je n'ai pas mal compris.

— Merde, je suis désolé.

— Il y est parce que...

Elle bloque sur les mots. Je vois bien que ça lui coûte d'en dire plus, alors je la coupe sur un ton rassurant :

— Tu n'es pas obligée de me le dire si tu ne veux pas.

Elle hoche la tête. Quelque chose se brise en elle quand elle prend son visage dans ses mains et laisse parler ses pensées.

— Si tu savais à quel point je le déteste. Je le déteste du plus profond de mon âme, pourtant je... je n'arrive pas à me détacher de lui. J'ai tout le temps envie de lui parler, si bien que j'appelle souvent son ancien téléphone. C'est bête parce que je tombe systématiquement sur sa messagerie, mais... je ne sais pas... Je veux tout lui raconter, les bons comme les mauvais moments de ma vie. Je ne sais pas comment faire autrement... Je... je ne sais pas pourquoi je te raconte tout ça...

Je reste silencieux dans un premier temps, ne sachant pas quoi lui répondre. Elle semble si perdue entre l'envie de parler à son père et la haine qu'il peut lui inspirer. J'ignore ce qu'il a fait, mais je peux facilement deviner que toute la peine que je lis en elle depuis le premier jour est due à cela. Elle est brisée à cause de lui. Je ne sais pas quoi faire pour la réparer, pour l'aider, ni même si elle a envie que quelqu'un le fasse.

En y réfléchissant, même si elle le souhaitait, je serais la dernière personne à qui elle demanderait de l'aide. Ce moment entre nous n'enlève pas le fait que je ne lui inspire pas confiance, je le sais. Mais qu'elle se confie à moi comme cela est un petit pas, et je l'accepte volontiers.

— On va faire quelque chose. Lorsque l'envie te prend, ne compose pas son numéro, compose le mien. Je t'écouterai avec attention, je ne dirai pas un mot s'il le faut. Je ferai tout ce que tu veux, mais appelle-moi plutôt que lui.

— Tu... ferais ça ?

— Tu sais bien que oui, Cami. Je serai là, comme aujourd'hui. Peu importe si le lendemain tu continues de me rembarrer ou de tout faire pour me prouver que tu ne m'aimes pas. J'accepterai tout ça si ça peut te soulager, au moins un instant.

— J'ai vraiment du mal à te cerner, Alexander. Mais, en tout cas, merci. Tu n'imagines pas ce que ça veut dire pour moi.

Pour moi non plus, Blue.

Je la reconduis jusque chez elle ce soir-là. Cami avait besoin de quelqu'un aujourd'hui et je suis content d'avoir pu être là pour elle.

— Rachel et Lily ne le savent pas, déclare-t-elle soudain.

— À propos de ton père ?

Elle secoue la tête.

— Je n'ai jamais réussi à leur dire. C'est... trop dur.

— Pourtant tu as réussi avec moi.

— Parce que je ne suis pas aussi proche de toi que d'elles. Je veux seulement les protéger. C'est plus simple avec toi, parce que je sais que tu peux encaisser. Ton histoire familiale a l'air d'être aussi chaotique que la mienne alors...

J'évite de lui parler de ma famille, mais, d'une manière ou d'une autre, elle a compris.

— Merci de t'être confié à moi, Blue.

— Merci de m'avoir écoutée. Je crois que j'avais juste besoin de... parler.

— C'est important de le faire. Et je suis là, tu le sais. Je le serai toujours.

J'aimerais savoir ce qu'elle pense à ce moment-là.

— Il faut que j'y aille, dit-elle finalement.

Elle croise mon regard, puis finit par quitter ma voiture.

Lorsque je rentre à mon tour chez moi, je constate qu'elle m'a laissé un message.

Merci d'avoir été là. Ça me coûte de le dire, mais tu n'es finalement pas un si gros crétin que ça.

Ravi de l'entendre.

Je te préviens, par contre, si tu répètes cela à quelqu'un, je te détartre la bouche à l'eau de Javel.

Ah, là je retrouve la Blue qui me plaît !

Idiot.

Au moins, ça change de « crétin ».

Bonne nuit, Axel.

Bonne nuit, Blue.

18
Cami

Ce soir-là, le chaos provenant de la chambre de mes parents n'avait rien d'inhabituel. J'ai essayé de l'étouffer en mettant de la musique à fond dans mon casque et en me concentrant sur mes devoirs. Malgré ça, je ne suis pas parvenue à masquer les plaintes de ma mère. J'ai fermé les yeux, me suis imaginée ailleurs.

Puis, soudain, le silence.

J'ai retiré mon casque et ai tendu l'oreille. Il n'y avait effectivement plus un bruit dans la pièce voisine. J'étais en alerte lorsque j'ai quitté le refuge de ma chambre pour aller toquer à celle d'à côté.

— Maman ?

J'ai entendu alors des sanglots de l'autre côté du battant, rauques, ceux de mon père.

J'ai ouvert la porte doucement et ai croisé son regard affolé rempli de larmes.

— C'était l'amour de ma vie, m'a-t-il dit en tenant ma mère dans ses bras.

Je hurlais, mais m'en suis à peine rendu compte. Je n'entendais plus rien, ne sentais plus rien. Les larmes me brûlaient les yeux et mon cœur était sur le point d'exploser.

— Aide-moi, a imploré Jim en berçant le corps inerte.

Mes pas m'ont entraînée machinalement dans ma chambre où j'ai récupéré mon téléphone. Je n'étais plus maître de mon corps. J'ai composé le numéro instinctivement, sans réfléchir. J'avais la tête en vrac, l'estomac retourné. J'étais sur le point de vomir lorsque mon interlocuteur a répondu à l'autre bout du fil.

— Ici le 112. Veuillez décliner votre identité.

— Je m'appelle Camryn Leckie. Il y a eu un acc...

Les mots se sont étranglés dans ma gorge. Je n'arrivais plus à parler. Ma trachée me brûlait.

— Pouvez-vous me donner votre adresse, mademoiselle ?

Non, je ne pouvais pas. J'étouffais.

J'ai tendu le téléphone à mon père, toujours aussi alarmé, qui a fini par fournir les informations nécessaires.

— Je suis désolé, m'a-t-il dit après avoir raccroché.

J'ai secoué la tête, toujours incapable de dire quoi que ce soit. J'ai ouvert la bouche, mais aucun son ne parvenait à sortir.

J'avais mal. Je sentais les larmes couler sur mes joues. Je ne savais plus quoi faire.

J'étais perdue,

perdue,

perdue.

J'ai récupéré mon téléphone et ai composé un autre numéro.

— Camryn ?

La voix de madame Blue était inquiète. J'ai essayé de répondre, mais la même chose s'est répétée, encore et encore. Je ne pouvais plus parler.

— Est-ce que tout va bien ?

Mes sanglots ont redoublé, de tristesse, de peur, de frustration.

J'ai fini par raccrocher et lui ai envoyé un rapide message.

J'ai besoin de vous.

❋

Depuis que je lui ai parlé de mon père, il y a bientôt une semaine, quelque chose a changé avec Alex.

De jour en jour, je découvre une facette différente de lui. Je perçois même une certaine tristesse sous cette couche de dragueur narcissique et sûr de lui. J'ai compris que nos deux histoires se ressemblent, ou du moins que nous partageons la même douleur qui nous empêche d'être nous-mêmes.

Bien que j'aimerais dire le contraire, il me comprend et lit en moi comme dans un livre ouvert. Honnêtement, je voudrais me passer de cette deuxième constatation car il s'en amuse et me titile avec les vérités qu'il réussit à décrypter sur mon visage. Il adore me répéter que mes yeux lui parlent, pourtant il ne semble pas comprendre quand je lui lance des regards noirs. Ou alors, il les ignore. Dans tous les cas, il n'en reste pas moins agaçant.

Je suis en train de mettre ma perruque rouge sur ma tête, en m'escrimant à ne pas penser à Alex, quand on frappe à la porte de ma chambre. Je n'ai pas le temps d'aller ouvrir que Rachel et Lily débarquent comme des furies à l'intérieur. Note pour plus tard : penser à toujours fermer la porte de ma chambre.

— C'est Halloweeeeen ! crient-elles en chœur.

Elles sont déjà habillées pour l'occasion, Rachel en tenue d'Emily des *Noces funèbres*, et Lily en Leprechaun.

— C'est un hommage à tes origines ? lui demandé-je.

— Tout à fait. Mais, à bien y réfléchir, j'aurais dû choisir un Ao Dài[13]. J'aurais eu l'air moins... verte.

13 *Robe traditionnelle vietnamienne*

— Ta tenue est quand même cool. Et la tienne aussi, Rach.
— Merci ! Je suis ravie d'interpréter une mariée squelette, répond-elle toute fière. Et toi, alors, Ariel ?

Ma meilleure amie a vu juste. Je porte une jupe bleue avec un corsage marine sur une chemise, une perruque rouge et un nœud de la même couleur que ma jupe dans les cheveux qui complète parfaitement ma tenue de Petite Sirène. Enfin sa version humaine. J'avoue avoir toujours eu un faible pour ce Disney, et autant vous dire que me déguiser ainsi fait hurler de joie la petite fille en moi.

— Tu es super jolie, Cam.
— Merci, Lily.
— Bon, ce n'est pas que tout cet amour m'ennuie, mais il va falloir qu'on y aille, intervient Rachel.

Elle ouvre la porte, nous invitant d'un geste à sortir.

— Ton carrosse t'attend, Cendrillon ? m'enquiers-je en la dépassant.
— Si tu parles d'Emi comme de mon carrosse, alors oui !
— Tu lui as encore demandé de nous conduire ? m'offusqué-je.

Après avoir fermé mon appartement à clé, nous prenons les escaliers. Heureusement que nous ne croisons personne à ce moment-là, car iel se demanderait pourquoi nous sommes déguisées ainsi, Halloween étant officiellement le lendemain.

— Eh ! C'est elle qui se propose, rétorque Rachel.
— Pour te faire plaisir ? On dirait que quelqu'un craque sur notre Rach !
— Je... non, répond-elle, gênée.
— Oh, regarde-la rougir, Cami. Même ton maquillage bleu ne peut pas cacher ça.

— Vous êtes nulles !

Sur cette exclamation de Rachel, nous retrouvons Emi et prenons la route.

Visiblement, Halloween connaît un vrai investissement du côté des étudiants qui ont mis le paquet pour cette soirée. La maison qui nous accueille (appartenant à plusieurs membres de la Photographic Society[14], dont fait partie Emi) ressemble à une vraie maison hantée. De fausses toiles d'araignée et des squelettes recouvrent les murs, un bar avec des plats en forme de parties de corps humain et une boisson rouge sang a été installé dans la cuisine, et plusieurs citrouilles trônent sur les meubles du salon. Pour l'occasion, ils ont même installé une cabine où l'on peut se prendre en photo avec des filtres horrifiques. Le DJ passe des remix de musiques thématiques, comme *Thriller*, *This is Halloween*, ou encore la bande originale de *Massacre à la tronçonneuse*. L'ambiance est clairement installée lorsque nous nous faufilons, Lily, Rachel, Emi (qui est parfaite dans son déguisement d'Eleven de *Stranger Things*, avec ses cheveux bruns coupés très courts et le faux sang qui coule sous sa narine où pend un anneau doré) et moi jusqu'au bar. Nous nous servons chacune un peu de cette boisson rouge qui sent la cerise et la vodka, et nous rejoignons le reste des colocs qui sont en train de jouer au *beer pong* contre des joueurs de football. Nous sommes bientôt rejoints par Jamie que je n'avais pas revu depuis la soirée films d'horreur.

— Jay ! s'exclame Emi en prenant son ami dans ses bras.
— Salut, Emi. Et salut, vous tous. Cami, ravi de te voir.

---

14 *Les « Society » sont des clubs internes aux Universités anglaises.*

— Contente de te revoir. Comment tu vas ?
— Bien et toi ?
— Ça va, à part que je n'apprécie pas vraiment ce que je suis en train de boire. Petit conseil, ne te sers pas de cette boisson rouge qui est au bar.

Je lui indique le buffet un peu plus loin.

— Ça marche ! Je suppose que je ne touche pas non plus à ces... yeux ? s'enquiert-il amusé.
— Je crois que ce sont des bonbons. J'avoue que je ne te les conseillerais pas non plus, ou alors à tes risques et périls.
— Je vois, dit-il avant de se mettre à rire.
— Tu es venu avec Alex ? le questionne alors Emi entre deux lancers de balles de ping-pong.
— Non, mais il ne devrait pas tarder.

Jamie se tourne vers moi.

— Comment ça va entre vous ?

Sa question ne devrait pas me perturber, pourtant c'est le cas. Je me doute qu'Alex parle de lui et moi à son meilleur ami, mais que Jamie en vienne à m'interroger là-dessus me gêne un peu.

— J'imagine que ça va.
— Tant mieux. Tu sais, je ne l'ai jamais vu comme ça. Alex n'est pas du genre à courir après quelqu'un.
— Ah oui, et qu'est-ce qu'il fait avec moi, alors ?
— Il essaye de ne pas passer à côté de quelque chose de bien, pour une fois.

Je ne sais que répondre, ni quoi penser de la remarque de Jamie. Honnêtement, je me sens complètement perdue vis-à-vis d'Alex. Alors, pour ce soir, je décide de ne pas essayer de comprendre son comportement et, simplement, de profiter de ma soirée avec mes amis.

Je détourne la conversation et discute simplement avec Jamie. Il me parle de son cursus en journalisme, du diplôme qu'il obtiendra en fin d'année et de ses craintes quant à son avenir. J'essaye de le rassurer tant bien que mal, mais je ne suis pas la mieux placée. Je suis tout autant effrayé par les années à venir que lui.

Nous parlons, rions, trinquons à plusieurs reprises lorsque nous sommes d'accord l'un avec l'autre. J'aime échanger avec Jamie. Il est simple, naturel et on peut facilement se confier à lui. Je comprends pourquoi il est le meilleur ami d'Alex et Emi.

Il se confie un moment sur Liam, le frère d'Alex, son ancien amoureux. Je peux distinguer sans peine la tristesse qui l'envahit en évoquant son amour passé. Il ne rentre pas dans les détails, mais c'est évident qu'il a souffert de cette relation. Il a besoin de s'exprimer, de déverser ce qui le ronge, alors je le laisse faire sans répondre. Je l'écoute, simplement. Parfois, on a seulement besoin d'une oreille attentive.

— Enfin, voilà. C'est une relation compliquée qui s'est mal finie. Mais c'était mieux pour nous deux.

— Tu as eu raison de vouloir te protéger. C'est important de penser à soi avant tout.

— C'est vrai. Merci en tout cas d'avoir été là pour m'entendre me plaindre sur mes déboires amoureux.

— C'est normal. Tu avais l'air d'en avoir besoin.

Son air reconnaissant me prouve que j'ai raison.

— Je me trompe peut-être, mais j'ai l'impression que tu es la personne qui est toujours là pour écouter les autres, mais que les autres ne te rendent pas la pareille.

Il hausse les épaules, mais je me rends bien compte que je ne suis pas loin de la vérité.

— J'ai toujours été le confident. C'est difficile de sortir de cette case et de se confier à son tour. Je n'ai pas l'habitude, ni peut-être complètement l'envie.

— Pourtant tu n'as pas hésité à me parler de ta relation passée.

— Oui. J'ai cette sensation que c'est facile de te parler parce que, d'une certaine façon, tu comprends. N'en veux pas à Alex, mais il m'a dit que tu avais une histoire difficile, en rapport avec ton père. Il n'a pas précisé, et je ne lui ai pas demandé de le faire, mais je crois qu'il avait besoin de conseils pour savoir comment t'aider sur le sujet. Si tu veux en parler, je suis là. Je pense que tu as compris que j'étais doué pour écouter les autres.

— Merci, Jamie. Si jamais je me sens prête à en parler, je penserai à toi. Et tu peux être rassuré, je n'en veux pas à Alex de t'en avoir touché un mot. Je comprends sa démarche, même si je ne crois pas qu'il puisse m'aider.

— Je ne serais pas si sûr, si j'étais toi.

Je n'ai pas le temps de répondre à Jamie que le sujet de notre conversation fait son apparition dans le salon.

— Quand on parle du loup, me chuchote Jamie, amusé. Alex, mon pote !

— Salut, Jay. Blue.

— Salut.

Ma voix me paraît timide en le saluant.

— Je vous laisse, je vais me servir un verre, décrète Jamie que je supplie intérieurement de rester. Promis, je reste loin de cette boisson rouge.

À cette remarque, je me mets à rire tout en détaillant avec dégoût le liquide qui remplit encore mon verre, que je dépose finalement sur une table à proximité.

C'est seulement à ce moment-là que je me rends compte que la table de ping-pong a été désertée et que nous nous retrouvons seuls, Alex et moi. Nous sommes isolés du reste du groupe qui est assis dans des canapés, un peu plus loin. Je me sens soudain nerveuse. Qu'est-ce qui m'arrive ?

— Le costume de princesse te va très bien, je dois dire.

Le compliment d'Alex me ramène instantanément à lui.

— Merci.

Je prends à mon tour le temps de le détailler. Il porte un tee-shirt et un jean noirs, assortis à son vernis à ongles, ainsi qu'un masque blanc qui couvre son œil gauche.

— Désolée, je n'arrive pas à savoir qui tu es.

— Le fantôme de l'Opéra !

— Effectivement, le masque aurait pu me mener sur la voie. Par contre, tu n'as clairement pas fait d'effort pour le reste.

— J'ai fait l'effort d'un tant soit peu me déguiser, je trouve que c'est déjà pas mal, rétorque-t-il.

— Tu n'es pas trop soirée déguisée, si je comprends bien.

— Tu vois quand je te dis que tu me connais bien !

Je roule des yeux.

— Je le vois souvent celui-ci, fait-il remarquer en faisant écho à mon geste.

— Tu seras content d'apprendre qu'il t'est entièrement destiné.

— Super, j'ai un geste rien que pour moi.

— J'en ai un autre, tu veux le voir ?

Je commence à lever mon majeur lorsque Alex m'attrape la main. Il la relâche aussitôt, conscient de son geste. Mais les quelques secondes de contact ont suffi à me raidir.

— Je suis désolé, je ne voulais pas. Je sais que tu n'aimes pas quand on te touche.
— Je... ça va, marmonné-je.
— Non, ça ne va pas. Tu es livide, Blue.

Je m'en veux de réagir comme ça. C'est ridicule d'avoir peur d'être touchée. Surtout par Alex...

Il acquiesce, l'air préoccupé.

— Je peux te poser une question ? demande-t-il alors que je reprends mes esprits.

J'acquiesce à mon tour, même si je sais pertinemment ce qu'il s'apprête à me demander.

— C'est à cause de ton père que tu as peur d'être touchée ?

Les mots se bloquent dans ma gorge. Je finis par hocher la tête. Je m'attends à ce qu'il m'interroge davantage, mais il n'en fait rien. Nous restons silencieux un moment avant qu'Alex ne me tende son petit doigt. Je devine ce qu'il attend de moi, mais je reste immobile. *Il ne va pas te faire de mal avec son petit doigt, Cami, bordel.*

— Tu peux le faire. Tu me fais confiance ?

~~Non.~~

— Oui, m'entends-je lui répondre.

J'accroche alors mon petit doigt au sien. Nous ne bougeons pas pendant un instant, toujours liés, chacun dévisageant l'autre sans rien dire. Pourtant, je ne ressens pas de malaise à cet instant. J'ai l'impression qu'au contraire, ce silence vaut mille mots.

Je finis par me détacher, appréciant ce grand pas franchi. Pourquoi c'est si difficile pour moi de toucher quelqu'un d'autre ? Cela semble si différent et si simple avec Jane, Gabi, Teddy, Rachel ou Lily. Alors pourquoi je n'y arrive pas s'il ne s'agit pas de mes proches ?

Je croise le regard d'Alex, l'un de ses yeux dissimulés par son masque. Je n'y lis pas de pitié ni de jugement, plutôt une profonde inquiétude.

— Donne-moi ta main.

Ma demande le surprend. Il se contente de me tendre sa main, me laissant le choix de le toucher ou non. J'y pose doucement ma paume, dans un moment qui me paraît étrangement naturel. Il noue ses doigts aux miens et je retiens mon souffle.

— Ça va ? demande-t-il.

— Oui.

Je reprends ma respiration. *Tout va bien. Je vais bien.*

— Est-ce que ce serait trop en demander si je te proposais de danser avec moi ?

Son invitation me fait sourire. Il ne peut décidément pas s'en empêcher.

— Viens me montrer tes talents, Gene Kelly.

Il m'entraîne vers la piste de danse sans me lâcher la main. Nous bougeons sur du Beyonce, restant à une certaine distance l'un de l'autre, et je dois avouer qu'Alex danse plutôt bien. Il enchaîne les mouvements en rythme avec la musique pendant que je le suis maladroitement.

Nous sommes bientôt rejoints par le reste du groupe. Lily et Rachel viennent m'encadrer et nous dansons toutes les trois, reproduisant la chorégraphie de *Single Ladies*. Au milieu de la chanson suivante, Alex nous abandonne, pour revenir quelques instants plus tard, un sourire ravi sur les lèvres.

Je comprends ce qui l'amuse lorsque le DJ passe à la musique suivante et que *Kiss the girl* de *La Petite Sirène* emplit la pièce.

Tandis que les autres commencent à former des duos, Alex s'approche de moi.

— Tu n'es pas obligée, si tu ne veux pas, me rassure-t-il. Mais j'ai supposé que tu aimais cette chanson, vu ton costume.

— Tu as bien deviné, j'adore cette chanson.

Je regarde les autres, dansant un *slow* sur la piste, et un instant, j'hésite. J'hésite car j'en ai envie, mais j'ai encore cette peur au fond de moi qui me tiraille. Finalement, je baisse les yeux, vaincue par ma crainte.

— Je ne vais pas y arriver.

Il hoche la tête, compréhensif.

— Viens, on va se poser.

Il me conduit loin de la piste de danse, dans un coin du rez-de-chaussée où sont installées des banquettes faites en palettes en bois recouvertes de coussins. Nous nous asseyons, appréciant un moment les paroles de Samuel E. Wright en silence.

Nous sommes proches l'un de l'autre. Cette proximité nouvelle me met le feu aux joues. Ma cuisse frôle sa jambe à plusieurs reprises, mais ce contact entre nous ne m'effraie pas. Je tourne la tête vers Alex, croise son regard. L'éclat au fond de celui-ci me donne des frissons.

— Tu me plais tellement Cami.

Je ne peux retenir un hoquet de surprise.

— Alex...

— Je sais ce que tu vas dire, mais c'est vrai, Cami. Qu'est-ce que je dois faire pour que tu me croies ?

— Commence par être sincère avec toi-même, peut-être que tu le deviendras avec moi ensuite.

Mes mots sont sortis tout seuls et sont plus brusques que je ne le voulais. Pourtant, ils font réagir Alex, à en croire son corps qui se tend soudainement.

— Qu'est-ce que ça veut dire ?
— Ça veut dire que tu te caches.

Je prends mon temps pour peser chacune de mes paroles.

— Tu renvoies une certaine image de toi qui n'est pas entièrement vraie. Je l'ai compris en voyant comment tu te comportais avec moi dernièrement. Depuis que je t'ai parlé de mon père, tu t'es un peu plus ouvert. Pas avec des paroles, mais avec ton attitude. Tu as mal autant que moi, je peux le sentir. Mais tu ne le montres pas car tu as peur. Je le sais, je fais la même chose.

Je marque une pause. Alex ne me lâche pas du regard. Comme il ne semble pas vouloir réagir à mon monologue, je poursuis.

— Tu n'es pas sincère avec toi-même sur la personne que tu es vraiment.
— Putain, Cami, souffle-t-il, à la fois peiné et en colère.
— J'ai raison, pas vrai ?

Sur ce, il me laisse en plan.

Après son départ, je pars à la recherche d'Alex, consciente que j'ai peut-être été trop loin. Ce n'était pas honnête de ma part de le confronter à la vérité. Je me suis ouverte à lui, mais ça ne me donnait pas le droit de lui en demander autant.

Je le trouve dehors, assis sur les marches du perron. Il ne m'entend pas arriver et ne relève pas la tête lorsque je me glisse à côté de lui.

— Excuse-moi. Je n'aurais pas dû te dire tout ça. C'était maladroit de ma part, commencé-je.

— Non, tu as raison. Je suis parti parce que je ne voulais pas faire face à la vérité, et surtout pas si elle venait de toi.

— Désolée.

— Je me cache, c'est vrai, avoue-t-il finalement. Mais j'essaye de changer, je te le promets. Alors oui, parfois je redeviens ce crétin de nos premières rencontres, mais au fond je ne suis pas comme ça. C'est juste plus simple d'agir comme je le fais. Je me suis tellement habitué à jouer ce rôle qu'il me colle à la peau. Jusqu'à maintenant, ce n'était pas un problème. C'était même plutôt amusant car il attire les autres. Mais tu es arrivée dans l'équation et ça a tout changé. Parce que je n'ai pas envie que tu me détestes. Parce que...

— Je ne te déteste pas, le coupé-je.

En entendant ces mots, j'ai l'impression qu'il reprend son souffle, soulagé.

— Mais ça ne suffit pas.

Cette idée semble lui peser. Il continue :

— Ça ne suffit pas parce que, même si tu ne me détestes pas, tu n'arrives pas à me voir tel que je suis vraiment. Blue, je n'ai jamais été aussi sincère avec n'importe qui qu'avec toi et, putain, ça me tue que tu ne le voies pas.

— Je crois que je commence à le voir.

— Alors accepte de sortir avec moi. Un rendez-vous, un seul, c'est tout ce que je demande.

Je secoue la tête, incapable de lui répondre pour le moment. Voyant que je reste silencieuse, il enchaîne :

— Je sais que tu en as envie, mais que tu t'en empêches pour une raison qui m'échappe et qui n'appartient qu'à toi. Tu as peur de te libérer, de t'autoriser à faire des choses qui te rendent heureuse. Ton histoire avec ton père est un frein à ta vie, je l'ai bien compris, mais ce n'est pas tout, n'est-ce pas ? Je ne te demande pas de tout me dire, tout ça ne regarde que toi. Si tu as envie d'en parler, évidemment que je serai là. Mais en attendant, fais-moi confiance, juste une fois et viens à ce rendez-vous. Je te sortirai le grand jeu à base de bouquet de fleurs et dîner aux chandelles en espérant te faire oublier le crétin que je suis.

Je ferme les yeux pour ne pas me confronter à Alex qui lit si facilement en moi. Il a raison.

Bien sûr qu'il a raison.

Si je le repousse, c'est par peur de mes sentiments. Parce que je suis effrayée à l'idée de tomber amoureuse et de subir les mêmes épreuves que ma mère. J'en suis même terrifiée.

Pourtant, quand Alex me repose la question, je sens que, cette fois, la peur s'est un peu envolée.

Alors, en rouvrant les yeux, malgré moi, je lui réponds.

— D'accord.

19
Cami

J'ai accepté de sortir avec Alexander Evans.

Je pourrais dire que je regrette d'avoir accepté, mais ce serait mentir. Car voilà la vérité : je *veux* aller à ce rendez-vous. J'ai envie de passer ce temps avec Alex, de savoir ce qu'il se passe réellement entre nous. Et surtout, j'ai envie de dépasser mes angoisses.

Je profite de cette journée *off* pour m'avancer dans mes devoirs, jouer un peu sur mon ukulélé et apprendre de nouveaux morceaux, mais également pour appeler Jane et Gabi à qui je n'ai pas parlé depuis mon anniversaire. Lorsqu'elles apparaissent à l'écran, tout sourire, je me rends compte à quel point elles me manquent.

— Salut, ma puce, comment vas-tu ? me demande immédiatement Jane.

— Ça va et vous ?

— Tout roule ! s'exclame Gabi d'un ton joué. Comment était ta soirée d'Halloween ? On a vu ta photo Instagram de toi et des filles dans vos costumes, vous étiez magnifiques.

— Merci, Gab. Et c'était super. Je me suis bien amusée.

Évidemment, je ne peux m'empêcher désormais d'associer cette soirée à Alex, mais il est hors de question que j'évoque ce dernier avec mes tutrices. Surtout avec Gabi qui s'empresserait de me poser mille et une questions sur lui.

— Tant mieux. Profite, ma chérie. Tu en as le droit, tu le sais, hein ?

Je n'ignore pas ce à quoi Jane fait référence, et j'aimerais pouvoir la rassurer sur ce fait. Mais la route est encore longue avant que je ne me laisse complètement aller. J'y travaille, pas à pas.

— Je le sais. Je suis désolée, je dois vous laisser, j'ai du travail à faire.

— Pas de soucis. Bisous, ma chérie.

— *Mil beijos[15], minha linda.*

— Je vous embrasse. À bientôt !

Le reste de la journée est composé de littérature française, essais et exposés à rendre, et des tonnes de recherches. Je me laisse déconcentrer une fois ou deux — ou quatorze fois — par TikTok avant de clore ma session de travail. Je décide de vider mon cerveau en surchauffe en allant courir.

Dès que j'entame mon jogging, je sens que toutes les tensions accumulées ces derniers temps s'évaporent. J'ai l'impression de me détendre enfin. Beaucoup de choses tournent en boucle dans ma tête en ce moment — les cours, mon père, Gabi et Jane, Teddy et, malgré moi, Alex.

J'ai fini par me laisser submerger par toutes ces pensées, à tel point que je me suis presque noyée. J'ai toujours ce poids sur mon cœur et dans mon ventre qui ne disparaît pas, mais je sens que ma tête se libère au rythme de ma course.

---

15 « *Mille baisers* », *en portugais*

La soirée de la veille traverse mon esprit. Même si je regrette de m'être autant laissée aller avec Alex, je dois reconnaître que notre conversation m'a fait du bien. Bien sûr que j'avais conscience de tout ce qu'il a pu me dire, mais l'entendre de sa bouche a agi comme un électrochoc sur moi. J'ai encore énormément de chemin à parcourir avant d'aller mieux, d'aller bien, mais je sais que je suis sur la bonne voie. J'ai pris conscience de ce qui n'allait pas et c'est un grand pas vers une possible guérison.

— Je vais finir ma vie seuuuule.
— T'exagères, Rach ! s'exclame Lily face au geignement de Rachel. Elle ne t'a pas dit non, elle t'a juste dit « Pas pour l'instant »,
— C'était une façon gentille de dire « Pas question ».

En rejoignant Lily et Rachel pour le déjeuner en ce début de semaine, je ne pensais pas retrouver ma meilleure amie dans un tel état de lamentation. Elle nous a expliqué avoir proposé à Emi de sortir avec elle, ce à quoi cette dernière a répondu qu'elle n'avait pas le temps en ce moment, ses examens de mi-semestre approchant à grands pas. Rachel a visiblement compris le message de travers et ne cesse de se plaindre depuis le début du repas. Lily et moi tentons de la rassurer comme nous le pouvons, mais ce n'est pas facile de lui ouvrir les yeux. Quand Rachel a quelque chose en tête, impossible de lui faire voir la situation autrement.

— Elle t'a dit qu'elle manquait de temps, pas qu'elle ne voulait pas sortir avec toi, tenté-je à nouveau de lui expliquer.
— Et si c'était seulement une excuse parce que je ne lui plais finalement pas ? suggère Rachel, incertaine. Je pensais

qu'il y avait quelque chose entre nous, mais je me suis peut-être fait des films tout ce temps.

Je n'aime pas voir Rachel comme cela, doutant de tout et surtout d'elle-même. Elle est la meilleure personne que je connaisse et la voir se rabaisser me fait autant de mal qu'à elle.

— Écoute, Rach, si elle ne voit pas la personne incroyable que tu es, alors tant pis pour elle. C'est elle qui y perdra au change, pas toi. Mais, dans tous les cas, je suis sûre que tu lui plais. Ce n'est juste pas le bon moment pour elle, la rassuré-je du mieux que je peux.

— Tu crois ?

— J'en suis sûre. Parole de meilleure amie.

Le sourire qui se dessine sur son visage me réchauffe le cœur.

— Merci, Cam. Je crois que j'ai besoin d'entendre ces mots de temps en temps.

— Je sais. Et s'il faut, je te les répéterai tous les jours jusqu'à ce que tu réussisses à te les dire toi-même.

Nous continuons de déjeuner en parlant des cours quand Rachel met sur la table un sujet que je préférerais éviter.

— Je suis contente d'avoir vu Teddy la dernière fois. Ça faisait tellement longtemps qu'on ne s'était pas retrouvés tous les quatre.

— C'est vrai, confirme Lily.

Je me mure dans le silence.

Je n'ai raconté à personne ce qu'il s'est passé entre Teddy et moi ce week-end là. D'ailleurs, je n'ai même pas parlé à ce dernier depuis son message d'excuse. Je ne me sens pas prête à faire comme si de rien n'était et à continuer nos échanges comme avant. Car, que je le veuille ou non, quelque chose s'est cassé entre lui et moi depuis ce baiser non désiré.

— Tout va bien ? me demande Lily, voyant que je ne participe pas à la conversation.

Je m'apprête à répondre quand je sens les larmes qui menacent de couler. Je me rends compte que j'ai été bien plus touchée par le geste de Teddy que je ne le pensais. Je me sens bête de pleurer pour ça car, après tout, comme Teddy l'a précisé, ce n'est qu'un baiser. Mais, au fond, j'ai mal parce que ce n'était pas ce que je souhaitais. Il m'a volé mon premier baiser.

Je réalise seulement à quel point j'ai besoin d'en parler. Alors, je déballe tout à Lily et Rachel. Leurs visages se décomposent au fur et à mesure, passant de la tristesse à la colère.

— Teddy s'est excusé pour ce qu'il a fait et il a reconnu ses torts, m'empressé-je de préciser, ne souhaitant pas qu'elles commencent à se faire une mauvaise image de notre meilleur ami.

— Quand même, il n'aurait pas dû faire ça, insiste Rachel. C'est dégueulasse de sa part.

— Rach a raison. Un baiser, c'est un geste important, intime, il n'avait pas à te l'imposer sans savoir si tu en avais vraiment envie. Meilleur ami ou pas, sur ce coup-là, il est indéfendable.

— Je sais que ce n'était pas bien de sa part, et je lui en veux encore pour ça. Mais, s'il vous plaît, je n'ai pas envie que votre relation avec lui change à cause de ça.

Lily et Rachel s'échangent un regard. Sont-elles en train de décider silencieusement de ce qu'il va advenir de Teddy au sein de notre groupe ?

— On ne te promet rien, répond finalement Rachel. Mais on évitera de rendre nos prochaines rencontres malaisantes. Par contre, il n'a pas intérêt à recommencer !

— Je pense qu'il ne le refera plus. Il a compris que c'était une erreur. En tout cas, merci les filles de m'avoir écoutée.

— On est là pour toi, Cam, toujours, affirme Lily.

Ces mots résonnent en moi car, même si je me suis confiée à mes meilleures amies aujourd'hui, il y a encore tant de choses que je leur cache. Elles sont là pour moi et je continue de leur mentir. À propos d'Alex. Mais surtout, à propos de mon passé. Je me promets qu'un jour je leur dirai tout. Quand je serais prête.

— Bon, et si on continuait de parler garçons, mais pas de ceux qui ne connaissent pas le mot « consentement ».

Rachel se tourne vers Lily avec un sourire complice.

— J'ai vu un rapprochement entre toi et Cillian à la soirée d'Halloween.

— Mais oui, confirmé-je, je vous ai vus danser un *slow* ensemble. Vous aviez l'air plutôt proches.

— C'est vrai qu'on a pas mal parlé samedi soir, reconnaît Lily, timidement.

Elle se met à rougir instantanément.

— On dirait que notre petite Lily a eu un coup de cœur, reprend Rachel.

— Un petit, oui. On a plein de choses en commun. On aime le cinéma autant l'un que l'autre — il m'a d'ailleurs proposé de jouer dans son court métrage —, Yungblud et on rêve de voyager en Amérique du Sud. Il est à moitié irlandais, comme moi. Et puis, il porte le même prénom que Thomas Shelby[16], je ne peux que l'apprécier.

— C'est clair, vous êtes faits l'un pour l'autre.

— Arrête de te moquer, Rachel !

— Je ne me moque pas, je suis sincère ! C'est juste que je ne veux pas que tu sois de nouveau blessée, comme avec Alex.

— Ce ne sera pas le cas, je te le promets.

— Tu ne ressens plus rien pour lui ? demande Rachel.

Je sens le regard de Lily sur moi lorsqu'elle répond.

— Non, rien du tout. C'est fini.

Est-ce un sous-entendu pour me dire que je peux me rapprocher de lui ? Ou le contraire ? Peu importe, car il ne se passera rien avec Alex.

Alors pourquoi est-ce que j'attends désespérément son message pour me parler de notre rendez-vous ? Pourquoi est-ce que je me sens toute chose quand son nom est évoqué ? Qu'est-ce qui m'arrive ?

Je suis en train de me noyer dans des sentiments contradictoires. Il est temps que je retrouve la surface.

La semaine passe et je me sens détachée de tout. De mon père, de Teddy, d'Alex... Je n'ai pas vu, ni parlé à ce dernier depuis plusieurs jours et je me sens assez soulagée. Loin de lui, j'ai de nouveau les idées en place. Mais, malgré moi, je continue de guetter mon téléphone en attente de son message.

---

16 *Personnage de la série* Peaky Blinders *interprété par Cillian Murphy*

Concentrée sur l'écran de mon téléphone, j'entends à peine les explications de mon professeur de littérature ni les commentaires de Jasmine.

— C'est qu'on n'est pas très attentive au cours, mademoiselle Blue.

Je sursaute en entendant cette voix derrière moi.

— Attends-tu un message en particulier ?
— Qu'est-ce que tu fais là ?
— J'étudie.
— Tu n'es même pas dans ce cours, rétorqué-je.
— Je n'ai pas précisé ce que j'étudiais.

Je peux sentir son rictus satisfait par-dessus mon épaule. Jasmine se tourne vers lui.

— T'es vraiment fort, Evans, commente-t-elle.
— Ne l'encourage pas, la supplié-je.

Je pivote à mon tour et me retrouve face à Alex, assis dans l'allée au-dessus de la nôtre.

— Tu étudies quoi, au juste ? L'art d'être un cliché ambulant ? répliqué-je, moqueuse.
— Belle, intelligente *et* marrante. Tu en as des qualités, Blue.

Je capte le regard de Jasmine qui esquisse une moue impressionnée, puis murmure un « il est doué » que je suis la seule à entendre.

— Ça ne me dit pas ce que tu fais là, fais-je remarquer.
— Je suis venu te parler de notre rendez-vous. Si tu es disponible demain après-midi, je t'invite à me rejoindre devant la BU à 16 heures. Ça te va ?
— C'est bon pour moi.
— Top ! À samedi, Camryn Blue.

Je n'ai pas le temps d'ajouter quoi que ce soit qu'il s'est éclipsé.

Après son départ, Jasmine me dévisage, amusée par la situation.

— J'en étais sûre ! s'exclame-t-elle alors.
— De quoi ?
— Qu'il se passait un truc entre vous deux.

Je m'apprête à la contredire, mais je me ravise. Il serait vain de le nier. Et puis, Jasmine n'est pas dupe. Elle l'a vu m'aborder plusieurs fois en cours, et il vient de parler de notre rendez-vous devant elle. La conclusion est vite faite.

— Je ne sais pas exactement ce qu'il se passe entre lui et moi, finis-je par préciser. Alex souhaiterait plus, mais je...
— Tu n'es pas sûre que ce soit ton cas ? hasarde-t-elle.

Je hoche la tête.

— Pourquoi ?

Une question toute simple, mais dont la réponse est bien complexe, et me dépasse même. Alors, plutôt que de lui expliquer tout ce que m'inspire Alex, je hausse les épaules.

— Tu veux mon avis ?
— Bien sûr.
— Je pense que tu te prends trop la tête. Laisse faire les choses et après tu aviseras. Va à ce rendez-vous sans te braquer. Donne une chance à Alex de t'enlever tous ces doutes qui te font trop réfléchir. Il le mérite.

Les paroles de Jasmine me restent en tête tout le reste de la semaine. Le samedi arrive et je suis prête à écouter ses conseils. *Laisser faire les choses. Ne pas me braquer.*

Donner une chance à Alex.

20
Cami

« Jim, c'est moi…
"Je ne sais pas aimer", voilà ce que je ne cesse de me répéter.
Je ne sais pas comment faire, et je crois que je n'ai jamais su. On ne peut pas dire que tu m'as montré l'exemple, même si tu restes persuadé d'avoir aimé ma mère.
Mais est-ce que l'amour peut conduire à un tel drame ? Est-ce vraiment parce que tu l'aimais trop ?
"C'était l'amour de ma vie".
Ce sont les mots que tu as prononcés après l'avoir frappée à mort. On ne frappe pas quelqu'un que l'on aime. On ne tue pas l'amour de sa vie.
Je te h a i s. Tu n'imagines même pas à quel point je te hais.
Quand nous étions encore tous les trois, je pensais que l'amour et la violence allaient de pair. Aujourd'hui encore, j'ai du mal à dissocier les deux. Et c'est de ta faute si j'ai peur d'aimer. Tout est de ta faute. Jamais je ne te ~~pardonnerai~~. »

❋

J'arrive devant la BU où Alexander m'attend déjà. Je prends le temps d'accrocher mon vélo avec l'antivol avant de le rejoindre. Il me parle, mais je ne l'entends pas. Je retire finalement mon casque audio et le glisse dans mon *tote bag*.

— Salut, dis-je.
— Salut, Blue.

Il m'observe un instant, silencieux.

— On va où ? l'interrogé-je.
— Tout d'abord, on va manger, parce que le goûter est le repas le plus important de la journée.
— Ce n'est pas le petit-déjeuner, plutôt ?
— Puis je vais t'emmener dans mon endroit préféré, poursuit-il, ignorant volontairement ma question.
— Laisse-moi deviner. Tu ne l'as jamais montré à personne et je dois me sentir extrêmement spéciale d'être la première à y aller ?
— Plus ou moins. Mais tu ne le regretteras pas.

J'espère qu'il a raison.

Il m'invite ensuite à le suivre et m'emmène en direction du parking du campus. Nous nous arrêtons devant sa voiture.

— Au fait, je lui ai trouvé un nom.
— Ah bon, lequel ?
— Guy.

Je le regarde, perplexe.

— Guy ? répété-je, confuse.
— Comme Guy de Maupassant.

Je comprends rapidement la référence et me mets à rire.

— Tu rigoles ?
— Je suis très sérieux. Comme c'est toi qui m'a demandé de lui trouver un nom, je me suis dit que c'était légitime de lui en donner un en rapport avec toi. Alors voilà, Guy.
— De Maupassant. C'est... original. Mais ça marche bien. Et si nous montions à bord de Guy ?
— Avec plaisir ! Après vous, mademoiselle Blue, finit par dire Alex en m'ouvrant la porte côté passager.

La route me semble à la fois trop courte et trop longue. Nous arrivons bientôt devant un joli café aux allures bohèmes. Lorsque nous pénétrons à l'intérieur, je suis émerveillée par la décoration. Des dizaines de plantes habillent l'espace, ainsi que des tentures colorées et des luminaires chaleureux. Je suis étonnée de découvrir un tel lieu en plein cœur de Southampton.

Tandis que nous prenons place, je continue d'admirer le lieu. Mes yeux se posent tantôt sur des photographies encadrées de paysages splendides, tantôt sur des objets qui viennent d'un autre temps.
— J'ai l'impression que tu aimes.
— J'adore, confirmé-je. Je dois dire que tu marques des points là. Cet endroit est magnifique.
— Et encore, tu n'as pas goûté leur café.
— Je ne bois pas de café.
— Un thé, alors ?
Je secoue la tête.
— Un chocolat chaud ?
— Ça, ça me va.
— Tant mieux, parce que c'était ma dernière option.

Nous commandons un chocolat chaud viennois, un café, ainsi que des pâtisseries, puis nous replongeons dans ce silence qui, étonnamment, ne me gêne plus quand je suis avec Alex.

Je prends le temps d'observer ce garçon énigmatique qui, par une explication inconnue, a craqué pour moi. C'est étrange de me retrouver seule avec lui, mais c'est également… réconfortant. J'ai l'impression de me retrouver avec un proche, quelqu'un que je connais parfaitement, tout en ignorant beaucoup de lui.

— Parle-moi de toi, lui demandé-je.
— De moi ?
— Oui, c'est ce qu'on fait pendant un rendez-vous, non ?
— Tu en sais déjà pas mal sur moi, Blue, remarque-t-il.

Je secoue la tête.

— Pas comme ça. Je veux savoir qui tu es vraiment.

Il semble surpris par ma demande, mais ne répond pas immédiatement. J'ai donc réussi à déstabiliser Alexander Evans ?

Continuant sur ma lancée, je décide d'être honnête et poursuis :

— Il y a quelque chose chez toi qui m'attire, avoué-je.

Encore une fois, mes mots ont le don de rendre Alex mutique et déconcerté.

— Tu es le genre de personne que je déteste par-dessus tout. Arrogant, joueur, manipulateur. Pourtant tu sais aussi te montrer patient, tendre, drôle… surprenant. Je n'arrive pas à déterminer qui est réellement Alexander Cliché Evans. Tu as dit toi-même que tu n'étais parfois pas toi-même, alors j'ai envie de savoir qui j'ai vraiment en face de moi.

— Je suis simplement un gars paumé, répond-il finalement d'une voix douce, presque las. J'ai toujours été paumé, depuis le jour où j'ai compris que j'allais devoir me forger seul. Comme je te l'ai dit, mes parents étaient souvent absents quand j'étais enfant. Nous restions seuls, mon frère et moi, la plupart du temps. C'était lui et moi contre le reste du monde.

— Et aujourd'hui ?

— Aujourd'hui, j'ai l'impression d'être loin, très loin, de lui. Mon comportement s'est calqué sur le sien au fil du temps. J'ai fini par adopter cette allure de je-m'en-foutiste, sûr de lui, dragueur... Ça m'allait bien de me cacher derrière cette façade. Et puis, tu es arrivée et je crois que cette façade a commencé à s'effondrer.

— Et ton frère ?

— Il ne voit rien de tout ça, du changement qui s'est opéré en moi. Je ne peux pas lui en vouloir car j'ai moi-même du mal à m'écarter de la personne que j'étais.

Je peux lire la peine sur ses traits et dans son regard. Son frère est réellement un sujet qui le tourmente. Je voudrais en savoir plus sur cette part de lui. Pourquoi semble-t-il tant souffrir de sa relation avec son frère ? Qu'est-ce qu'il cache ? Mais je m'abstiens de poser ces questions. Parce que ce n'est pas ma place.

— Peut-être qu'une part de toi est réellement comme ça. Que ce sont tous ces aspects qui font de toi ce que tu es, tenté-je, essayant de comprendre Alex.

— Je ne veux pas être comme ça. Je veux être meilleur.

— Ça ne fait pas de toi quelqu'un de mauvais.

— C'est pourtant ce que tu sembles penser. Tu viens de dire que tu détestes la personne que je suis. Du moins, celle que j'essaye de changer.

— Tu ne peux pas m'en vouloir pour ça. Il y a des parts de toi que je n'aime pas, parce qu'elle me rappelle des douleurs que j'aimerais mieux effacer. J'essaye de voir au-delà, mais c'est difficile. Tu es si changeant que je n'arrive pas à suivre. Tu attends quelque chose de moi que je ne peux pas te donner. Toi et moi...

— Toi et moi, c'est une putain d'évidence, me coupe-t-il.

Malgré moi, mon cœur   rate   un   battement.

— Tu peux me faire croire que ce que je fais ne mène à rien, que je suis un crétin, rien ne me fera changer d'avis, poursuit-il d'une voix assurée. Tu n'arrives pas encore à t'avouer les choses, mais ça viendra.

Il marque une pause, me laissant reprendre mon souffle.

— Tu veux savoir pourquoi c'est toi ? demande-t-il, en écho à la question que je lui ai posée au début de notre rencontre. Parce que j'aime être avec toi, parler avec toi, te voir sourire, rire, même m'insulter. On est pareils, toi et moi. On est brisés de l'intérieur et on se cache pour éviter de souffrir davantage. On se comprend, même si tu ne veux pas le reconnaître. Je me vois en toi et je sais ce que tu ressens.

Alex se livre complètement avec ces mots et ça me terrifie autant que ça m'émeut. Il a vu juste, comme toujours.

— Qu'est-ce que tu attends de moi ?

Je me rends compte que j'ai crié cette question lorsque des têtes se tournent dans notre direction.

— Que tu me laisses une chance.

— Je ne peux pas...

— Pourquoi ?
— Parce que je ne suis pas intéressée, réponds-je précipitamment.
— C'est faux. Si tu ne ressentais vraiment rien pour moi, j'aurais depuis longtemps laissé tomber. Mais le truc, c'est que je ne te suis pas indifférent. Je le sais. Je le sens.

Je fuis son regard, trop apeurée par la potentielle vérité qu'il déballe.

— Regarde-moi dans les yeux, et dis-moi que tu ne m'aimes pas, que tu ne ressens rien pour moi et que toi et moi sommes voués à ne pas exister. Dis-moi que je suis bête d'insister, que je me fais de fausses idées en pensant que tu as des sentiments pour moi. Regarde-moi... et dis-moi ce que te dit ton cœur.

Je secoue la tête car c'est évident que je ne peux pas lui répéter ces mots.

Je ne sais pas ce que je ressens. Je n'arrive pas à démêler mes sentiments, entre ce que me dit ma tête et mon cœur. Pourtant, je sais que je suis incapable de confronter ces iris gris et de lui dire la moindre de ces paroles.

— Non, je ne peux rien te dire de tout ça.
— Alors, j'ai raison ?

Je ne réponds pas.

— Je me contenterai de ça. Blue ?
— Oui ?
— Je ne te ferai jamais de mal. Je ne veux que ton bonheur, sache-le, et je vois bien que tu souffres actuellement. Et si, finalement, tu ne ressentais rien, je voudrais encore te voir heureuse. Je veux t'aider à te sortir de ce qui te tourmente, que tu veuilles de moi ou non pour être *plus*. Je serai toujours là. OK ?

J'acquiesce, trop sonnée pour parler.

— Et si on s'accordait à dire que nous sommes, pour l'instant, simplement amis ?

— Je crois que ça m'irait.

— Alors, amis ?

Il me tend sa main, mais, en me voyant hésiter, se rétracte pour me présenter son poing dans lequel je tape sans hésiter.

Après cette discussion intense, nous décidons de quitter le café. La nuit a commencé à doucement recouvrir la ville lorsque nous retrouvons la rue. Il est temps de découvrir l'endroit préféré d'Alex.

Nous marchons en discutant simplement. Le ton s'est allégé, comme si notre conversation était restée au café. Pourtant, je ne peux m'empêcher de ressasser les mots d'Alex. Je sais qu'il a voulu me faire réagir, et je dois reconnaître qu'il a réussi. C'était peut-être un peu brusque, mais j'avais besoin de ça pour arrêter de me voiler la face. Me tenir à l'écart d'Alex et le repousser était dans l'unique but de me protéger. Mais je me rends compte que c'était une erreur car plus je le repoussais, plus il m'attirait.

Je ne sais plus où j'en suis avec lui, mais il a raison : je dois lui laisser une chance. Pour lui, et pour moi. J'en ai envie. Même si mon cerveau craintif me hurle le contraire, je ne peux pas ignorer ce que mon cœur ressent. Je commence à m'attacher à Alex. Il arrive à me comprendre et essaye de me sortir de mon trouble. Il ne sait rien de mon passé, pourtant, il est parvenu à voir à quel point il me faisait souffrir.

Désormais, il est temps de laisser mes ~~doutes~~ de côté.

21
Alex

Depuis notre conversation au café, j'ai l'impression qu'un poids s'est enlevé des épaules de Cami. Elle semble moins sur la retenue quand nous discutons. Je la surprends même à me lancer des regards en coin. C'est peut-être mon imagination, mais je crois que mon discours a eu un effet sur elle.

À mon tour, je l'observe, ne pouvant pas détacher mes yeux d'elle. Elle porte une veste en jean dont le dos est recouvert de la phrase « *The future is female* » et arbore son fameux rouge à lèvres rouge.

Bordel, ce qu'elle est belle.

Ses yeux brillent dans la lumière des réverbères et, lorsqu'elle les pose sur moi, je sens mon cœur battre un peu plus fort.

Putain, je crois que je suis amoureux d'elle.

Cette réalité me terrifie. Mes sentiments pour Cami ont, dès le départ, été étrangers pour moi. Je ne les ai jamais éprouvés pour personne. Me rendre compte de mon amour pour elle est une porte d'entrée à la souffrance que son rejet pourrait me faire. Elle a accepté de me donner une chance, mais ça ne signifie pas qu'elle finira par ressentir la même chose que moi.

Je ne sais rien de l'avenir. Et si, finalement, je me fourvoyais ? Et si, ce que je pensais être une putain d'évidence était finalement un putain d'~~échec~~ ? J'ai beau être persuadé que nous sommes faits l'un pour l'autre, seule Cami a les cartes en main. Dans tous les cas, je ne l'abandonnerai pas, quoi qu'elle décide. Je continuerai d'être là pour elle. Comme je le lui ai promis.

Je sors de mes pensées lorsque le panneau se détache devant nous.

— On est arrivés.

— Ton endroit préféré est une étendue de verdure paumée au milieu de nulle part ?

— Non, mon endroit préféré se situe là-haut.

Je lui indique du doigt la plateforme du panneau publicitaire qu'elle suit du regard.

— Là, j'avoue, je suis intriguée.

— Allez, suis-moi.

Je la fais monter la première à l'échelle, pour prévenir tout risque de chute, puis la suis jusqu'à atteindre le point d'arrivée.

— Oh, waw !

Nous contemplons la ville illuminée qui s'étend devant nous comme des millions de lucioles. Je connais cet endroit par cœur, mais la beauté de la vue de nuit me coupera toujours le souffle.

— Pas mal, hein ?

— C'est... magnifique, commente-t-elle.

— C'est là que les étoiles brillent le plus.

En disant cela, je la regarde, *elle*. Elle lève la tête pour contempler le ciel étoilé. Lorsqu'elle pose les yeux sur moi, je sens que, ce soir, j'ai tout gagné.

— Je comprends maintenant pourquoi c'est ton endroit préféré. On est à l'écart de tout et on a le droit à une vue comme celle-là. Je dois reconnaître que tu as fait fort, Axel.

— Je savais que ça te plairait. À vrai dire, c'est mon frère qui m'a montré cet endroit la première fois. Depuis, je viens ici régulièrement, pour m'éloigner un peu, m'isoler. C'est plus facile de réfléchir ici.

Elle s'assoit, les jambes pendantes dans le vide entre les barreaux de la plateforme. Je l'imite rapidement.

— À quoi tu penses, en ce moment ? me demande-t-elle

— À cette soirée et à quel point je suis content que tu aies accepté ce rendez-vous. Je sais que c'était plus une contrainte qu'autre chose, alors merci. Merci d'avoir bien voulu me donner une chance.

— Je crois que cette soirée m'a fait ouvrir les yeux sur toi. Et sur moi.

— Sur nous ?

Elle hoche la tête, mais ne rajoute rien. À vrai dire, tout a déjà été dit au café.

Je comprends, à ce moment-là, que les choses ont vraiment commencé à évoluer. Parce qu'elle me laisse doucement une place dans sa vie. Ce n'est peut-être pas encore dans son cœur, mais c'est déjà un grand pas en avant.

— Et toi, à quoi tu penses ?

— Cette vue, ça me fait penser à une scène du film *Your Name*.

— Le film d'animation japonais ?

— Oui. C'est mon film préféré. Tu l'as vu ?

— Plus d'une fois. Ce film est magnifique, confirmé-je.

— Je ne peux qu'approuver. En voyant ces lumières et ce ciel, j'ai pensé à cette scène où les deux personnages sont au bord du cratère et se trouvent enfin. J'adore cette scène, et la musique qui l'accompagne. C'est probablement une des plus belles chansons que j'ai entendues.

— Elle s'appelle comment ?

— *Sparkle*, de RADWIMPS. Pour tout avouer, j'essaye de l'apprendre au ukulélé.

Je relève brusquement la tête de mon téléphone que j'étais en train de consulter en entendant cet aveu.

— Tu joues du ukulélé ?

— J'essaye, en tout cas, reconnaît-elle en haussant les épaules.

— J'exige qu'un jour tu en joues devant moi.

— Tu *exiges*, carrément ?

— Je crois que j'en ai besoin. C'est vital pour moi.

Elle lève les yeux au ciel, dans son geste habituel qui me fait à présent sourire.

— Quelle *drama queen* ! Bon, si c'est vital à ta vie, alors je pourrais te montrer mon incroyable talent de joueuse de ukulélé.

— J'ai hâte !

Je continue mes recherches sur mon téléphone. Lorsque j'ai enfin trouvé, je sors mes écouteurs de ma veste et les branche.

— Qu'est-ce qu'on écoute ? m'interroge-t-elle en prenant l'écouteur que je lui tends.

— La plus belle chanson que tu aies entendue.

Nous quittons finalement le panneau une heure plus tard et retournons à la BU en voiture. Cet instant avec Cami a été parfait, mais il est temps d'y mettre fin. Je la laisse reprendre son vélo et la regarde s'en aller, non sans me saluer une dernière fois de la main.

En rentrant chez moi, je me repasse le film de ce rendez-vous en souriant bêtement. Malheureusement, ma gaieté disparaît aussi vite qu'elle est apparue lorsque je vois le nom de Liam s'afficher sur mon téléphone. J'hésite à l'ignorer, mais quand l'appel se renouvelle une seconde fois, je finis par décrocher.

— Putain, enfin tu décroches. Ça fait deux semaines que j'essaye de te joindre, s'insurge-t-il immédiatement.

— J'étais occupé, mens-je.

— Ah ouais ? Occupé à quoi ? À essayer de draguer ta conne de copine ?

Il crache ces mots comme du venin, qui me brûle instantanément. Ça fait mal, comme je m'y attendais. D'autant plus qu'il insulte Cami. Mais, comme le lâche que je suis, j'ignore ses propos et demande :

— Qu'est-ce que tu veux, Liam ?

— On a beaucoup de boulot ici et un de mes gars m'a fait faux bond. J'ai besoin que tu viennes m'aider d'urgence.

— T'es où, au juste ?

— À Bath.

— Bath ? Sérieux ? C'est à une heure et demie de route !

— Fais pas chier, Alex ! Ça fait deux semaines que t'as déserté, la moindre des choses c'est de ramener ton cul ici sans rechigner. Je ne m'en sors pas sans toi. En plus, il y a une *race* et les concurrents sont clairement inexpérimentés. Tu vas gagner sans soucis et tu te feras de l'argent facile, c'est tout bénef, non ? Allez, viens !

Je soupire de frustration. L'idée de lui dire « non » me traverse l'esprit, mais je ne veux pas me confronter à Liam. Alors je lui réponds un « *J'arrive* », avant de monter dans mon Aston Martin et de prendre la route vers Bath.

Lorsque j'arrive à l'adresse indiquée par mon frère, je me rends compte qu'il n'a pas menti en disant qu'il avait beaucoup de boulot. Le terrain vague est bondé de jeunes regroupés en bandes qui discutent et rigolent en buvant et fumant. Je repère Liam, ainsi que Hugo et Garrett qui sont en train de dealer dans un coin. Je rêverais d'être autre part, n'importe où plutôt qu'ici.

Je m'approche d'eux, accueilli par une moue reconnaissante de mon frère.

— Le champion est arrivé ! s'écrit-il en me prenant par les épaules. T'arrives juste à temps pour le départ. Après ça, j'aurais besoin de toi pour aller fournir ces jeunes demoiselles, là-bas.

Il m'indique un groupe composé d'une quinzaine d'étudiantes visiblement éméchées.

Je ne réponds pas et remonte à bord de ma voiture avant de m'installer sur la ligne de départ aux côtés de cinq autres conducteurs. Effectivement, la course n'est pas trop difficile à gagner. Je vois tout de suite quand j'ai affaire à un chauffeur expérimenté ou non, dans sa manière de prendre les virages, ou encore d'accélérer lorsqu'il n'en a pas besoin. Je réalise les quatre tours du parcours en tête et termine premier, sans grande surprise.

Je ramène ma voiture sur le parking et reste un instant dedans, hésitant à reprendre déjà la route du retour. Je pourrais laisser Liam en plan, mais je sais que ça se passerait mal pour moi ensuite. Je n'ai pas envie de ça. Je n'ai pas envie de subir sa rage.

Je suis sur le point de rejoindre mon frère lorsque j'aperçois du coin de l'œil une bagarre éclater et, au cœur de celle-ci, Liam, Hugo et Garrett.

— Merde, marmonné-je.

Je sors brusquement de ma voiture et rejoins l'altercation.

— Il se passe quoi ici ? demandé-je à Hugo tandis que mon frère est en train de s'engueuler avec un type qui porte une queue-de-cheval.

— Apparemment, on se trouve sur le terrain de ce gars qui a très mal vu le fait qu'on lui fasse concurrence. Du coup, il s'en est pris à Liam, qui n'a pas trop apprécié de se faire bousculer.

— Ça va mal tourner, tu penses ?

Hugo n'a pas besoin de me répondre. Le type à la queue-de-cheval vient de mettre un coup de poing dans le visage de mon frère. Sans réfléchir, je me place devant le type et le bouscule pour l'écarter un maximum de Liam qui jure en se tenant l'œil.

— Me touche pas, toi ! me hurle le gars.

— Dégage de là, alors.

— C'est toi, gamin, qui va dégager.

Il me pousse brusquement, ce qui me fait perdre l'équilibre. Je me relève en même temps que Liam qui, malgré son œil rempli de sang, se jette sur le type et le plaque au sol. Ce geste lance l'alerte et je me retrouve bientôt au milieu d'un règlement de compte entre le clan de Queue-de-cheval et le nôtre.

Tout se passe très vite ensuite. Je me bats avec un gars qui fait à peu près ma taille, mais qui possède une musculature que je n'ai pas. Je me défends comme je peux, utilisant son poids contre lui, mais je reçois des coups qui me font voir des étoiles. Je lui lance mon poing dans la mâchoire, puis mon genou dans les parties, ce qui le met à terre. Je cherche Liam et les gars du regard lorsque j'entends au loin la musique stridente des sirènes de police. Je ne suis pas le seul car en moins de deux, chaque clan s'arrête et la foule se met à courir dans tous les sens. Je pense m'en sortir lorsque mon adversaire, resté au sol, se relève et me donne un coup sur la tête qui me plonge dans un brouillard sombre.

Lorsque je me réveille, je ne vois que des lumières bleu et rouge danser devant mes yeux. Ma vision finit par s'éclaircir et je remarque enfin la femme qui se tient à côté de moi, un téléphone collé à l'oreille. J'arrive à capter qu'elle est en train d'appeler une ambulance.

— Il vient de se réveiller. Comment t'appelles-tu, jeune homme ?

— Alexander Evans, parviens-je à dire.

Ma voix me semble alors très loin.

— Tu te rappelles ce qu'il s'est passé ?

— J'ai pris un méchant coup sur la tête.

— Il s'est pris un coup sur la tête, et visiblement plusieurs au niveau du visage, indique-t-elle à la personne de l'autre côté du combiné. Oui, je reste avec lui. Merci.

Elle raccroche et s'abaisse pour se mettre à ma hauteur. Je suis toujours allongé sur le sol, incapable de bouger. Je sens une douleur poindre sous mon crâne.

— Une ambulance va arriver et te conduire à l'hôpital. Y-a-t-il quelqu'un que l'on peut prévenir ?

Une question toute simple, mais à laquelle j'ai du mal à répondre. Je ris à la perspective de donner le nom de mes parents. Je suis sûr qu'ils ne feraient pas le déplacement. Liam ? Il doit être aussi contusionné que moi à l'heure actuelle. Un instant, je songe à Cami. Quelle serait sa réaction en me voyant dans cet état ? Je ne peux pas et ne pourrais jamais lui montrer cet aspect de moi. Je dois la tenir la plus éloignée possible de cette vie. À la perspective de l'entraîner dans tout ce merdier, je sens une crise d'angoisse arriver. Je me force à respirer, espérant la contenir.

Inspirer, expirer, inspirer, expirer.

— Est-ce que ça va ? me demande la policière.

Je hoche la tête lorsque je sens la crise passer. Finalement, il n'y a qu'une personne que je peux contacter.

Jamie passe la porte de ma chambre d'hôpital quelques heures plus tard, au milieu de la nuit.

— T'as une sale gueule, me fait-il remarquer.

— Je sais.

J'ai plusieurs hématomes sur le visage et les côtes, ainsi qu'une légère commotion cérébrale. J'ai la tête comme une pastèque, la bouche pâteuse et je me sens vaseux. J'ai très envie de dormir, mais impossible avec mon mal de crâne.

— Les infirmiers m'ont dit que tu allais pouvoir sortir. Ils attendaient juste que j'arrive pour te ramener chez toi. Comment tu te sens ?

Je me tourne maladroitement vers lui, mon corps me faisant entièrement souffrir.

— J'ai l'impression qu'on m'a roulé dessus. Plusieurs fois.

— Qu'est-ce qui s'est passé ? s'enquiert-il.

— Une bagarre avec d'autres dealers qui réclamaient la place. Rien de bien exceptionnel.

— Tu déconnes ? Tu te retrouves à l'hôpital avec une putain de commotion ! Il va falloir arrêter ça, Alex.

Son ton est ferme, mais je peux sentir l'inquiétude derrière.

— Tu crois que c'est si simple ?
— Parle-lui. Il t'écoutera peut-être.

Je secoue la tête, riant presque face à la supposition de Jamie. Lui comme moi savons que Liam n'écoute jamais personne. Surtout pas moi.

— Impossible. Il me tient, Jay. Ça fait trop longtemps que je fais ça et je lui suis trop redevable pour tout arrêter.

— Redevable ? Putain, Alex ! Tu ne lui dois absolument rien. Je sais qu'il a toujours été là pour toi quand vos parents étaient absents, mais le temps a passé et tu n'as plus besoin de lui. Au contraire, lui a besoin de toi maintenant. Les rôles se sont inversés. Pourtant, tu n'arrives toujours pas à te sortir de cette relation toxique que tu as avec lui.

— Tu ne comprends pas...
— Je comprends très bien, Alex, me coupe-t-il, à bout de patience. Tu crois que je ne vois pas tout ce que tu endures à cause de cette situation ? Tes crises d'angoisse, ton manque de confiance, ta dépendance à lui, et toutes les fois où tu t'es retrouvé avec un œil au beurre noir. Mais, merde, tu es à l'hôpital à cause de lui ! Ça doit s'arrêter, maintenant !

Je n'ai jamais vu Jamie s'énerver. Alors le voir dans cet état me fait comme un électrochoc.

— On peut en parler à un autre moment ? J'ai juste envie de rentrer chez moi et oublier cette soirée, dis-je.

Il se passe une main sur le visage, l'air fatigué.

— OK, mais promets-moi d'y penser.
— J'y pense, Jay. Continuellement.

— Songes-y sérieusement. Et tu sais que je serai là lorsque tu te décideras. Toujours.

— Ouais, je sais.

Il me tend son poing, que je lui cogne. Sa présence me réchauffe le ventre et me rappelle que je ne suis pas seul.

— Allez, rentrons.

22
Cami

Je sais que c'est mal de mentir à ses meilleures amies, mais il est hors de question que je parle du rendez-vous à Rachel et Lily.

Je les retrouve chez cette dernière un soir en début de semaine où nous nous goinfrons de pop-corn devant *Hairspray*. Tandis que Rachel se plaint encore de ne pas arriver à avouer ce qu'elle ressent à Emi, Lily, elle, n'a qu'un prénom à la bouche : Cillian. Apparemment ces deux-là se parlent constamment par message et se sont énormément rapprochés. Je suis très contente que Lily ait enfin trouvé un garçon bien pour elle. Clairement, Alex ne la méritait pas.

Est-ce qu'il te mérite, toi ?

Je chasse cette petite voix dans ma tête pour me concentrer sur Lily qui nous raconte son rendez-vous de samedi dernier avec Cillian.

— Il m'a emmenée faire du patin à glace. Je suis restée plus longtemps par terre que debout sur mes patins. Je devais avoir l'air ridicule, mais Cillian n'a pas eu l'air de s'en rendre compte.

— C'est parce que les cœurs dans ses yeux l'empêchaient de le voir, plaisante Rachel.

— Arrête ! Je ne sais même pas s'il ressent la même chose que moi.

— Vous êtes allés en *date* où vous avez fait du patin à glace avant de dîner ensemble. En plus, vous vous êtes tenus la main ! S'il ne se passe rien entre vous, alors je ne suis pas raide dingue d'Emi.

— Elle n'a pas tort, confirmé-je. De ce que tu nous as dit, vous étiez vraiment proches ce week-end, et vous vous parlez tous les jours. Ça prouve qu'il craque autant pour toi que toi pour lui. Il faut juste que l'un de vous deux se décide à faire le premier pas.

— Ce n'était qu'un rendez-vous, ça ne signifie pas forcément qu'il y a quelque chose entre nous. Et on s'est tenus la main pendant le patin seulement parce que je tombais tout le temps.

— Un rendez-vous n'est jamais anodin, sache-le. Tu n'acceptes pas de sortir avec quelqu'un si tu ne ressens rien pour la personne.

Les mots de Rachel me font comme un coup au cœur. Est-ce vrai ? Ou est-ce qu'elle exagère complètement ? Je ne ressens rien pour Alex, alors pourquoi je me sens si mal face à l'affirmation de Rachel ?

— Vous pensez que je dois faire le premier pas ? demande Lily en se mordant la lèvre.

— Si tu en as envie, oui. Il est clair que tu lui plais et bon, on sait déjà que l'inverse est réciproque, alors...

— Ne réfléchis pas trop et fonce ! conclut Rachel, les bras en l'air.

— Bon, d'accord, la prochaine fois que je le vois, je vais lui avouer que je l'aime bien.

— Super ! Bon, maintenant, passons à mademoiselle Blue ici présente. Qu'as-tu fait de ton week-end ?

Rachel se tourne vers moi et j'ai l'impression qu'elle sait tout.

— J'ai passé mon temps à étudier. J'ai aussi téléphoné à Jane et Gabi.

Ce n'est pas tant un mensonge car je l'ai effectivement fait... le dimanche.

— C'est tout ? Pas très *fun* comme programme, fait remarquer Lily.

— Pas très *fun*, effectivement, confirme Rachel.

— Rachel, raconte-nous ce qu'il se passe avec Emi.

Ma meilleure amie se lance alors dans un monologue sur le cas « Emi ». Bien contente d'avoir réussi à dévier la conversation, je l'écoute religieusement.

Nous quittons Lily quelques heures plus tard et prenons la route de ma résidence. Rachel n'attend pas longtemps avant de remettre la discussion sur le tapis.

— Maintenant qu'on n'est que toutes les deux, est-ce que tu vas me dire ce que tu as vraiment fait ce week-end ?

— Comment ça ?

— Cam, je sais que tu as vu Alex.

Au vu du ton affirmé de Rachel, il est inutile de le nier.

— Comment tu as su ?

— Emi m'a dit qu'Alex avait un rendez-vous avec une fille, mais qu'il ne voulait pas lui dire qui, rajoute à ça que tu n'as répondu à mes messages que tard le soir, et j'en ai déduit que la fille, c'était toi. Et, visiblement, mon calcul était juste. Tu peux me dire comment c'est arrivé ? Et surtout, pourquoi tu nous l'as caché ?

— Il a fortement insisté et j'ai fini par céder. Je ne vous l'ai pas dit pour ne pas blesser Lily. Je sais qu'elle s'est entichée de lui et, même si c'est terminé maintenant, je ne voulais pas qu'elle se sente... je ne sais pas... trahie ?

— Qu'est-ce qu'il se passe entre vous deux au juste ?

Je lui explique alors tout. Le fait que je plaise à Alex, mais que je le repousse sans cesse. Lui qui insiste, moi qui suis indifférente. Et puis finalement, moi qui craque et qui me rends compte qu'on est plus que deux inconnus, que nous avons créé une relation qui me dépasse.

Elle m'avoue lui avoir donné mon numéro il y a quelques semaines quand il est venu le lui demander et qu'elle se doutait que je lui plaisais déjà à ce moment-là.

— Lily ne sait rien de tout ça. Il ne faisait que jouer avec elle et je lui ai demandé d'arrêter parce que je ne voulais pas qu'elle soit blessée. Je pensais au début qu'il jouait aussi avec moi, mais je me suis rendu compte que ce n'était pas le cas.

— Il a totalement craqué sur toi, affirme-t-elle.

Je hausse les épaules.

— Je suppose. On a conclu d'être seulement amis pour le moment, mais lui souhaite plus.

— Et toi ?

— Je ne sais pas. Ces derniers temps j'ai découvert un Alex qui me fait rire, qui me comprend, qui est plus que l'étiquette du Don Juan que je lui avais collée à notre première rencontre. Mais je ne ressens pas ce qu'il ressent.

— Tu en es sûre ? J'ai bien vu comme vous êtes proches. Il est évident que tu lui plais et qu'il te plaît aussi, quoi que tu en dises. Je pense que tu te prends trop la tête, Cam. Arrête de trop réfléchir. Toi et Lily vous êtes pareilles sur ce point, à vous poser beaucoup trop de questions.

Je pèse les paroles de Rachel. Elle a sûrement raison, mais ça ne m'aide pas à y voir plus clair.

— Je ne sais pas quoi faire, Rach.

— Tu dois penser à toi avant tout, à ce que tu veux. Tant pis si tu blesses quelqu'un au passage.

— Oui, mais si cette personne c'est moi ? Je ne veux pas avoir mal si jamais je me trompe sur Alex.

— Tu ne le sauras pas si tu ne tentes pas.

Elle me prend la main.

— Dans tous les cas, je serais là pour t'épauler, te conseiller, te consoler, et confirmer tes propos quand tu diras qu'Alex n'est qu'un cliché ambulant, finit-elle par dire, ce qui me fait rire.

Ses mots me font du bien. J'ignore encore ce que je vais faire, mais je sais que je ne suis pas seule.

Comme d'habitude, le bus est bondé en ce mardi matin. Pourtant, je repère sans mal Alex au milieu des passagers. Il vient à ma rencontre et c'est alors que je remarque l'hématome qui s'étale sur sa joue.

— Mademoiselle Camryn Blue.

— Salut, Axel. Qu'est-ce que t'es arrivé ? demandé-je en indiquant la tâche violette.

Il secoue la tête, me faisant comprendre qu'il ne souhaite pas m'en parler.

— Il y a quelques semaines, c'était ton anniversaire, dit-il en ignorant ma question.

— Je confirme.

— Et je ne t'ai pas offert de cadeau, ce qui est déplorable, commente-t-il sur un ton solennel.

— Le cadeau n'est pas une obligatio...

Il pose un doigt sur ses lèvres, m'indiquant gentiment de me taire. Puis il poursuit :

— Il est donc enfin temps que je te donne ton cadeau.

— Tu m'as vraiment acheté un cadeau ? m'étonné-je.

Il hoche la tête avant de récupérer un objet emballé à ses pieds auquel je n'avais même pas fait attention.

— Techniquement, je ne l'ai pas acheté.

— Tu l'as volé ? demandé-je en levant un sourcil.

— Bien sûr que non. Pour qui tu me prends ?

Il me tend l'objet, qui a la forme d'un grand cadre. Je m'apprête à arracher le papier quand Alex arrête mon geste.

— Est-ce que ça te dérangerait de l'ouvrir plus tard ?

À la manière dont il se frotte la nuque, je comprends qu'il se sent gêné. Qu'est-ce qu'il peut bien m'avoir offert ? *Oh s'il vous plaît, faites que ce ne soit pas graveleux !*

Je dépose le paquet encore emballé à mes pieds.

— Je voulais aussi te remercier pour samedi. Je... j'ai passé un très bon moment.

Alex a l'air timide en parlant, ce que je trouve mignon. À nouveau, je retrouve son côté vulnérable que j'aime particulièrement.

— Moi aussi, j'ai passé un bon moment, réponds-je.

Ma vérité le fait sourire.

— Joli collier, fait-il soudain remarquer en pointant ma nuque du doigt.

Je me rends seulement compte que je joue avec le bijou que m'a offert Teddy. Depuis que je le porte, c'est devenu une manie.

— Je suppose que la rose est ta fleur préférée.
— Non, ce sont les tournesols.
— Je note.

Parler de mon collier me ramène instantanément à ma dernière rencontre avec Teddy. Mon ventre se tord rien que d'y penser.

— Au fait, tu avais raison à propos de Teddy, avoué-je en repensant à la théorie d'Alex, qui s'est avérée être vrai.
— J'en étais sûr ! Et du coup, est-ce que ses sentiments sont réciproques ?

Je fais « non » de la tête.

— Est-ce que tout va bien ? demande soudain Alex, inquiet.

Il doit probablement lire mon malaise sur mon visage lorsque je pense à Teddy. Malgré ma conversation avec Lily et Rachel, malgré les excuses de Teddy, j'ai du mal à passer à autre chose.

— Qu'est-ce qu'il y a, Blue ?
— Rien, mens-je, me sentant de plus en plus oppressée par le souvenir des lèvres de Teddy sur les miennes.
— Je vois bien qu'il n'y a pas « rien ». Tu peux tout me dire. Je suis là, Blue. Tu peux me faire confiance.

Je suis là. Tu peux me faire confiance.

J'ai encore du mal à accepter ces mots venant de lui, car c'est la preuve inévitable que je l'ai laissé entrer dans ma vie. Il est évident, aussi, que je m'attache à lui, d'une façon qui me dépasse. Malgré ça, est-ce que je peux lui faire confiance ?

Je le regarde un instant et je sais, à ce moment-là, que j'ai besoin d'en parler. Alors je lui dis tout. Je lui raconte cette soirée, comme je l'ai fait pour Lily et Rachel. Son visage se décompose à mesure qu'il m'écoute, se voilant d'une colère qui ne m'étonne pas.

— Quel sale conna...

— S'il te plaît, ne t'énerve pas, ça ne sert à rien. C'est arrivé, il s'est excusé et tout va plus ou moins bien entre lui et moi. C'est juste que je n'arrive pas à oublier et... en parler m'aide un peu, je crois.

— J'ai compris, Blue, ne t'en fais pas, répond-il plus calmement.

Il fait alors un geste qui me surprend. Il me prend la main. Cela me surprend encore plus car je ne sursaute pas à son contact. Au contraire, je me sens même rassurée, d'une certaine manière.

Il me presse la main une fois, deux fois. Je sais ce que cela veut dire. Encore cette phrase.

Je suis là.

23
Cami

Plus tard dans la journée, alors que je suis en cours de littérature gothique, je sens mes paupières se fermer toutes seules. Il faut dire que le sujet ne me passionne pas particulièrement et que mon professeur nous passe un documentaire soporifique qui fait somnoler tout l'amphithéâtre. Je lutte pour ne pas m'endormir, me concentrant sur les images qui défilent devant moi.

— Salut, mademoiselle Blue.

Tiens, je n'aurais jamais cru que je serais contente d'entendre cette voix. Je me retourne face à cette distraction.

— Tu n'as jamais cours ou quoi ? On dirait que tu t'infiltres toujours dans ceux qui ne te concernent pas.

— C'est bizarre, tu as l'air ravie de me voir, constate-t-il en ignorant royalement ma remarque.

— Mon cours n'est pas très intéressants.

— Super ! Tu vas donc bien vouloir me suivre dehors ? J'ai quelque chose de cool à te montrer.

— Je ne vais pas sécher pour te suivre.

— Oh alleeez, Camryn. Je t'assure, tu ne le regretteras pas. Petit indice, cela a un rapport avec un film d'animation japonais.

Il oscille des sourcils en se penchant un peu plus vers moi. Je vois bien qu'il essaye de m'amadouer, mais ça ne fonctionne pas. Ou du moins, si, mais j'ai envie de le faire marcher un peu plus longtemps.

— Tu crois pouvoir m'avoir avec mon film préféré ? Il pourrait y avoir dehors une licorne qui fait du trapèze en distribuant des billets de 500£ que je ne te suivrais pas, rétorqué-je.

— Et si c'est moi qui étais déguisé en licorne ?

Malgré moi, je pouffe.

— J'aimerais énormément voir ça, mais je ne te suivrai pas pour autant.

— Qu'est-ce que je dois faire pour que tu acceptes de me suivre ?

— Disparaître de ma vie ? me moqué-je.

— Très marrant, ça. Tu serais triste si je disparaissais de ta vie.

— C'est vrai, que serait ma vie sans la présence d'Alexander Evans ?

— Tu n'arrêteras jamais d'être cynique ?

— Cynisme est mon deuxième prénom.

— S'il te plaît, Camryn Cynisme Blue, peux-tu me suivre à l'extérieur ?

Jugeant avec moi-même que je l'ai assez titillé, je finis par céder.

Nous sortons discrètement de l'amphithéâtre et nous retrouvons devant le panneau d'affichage où un grand poster annonce la diffusion de *Your Name* le vendredi suivant.

— C'est ça ton truc cool ? Ils vont diffuser *Your Name* sur grand écran ?

— Pas seulement. C'est un ciné-concert. C'est l'orchestre qui organise ça à chaque trimestre. La dernière fois, ils ont joué en *live* les musiques de *La communauté de l'anneau.*

Je dois le reconnaître, le principe a l'air effectivement cool.

— Dis-moi, qui as-tu soudoyé pour qu'ils choisissent ce film ?

— Disons que j'ai mes contacts et qu'on ne peut rien me refuser, se vante-t-il.

— OK, j'irai.

— Super, on s'y verra là-bas alors. J'ai hâte d'y être, déclare-t-il à mon oreille. (Je peux entendre son sourire dans sa voix, ce qui me provoque un frisson pas désagréable.) On se voit vendredi, Blue.

Sur ces mots, il me plante là, me laissant seule avec mon cœur qui s'emballe et le rouge aux joues.

Le cadeau d'Alex est définitivement des plus encombrants. J'ai attendu toute la journée pour l'ouvrir, le trimballant tant bien que mal de cours en cours, sous les regards intrigués des autres élèves. Ma curiosité est maintenant à son paroxysme.

Je franchis le seuil de mon appartement et me jette sur le paquet. Je retiens une exclamation de surprise en voyant le tableau devant moi.

Oh wow.

Je l'observe un instant, détaillant chaque aspect de ce collage. Une affiche de *Your Name*, des pochettes d'albums de Shawn Mendes, des fleurs séchées et des pages de livres sont éparpillées autour du tableau. Tous ces éléments encadrant une peinture de moi, au centre, portant une chemise rose que je reconnais pour l'avoir portée à la première soirée chez Alex. Les détails sont si réalistes, si conformes à ce à quoi je ressemblais ce soir-là, comme s'il avait photographié mentalement cette scène pour la reproduire sur toile.

Son talent est indéniable. Je savais qu'il dessinait, mais j'ignorais qu'il peignait, et encore moins qu'il excellait dans les deux arts. Je suis soufflée par ce cadeau qui porte tant de symboles qui me ressemblent et me passionnent, et qu'Alex a su retransmettre dans une harmonie parfaite.

En m'arrêtant davantage sur les pages de livres, je constate qu'elles proviennent du même : *Les Misérables*, évidemment. Je remarque également que l'une des pages est griffonnée. Des lettres ont été entourées au milieu d'une citation.

« BeaUcoup d'hommes oNt un monstrE secret, un mal qu'ils nourrissent, un dragon qui les ronge, un désesPoir qUi habiTe leur nuit. Tel homme ressemble Aux autres, va, vIent. On Ne sait pas qu'il a en lui une effroyable Douleur parasite aux mille dEnts, laquelle VIt DANs CE misérable, qui en meurt. »

En assemblant les lettres une à une, une phrase se dessine.

« *Une putain d'évidance.* »

Encore cette phrase qui résonne totalement en moi. J'aimerais ne pas lui donner de l'importance, pourtant elle me serre le cœur comme la première fois qu'il l'a prononcée.

Et puis, cette citation qu'il a choisie... Elle me parle depuis la première fois où j'ai lu ce roman. Elle me bouleverse, m'émeut. Je ne sais pas comment il a su que cette phrase a un sens particulier pour moi. Après tout, ça ne devrait pas m'étonner. Alex a le don de me comprendre d'une manière que je n'explique pas.

Je contemple une dernière fois cette œuvre, avant d'appeler Alex.

— Blue !

— J'ai ouvert ton cadeau. Tu as mal écrit « évidence », déclaré-je, moqueuse.

— Pas le choix, si je voulais écrire mon message secret. Et puis, tu sais, un merci était suffisant.

— J'allais y venir. Merci, Alex. Ça me tue de le dire, mais c'est un magnifique cadeau.

— Content d'entendre ça !

Je contemple son tableau, ne pouvant me détacher de son travail incroyable.

— Tu es doué, tu le sais ?

— Pour conquérir les cœurs ? plaisante-t-il.

Même s'il ne peut pas le voir, je roule des yeux. C'est devenu véritablement instinctif en sa présence.

— *Urgh*, non pas pour ça. Pour la peinture. Pourquoi tu ne t'es pas spécialisé là-dedans plutôt que la psychologie ?

— Parce que j'imagine que je ne me sentais pas assez doué ? Et je voulais étudier la psychologie pour comprendre certaines choses.

Je n'ai pas de mal à saisir qu'il parle de son frère et de leur relation compliquée.

— Tu veux toujours en faire ton métier ? m'enquiers-je.

— Je ne sais pas. Je suis un peu perdu de ce côté-là.

— Tu ne te vois pas du tout dans un métier d'art ?

— De plus en plus, si. Mais c'est dur de percer dans ce domaine. Et si je n'y arrivais pas ?

Son manque de confiance transparaît au travers de son interrogation. Moi qui le pensais sûr de lui, je vois que ce n'est pas le cas pour tous les sujets de sa vie. Son avenir professionnel, par exemple. Et ça me pince le cœur.

— Et si tu y arrivais ? Tu ne peux pas partir défaitiste sans même avoir essayé. Crois-moi, tu aurais toute ta place dans un cursus d'art. Tu as de la magie dans les mains.

— Je crois que c'est la chose la plus gentille que tu ne m'ais jamais dite. Ou peut-être que c'est la seule.

— Sérieux ? Et tu continues d'être attiré par moi alors que je ne suis que méchanceté ?

Je l'entends rire de l'autre côté du combiné.

— C'est que je suis sacrément accro.

— *Pff.*

— Je suis sûr que tu es en train de lever les yeux au ciel.

— Absolument pas, mens-je. Et donc, le cursus d'art ?

— Je vais y réfléchir.

— Super. J'espère que tu finiras par te rendre compte de ton talent et que tu mérites ta place dans ce domaine. Sur ce, je te laisse, j'ai des devoirs à faire et mon estomac à remplir.

— Bonne soirée alors.

— À toi aussi.

— Et, Blue ?

— Oui ?

— Merci.

L'amphithéâtre se remplit de plus en plus. L'orchestre de l'Université est en train de s'installer sur la scène, sous une grande toile de projection. La diffusion du film ne commence pas avant une demi-heure, mais je suis déjà installée entre Lily et Rachel, encadrées respectivement de Cillian et

Emi, évidemment. Je suis contente de voir que mes meilleures amies ont trouvé quelqu'un ici. Même si rien n'est officialisé entre aucun des deux couples, je sais qu'elles ont trouvé la bonne personne et les voir heureuses me rend heureuse.

J'ai conscience qu'elles se confient beaucoup sur ce qu'elles ressentent, contrairement à moi, et je m'en veux d'être aussi fermée à elles. Un jour, je devrais leur parler de mon père, du fait qu'il n'est pas réellement mort dans un accident de voiture avec ma mère, comme j'ai pu le leur faire croire. Je leur dirai que je souhaitais simplement les protéger en leur cachant la vérité. Je ne sais pas si elles comprendront mon choix, mais je sais que je leur dois la vérité. Je dois simplement trouver le bon moment pour.

— Mesdemoiselles.

Cette voix me tire de ma rêverie et je ne suis pas étonnée de trouver Alex debout dans la rangée devant nous.

— Salut, Alex, le salue joyeusement Lily.

— Je ne savais pas que tu serais là, fait remarquer Rachel.

— Il faut savoir que je suis un grand fan de Makoto Shinkai[17], répond-il en me lançant un regard appuyé et complice.

— Sérieux ? demande Rachel. T'as un point commun avec Cami, alors.

— Vraiment ? feint-il de s'étonner. Je l'ignorais.

C'est ça, oui.

Alex s'installe finalement dans le fauteuil juste devant Cillian, tandis que les lumières finissent par s'éteindre. Le film démarre dans le silence total de la salle. Puis vient la première musique et l'orchestre se met à jouer, me donnant des

---

17 *Réalisateur de* Your Name

frissons dès les premières notes. Je connais ce film par cœur, mais chaque émotion qu'il transmet est toujours la même. Je suis d'autant plus touchée par cette musique jouée en *live*. Elle envahit l'espace, résonne sur les murs de l'amphithéâtre et me donne la chair de poule. Je suis concentrée sur les instruments, quand je sens du mouvement dans mon champ de vision. À quelques sièges de là, Alex s'est tourné vers moi. Je peux distinguer son sourire dans la pénombre. Je sais ce qu'il veut silencieusement dire : « Je te l'avais dit ». Et il avait raison. C'est tout simplement magnifique.

Pendant la suite du film, je ne cesse de croiser son regard, à chaque musique, à chaque moment important, à chaque passage triste, à chaque image sublime. Je sens mes joues s'empourprer dès que je jette un œil vers lui et qu'il m'observe déjà. Je me mords la lèvre pour m'empêcher de le regarder, mais, j'ignore pourquoi, cela m'est impossible. Cette attraction est soudain trop forte, à tel point que je ne la supporte plus et je finis par quitter la salle au milieu de ma chanson préférée.

J'ai les joues en feu et des fourmillements dans le ventre. Est-ce vraiment la présence d'Alex qui me rend toute chose ? *Non, non, non.*

Je ne veux pas ressentir ça...
        peu importe ce que « ça » est.
                Je ne peux pas...

J'entends la porte de l'amphithéâtre se refermer derrière moi et, un instant, j'ai peur qu'Alex m'ait suivie. Je me tourne et tombe finalement sur Rachel. Le soulagement m'envahit.

— Tout va bien ?
— Je... non.

Je me laisse tomber sur un fauteuil du hall, les larmes s'apprêtant à couler.
— Qu'est-ce qu'il se passe, Cam ? Tu sais que tu peux tout me dire.

Je secoue la tête.
— Pas tout.
— Je sais que tu me caches quelque chose, et ce depuis un moment. Je ne sais pas pourquoi tu ne m'en parles pas, mais j'espère qu'un jour tu auras assez confiance en moi pour te confier.

Sa dernière remarque me fend le cœur. Si je lui ai caché la vérité sur mes parents, ce n'est pas à cause d'elle, au contraire, c'est *pour* elle.
— J'ai confiance en toi, lui assuré-je.
— Alors pourquoi tu ne me dis rien ?
— Parce que j'ai la trouille. Parce que je veux t'épargner.

Elle me prend la main, me rappelant qu'elle est là, quoi qu'il arrive.
— Tu peux tout me dire.
— Et je le ferai, bientôt. Promis.

Cette promesse, je ne la fais pas seulement à Rachel, mais également à moi-même. Parce que je réalise que, malgré mon angoisse, je suis prête à tout leur avouer, à elle et à Lily. Elles ont besoin de savoir pour me comprendre pleinement, et j'ai besoin de raconter mon histoire, pour m'en délester d'une partie.
— OK, alors on va passer un marché. Le moment venu, où tu te sentiras prête, tu m'appelleras et tu me donneras le mot de passe suivant : « Maintenant ». À partir de là, je n'aurai pas le droit de dire quoi que ce soit, et je te laisserai parler. Tu m'expliqueras tout de ce fardeau que tu portes et que

tu caches. Je t'écouterai tant que tu auras des choses à dire. Et après ça, je te prendrai dans mes bras et je te ferai savoir que je suis là et que je serai toujours là. Que je suis ta meilleure amie depuis quinze ans et que ça n'est pas près de changer. OK ?

— Ok.

— Maintenant qu'on est d'accord là-dessus, est-ce que tu peux me dire pourquoi tu as fui la salle ? Je sais que c'est lié à autre chose. Ou plutôt à quelqu'un. Alex, n'est-ce pas ?

Je hoche la tête, me renfermant dans mon silence.

— Est-ce que tu as pu éclaircir les choses ?

— Pas vraiment. Je suis encore plus perdue, Rach. Alex... Je crois que je...

Je soupire, incapable de finir ma phrase.

Rachel me prend dans ses bras. Je n'ai jamais flanché à son contact, au contraire. Je me sens en sécurité dans les bras de Rachel. Comme un cocon qui me protège du reste. Alors je me laisse aller et je pleure.

— Je sais, dit-elle, tu n'as pas besoin d'en dire plus.

— Je n'ai pas envie de me tromper sur lui et de finir...

Comme ma mère, pensé-je. Ce constat me déchire de l'intérieur. Je dois cesser de me dire que toute relation amoureuse finit comme celle de mes parents, car c'est faux. Et Alex n'est pas mon père. Alex est tendre, à l'écoute, bienveillant... ~~il n'est pas Jim~~, *bordel.*

— Je ne crois pas que tu te trompes avec lui, assure Rachel.

— J'espère que tu as raison, réponds-je en reprenant peu à peu mes esprits.

— J'ai toujours raison, dit-elle. Allez viens, il est temps de pleurer pour une autre raison.

— Laquelle ?
— La fin de *Your Name*.

24
Cami

J'avais toujours été la bienvenue chez les Connor-Pawlak. Tous les ans, j'étais conviée à leur célébration du dernier jour de Hanoucca. Même après la « mort » de mes parents, je continuais d'être invitée, mais je sentais que l'ambiance avait changé. Je crois que les parents de Rachel s'en sont énormément voulu de n'avoir rien vu, de n'avoir rien fait. Mais comment auraient-ils pu savoir ce qui se passait sous notre toit ? Mes parents cachaient si bien la situation que personne n'aurait pu se douter de l'horreur qui se profilait.

Je me rappelle du premier Hanoucca après la mort de ma mère. Les parents de Rachel avaient invité une partie de la famille Connor et la maison était pleine. La plupart des invités avaient été mis au courant de ma situation. À vrai dire, seule Rachel avait été épargnée par la vérité. Elle pensait que mes parents avaient péri tous les deux dans un accident de voiture.

J'avais passé la soirée avec elle et son cousin, Sirius, un peu plus âgé que nous. Durant la soirée, il m'avait prise à part pour parler avec moi. Lui aussi avait vécu une tragédie en perdant sa meilleure amie quelques années plus tôt des suites d'une tumeur au cerveau. Il m'avait alors confié ne pas réussir à surmonter cette perte. Malgré *son entourage, ses parents, son petit copain, ses amis de l'Université, il se sentait terriblement seul. Il s'était complètement refermé sur lui-même, refusant toute l'aide qu'on lui proposait. Finalement, ce qui l'avait sorti de ses pensées sombres, c'était la parole, le fait de se confier sur ses sentiments et d'accepter l'aide d'autrui. Il s'était éloigné un temps, mais il s'était remis en marche en parlant, en gardant le souvenir de sa meilleure amie intacte. C'était ce qui l'avait aidé. Et ce qui m'aiderait aussi, d'après lui.*

À l'époque, je n'avais pas écouté ses conseils, mais aujourd'hui j'avais compris qu'il avait raison.

Cela fait plusieurs semaines que je n'ai pas appelé la messagerie de Jim. Je pensais que j'en avais terminé avec ça, jusqu'à ce dimanche où mon doigt oscille au-dessus de son nom, sur l'écran de mon téléphone.

Je ne sais pas ce qui m'a poussée à ce moment-là. Peut-être est-ce parce qu'avec tout ce qui se passe dans ma vie, j'ai envie de le lui raconter ? Parce que, malgré le temps qui a passé, j'ai encore cet automatisme de l'appeler ? Parce que j'ai besoin de parler, tout simplement ?

Pour une fois, je tiens bon et change de destinataire. Je me rappelle ce qu'Alex m'a dit, que je devais l'appeler lui plutôt que Jim. Je pourrais le faire, mais ce n'est pas à lui que je dois parler.

J'appelle Rachel et lui dis « *Maintenant* ». Elle n'a pas besoin de plus pour comprendre et me rejoint à ma chambre quelques instants après, accompagnée de Lily. Elles sont installées de chaque côté de moi sur mon lit, prêtes à entendre l'histoire que je leur dissimule depuis des années.

— J'ai menti sur une partie de mon passé, commencé-je, la bouche déjà sèche et les larmes prêtes à emplir mes yeux. Mes...

Je peine à reprendre ma respiration. Voyant combien j'ai du mal à parler, mes amies me prennent chacune une main, me rappelant par ce geste leur présence et leur soutien.

— Mes parents ne sont pas morts dans un accident de voiture.

Je baisse la tête, fuyant leur regard. Je veux leur raconter l'entièreté de l'histoire avant d'affronter leur réaction. Alors, difficilement, je poursuis :

— Ma mère est morte lorsque j'avais douze ans, ça c'est vrai, mais pas d'un accident de voiture. Elle a été tuée par les coups de mon père.

Je marque une pause, ravalant douloureusement ma salive.

— Mon père était violent avec elle depuis de nombreuses années. Il la frappait régulièrement, parfois devant moi. Jusqu'au jour où les coups ont été trop loin.

Je ferme les yeux, ne pouvant retenir davantage mes larmes qui dégringolent sur mon visage. Lily et Rachel se rapprochent de moi, m'encadrant comme un bouclier.

— J'ai trouvé mon père à côté de son corps, les poings en sang, appelant son prénom en boucle en espérant qu'il n'ait pas commis l'irréparable. Mais c'était trop tard. Après ça, mon père a été condamné à perpétuité pour homicide volontaire. La suite, vous la connaissez. J'ai été vivre chez Jane et Gabi. Jane a été la première à voir que quelque chose n'allait pas à la maison.

Je me sens vide une fois mon histoire terminée. Lily et Rachel restent silencieuses un moment. Je peux lire la tristesse et l'incompréhension sur leur visage. Je sais que c'est beaucoup à encaisser et c'est pour ça que j'ai autant repoussé ce moment.

— Merde, finit par lâcher Rachel dans un souffle.

— Oh Cami..., réagit Lily en posant sa tête sur mon épaule.

— Pourquoi tu ne nous en as pas parlé plus tôt ?

L'interrogation de Rachel est légitime.

— Parce que je voulais vous épargner. Ce n'est pas facile de vivre avec une histoire comme ça et je n'avais pas envie que vous portiez ce fardeau avec moi. Je voulais vous protéger. Surtout toi, Rachel, qui a connu mes parents, je ne voulais pas que tu te sentes coupable, comme ont pu l'être tes parents.

— Ils le savent ?

Je hoche la tête.

— Oui. C'est eux qui m'ont demandé de te cacher la vérité à l'époque, parce qu'elle était plus difficile que celle qu'on t'a racontée.

— Je comprends que vous ne vouliez pas m'en parler à l'époque, mais pourquoi avoir attendu si longtemps pour rétablir la vérité ?

— J'ai beaucoup parlé avec tes parents durant les mois qui ont suivi. Quand ils ont décrété que tu étais prête à entendre la vérité, c'est moi qui ne l'étais plus. Je leur ai demandé de ne rien te dire tant que je ne trouvais pas le courage de le faire moi-même et ils ont respecté mon choix. Les années ont passé, et je n'arrivais toujours pas à te dire la vérité, ni à toi, ni à personne. Enfin... ce n'est pas tout à fait vrai. Teddy est au courant.

— Quoi ? Tu en as parlé à Teddy, mais pas à nous ? On est tes meilleures amies, Cam, ça ne veut rien dire pour toi ?

Je peux lire sur les traits de Rachel combien elle est blessée que je ne lui ai pas dit la vérité plus tôt.

— Au contraire. Teddy venait d'arriver et… je ne sais pas… c'était facile de lui en parler, parce que justement nous nous connaissions à peine. Il ne m'a pas connue à l'époque, pas comme toi avec qui je partageais tout. Tu as connu mes parents, tu avais une certaine image d'eux, bien différente de la réalité. J'avais peur qu'en te révélant la vérité, cela change tout. Que tu me considères autrement.

— On comprend, Cami, intervient Lily. C'était ton choix d'en parler ou non.

— Oui, c'est vrai, Lily a raison, se radoucit finalement Rachel. Désolée si j'ai mal réagi, mais je suis juste un peu bouleversée par tout ça. Je suis tellement désolée, Cami, pour tout.

— Tu n'as pas à l'être. Et… je crois que je me sens soulagée de vous l'avoir dit. Maintenant, promettez-moi que ça ne va rien changer, que vous n'allez pas vous comporter avec moi comme avec un petit oiseau blessé.

— Promis, répondent-elles en chœur.

Après ça, nous passons la soirée à manger du pop-corn en chantant toutes les chansons de *Pitch Perfect* sans évoquer une seule fois ma révélation. Coincée entre mes deux meilleures amies, je me sens enfin respirer.

L'air est frais lorsque je décide d'aller courir ce dimanche après-midi. J'ai besoin de me défouler.

Pendant ma course, je ne pense à rien d'autre qu'à la musique qui se diffuse dans mes écouteurs. Je me concentre sur ce qui m'entoure, sur les arbres, sur les bâtiments, sur les lampadaires, sur l'asphalte sous mes pieds. Je ne veux pas écouter mon esprit. Je veux m'enfermer dans une bulle où rien ne compte, où rien n'a d'importance. Et j'y parviens, l'espace d'un instant, avant que mon passé ne me rattrape brusquement avec une seule chanson. *Your Song* d'Elton John, la préférée de ma mère. Celle sur laquelle elle et Jim ont dansé à leur mariage.

J'arrache les écouteurs, mais le mal est fait. En un instant, ma bulle de bien être éclate et une vague de douleur me submerge. J'ai la gorge en feu et les larmes qui coulent à flots sur mes joues. *J'étouffe, j'étouffe, j'étouffe.*

Je m'arrête au milieu du chemin, me recroqueville sur moi-même, pétrifiée. Mon cœur s'affole dans ma poitrine. Je prends de grandes inspirations, tente de réguler mon souffle. Je commence à contrôler ma respiration, reprenant peu à peu contenance. Je me relève et me laisse porter jusqu'à un banc. Je m'y assois, les jambes tremblantes et toujours en sanglots. Sans même m'en rendre compte, j'ai mon portable entre les mains, prête à appuyer sur le bouton d'appel du numéro de Jim. Je secoue la tête, prends une grande inspiration. Il ne faut pas. Je dois cesser de retomber dans cette boucle infernale.

Je finis par appuyer sur ce bouton, mais ce n'est plus le numéro de Jim qui s'affiche à l'écran.

— Blue ?

— Tu peux venir courir avec moi ?

— Tu es où ?

Je regarde autour de moi et me rends compte que je suis à nouveau devant la bibliothèque, au même endroit où je lui ai avoué que mon père était en prison.

— Devant la BU.

— J'arrive.

Je n'attends pas longtemps avant de voir Alex apparaître au coin du bâtiment, vêtu de sa tenue de sport. Il vient s'installer sur le banc à mes côtés, tout d'abord sans dire un mot. Puis, il se tourne vers moi, l'air préoccupé, certainement en voyant les larmes sécher sur mes joues.

— Dis-moi ce qui ne va pas.

— J'ai voulu appeler sa messagerie. Puis, je me suis rappelé des mots que tu m'as dits. Ceux où tu me demandais de t'appeler plutôt que lui.

— Tu as bien fait. Tu veux parler ?

Oui, j'en ai terriblement envie. Mais par où commencer ? Que lui dire ? Est-ce que j'en ai vraiment la force ? Est-ce que je lui fais suffisamment confiance ?

Finalement, je hoche la tête, silencieuse.

— Je courais, et j'ai entendu cette chanson d'Elton John. C'était la préférée de ma mère, la chanson de son mariage.

— Tu ne parles jamais de ta mère, fait-il remarquer.

— C'est parce qu'elle n'est plus là.

Alors, je lui raconte. Tout. Je répète la même histoire qu'à Lily et Rachel, mot pour mot, comme un monologue appris par cœur. Cela fait toujours aussi mal, mais le sentiment de libération que je ressens ensuite en vaut la peine.

— Putain, Cami...

J'ai les yeux rivés au sol, incapable de croiser le regard d'Alex. J'ai peur de ce que je pourrais y lire.

— Je suis dé...

— Je sais. Tout le monde l'est pour moi, le coupé-je. Mais je comprends, ce n'est pas facile de dire autre chose face à une histoire comme celle-là.

— Je...

— Est-ce que... est-ce que tu peux ne rien dire ? J'aimerais bien qu'on reste comme ça, dans le silence.

— Bien sûr.

Alors nous nous taisons. Seuls le bruit du vent et le poids de mes mots viennent troubler ce silence. Je me sens complètement détachée de tout à cet instant-là. Puis Alex me prend la main, me ramenant au moment présent. Je regarde nos doigts entrelacés et je peux sentir les mots qu'il ne dit. Les mêmes que lorsque je lui ai parlé de Teddy. Ceux-là qui ont tant d'importance pour moi.

Nous restons un moment comme ça, nos mains liées, perdus dans le silence. Finalement, Alex me raccompagne chez moi, toujours sans dire un mot sur ma confidence.

Avant qu'il ne parte, je lui donne le billet de 20£ qui traîne sur mon bureau.

— Tu m'as dit que, lorsque je serais prête, je te donnerais ce billet et te raconterais mon histoire. Tu l'as mérité.

— Pourquoi ?

— Parce que tu as été là pour m'écouter et que je t'en remercie.

— Je n'ai pas besoin d'être payé pour ça.

— Dans ce cas, reprends-le et tu l'utiliseras une prochaine fois pour m'inviter au restaurant. Ma réponse sera probablement différente que la première fois.

25
Alex

L'histoire de Cami m'a brisé en deux. Je savais qu'elle avait vécu un drame, mais je ne m'imaginais pas cela. Elle a traversé le pire alors qu'elle n'était encore qu'une enfant.

Nous n'avons pas parlé davantage de son passé, mais je sens bien que cela l'a aidée, d'une certaine manière. Je la sens plus libre, plus sereine, plus heureuse. Que ce soit avec moi ou avec les autres, elle paraît plus à l'aise, moins renfermée sur elle-même.

Nous continuons de discuter régulièrement, de tout et de rien, de choses futiles comme importantes, de nos joies et de nos peines, de la vie en général. Elle s'ouvre énormément à moi, mais je ne peux pas dire que j'en fasse autant. Je continue de vouloir la protéger en évitant de lui parler plus de Liam et de toutes les merdes dans lesquelles il m'entraîne depuis des années. Je sais que tout changera le jour où elle apprendra ce que je fais pour le compte de mon frère. Je ne veux pas la perdre, pas à cause de ça.

Il faut que je pense justement à lui pour que Liam se manifeste. Je suis en train de peindre quand la sonnerie de mon téléphone m'interrompt. Je ne lui ai pas parlé depuis que je me suis retrouvé à l'hôpital. Malgré mon envie d'ignorer son appel, je finis par décrocher.

— P'tit frère, comment ça va ?

— Tu veux dire, depuis que je me suis retrouvé avec une commotion à cause de toi ? réponds-je en serrant les dents.

— Ouais, il paraît qu'il ne t'a pas raté. Et ce n'est pas ma faute si ces types nous ont attaqués.

— Si tu le dis, consens-je, ne voulant pas entrer dans un débat avec lui. Qu'est-ce que tu veux ?

— Il parait qu'il y a une grosse fête de prévue vendredi soir sur ton campus.

Je vois où il veut en venir, mais c'est hors de question, ce que je ne tarde pas à lui faire comprendre.

— C'est mort, Liam. Tu ne viens pas refiler ta drogue là-bas, et encore moins à travers moi.

— Quoi, tu as peur que ta petite copine te quitte parce que tu deales ?

— Ce n'est pas ma petite copine, précisé-je. Et non je n'ai pas envie qu'elle sache ce que je fais avec toi. S'il te plaît, Liam, ne te ramène pas.

— On pourrait se faire gros, pourtant. En plus, j'ai entendu qu'il y aurait une *race* pas très loin le même jour. Tu pourrais enchaîner les deux et te faire plein de fric en un soir.

— Ça ne m'intéresse pas. Sérieux, Liam, je ne vais pas le répéter. Tiens-toi à l'écart de cette soirée.

Il soupire à travers le téléphone.

— OK, OK, t'as gagné, p'tit frère. Mais tu me revaudras ça.

— Si tu veux.

— Super, à plus.

— À plus.

Il fait plutôt frais ce vendredi pour faire une soirée dehors. Pourtant c'est bien dans le jardin de la maison louée par le BDE que Jamie m'entraîne lorsque nous arrivons sur place. Tous les colocataires, ainsi que Lily, Cami et ce petit con de Teddy — j'ignorais qu'il venait — sont déjà là, chacun un gobelet à la main. Je salue tout le monde, même Teddy, et vais me remplir à mon tour un verre avant de les retrouver. Je ne peux m'empêcher d'observer Cami. Elle porte une jupe noire sur des collants opaques, un tee-shirt blanc et une grosse veste en jean. Je reconnais celle qu'elle portait à notre rendez-vous. Et, évidemment, elle a mis son fameux rouge à lèvres rouge, celui qui me fait craquer depuis le premier jour.

Elle est en grande conversation avec Lily, Cillian et Teddy — qui ne semble pas connaître le concept d'« espace personnel » vu comme il la colle. Je me tiens le plus loin possible de Cami, même si l'envie d'aller directement lui parler est forte. Je reste donc avec Jamie, Rachel, Jasmine et Emi qui ont décidé d'avoir un débat sur le meilleur film et le meilleur super-héros Marvel.

— Je suis sûr que tu dis Spiderman simplement pour Tom Holland, fait remarquer Jamie.

— C'est faux… bon OK, peut-être qu'il y a un peu de ça là-dedans. Disons que c'est 30% pour Spiderman, et 70% pour Tom Holland, reconnaît Rachel.

— J'en étais sûr !

— Tu ne vas pas me dire que tu ne craques pas pour Tom Holland !

— Désolé, je suis plus Andrew Garfield.

Rachel pose une main sur sa poitrine en formant un « O » avec sa bouche, feignant d'être offusquée face au choix de mon meilleur ami.

— N'empêche que le meilleur, c'est Thor, et je ne veux rien entendre là-dessus, intervient Jasmine. Et le meilleur film, je dirais *Avengers : Infinity War* ?

— *Team* Thor, confirme Emi avant de faire un *high five* à Jasmine.

— Oh non, *Endgame* est mieux. Cette bataille finale est incroyable, reprend Jay. J'en ai eu des frissons.

— Pour le coup, je suis d'accord avec toi, dit Rachel. Et toi, Alex ?

— Meilleur super-héros : Captain America. Meilleur film : *Civil War*. Oh, et meilleure bande son : *Les Gardiens de la Galaxie*. Fin de la discussion.

— Pour la bande originale, je pense qu'on est tous d'accord, conclut Emi.

Nous trinquons finalement tous ensemble, avant de finir nos verres d'une traite.

Les heures s'enchaînent, ainsi que les verres. Plus la soirée avance, plus je me sens énervé à chaque fois que je vois Teddy et sa façon de se rapprocher un peu trop de Cami. À cause de sa présence, je n'ai pas osé parler à Blue de la soirée.

J'enchaîne les verres sans m'en rendre compte, à tel point que je suis bientôt éméché et que je crois halluciner en voyant Liam débarquer dans le jardin.

— Putain, c'est pas vrai, marmonné-je tout bas alors que mon frère vient vers notre petit groupe.

— Salut, tout le monde ! s'exclame-t-il joyeusement.

Tout le monde lui rend son salut, sauf Jamie qui me lance un regard interrogateur.

Je m'approche de Liam et l'entraîne un peu à l'écart du groupe.

— Je t'avais demandé de ne pas venir.

— Tu m'as demandé de ne pas venir *vendre*. Je suis là pour boire un coup avec les copains de mon petit frère.

Ma poitrine gonfle de colère. Il me prend vraiment pour un con !

— Ne te fous pas de ma gueule, je sais très bien que tu n'es pas là pour ça.

— Tu me sous-estimes beaucoup, Alex. Je n'ai pas le droit de m'amuser ?

— Si, mais pas ici.

— Allez, p'tit frère ! Je vais me tenir à carreau.

— OK, cédé-je. Mais promets-moi de ne rien vendre, à personne.

— Promis.

Il va finalement se chercher un verre avant de revenir parmi nous. Je reste tout le temps près de lui, histoire de le tenir à l'œil. Je suis étonné de voir qu'il finit par discuter tranquillement avec tout le monde, sans essayer de refourguer sa merde aux invités. Il parle avec les colocataires, mais évite soigneusement Jamie. Je sais que mon frère tenait — tient ? —énormément à Jay, mais qu'il a également tout foutu en l'air en préférant son business plutôt que son couple. Jamie n'a jamais réussi à le raisonner sur ses affaires et mon frère a fini par le perdre définitivement. C'est idiot car ils avaient tout pour être heureux ensemble. Mais, comme d'habitude, mon frère a fini par tout gâcher.

Je suis en pleine réflexion lorsque je sens son haleine chargée de whisky près de moi et qu'il finit par m'entourer de ses bras.

— Dis-moi, p'tit frère, je ne savais pas que ta petite amie avait déjà un petit ami.

— Ce n'est pas ma petite amie, c'est clair ? Et d'ailleurs, ce n'est pas son petit ami non plus.

— Ah bon ? Pourtant il semble bien proche d'elle, à en croire ses mains baladeuses. Mais c'est vrai qu'il a l'air de la dégoûter, vu comment elle le repousse.

— Tu l'as vu la toucher ?

— Ouais. Regarde, il recommence. Ce type a la dalle pour être autant insistant.

Je regarde en direction de Cami et Teddy et, effectivement, il se presse contre Cami tandis qu'elle continue de s'écarter de lui. Il a un verre dans la main et, vu comme il peine à rester debout, je n'ai pas de mal à deviner que c'est le dernier d'une longue série. Je n'ai rien à dire car j'ai probablement autant bu que lui. Pourtant, contrairement à lui, je ne suis pas en train de toucher de force une fille. Il pose sa main au creux de sa taille, ce qui fait sursauter Cami. Elle se tourne vers lui et lui hurle :

— J'ai dit non, Teddy !

Il ne m'en faut pas plus pour foncer vers eux et l'éloigner d'elle.

— Tu fais quoi, toi ? demande Teddy d'une voix hargneuse.

— Elle t'a dit non.

— Putain, t'es qui toi ? Et pour ton info, c'est ma meilleure amie, je fais ce que je veux avec elle.

Il accentue chaque syllabe en tapant sur mon torse avec son doigt et sa voix pâteuse de type bourré.

— Non, justement, tu ne fais pas ce que tu veux avec elle. Pas quand elle t'a dit non, connard.

Je sens que notre petit groupe s'est rassemblé autour de nous, ainsi que quelques curieux qui sont présents dans le jardin. Mais il n'y a que la réaction de Cami qui m'importe et le fait qu'elle semble soulagée de mon intervention.

— Bouge de là, s'agace-t-il en me poussant.

L'alcool et son geste me font vaciller sur mes jambes, mais je me replace face à lui, bien décidé à affronter cet abruti qui me fait monter en pression.

— Ne me touche pas.
— Tu vas faire quoi ?

Il me pousse de nouveau, plus violemment. Ma colère monte en flèche et est sur le point d'exploser. Je presse les poings, me retiens d'aller trop loin.

— T'es jaloux parce que tu ne peux pas l'avoir ? demande-t-il avec son rictus de débile.

Il est maintenant si proche de moi que je suis le seul à l'entendre.

— Ne parle pas d'elle comme ça, sifflé-je entre mes dents serrées.

Nos torses se touchent presque. Son regard est vitreux à cause de tout l'alcool qu'il a ingéré. À ce moment, il m'énerve autant qu'il me fait de la peine.

— Tu crois que je n'ai pas remarqué les regards que tu lui lances ? chuchote-t-il. Désolé pour toi, mais elle est à moi, espèce de connard.

Il me pousse une troisième fois, la fois de trop. Je me jette sur lui et lui colle une droite à la tempe. Il se retrouve au sol, un peu sonné, un filet de sang coulant sur sa joue.

Je me rends compte de la force avec laquelle je l'ai frappé lorsque je commence à avoir mal à la main. Elle semble gonfler à vue d'œil et mes phalanges sont rouges. Mais la douleur que je ressens n'est rien comparé au visage triste de Cami. Non, pas de la tristesse. De la peur.

À ce moment-là, elle a peur de moi.

Bordel, qu'est-ce que j'ai fait ?

Voyant les différentes réactions autour de moi, et surtout celle de Cami, je n'ai qu'une idée en tête : fuir. Je me tourne vers mon frère, la pression n'étant toujours pas retombée, et lui demande :

— Emmène-moi à ta *race*, j'ai besoin de me défouler.

— Là, je te retrouve, répond-il, satisfait.

Nous quittons la soirée sans un mot de plus. Nous roulons quelques minutes pour arriver devant un terrain vague déjà rempli de monde. Ce soir, je vais rouler avec la voiture de Liam, ce qui ne me dérange pas, bien au contraire. Celle-ci a une grosse puissance au démarrage et une vitesse d'accélération qui dépasse nettement la mienne. Tant mieux, car j'ai besoin d'évacuer. Pour cela, rien de mieux que l'adrénaline.

Je prends place sur la ligne de départ, le pied déjà collé à l'accélérateur. Quand le « *Go* » retentit, je me fais un plaisir de mettre pied au plancher. Comme je le pensais, ce moment me permet de me défouler après cette soirée de merde que je viens de passer. J'ai encore le regard de Cami qui me hante et les mots de ce connard de Teddy qui tournent sous mon crâne. « Elle est à moi », a-t-il dit comme si elle était sa propriété. Il me dégoûte.

J'accélère davantage, prenant les virages extrêmement serrés. Je n'ai pas besoin de regarder dans le rétro pour savoir que j'ai largement devancé mes adversaires. Pour autant, je ne ralentis pas, bien au contraire. Je passe une nouvelle vitesse et enfonce encore plus la pédale. Je tourne à gauche, à droite, fais un dérapage qui aurait pu m'envoyer dans le décor si je ne maîtrisais pas autant le véhicule. Les roues crissent sur la route terreuse. Un impact sur celle-ci pourrait m'envoyer valser, mais je m'en fiche. Je veux oublier ce qu'il s'est passé ce soir, que mes souvenirs s'effacent avec le paysage qui défile autour de moi.

J'aperçois finalement la ligne d'arrivée, après un dernier virage raide. Je dois perdre de la vitesse pour le prendre, mais je n'en fais rien et garde mon allure. Je suis capable d'y arriver, pourtant, lorsque je tourne mon volant, je sens le poids de la voiture se décaler sur le côté, dans la direction inverse de la mienne. Reprenant enfin mes esprits, je pile et évite de justesse la catastrophe. Je me retrouve au bord de la route, la voiture, heureusement, encore sur ses quatre roues. J'ai les mains crispées sur le volant, conscient de ce qu'il aurait pu arriver si je n'avais pas réagi. J'ai le cœur qui bat à cent à l'heure, respire fort et vite. Je ne bouge pas pendant quelques minutes, me faisant finalement dépasser par tous mes autres concurrents. Je finis dernier et ai failli faire un tonneau.

C'est *définitivement* une soirée de merde.

Je suis rejoint par Liam qui ouvre à la volée la portière côté conducteur.

— Mais putain, Alex, qu'est-ce que t'as foutu ?

— Je voulais assurer la première place, mens-je.

— En roulant comme un malade ? Je te demande de gagner, pas de perdre la vie, abruti. Tu aurais pu finir sur le toit avec tes conneries.

— C'est arrivé ? Non. Alors fous-moi la paix.

Je sors finalement de la voiture et le dépasse en le bousculant. Je ne me retourne pas avant d'avoir quitté ce terrain, cette course de merde et d'avoir pris le chemin de mon appartement.

26
Cami

« Allô, Jim.

Est-ce faible d'aimer ? De donner son cœur tout entier à quelqu'un d'autre ? Je me suis toujours promis d'être forte, de ne pas tomber amoureuse, pour ne pas finir comme elle. Mais aujourd'hui, j'ai l'impression que la situation m'échappe. Parce que j'ai des sentiments pour lui.

Et parce que, d'un coup, je t'ai vu en lui.

Et j'en ai été terrifiée. »

Je raccompagne Teddy à mon appartement où j'essaye de soigner sa blessure tant bien que mal. Je me sens si bouleversée par le geste d'Alex que j'en ai presque oublié le comportement de Teddy durant la soirée. Presque, car je ne me sens pas de dormir dans la même pièce que lui ce soir. J'appelle donc Rachel qui vient me chercher quelques instants plus tard avec Emi et me ramène à la Coloc où je dors sur le canapé. Avant d'aller dans sa chambre, Emi s'installe à côté de moi, prenant ses distances pour ne pas me toucher. Son attention m'émeut, si bien que je finis de moi-même par prendre sa main.

— Dis-moi ce que tu as en tête, l'encouragé-je.

— Alex... je ne veux pas que tu le voies comme un type violent. Il a fait ça uniquement parce qu'il était à bout.

— Ça n'excuse pas son geste, rétorqué-je.

— Non, je sais. Je ne dis pas ça pour le défendre, simplement pour ne pas que tu le considères autrement. Alex fait beaucoup d'erreurs, il en a fait une en s'attaquant à Teddy. Et, crois-moi, il en a conscience. Je suis sûre qu'il le regrette amèrement. Et aussi... je sais que tu vas vouloir défendre Teddy, parce que vous avez un lien particulier, mais ce qu'il t'a fait ce soir n'est pas du tout acceptable. S'il recommence, cette fois, c'est moi qui lui mettrais un pain, plaisante-t-elle.

Je rigole malgré moi.

— Ne t'inquiète pas, je sais que Teddy s'est comporté comme un abruti. Et je ne vais pas l'excuser en disant qu'il l'a fait parce qu'il était alcoolisé, mais lui aussi a fait une erreur. Je parlerai avec lui demain et je verrai s'il mérite ou nous de prendre un second coup de poing.

— Bonne idée. En tout cas, je suis là si tu as besoin.

— Merci, Emi.

— De rien. Repose-toi. La soirée a été éprouvante.

Sur les mots d'Emi, je finis par m'endormir, l'esprit anesthésié, vide de toute pensée.

Je rentre le lendemain à mon appartement après une nuit plutôt agitée. En arrivant, je trouve Teddy assis à mon bureau, la tête dans les mains. Il a vraiment une tête à faire peur.

— Ça va ? lui demandé-je en gardant mes distances.

— Non, rien ne va. J'ai une gueule de bois effroyable et j'ai des souvenirs d'hier soir que je préférerais oublier. Je suis tellement désolé, Cam. J'ai encore agi comme un trou du cul. Je m'en excuse. J'ai été insistant, je le sais, et j'ai eu des gestes déplacés avec toi. Je suis un véritable connard.

Teddy semble sincère dans ses paroles, ce qui annihile complètement mon ressentiment envers lui.

— Ça va, Ted, arrête de te prendre la tête. Je n'ai pas envie de penser à cette soirée. Alors, n'en parlons plus.

— D'accord, mais sache que je suis vraiment désolé.

— Je sais. Comment va ta tempe ?

Je l'interroge tout en lui tendant une poche de glace que j'ai récupérée dans mon congélateur.

— Merci, répond-il en acceptant la poche. Elle me fait mal, mais ce n'est pas pire que ma migraine due à l'alcool.

— Je suis désolée que ça ait si mal tourné.

— Ne t'excuse pas. Je l'avais mérité de toute façon. J'ai vraiment eu un comportement déplorable. Il a eu raison de m'en foutre une.

Je ne réponds pas, ne sachant pas vraiment quoi penser de ce qu'il s'est passé. Teddy a mal agi, c'est un fait, mais Alex aussi, en le frappant. Tous les deux sont en tort dans cette histoire, point final.

Je passe l'après-midi avec Teddy, essayant de me concentrer sur les films que nous enchaînons. Mais mes pensées reviennent inlassablement vers une personne. Alex.

Même si je n'ai pas encore pardonné complètement les actes de Teddy, j'ai envie de les oublier un moment et de profiter de ma dernière soirée avec lui, ne sachant pas quand je le reverrai après.

Nous arrivons au bar karaoké, Teddy et moi, peu après vingt et une heures. Tout le groupe est déjà là, installé à deux tables près de la scène où Jasmine interprète *Baby One More Time* de Britney Spears. Emi et Rachel sont debout devant la scène, en train de crier des encouragements à Jasmine et de siffler. Je m'installe sur la banquette près de Lily, vite imité par Teddy qui se place à ma gauche.

La prestation de Jasmine est vivement applaudie. Elle est ensuite suivie de trois chansons, avant que Rachel ne décide que c'est à notre tour de chanter, elle, Lily et moi.

— Je ne sais pas chanter, lui rappelé-je.

— Ce n'est pas un concours de chant, madame la rabat-joie, me rétorque-t-elle. Allez, on va bien s'amuser !

— OK, mais alors on chante la chanson la plus *fun* de leur répertoire, décidé-je.

— Je sais déjà laquelle choisir, répond Rachel avec un air diabolique.

Quelques instants plus tard, Lily, Rachel et moi montons sur scène pour interpréter *Kiss You* des One Direction. Lily et moi chantons comme des casseroles. Heureusement que Rachel est là pour remonter le niveau. Avec sa voix rauque, elle porte la chanson. C'est pour ça qu'elle est notre Donna Sheridan[18].

Même si nous ne sommes pas toutes justes, nous avons le mérite de mettre l'ambiance dans la salle qui chante en chœur avec nous. Nous sautons et dansons sur scène au rythme des cinq chanteurs tout en massacrant leur chanson.

---

18 *Personnage de* Mamma Mia *interprété par Meryl Streep et leader du groupe de musique fictif Donna et les Dynamo*

Nous terminons finalement sous les applaudissements du public.

Je rejoins Teddy qui me félicite de ma prestation. Je suis encore dans l'euphorie de mon passage quand je vois Alex monter sur scène. Je l'ai ignoré depuis mon arrivée, mais le voir là, sous les lumières des projecteurs, me donne un coup au cœur. J'aurais pu parler avec lui à propos de son geste, mais je me sentais si mal que j'aurais été sourde à son explication.

En l'observant davantage, je remarque qu'il a les yeux cernés et paraît simplement triste. Est-ce qu'il s'en veut pour la veille ? J'espère bien. Il sait qu'avec ce que j'ai vécu, la violence est ce que j'exècre le plus au monde. Voilà pourquoi j'étais si en colère et si apeurée de le voir agir ainsi. Son geste m'a ramenée des années en arrière, dans mon cauchemar.

Il se place derrière le micro et esquisse un regard dans ma direction, avant de se tourner vers Teddy, puis vers le public. La musique démarre, lentement. Il commence à chanter *Treat You Better* de Shawn Mendes dans une version piano-voix à la Boyce Avenue et je crois défaillir.

Durant toute la chanson, j'observe le moindre des gestes d'Alex, même minimes. La façon dont il ferme les yeux dans les notes plus hautes, son léger sourire quand nos regards se croisent, ses mains qui enserrent davantage le micro quand il chante des paroles dont le sens résonne tant entre nous...

Tout ce qui nous entoure me paraît à ce moment-là très loin. Il n'y a que lui et moi, et cette chanson qui me transperce le cœur. Je ne me détache pas de lui, incapable de ne pas écouter les mots qui me sont destinés, chantés par sa voix puissante emplie de trémolos, et je dois constater à quel point il paraît vulnérable derrière son micro.

Des acclamations et des sifflements de notre groupe accompagnent la fin de la chanson, me ramenant en même temps à la réalité.

Alex, à bout de souffle, marmonne un « merci » dans le micro avant de quitter la scène. Il passe devant notre tablée et prend la fuite dans la nuit. Chaque personne du groupe se regarde, étonnée par son départ précipité. Je pense être la seule à comprendre ce qu'il se passe.

Je m'enferme dans une bulle le reste de la soirée, loin très loin de mes amis et de l'ambiance du karaoké. Teddy finit par nous quitter pour prendre son train pour Oxford et je me retrouve seule, mes milles pensées en tête. J'ai besoin de voir Alex.

Alex me rejoint devant la bibliothèque quelques dizaines de minutes après avoir reçu mon message lui demandant de venir. Nous restons silencieux un moment, aucun de nous deux ne sachant comment commencer cette discussion. Finalement, Alex se tourne vers moi et me dit :

— J'ai chanté pour toi ce soir.
— Je sais. C'était par rapport à Teddy, n'est-ce pas ?

Il hoche la tête.

— C'était aussi par rapport à ton père.

Ses mots me coupent le souffle.

— Comment tu peux dire ça avec ce que tu as fait hier ?

Les larmes me montent aux yeux instinctivement, mais je les retiens. Je ne veux pas pleurer devant Alex, pas pour lui, ni mon père, ni Teddy. J'en ai marre de pleurer pour un homme.

— Tu as frappé Teddy !

Je me rends seulement compte qu'il a réduit la distance entre nous.

— Tu crois que ça m'a fait plaisir que tu me défendes en utilisant la violence alors que j'ai baigné dedans toute mon enfance ?

Cette fois, je lâche tout et les larmes coulent sur mes joues.

— Je t'ai avoué tout ce que j'ai subi dans mon passé et toi tu... Je ne sais même pas pourquoi je continue de discuter avec toi.

— Cami, je suis sincèrement désolé pour hier. Je sais que j'ai merdé et que je t'ai fait peur. Je ne voulais pas, excuse-moi. J'ai conscience que tu t'es ouverte à moi, que tu m'as fait confiance et que je n'ai pas été à la hauteur après ça. Je n'ai jamais voulu te faire de mal. Tout ce que je voulais c'était que tu arrêtes de te cacher, que tu me laisses une chance... que tu m'ouvres ton cœur. Je te promets que j'en prendrai grand soin et que jamais je ne le briserai.

— Tu n'as pas le droit de me faire ça ! Me dire toutes ces belles paroles pour essayer de me faire oublier ce que tu as fait.

— Ce n'est pas dans ce but que je te les dis, mais parce qu'elles sont vraies. Putain, elles sont tellement vraies que ça me déchire de te voir les repousser comme ça.

Il est bientôt si proche de moi que je peux parfaitement distinguer la couleur particulière de ses yeux. Je sens mon cœur battre à mille à l'heure. Nos corps se touchent presque, nos souffles sont mêlés. Je me sens tétanisée, non pas parce que j'ai peur, mais parce que je suis irrésistiblement attirée par lui. Je ne dois pas, pas après ce qu'il a fait, pas après qu'il ait tout gâché en s'attaquant à Teddy.

Je tente de reprendre mes esprits.

— Je ne peux pas faire ça.

— À cause de lui ?

J'ignore s'il parle de Teddy, ou de mon père. D'un cas comme de l'autre, ce n'est pas la bonne réponse.

— À cause de toi ! lui craché-je. Tu es tout ce que je déteste, voilà pourquoi je ne peux pas !

— C'est vraiment ce que tu penses ?

— Oui, murmuré-je.

Un simple « oui » qui me déchire les entrailles tant il m'est difficile de le dire. Parce que ce n'est pas ce que je pense, mais il faut que je m'éloigne de lui. Et la seule façon que j'ai trouvée, c'est de le pousser à me fuir.

— Désolé si je ne suis pas l'homme parfait. J'ai essayé de changer pour toi.... *J'essaye* de changer, pour toi.

— Ne te donne pas cette peine, ça ne sert à rien.

Je tourne les talons et commence à partir en direction de mon vélo que j'ai déposé un peu plus loin, mais me stoppe finalement pour lui dire une dernière chose.

— Si tu veux vraiment changer, fais-le pour toi, et seulement toi. Personne ne devrait changer pour qui que ce soit, à part soi-même.

« Ne m'abandonne pas » est la dernière chose qu'il me dit avant que je ne monte sur mon vélo et disparaisse de son champ de vision, les larmes roulant sur mes joues.

L'instant d'après je suis dans mon ascenseur, pleurant toutes les larmes que j'ai retenues depuis un moment. J'arrive à ma chambre, empaquette quelques affaires et appelle un taxi pour me ramener à Portsmouth.

Le trajet jusqu'à la maison ne réussit pas à me calmer et je retrouve Jane et Gabi, complètement effondrée. Elles me font asseoir sur le canapé du salon, l'air inquiet, prêtes à m'interroger sur la raison de mon chagrin.

— C'est à cause d'un garçon, c'est ça ? demande doucement Jane.

Je hoche la tête.

— Qui est ce briseur de cœur ?

— Un enfoiré.

— Ils le sont tous, chérie. À ton avis, pourquoi est-ce que j'aime les femmes ? plaisante Gabi, mais je n'ai pas le cœur à rire.

— Il doit être vraiment important si tu te mets dans cet état, reprend Jane en posant une main hésitante sur mon dos avant de le frotter d'un geste maternel.

Je me tourne vers elle.

— Pourquoi crois-tu qu'il est important ?

— Parce que je sais que tu pleures rarement, et seulement pour ce qui compte vraiment. Je ne sais pas qui est ce garçon, mais il n'est pas seulement de passage. Alors, qui est-il ?

— Je te l'ai dit, un enfoiré.

— Il ne doit pas être que ça si tu pleures pour lui, fait remarquer Gabi.

— Je ne pleure pas pour lui, mais à cause de lui.

J'ai mal au ventre. Enfoncée dans le canapé, je remonte mes jambes contre ma poitrine, me renfermant un peu plus sur moi-même.

— Et ce garçon, l'enfoiré, qu'est-ce que tu ressens pour lui ? m'interroge Jane en me caressant les cheveux.

— Je pensais avoir des sentiments pour lui, mais... je me suis trompée.
— Sur tes sentiments ? reprend Gabi.
— Sur lui, affirmé-je.
— Comment il s'appelle ?
— Alexander.
— Très bien, Monsieur l'enfoiré a un nom... Écoute, *minha linda*, je crois qu'on sait toutes les deux où est le nœud du problème. Ce que tu as vécu t'a construite d'une façon à te méfier de tout et de tout le monde. Je ne connais pas cet Alexander, mais je sais que tu as des sentiments, quoi que tu en dise. Tu ne te mettrais pas dans un tel état si ce n'était pas le cas. Maintenant, il faut que tu arrives à démêler tout ça. Et pour ça, il ne faut pas te laisser guider par ta raison. Écoute simplement ton cœur. Il est parfois un très bon conseiller et tu l'as ignoré pendant trop longtemps.
— Et surtout, peu importe ce que tu feras, nous serons là pour toi, me rassure Jane.
— Merci.
— Va te reposer. Je pense que tu en as besoin.

Je me lève et m'apprête à suivre les conseils de Jane, quand Gabi me rappelle.
— N'oublie pas. *Escuta o teu coração*[19].

---

19 « *Écoute ton cœur* » *en portugais*

27
Alex

J'ai la tête en vrac.

J'ai merdé. Bordel, j'ai *complètement* merdé.

Cami me déteste parce que je suis moi, un parfait connard. J'ai frappé son meilleur ami après qu'elle m'ait avoué que son père a battu sa mère à mort. Qu'est-ce qui m'est passé par la tête pour faire une telle connerie ?

OK cette ordure m'a poussé à bout avec son air de Saint qui traite Cami comme un objet, mais je n'aurais jamais dû lever la main sur lui. Et maintenant, je pense bien l'avoir perdue à jamais.

En plus de toute la merde qui se passe en ce moment, il fallait que ce soit aujourd'hui mon anniversaire.

Dix-neuf ans, *putain*.

Évidemment, mes parents ne sont pas fichus de faire le déplacement pour passer la journée avec moi. On est dimanche, mais ils sont trop occupés à *bruncher* avec des potentiels associés. *Le business avant les enfants*. Sept ans plus tard, leur credo semble toujours d'actualité.

J'ai déjà reçu des messages d'anniversaire de Jay et Emi qui m'ont tous les deux proposé de le fêter ensemble, mais j'ai refusé, n'ayant pas la tête à ça.

À la place, je me retrouve à repasser en boucle ma dispute avec Cami. Ses mots m'ont énormément blessé, pourtant je ne peux pas m'empêcher d'y voir un semblant de vérité. Elle a raison, je suis mauvais pour elle. Visiblement, nous ne sommes pas une putain d'évidence. Bien au contraire, nous sommes une putain d'impossibilité.

Je continue de me morfondre dans mon lit quand on sonne à la porte de mon appartement. Je me lève péniblement et vais ouvrir. Liam se tient là sur le seuil.

— Joyeux anniversaire, p'tit frère !
— Merci, Liam.

Il entre sans que je l'y aie invité et s'installe nonchalamment sur le canapé.

— Qu'est-ce que tu as prévu de beau pour ce grand jour ?
— Rien du tout.
— Tu ne vas même pas voir tes potes ? Ou ta petite copine ?
— Je n'ai pas la force de voir mes potes, et ma « petite copine », comme tu t'entêtes à l'appeler, me déteste.
— Parce que t'as frappé son abruti de copain.

Mon cœur se serre face à cette affirmation. J'ai *vraiment* déconné.

— Ouais.
— Merde.
— Comme tu dis.

Je m'affale sur le canapé à côté de lui. Je fixe le plafond en essayant de ne pas y voir le regard effrayé de Cami lorsque j'ai frappé Teddy. Ses yeux bleus qui ont perdu leur teinte lorsqu'ils se sont posés sur moi. J'ai mal au ventre rien que d'y repenser.

Liam tourne la tête vers moi, une question sur les lèvres.

— Les parents t'ont appelé ?

— Ouais. Ils ne vont pas pouvoir venir me voir parce qu'ils ont trop de travail.

— J'ai l'impression d'entendre un disque rayé, déclare-t-il en riant jaune. Ça veut dire que t'es bloqué avec moi.

— T'es pas obligé de rester ici.

— Je ne compte pas rester *ici*, dans cet appartement déprimant, et toi non plus.

Je suis intrigué par sa proposition sous-jacente.

— Où tu veux m'emmener ?

— Tu verras, c'est une surprise.

Quelques minutes plus tard, je le suis dehors pour retrouver sa voiture et nous prenons la route. Nous roulons un bon quart d'heure avant d'arriver devant la galerie d'art de Southampton où se tient justement une exposition de peintures modernes.

— Je sais que t'aimes bien ce genre de trucs. C'est pas grand chose, mais je me suis dit que t'apprécierais plus ça qu'autre chose.

— C'est cool, Liam, merci.

Nous entrons dans la galerie et faisons le tour des peintures, admirant le style de chaque artiste exposé. Je me mets à flâner dans les allées en rêvant un jour d'être à leur place. Je commente chaque œuvre avec Liam, qui m'écoute d'une oreille attentive. Je retrouve pendant un instant mon grand frère, celui d'avant qu'il tombe dans le trafic et les *race*.

Lorsque nous avons vu assez de l'exposition, nous décidons de nous poser dans une pizzeria pour déjeuner. Au cours du repas, mon portable n'arrête pas de sonner, m'annonçant l'arrivée de plusieurs messages d'anniversaire, que j'ignore volontairement en soufflant.

— Tu veux que je le garde pour toi ? me demande alors Liam en désignant l'appareil. Je te le rends ce soir. Comme ça, on peut passer une journée tranquille, juste tous les deux.

— Ça me va.

Une fois mon portable mis en silencieux et glissé dans la poche de veste de Liam, nous commençons à discuter.

— Je tiens à m'excuser pour la dernière fois, quand ces types t'ont attaqué. Je reconnais que c'était, en partie, de ma faute.

— T'inquiète, c'est oublié, réponds-je en croquant dans une part de ma pizza.

— Peut-être de ton côté, mais pas du mien. Je sais que je merde pas mal et que tu subis la plupart du temps. Je m'excuse si je te fous la pression, mais j'ai vraiment besoin de toi, et pas seulement pour le business. T'es mon frère, mon meilleur pote, sans toi je ne suis rien. Si tu n'étais pas là… je ne sais pas ce que je deviendrais. Alors ouais, j'ai besoin de toi pour me suivre, mais aussi pour tout le reste. Tu comprends ?

— Ouais, je comprends.

Et c'est à ce moment-là que ça me frappe. Il est dépendant de moi, comme il a pu l'être avec la drogue, comme il l'est maintenant avec son business et les courses de voiture.

Cette relation que j'entretiens avec mon frère n'est pas saine. Elle ne l'est plus depuis bien longtemps. Elle est toxique, comme peut l'être une relation amicale ou amoureuse. Sauf que la nôtre dépasse tout ça, parce que Liam est mon frère, mon sang et que je ne peux pas l'abandonner.

— Tout va bien, alors ?

J'aimerais lui répondre « non », mais je n'ai jamais su le lui dire. Alors je lui réponds par l'affirmative.

Je ne sais pas ce que je peux faire avec lui, comment me sortir de cette relation qui m'oppresse, m'angoisse, me tord les tripes. Comme d'habitude, je vais simplement me taire et continuer de le suivre, parce que je ne sais pas faire autrement.

Je le quitte en fin d'après-midi après avoir passé le reste de la journée à traîner en ville et à discuter en haut du panneau publicitaire. Ça me fait bizarre de retourner là-bas avec lui. Cela fait des années que nous n'y sommes pas allés tous les deux.

Nous parlons d'avenir, de futurs projets et de nos rêves. Liam m'avoue vouloir tout quitter pour faire quelque chose d'autre, quelque chose de bien, mais qu'il ne sait pas quoi ni comment. Je lui assure que je serai là dans tous les cas, et qu'il n'a pas besoin de l'argent de ses ventes. Il ne dit pas qu'il va tout arrêter dans l'instant, mais j'espère qu'il le fera dans un avenir proche. Car, enfin, je pourrais avancer sans ce poids qui pèse sur mes épaules.

Il me demande à mon tour ce à quoi j'aspire, mais je ne sais pas lui répondre. Bien sûr, j'aimerais devenir artiste, mais c'est loin d'être la voie la plus simple, comme je l'ai dit à Cami récemment. Pourtant, depuis notre conversation, j'y pense de plus en plus. Je peins régulièrement, entassant les toiles dans ma pièce qui reste constamment fermée à clé. Je ne sais pas si j'en ferai quelque chose un jour, mais les savoir-là me rassure d'une certaine manière. Elles sont la preuve que je ne suis pas inutile, que je sais faire quelque chose et que, sans fausse modestie, je suis doué pour ça.

Ce soir-là, je me couche en rêvant de partager mes toiles, qu'elles soient exposées dans une galerie, que les gens les voient, les commentent, qu'elles deviennent réelles. Mais tout ça n'est qu'un rêve et, quand je me réveille le lendemain, la porte de mon atelier est toujours fermée à double tour.

J'ai du mal à sortir de mon lit en ce début de semaine. D'autant plus lorsque je constate tous les messages que j'ai reçus entre le moment où Liam m'a pris mon téléphone et ce matin, lorsque je me décide enfin à y jeter un coup d'œil. Je fais défiler la liste des messages, passant sur les noms de tous les colocs, de Lily et d'autres personnes moins désirées comme Garrett et Hugo. Puis finalement, c'est un autre nom qui attire mon attention, celui de Cami.

> Salut, Axel, je te souhaite un joyeux anniversaire.
> Je tiens à m'excuser pour ce que j'ai pu te dire hier soir. J'étais énervée et mes mots ont dépassé ma pensée. Est-ce qu'on pourrait se voir ? J'aimerais bien discuter avec toi en face à face. Je pense qu'on a, chacun, beaucoup de choses à se dire.
> Bonne journée et encore bon anniversaire,
> Blue.

Je ris en voyant sa signature. Je me rends compte à quel point j'ai besoin de la voir, là maintenant.

Je m'habille en vitesse et quitte précipitamment mon appartement, espérant ne pas être en retard pour prendre le bus.

Je monte dans le bus juste à temps. J'espère que la chance est avec moi et que Cami ait décidé de le prendre, elle aussi. Comme je l'espérais, je la vois apparaître lorsque nous arrivons à son arrêt. Elle monte dedans, son casque sur les oreilles, concentrée sur son téléphone. Je souris en la regardant, bien conscient qu'elle ne m'a pas vu.

Je m'approche finalement d'elle, lui signalant ma présence en tapant sur l'écran de son téléphone.

— Eh ! s'exclame-t-elle un peu trop fort à cause de son casque, qu'elle retire en voyant que c'est moi. Salut.

— Salut, Blue. Comment ça va ?

— Bien, je suppose. Et toi ? Tu as passé une bonne journée d'anniversaire ?

— Ça a été, oui. J'ai bien reçu ton message, au fait. Je ne l'ai vu que ce matin, c'est pour ça que je ne t'ai pas répondu.

— Oh, d'accord.

Cette discussion anodine n'a rien de naturel car derrière se cachent beaucoup de non-dits. C'est la première fois que nous parlons depuis la soirée karaoké où tant de paroles blessantes ont été dites. Pourtant, nous évitons soigneusement le sujet. C'est comme si rien ne s'était passé, ce qui me déplaît. Alors, plutôt que de tourner autour du pot, je décide de foncer dans le tas :

— Il faut qu'on parle, n'est-ce pas ?

Elle acquiesce, visiblement soulagée que je mette le sujet sur le tapis.

— Tu peux passer chez moi ce soir, lui proposé-je. On commandera ce que tu veux à dîner et on pourra parler tranquillement.

— Ça me va.

Je suis étonné qu'elle accepte aussi facilement, à croire qu'elle en a vraiment beaucoup sur le cœur. Elle tient à cette discussion et je redoute de savoir ce qu'elle a à me dire. Elle s'est excusée par messages de ses propos, mais cela ne veut pas dire que tout est arrangé. Bien au contraire...

❉

Cami

J'arrive chez Alex avec un nœud au ventre.

J'ai beaucoup réfléchi depuis mon retour de Portsmouth. Ma discussion avec Jane et Gabi m'a fait réaliser à quel point je me voile la face. Mes sentiments sont si contradictoires que j'ai préféré les repousser plutôt que de les affronter. Mais il faut se rendre à l'évidence, j'ai développé des sentiments pour Alex.

Et surtout, j'ai été injuste avec lui lors de la soirée karaoké. Certes, son geste envers Teddy n'est pas excusable, mais c'était malhonnête de ma part de lui balancer tout ce que je lui ai dit. Malhonnête et faux. Je l'ai blessé volontairement alors que je n'en pensais pas un mot. Je compte bien me rattraper ce soir.

Alex m'accueille avec un sourire timide, m'invitant à entrer sans attendre. Nous nous installons sur le canapé dans un silence pesant. Ni lui ni moi ne savons comment entamer cette conversation qui plane au-dessus de nous. Finalement, ne tenant plus, je commence :

— Je suis désolée pour samedi. Sincèrement. Je... je ne pensais pas ce que j'ai dit. Oui, j'ai eu peur en te voyant frapper Teddy, mais je sais que tu l'as fait pour une bonne raison. J'ai fini par comprendre que Teddy t'avait provoqué et, même si ça n'excuse rien, ça explique en revanche beaucoup. Je suis désolée de t'avoir dit ces mots blessants.

— Ce n'est pas grave, ne t'en fais pas. Je sais que tu étais bouleversée ce soir-là et je ne t'en veux pas pour ce que tu m'as dit. Je l'avais mérité. Je te mentirais si je te disais que ça ne m'a pas fait de mal, surtout après tout ce que j'ai fait pour te montrer la personne que je suis vraiment, pour te prouver que je suis sincère avec toi et que je ne suis pas le petit con du début de notre rencontre.

— Tu es loin d'être ce gars-là, lui assuré-je. Je le sais depuis longtemps, mais c'était facile de t'attaquer sur ça. Je n'aurais pas dû, c'était stupide de ma part.

— Ne t'inquiète pas, c'est oublié.

— Tant mieux.

À ces mots, il me tend son poing pour clore cette discussion, mais je ne cogne pas dedans. À la place, je lui prends la main.

Nous passons le reste de la soirée devant la télé, à regarder des comédies musicales en mangeant des cochonneries.

Nous parlons très peu, n'évoquant plus la soirée karaoké et celle qui a précédé. Nous nous complaisons dans le silence, appréciant simplement la présence de l'autre.

Alex me propose de dormir chez lui, ce que j'accepte contre toute attente. Au moment de se coucher, Alex décide de dormir sur le canapé pour me laisser le lit. J'accepte après plusieurs minutes à débattre de la question et me couche dans ses draps, ce qui me fait tout drôle. Je sens son odeur, un mélange de sel et d'océan, se répandre sur mon corps tandis que je m'enfonce un peu plus sous les couvertures.

Le lendemain, je me réveille à l'aube et quitte discrètement l'appartement pour ne pas réveiller Alex, non sans lui laisser un message, accompagné du billet de 20£.

« Merci pour l'accueil. Et merci d'être toi.
Tu as bien mérité ton billet :) »

28
Cami

Cela faisait déjà plusieurs fois que je voyais le Docteur Keller, ma psychologue, lorsqu'elle m'a proposé un nouvel exercice. Elle m'a demandé de lui parler comme si elle était Jim, comme s'il se trouvait en face de moi.

— De quoi dois-je lui parler ?

— De tout. De ce que tu as vécu, de ce que tu ressens, de ce que tu as ressenti également à l'époque. Dis-lui ce que tu voudrais lui dire, là, maintenant. Tu peux même lui raconter ton histoire, de ton point de vue. Dis seulement ce qui te passe par la tête et ce que tu as sur le cœur.

— OK. Jim, papa, tu... hum...

— Prends ton temps.

— Lorsque j'étais petite, j'étais admirative de toi. Je te voyais comme mon héros. Et puis, un soir, j'ai entendu des bruits et des cris venant de votre chambre. Ce soir-là, je t'ai vu lever la main sur maman. Je n'ai pas compris ce qu'il se passait, et maman m'a rassurée le lendemain en me disant que ce n'était rien, que tu l'avais touchée sans faire exprès. Évidemment, c'était faux. Je l'ai vite compris quand tu l'as frappée à nouveau quelques jours plus tard, pour une histoire

de vaisselle mal lavée. J'ai eu si peur. Je ne t'avais jamais vu dans une telle colère. Ce jour-là, tu as commencé à détruire petit à petit l'image que j'avais de toi. Tu es devenu le monstre que tu es aujourd'hui et qui m'a enlevé ma mère. Tu étais censé être mon protecteur, tu es devenu mon tyran. Je...

Les larmes ont envahi mes joues et m'ont bloqué la gorge. Je n'arrivais plus à parler. J'avais l'impression soudaine d'être privée de mes mots, comme après l'accident, quand j'étais restée mutique trois mois.

— Respire, m'a dit la psy. Prends de grandes inspirations, et expire doucement. Ça va aller, il n'est plus là. Tu es en sécurité.

J'ai hoché la tête, retrouvant peu à peu mon calme.

— Comment tu te sens, Camryn ?

C'était certainement sa question préférée et, comme à chaque fois, j'ai répondu simplement :

— Ça va.

Cette fois, c'était la vérité.

— Est-ce que tu penses que cet exercice t'a aidée ?

— Je crois, oui. Je... je pense que j'avais besoin de lui dire tout ça.

— Tu aurais d'autres choses à lui dire ?

— Des tas.

— Alors, voilà ce qu'on va faire. Quand tu en as besoin, quand tu sens que le moment est venu de parler, tu vas te poser tranquillement et tu vas lui parler. Tu vas faire comme s'il était présent, comme à l'instant. Plus tu parleras, mieux tu te sentiras. D'accord ?

— D'accord.

Le soir, après cette séance éprouvante, je suis rentrée chez Jane et Gabi et je me suis directement couchée.

Je me suis réveillée au milieu de la nuit, ébranlée par un nouveau cauchemar, avec ce besoin de parler à Jim. J'ai commencé à lancer des mots vers le plafond, mais ça ne m'a pas fait le même effet qu'au cours de la séance. En parlant face au Docteur Keller, j'avais l'impression de lui parler à lui. Ici, dans le vide de ma chambre, je n'arrivais pas à m'imaginer sa présence.

J'ai finalement pris mon téléphone et ai écrit un SMS à l'attention de son numéro. Mais j'avais tellement de mots à sortir que j'ai fini par l'appeler. Évidemment, je suis tombée sur sa messagerie. Alors, je lui ai laissé un message, le premier d'une longue lignée.

Aujourd'hui, je commençais à avancer et je savais qu'il était temps que je raccroche.

Je passe mon samedi à pratiquer sur ma nouvelle guitare et écouter le podcast de Rachel. Je m'enferme chez moi, ne parle à personne. Me retrouver avec moi-même me fait du bien. Je profite de ce temps pour éclaircir mes pensées, faisant le tri de ces derniers jours et des changements qui ont eu lieu.

J'avance à mon rythme, n'écoutant que mon cœur, comme me l'a conseillé Gabi. Je ne suis pas à 100% sûre de ce que je fais, mais j'ai besoin de le faire pour ne plus rester coincée dans mon passé. J'ai encore beaucoup de choses à faire, et l'une d'elles me terrifie. Je sais que je dois passer par là, cela m'est nécessaire.

Cela fait plusieurs jours que j'y songe. Dimanche arrive et je trouve enfin le courage de passer cet appel. Je respire un bon coup et compose le numéro de la prison.

Je n'ai parlé à mon père qu'une seule fois, peu après le procès. Six ans ont passé depuis et je ne suis pas sûre de savoir comment gérer la situation. J'ai les mains qui tremblent et le cœur qui fait un bond dans ma poitrine lorsqu'on me dit que Jim Leckie va prendre l'appel dans quelques secondes.

Et puis, il arrive, ce « allô » d'une voix grave qui me propulse dans mes souvenirs les plus sombres.

— Jim, papa, c'est moi.

C'est étrange de dire ces mots autrement que via une messagerie.

— Camryn ?

Une salve d'émotions me traverse en entendant mon nom dans sa bouche. J'ai envie de hurler toute ma peine. C'est si dur de l'entendre après toutes ces années. Si dur...

— Salut, me contenté-je de dire en essayant de maîtriser toute l'affection qui me traverse.

— Oh ma chérie.

— Ne... ne m'appelle pas comme ça, s'il te plaît.

— C'est juste que ça fait si longtemps. Je... il ne passe pas une journée sans que je ne pense à toi, ma fille.

À ce moment-là, je peux percevoir ses sanglots à l'autre bout du fil. Je résiste pour ne pas pleurer à mon tour, pas de tristesse, contrairement à lui, mais de rage. Et là, j'explose.

— Ah oui, tu ne cesses de penser à moi ? Et quand tu la frappais, est-ce que tu pensais parfois à moi ? À mon regard sur toi qui changeait au rythme de tes coups ? À ma haine pour toi qui enflait quand tu posais la main sur elle ? Je n'étais qu'une enfant à l'époque, mais j'avais déjà parfaitement compris la situation. Je n'étais pas naïve, je savais que tu lui faisais du mal. Et quand bien même personne ne m'a crue, je continuais d'être persuadée que tu n'étais pas une bonne personne. Alors, Jim, quand tu as tué ma mère, as-tu pensé à moi et à ce que tu me laissais derrière ? Tu n'as pensé qu'à toi. Tu n'aimais que toi. Et je te détesterai jusqu'à ma mort pour cela.

Je suis à bout de souffle. Mon cœur bat furieusement dans ma poitrine. Ces mots, j'ai voulu les lui dire un millier de fois, mais je n'ai jamais trouvé le courage de le faire. Aujourd'hui, j'ai l'impression de me libérer d'un poids qui m'oppressait.

— Cam... Aucun mot ne peut excuser ce que j'ai fait. Et je sais que je t'ai perdue en même temps que ta mère, mais rien n'a changé pour moi. Je t'aimais et je t'aime toujours. Tu es mon enfant, quoi qu'il se soit passé, quoi que tu penses de moi maintenant. Je suis désolé pour ce que je t'ai fait subir, même si je sais que ce n'est pas suffisant. Mais je dois reconnaître que, non, je ne pensais pas à toi dans ces moments-là. J'étais poussé par ma rage, par mon esprit endommagé qui me dictait mes gestes. Je ne me suis jamais mis à ta place, n'ai jamais pensé aux scènes auxquelles tu assistais, à ce que tu avais traversé.

Cette fois, je ne me retiens pas et pleure tout mon ressentiment pour lui. Je pleure pour l'amour que je porte à ma mère, qui me manque jour après jour. Je pleure pour le mal que Jim a fait à notre famille. Je pleure parce que je souffre.

— Je suis bousillée depuis six ans, et même depuis bien avant. Je n'ai jamais réussi à me reconstruire après ça, même auprès de ma nouvelle famille aimante, même auprès d'amis proches. J'étais obsédée par toi et par ce que tu as fait, à tel point que j'appelais constamment ta messagerie, te parlant comme si tu allais répondre. Tu le sais ça ? Tout ce que je vis depuis que tu m'as enlevé ma mère ?

— Non, je ne le sais pas. Personne n'a voulu me dire ce que tu étais devenue. On m'a tenu à l'écart de ta vie. Je ne sais même pas ce que tu fais comme études, qui sont tes amis, si tu as un petit copain ou une petite copine, si tu es heureuse.

— Est-ce que tu es seulement intéressé par tout ça ?

— Bien sûr que je le suis.

J'entends sa peine derrière ses mots, mais je n'en ai que faire. Parce que c'est trop tard pour ça.

— Peu importe, je ne t'ai pas appelé pour te raconter ma vie, tu ne le mérites pas.

— Alors, pourquoi as-tu appelé ?

— Pour pouvoir t'oublier une bonne fois pour toutes et réussir à me reconstruire. Parce que j'avais un tas de choses sur le cœur que je voulais te dire et que je ne suis pas capable de t'en dire la moitié.

— Pourquoi ça ?

— Parce que je m'en rends compte que ça ne sert à rien, que tout ce que je peux te dire ne la fera pas revenir. Ne crois pas que tu ne mérites pas ce qui t'arrive, mais je ne pense pas que te cracher à la figure arrange quoi que ce soit. Alors, je vais simplement finir cette discussion avec un adieu. Je ne te recontacterai plus, tu n'entendras plus jamais parler de moi. À partir de maintenant, nous n'existons plus l'un pour l'autre. Je veux passer à autre chose, loin de toi, loin du souvenir de toi. Adieu Jim.

Sans même entendre sa réponse, je raccroche et fonds en larmes.

Quelques jours plus tard, j'apprends que Jim s'est suicidé. Je ne me rappelle plus ce que j'ai ressenti face à cette annonce. Je me rappelle seulement d'un gouffre, ou plutôt d'un puits sans fond dans lequel je m'enfonce. Et puis, ça a recommencé. La gorge en feu, l'impression d'avoir du verre au fond de la trachée, l'incapacité à dire quoi que ce soit.

Je suis rentrée à Portsmouth, mon mutisme de retour. Je me suis couchée dans mon lit, dans le confort de ma chambre, et n'y ai plus bougé, sombrant dans les abysses de la tristesse, de la solitude, du désespoir.

J'y
ai
plongé
profondément.

✽

Alex

Je n'ai pas de nouvelles de Cami pendant plus d'une semaine, jusqu'à ce vendredi où je reçois trois mots.

Il est parti.

Je trouve Rachel après les cours pour avoir plus de précision sur ce message. C'est là qu'elle m'apprend pour son père.

— Où est-elle ? lui demandé-je.
— Elle est rentrée à Portsmouth, chez Jane et Gabi. Elles m'ont dit qu'elle était enfermée dans sa chambre depuis

qu'elle était revenue et qu'elle n'avait pas dit un mot. Tu savais qu'elle n'avait pas parlé pendant presque trois mois après la mort de sa mère ?

Merde.

— Non, elle ne me l'a pas dit.

— J'ai peur que ça recommence. Est-ce que... est-ce que tu pourrais aller là-bas ? Je crois qu'elle a besoin de toi.

— Pourquoi aurait-elle besoin de moi ?

— Tu sais très bien pourquoi. Tu as été plus là pour elle ces derniers mois que moi. Ta présence lui est importante, crois-moi.

Je suis touché par ce que me dit Rachel, mais aussi dubitatif. Est-ce que Cami a réellement besoin de moi dans un moment aussi horrible ? Est-ce vraiment là ma place ?

— Je ne veux pas débarquer comme ça si elle ne veut pas de moi.

— Si elle t'a envoyé ce message, c'est qu'elle a besoin de toi. Je vais prévenir ses mères que tu arrives, elles comprendront.

— OK. Merci, Rachel.

Je prends la route deux heures plus tard, un nœud au ventre et le cœur lourd.

Je n'étais jamais allé à Portsmouth et je n'aurais jamais pensé découvrir la ville dans ces conditions. Je suis bientôt arrivé devant la maison de Cami et sa famille, peu sûr de ce que je fais ici. Est-ce que Rachel a raison ? Je ne suis pas sûr d'être le bienvenu chez elle. Et quand bien même, comment pourrais-je l'aider quand la vie lui porte un nouveau coup ? Je ne suis pas bon pour consoler. Je ne sais même pas quoi lui dire.

Je prends mon courage à deux mains et je toque.

Une jeune femme à la peau brune et aux longs cheveux noirs vient m'ouvrir.

— Alexander ?

— C'est moi, madame.

— Pas de madame entre nous. Appelle-moi Gabi. Je suis contente que tu sois arrivé. Rachel nous a prévenues de ta venue. Je t'en prie, entre.

Je la suis à l'intérieur. Elle me présente à sa femme, Jane, et m'explique la situation.

— Elle mange très peu et elle n'a rien dit depuis lundi dernier. Elle a pleuré dans nos bras en arrivant, puis elle est simplement allée s'enfermer dans sa chambre, m'explique Jane. On ne sait même pas ce qu'elle ressent vraiment.

— Elle a beaucoup d'amertume pour son père, mais ça reste son père. Cette nouvelle l'a chamboulée plus qu'elle ne s'y attendait, je pense, continue Gabi en serrant les mains de Jane par-dessus la table de la cuisine.

— Comment ça s'est passé la première fois ? Je veux dire, lorsqu'elle a cessé de parler. Qu'est-ce qui lui a fait redonner la parole ?

— Il n'y a pas eu d'éléments déclencheurs. Un matin, elle s'est levée et elle nous a simplement saluées d'une petite voix. Elle commençait à prendre ses marques chez nous, je pense que ça l'a aidée à aller mieux. Elle se sentait en sécurité ici, alors elle a juste reparlé. C'est ce dont elle a besoin maintenant, se sentir en sécurité, en confiance.

— Je ne sais pas si je suis le mieux placé pour ça.

Jane et Gabi s'échangent un regard lourd de sens avant de s'intéresser à nouveau à moi.

— Écoute, Alexander, nous ne te connaissons pas, mais nous savons que tu fais du bien à notre fille.
— Même si la première fois qu'elle nous a parlé de toi, elle t'a traité d'enfoiré, précise alors Gabi, ce qui me fait rire.
— Oui, c'est vrai, mais ce n'était pas méchant, promis, reprend Jane. Tout ça pour dire, que tu n'as pas besoin de grand discours ou de grands gestes pour l'aider. Sois juste là pour elle, comme tu peux l'être déjà. Je suis sûre que les choses se feront simplement après. Montre-lui qu'elle peut te faire confiance.
— Je peux aller la voir ?
— Bien sûr.

Cami est couchée dans son lit, dos à la porte lorsque je l'entrebâille et appelle son nom. Elle tremble et je comprends qu'elle pleure. Je m'approche du lit, m'assois dessus, gardant une distance avec elle. Je ne veux pas la brusquer. Finalement, c'est elle qui fait le premier pas en se tournant vers moi et en tendant sa main. Dans l'obscurité de sa chambre, je peux voir qu'elle a l'air fatigué. Je lui prends la main, la porte à mes lèvres pour l'embrasser et la serre. *Je suis là*. Notre code secret.

Je me couche à côté d'elle et lui caresse les cheveux dans un geste délicat, le cœur battant à mille à l'heure.
— Tu n'es pas seule, lui rappellé-je. Je suis là. Blue, je...
— Ne pars pas.

Ces mots s'échappent de ses lèvres dans un souffle. Je suis soulagé en l'entendant. Elle a choisi de reparler, *avec moi*.
— Je ne partirai nulle part. Est-ce que... ça va ?
— Je ne sais pas.

Sa voix n'est qu'un murmure.

— Tu sais, tu as le droit d'avoir de la peine. Ou de le détester. Tu as le droit de ressentir ce que tu veux. Ne te sens pas coupable pour ça.

— J'ai du mal à démêler mes sentiments, avoue-t-elle tout bas. Il l'a tuée, et maintenant il est parti aussi. Et je me sens triste. Et soulagée. Et en colère. Et j'ai mal au cœur. Tout ça à la fois.

— Et c'est OK. Tu as juste besoin de temps pour accepter tes propres émotions.

— Le temps n'a jamais été de mon côté. Des années que je me bats pour guérir de la perte de ma mère, et quand j'arrive à enfin être sur la bonne voie, voilà que je perds mon père. Combien de temps il faudra encore pour que je sois totalement guérie ? Je... je veux juste que tout aille bien.

Elle se remet à pleurer et j'entends mon cœur se briser.

— Je sais, Blue. Et tout ira mieux, je te le promets.

— Tu seras là, à ce moment-là ?

— Oui. Si tu veux de moi.

— Je veux de toi, Alexander Cliché Evans.

Je ferme les yeux, peinant à ne pas tomber amoureux un peu plus de cette fille.

Quelques minutes plus tard, elle s'endort en se lovant contre moi.

29
Cami

Je suis rentrée à Southampton il y a quelques semaines maintenant.

Pendant tout ce temps, Alex ne m'a pas lâchée une seconde. J'avais besoin de lui et il était là pour moi. Il a été une épaule solide sur laquelle me reposer après la mort de mon père.

J'évite au maximum le sujet car je n'arrive pas encore à démêler mes pensées et émotions à ce propos. Est-ce que ne pas en parler signifie que j'ai dépassé cet événement ? Ou est-ce que j'enfouis simplement tout au fond de moi, comme je l'ai trop souvent fait ? Peu importe, car aujourd'hui, ça va. Je vais bien et ça grâce, en partie, à Alex.

Ce dernier m'a attendue à la sortie des cours un soir de la semaine et m'a proposé d'aller dîner, en me tendant le billet de 20£. J'ai du mal à imaginer que nous avons vécu cette même scène il y a plus de deux mois. Sauf que, cette fois, j'ai accepté.

Je me regarde dans le miroir, inspectant mon allure pour cette soirée. Je porte une tenue dans laquelle je me sens confiante : un tee-shirt noir tout simple que je recouvre d'une robe blanche *babydoll* sans manches, des collants opaques, mes Converses chéries et mon rouge à lèvres favori. J'ai passé ma veste en jean par-dessus, en espérant ne pas avoir trop froid. Je m'inspecte une dernière fois dans la glace quand mon portable sonne, m'annonçant qu'Alex m'attend en bas de l'immeuble.

Je descends en vitesse et m'installe sur le siège passager de Guy.

— Prête ?

J'acquiesce en silence et nous prenons la route.

Nous roulons un moment, si bien que nous finissons par quitter Southampton. Nous parlons peu durant le trajet, les non-dits flottant silencieusement autour de nous.

— Tu as l'air soucieuse, fait soudain remarquer Alexander alors que nous nous garons finalement sur le parking d'un petit restaurant français.

— Je suis un peu nerveuse, reconnais-je.

— Je ne vais pas te manger, Blue.

— Je sais. Ce n'est pas ce qui m'inquiète.

— Alors, qu'est-ce qui t'inquiète ?

Mon cœur et ce qu'il ressent.

J'en suis sûre désormais:
                il ne bat que pour Alexander.
                        Et je suis prête à le lui avouer.

Voilà pourquoi je suis nerveuse.

— Rien de particulier, mens-je. On y va ?

Décidément, Alex sait choisir des restaurants avec beaucoup de cachet. La Roseraie nous accueille avec sa lumière tamisée, son mur recouvert de fleurs et sa petite scène sur laquelle se produit un groupe de musiciens. Nous nous installons près de la scène, appréciant leur reprise de *Style* de Taylor Swift.

Nous dînons en discutant simplement, mais il y a une étincelle à ce moment-là qui me pousse à croire que cette soirée ne sera pas comme les autres.

À la fin de leur *set list*, le groupe de musique demande au public s'il souhaiterait une chanson en particulier. Je suis surprise lorsque Alex demande « n'importe quelle chanson de Shawn Mendes ».

— Tu danses ? demande-t-il alors que le groupe reprend *Perfectly Wrong*.

Contrairement à la soirée d'Halloween où j'ai refusé un *slow*, cette fois je n'hésite pas et me retrouve rapidement dans les bras d'Alex, en train de bouger lentement sur cette chanson que j'aime follement. Je m'arrête sur les paroles en me disant à quel point elles font écho à ce que je pensais d'Alex au début de notre relation. Aujourd'hui, elles sont à l'opposé de ce que nous sommes devenus. Parce que lui et moi, c'est parfaitement bon.

Pendant que nous dansons, Alex me dévore des yeux et je me sens toute chose.

— Tu es belle.

Ce n'est pas la première fois qu'il me le dit, pourtant je ne peux m'empêcher d'éprouver une chaleur au creux du ventre en entendant à nouveau ces mots.

— Ne dis pas ça.
— Pourquoi ? Tu penses que c'est faux ?
— Je... Je ne sais pas.
— Je te dirai que tu es belle en toutes les langues du monde si je le pouvais. Et je ne cesserai de te le répéter jusqu'à ce que tu y croies.

Mon cœur martèle ma poitrine. Je détourne le regard, submergée par mes sentiments.

— Blue ?

— Oui.

Je plonge mes yeux dans les siens. L'amour que j'y lis me conforte dans le fait que je ne me trompe pas sur Alex. Malgré ce qu'il a fait, malgré tous les doutes qui m'ont envahi à la seconde où je l'ai rencontré, je sais aujourd'hui que c'est *lui*.

— Je ne renoncerai pas à toi, me dit-il.

J'ai le souffle coupé, le corps tremblant. Je suis folle de lui...

— Je ne renoncerai pas à *nous*. Surtout pas après avoir cru t'avoir perdue.

Blue, je craque complètement sur toi depuis ce jour où tu m'as remballé sous cet abribus. Et même avant ça, à la soirée de pré-rentrée, après notre conversation où j'ai été un piètre dragueur. Depuis ce jour, je pense à toi, à combien j'ai envie d'être avec toi et à t'offrir entièrement mon cœur. Il est tout à toi, Camryn. Tu es toi, tu es belle et je suis fou amoureux.

Je contemple ce garçon sur lequel je me suis lourdement trompée. Ce garçon beau, attentionné, drôle, brillant, cultivé. Ce garçon qui s'est ouvert à moi bien que je n'ai cessé de le repousser. Ce garçon dont je suis tombée amoureuse sans pouvoir m'en empêcher. Il me veut, et il est clair que je le veux aussi.

La tendresse de son regard gris finit de me faire chavirer. Je me mets sur la pointe des pieds.

Je lui murmure :

« Embrasse-moi. »

Ce qu'il fait.

Nos lèvres se rejoignent dans une parfaite harmonie. Nos langues se trouvent, se taquinent. Je passe une main hésitante sur sa nuque pour rapprocher davantage son visage du mien. Ce baiser est fort, passionné. Je peux sentir le cœur d'Alex battre à vive allure sous son tee-shirt, en accord avec le mien. Nos respirations s'intensifient à mesure que nos lèvres deviennent plus pressantes l'une contre l'autre et nos langues plus joueuses. C'est si bon que je sens une chaleur m'envahir. C'est une sensation enivrante et j'en redemande encore.

Mes sentiments que j'ai refoulés, repoussés par crainte, s'expriment enfin dans ce baiser. Je manque de mots alors j'espère transmettre tout ce que je ressens pour Alex au travers de mes lèvres, ma langue et mon corps pressé contre le sien.

À bout de souffle, nous nous écartons finalement. Le rouge lui est monté aux joues et je peux lire le désir dans son regard.

Et bordel...

❊

Alex

Bordel !
Et c'est lorsqu'elle me dit cette phrase que mon cœur finit par exploser complètement :
— Je suis amoureuse de toi, Alexander.

30
Alex

Ce soir-là, j'ai rencontré une fille.

Elle s'est approchée du groupe aux côtés d'Emi et de deux autres filles. J'en avais moi-même une à mes côtés, le bras enroulé autour de ses épaules, mon corps serré contre le sien. Je savais de quoi j'avais l'air actuellement, avec cette fille à mon bras, mais concrètement, je m'en fichais.

Cami, la fille du café. Je l'ai contemplée un instant. Elle n'était pas très grande, certainement moins d'un mètre soixante-cinq. Ses cheveux blonds étaient attachés en une queue-de-cheval avec un nœud. Elle ne semblait pas porter de maquillage, excepté ce rouge à lèvres rouge qui me faisait tourner la tête. Elle avait une tenue simple : tee-shirt blanc et robe noire. La première chose qui m'a traversé l'esprit en revoyant cette fille c'était : « elle est magnifique ».

Après notre discussion où je lui ai cité des auteurs français et me suis clairement fait rembarrer, elle m'a planté, s'est dirigée vers ses copines et les a entraînées en moins de deux vers la piste de danse. Elle s'est déhanchée en rythme avec la musique, les bras levés au-dessus de sa tête, les yeux fermés. Elle bougeait comme si personne ne la regardait. Pourtant, j'étais là, à la dévorer du regard.

J'ai été attiré par un tas de filles, mais ce que je ressentais en regardant Blue était quelque chose de nouveau. C'était électrisant. Intense. J'avais une chaleur qui se répandait dans mon ventre. Qu'est-ce que cette fille était en train de me faire ? Elle m'hypnotisait.
Ce soir-là, j'ai rencontré une fille. Et j'en suis tombé amoureux.

❀

Les élèves de l'option art ont organisé une soirée pour présenter leurs différentes créations du premier trimestre. Le thème : soirée fluo. Le *dress code* : haut blanc obligatoire.

J'enfile donc un tee-shirt blanc tout simple et un jean et pars en direction du lieu de la soirée. Il y a déjà foule devant le bâtiment. Chacun passe entre les mains d'élèves à l'entrée pour se faire recouvrir de peinture fluorescente. Quand mon tour arrive, une fille de troisième année du nom de Nina, que je reconnais pour avoir couché avec elle, asperge mon tee-shirt de peinture turquoise avant de peindre des spirales de toutes les couleurs sur mon visage. La sensation est désagréable, mais le résultat est plutôt satisfaisant.

Après lui avoir souhaité une bonne soirée, je m'engouffre à l'intérieur et découvre les installations des élèves. Plusieurs grandes sculptures sont placées au milieu du hall, illuminées par la lumière des néons placés tout autour de la salle, qui font ressortir la peinture sur les visages des invités. De la musique pop se diffuse dans toute la pièce, donnant une atmosphère électrique à la soirée. Je suis impressionné du travail des élèves et prends le temps d'admirer leurs œuvres, tout en sirotant un verre de bière. Un instant, je m'imagine à leur place, exposant mes peintures à la vue de tous. Qu'est-ce qu'ils en penseraient ? Est-ce que j'ai assez de talent pour faire partie de cette option ? À en croire Cami, c'est le cas. Je ne suis même pas sûr d'être capable de dévoiler cette part de moi que peu de gens connaissent. Alors je reste enfermé dans mon secret, préférant admirer les œuvres des autres.

Au milieu de la foule, je retrouve la bande qui discute et boit en observant une œuvre faite en papier mâché.

— Alex ! s'exclame Emi en se jetant dans mes bras, visiblement éméchée. Tu as vu comment cette soirée est cool !

— Je vois ça.

Chacun me salue et replonge dans sa discussion. Tous, sauf elle. Blue.

— Salut, étranger, déclare-t-elle en s'approchant de moi.

— Salut, Blue. Comment tu vas ?

— Ça va. J'ai appelé une psy ce matin pour prendre rendez-vous. Je la vois le mois prochain.

— C'est cool ça.

Après en avoir discuté longuement avec ses mères, Cami a décidé de retourner voir un psy. Ce n'était pas une décision facile pour elle, surtout après avoir eu une première expérience peu concluante, mais elle a convenu que c'était la meilleure chose à faire. Elle a besoin de parler de son histoire.

— Je peux t'y conduire, si tu veux.

— Je veux bien, oui. Merci, Alex, dit-elle en esquissant un sourire reconnaissant.

Notre baiser de la veille me trotte dans la tête. Je ne sais pas exactement ce qu'il signifie pour nous, mais une chose est sûre : j'ai envie de recommencer. Ce baiser était magique, putain. Je ne pourrai jamais me lasser des lèvres de Cami sur les miennes tant la sensation était enivrante. Mais je ne vais pas l'embrasser, pas comme ça, devant tout le monde, alors que j'ignore ce qu'elle souhaite.

Comme si elle avait lu dans mes pensées, elle me prend la main et m'entraîne vers un groupe de personnes qui attendent devant une porte close. « La salle aux miroirs », indique une pancarte accrochée à ladite porte. Nous attendons notre tour et finissons par entrer dans la pièce mystérieuse. Il s'agit d'une petite salle vide où les murs sont recouverts de miroirs et où un spot au plafond renvoie des lumières colorées sur les vitres. De la musique passe ici aussi, *Desire* de Years & Years, mais c'est le seul bruit à ce moment-là.

Dès que nous nous retrouvons seuls au milieu de cette salle insonorisée, nous nous embrassons. Putain, ce que c'est bon. Nos corps imbriqués se reflètent en un millier de reflets sur les miroirs, donnant à ce moment un aspect mystique. Nous sommes en parfaite harmonie. Ce baiser est tout aussi fort que celui de la veille. Il est à la fois doux et puissant. Il représente aussi beaucoup car il signifie que le premier n'était pas une erreur. Qu'elle, comme moi, en avions envie et qu'il marque le début d'un *nous*.

Avides l'un de l'autre, nous ne nous détachons que lorsque nous prenons conscience qu'un tas de personnes attendent leur tour de l'autre côté de la porte. Nous sortons finalement et retrouvons la bande, silencieux sur ce qui vient de se passer. Personne ne semble remarquer l'attirance qui nous anime, pourtant les regards que nous nous lançons ne trompent pas. Seule Rachel a l'air de comprendre la situation, mais ne fait pas la moindre remarque.

Nous passons le reste de la soirée à boire et à contempler les œuvres exposées. Un moment, alors que je me trouve un peu à l'écart du groupe, je suis rejoint par Nina.

— Alors, ça te plaît ? me demande-t-elle.
— C'est un super travail que vous avez fait.
— Merci. C'est vrai qu'on y a mis du cœur.
— Ça se ressent. Chaque pièce est très travaillée, et on sent qu'elles ont chacune un sens au sein de l'exposition. Comme si chacune était une pièce d'un puzzle, ou un bout du fil conducteur. Elles sont toutes différentes, mais elles se complètent.
— C'est tout à fait ça. Dis donc, je suis impressionnée, Alex.

Je me tourne vers elle, les sourcils froncés.
— Par quoi ?
— Par ton analyse. Ce n'est pas donné à tout le monde de comprendre le message d'un artiste. Et oui, chaque œuvre représente une partie de l'œuvre complète qu'est l'exposition. C'est bien vu.
— Quand l'art est maîtrisé, ce n'est pas difficile pour le spectateur d'en comprendre le sens.
— Au contraire, rétorque-t-elle, c'est plus compliqué que tu ne le crois. Il faut soi-même avoir un certain œil artistique pour y parvenir. Et, honnêtement, je ne pensais pas que tu l'avais.
— Ce n'est pas le cas.
— Vraiment ? Je dois me tromper alors.
— Oui probablement.

Nous gardons le silence un instant, nous contentant d'observer le tableau face à nous. Pourtant, je sens que la conversation n'est pas terminée.

Nina me quitte, mais revient à peine quelques secondes plus tard en me tendant un flyer.
— Qu'est-ce que c'est ?

— Tout ce que tu as à savoir sur l'option Art. Les cours, le planning, comment s'inscrire... C'est une option qui peut compter jusqu'à 50% de tes résultats finaux si tu le souhaites et, après une année complète dans cette option, tu peux te réorienter en études d'art, ou d'histoire de l'art, sans retourner à la case départ.

— Pourquoi tu me donnes ça ?

— Parce qu'une artiste sait en reconnaître un quand elle le voit et que je peux jurer qu'il y a une part de ça en toi. Et ne me dis pas que je me trompe, je ne te croirais pas.

J'observe cette fille, à qui je n'ai pas parlé depuis des mois, m'offrir ce que j'ai toujours souhaité sur un plateau. Alors, pourquoi j'hésite autant ? Ce foutu syndrome de l'imposteur ne me laissera donc jamais ?

Je balaie le hall du regard, passant mes yeux sur chaque œuvre et sur chaque spectateur qui les admire. Puis, je la vois, elle, la première qui a su voir mon potentiel, qui a saisi ce qui me passionnait réellement. Du bout de la pièce, Cami hoche subtilement la tête, comme si elle avait compris.

Je me tourne de nouveau vers Nina et la délaisse de son flyer.

— Tu fais le bon choix, Alex.

Et sur ce, elle me plante là, un bout de mon choix d'avenir entre mes mains.

31
Cami

Je me sens toute chose après notre arrêt dans la salle des miroirs. Mes joues sont en feu et la chaleur que j'ai au creux du ventre ne veut pas disparaître. Le souvenir des lèvres d'Alex sur les miennes n'aide véritablement pas. J'ai besoin de m'éloigner d'Alex avant d'imploser. Mais à chaque fois, mon regard revient vers lui. Je ne peux pas m'en empêcher. Il agit comme un aimant sur moi. Et même avant que je ne développe de sentiments pour lui, nous étions irrémédiablement attirés l'un par l'autre. Je ne voulais seulement pas le reconnaître à ce moment-là.

Je le retrouve finalement, incapable de rester éloignée plus longtemps, surtout après ces baisers qui me font tourner la tête.

— Salut, Blue.
— Salut. Qu'est-ce que tu tiens ? l'interrogé-je en montrant le papier dans sa main.
— Un flyer sur l'option Art.
— Vraiment ? C'est super que tu t'y intéresses, Alex.
— C'est un premier pas, on va dire.

L'appréhension dans sa voix ne trompe personne. Alex doute de lui-même et de son talent. Accepter de pouvoir intégrer un programme d'Art est une grande étape pour lui.

— Tu sais que tu y as ta place, n'est-ce pas ? Je n'ai vu qu'une partie de ce que tu peux faire et rien que ça était déjà sublime.

— Tu dis ça parce que tu es amoureuse de moi, déclare-t-il, moqueur.

Je ne peux m'empêcher de sourire à sa remarque.

— Je n'étais définitivement pas amoureuse de toi au moment où tu m'as offert ce dessin. Et je trouve que tu t'amuses un peu trop de mes sentiments.

— Il faut bien, j'ai attendu tellement de temps avant que tu te les avoues. Et que tu me les avoues.

— Tu ne les avais pas mérités, plaisanté-je.

— *Outch*, les mots blessent, Blue ! plaisante-t-il en feignant d'avoir reçu une balle au cœur.

Je ris.

— Tu ne vas donc jamais arrêter de me taquiner ?

— Jamais ! répond-il joyeusement. Et maintenant que nous sommes officiellement ensemble, j'aurais d'autant plus l'occasion de le faire.

— Nous sommes officiellement ensemble, alors ?

— Oui ? Enfin, je pensais, mais comme tu poses la question...

Je lui prends la main, le coupant dans son élan.

— Évidemment que nous sommes ensemble, crétin. Tu vois, moi aussi je peux te taquiner.

Si nous n'étions pas au milieu d'une foule d'étudiants, je l'embrasserais à nouveau. Non pas que je veuille garder cette relation cachée, mais je n'ai pas encore parlé de mes sentiments à Lily et je ne souhaite pas qu'elle l'apprenne de cette façon. Je sais bien qu'elle est passée à autre chose, mais il a été son premier *crush* ici, et j'ai peur que la situation lui déplaise. Je lui parlerai le moment venu. Pour l'instant, je veux simplement profiter de cette toute nouvelle relation. Que ce soit seulement lui et moi.

— Qu'est-ce que nous faisons maintenant, mademoiselle Blue ?
— Ça te dit qu'on s'échappe discrètement d'ici ?
— J'ai cru que tu ne le demanderais jamais.

Une course effrénée sur le campus et deux smoothies engloutis plus tard, nous nous retrouvons dans mon appartement. Posé sur mon lit, Alex est en train de peindre sur ma guitare. Il a trouvé quelques pinceaux et tubes de peinture qui traînaient dans un tiroir de mon bureau et s'est proposé de personnaliser mon instrument. Je ne pensais pas que ce cadeau de Jane et Gabi pouvait être plus précieux, et voilà qu'Alex appose son art dessus.

Je suis assise sur le sol, mon ukulélé dans les mains, tentant d'apprendre une nouvelle musique en regardant un tuto sur YouTube. J'observe de temps en temps Alex à la dérobée, appréciant cet instant simple entre nous. Nous échangeons quelques mots de temps en temps, mais le silence qui domine est rassurant, apaisant.

Je me plais à le regarder peindre. Ses doigts dansent sur le dessus de l'instrument, chaque geste est maîtrisé. Il peut le nier autant qu'il le veut, Alex est un vrai artiste. Cela se voit dans sa façon de peindre, si naturelle qu'elle en paraît presque facile. Concentré sur son travail, il ne remarque pas quand je le prends en photo. Je détaille ce portrait de lui, presque enfantin. Il semble si tranquille en peignant.

Je continue de l'observer, hypnotisée par son corps qui se meut en fonction des mouvements de son pinceau. Finalement, il sent mon regard sur lui et lève la tête.

— Qu'est-ce qu'il y a ?
— Rien, je te regardais peindre.
— Et tu aimes ce que tu vois ? dit-il d'une voix charmeuse.

Il pose son matériel et lève les bras pour montrer ses biceps, dans un geste qui me fait penser à Gaston de *La Belle et la Bête*. Je pouffe.

— J'aimais, jusqu'à ce que tu ouvres la bouche, le taquiné-je.
— Waw, quelle répartie, Blue !
— Tu vas continuer de m'appeler « Blue » longtemps ?
— J'ai un peu pris l'habitude de t'appeler comme ça, alors...
— Je crois que ça me plaît.
— Vraiment ?

Je hoche la tête.

— D'une certaine façon, ça me fait me sentir plus proche de mes mè...

Le mot ne veut pas sortir. J'ai la gorge serrée, le ventre noué. Pourquoi est-ce si dur ?

— Tu as toujours du mal à les appeler comme ça ?
— Oui...
— Je peux te demander pourquoi ?

Je hausse les épaules.

— J'ai l'impression de trahir ma mère biologique, d'une certaine façon.

— Elle est ta mère, elle le restera toujours. Que tu les appelles ainsi n'y changera rien.

— Je sais. Mais je n'y arrive pas.

— Ça viendra. Gabi et Jane savent que tu les considères comme telles. Que tu utilises le mot ne change rien pour elles.

— Tu crois ?

— Bien sûr. Je ne les ai rencontrées qu'une seule fois, mais j'ai pu voir tout l'amour qu'elles te portent.

— J'ai de la chance de les avoir.

Je suis tellement heureuse d'avoir ces deux femmes dans ma vie. Sans elles, je ne sais pas où j'en serais aujourd'hui. Elles m'ont énormément aidée durant toutes ces années et je ne pourrai jamais assez les remercier pour ça.

— Je confirme. Eh ?

— Hm ?

— Tu veux voir ta nouvelle guitare ?

Je m'installe sur le lit à côté de lui et prends la guitare sur mes genoux. Le bois est maintenant recouvert d'une reproduction de l'affiche de *Your Name*, avec les deux personnages au premier plan et le flux de la météorite coloré au-dessus. Alex a habillé le tout d'un ciel violet étoilé en fond et de nuages de la même couleur, une teinte plus foncée.

— Alex, c'est sublime.

— Je suis content que ça te plaise.

— Merci, dis-je finalement en l'embrassant.

— Maintenant, à toi de me montrer ton talent. Tu peux me jouer quelque chose ?

— Si tu veux. Pour rester dans le thème...

Je place correctement la guitare sur mes jambes et entame ma chanson préférée du film.

Alex m'écoute silencieusement. Je sens mon cœur battre dans ma poitrine alors qu'il ne me lâche pas du regard. Et tout ce que je peux y lire va au-delà des mots.
Une putain d'évidence.

32
Cami

Mon père avait raison quand il disait que c'était « seulement nous trois ». Je n'avais ni oncle ni tante, mes grands-parents paternels étaient décédés avant ma naissance, et les parents de ma mère... Eh bien, ils l'avait rejetée quand elle s'était mise avec mon père, soi-disant parce qu'il n'était pas digne d'elle. Finalement, ils n'avaient peut-être pas tort. Ils avaient coupé tout contact avec elle et n'avaient jamais essayé de connaître leur unique petite-fille.

Je ne les avais jamais rencontrés. Ça ne m'avait donc pas surprise qu'ils refusent de m'accueillir chez eux lorsque je m'étais retrouvée seule. Qui voudrait accueillir une inconnue sous son toit ? Surtout la fille de l'assassin de son propre enfant.

Je les ai vus pour la première et dernière fois à l'enterrement de ma mère. Je les ai regardés pleurer leur fille qu'ils avaient écartée de leur vie quinze ans plus tôt. J'en ai eu mal au ventre.

Ils m'ont observée ce jour-là, mais j'ignorais ce qu'ils ont vu en moi. Une part d'elle ? Ou alors n'ont-ils vu que mon père ? Dans tous les cas, ils n'ont pas pris la peine de venir me rencontrer, encore moins de me parler. Ces gens n'avaient jamais fait partie de ma vie et cela n'allait pas commencer maintenant.

Je me suis détournée d'eux et ai simplement regardé Jane. Cette femme que je connaissais à peine et qui m'avait aidée, sauvée. Cette femme pour qui je portais une gratitude et un respect immense.

Ce jour-là, j'ai appris que les liens du sang ne faisaient pas tout, bien au contraire. Une famille n'était pas forcément celle dans laquelle nous naissions, mais celle dans laquelle notre cœur se sentait à l'abri. C'était ce que j'avais ressenti en rencontrant Jane et Gabi.

Et c'était que je ressentais à nouveau au creux des bras de celui dont j'étais follement amoureuse. Parce qu'avec Alex, je me sentais chez moi.

Ça fait maintenant deux semaines qu'Alex et moi sommes ensemble, et je dois dire que tout est parfait. J'ai l'impression de vivre dans une comédie romantique, le moment où tout n'est que cœurs roses et ours en peluche. Je suis devenue une version niaise de moi-même, mais je dois reconnaître que j'adore ça. J'ai ce sentiment de confort et de sécurité auprès de lui. Il est ma *safe place*.

Je suis justement en train de l'observer de loin, en sirotant mon verre de bière, tout en captant quelques bribes de ce qu'est en train de me dire Jamie. Nous sommes vendredi soir et les colocs ont décidé de faire une soirée tous ensemble pour fêter la nouvelle année. Assis sur un des canapés, Jamie et moi avons entamé une conversation autour de nos auteurs contemporains préférés, mais j'ai été vite distraite par l'homme qui me fait face. Dans son tee-shirt noir fin et son jean serré, je le trouve particulièrement beau. Je mentirais si je disais que je ne l'avais jamais trouvé attirant, mais aujourd'hui je peux enfin reconnaître que Rachel et

Lily avaient raison à cette soirée de pré-rentrée : Alex est canon. Et, en plus, il est à moi.

— Allô, Camryn, ici votre fidèle ami, Jameson. Tu peux arrêter de dévorer du regard mon meilleur ami, ça devient gênant.

Je tourne brusquement la tête vers Jamie, me sentant instantanément rougir.

— Désolée, Jay.

— T'inquiète, je comprends ce que ça fait d'être amoureux.

Jamie est la seule personne de la bande à être au courant pour Alex et moi. Je ne veux pas ébruiter l'information avant d'en avoir personnellement parlé avec Lily. Je sais que cette situation pèse sur Alex, même s'il m'assure du contraire et se montre patient avec moi. Je me promets d'en parler prochainement avec ma meilleure amie, mais en attendant j'apprécie les moments où seuls lui et moi savons ce qui nous lie.

Enfin, lui, moi et Jamie. Alex l'a mis au courant rapidement, après m'avoir demandé si cela ne me gênait pas. Je suis contente que le meilleur ami d'Alex soit dans la confidence, surtout que j'apprécie énormément Jamie. Je sais que je peux compter sur lui si je veux me confier à propos de ma relation naissante avec Alex.

— Comment ça se passe entre vous ? me demande-t-il justement.

— Ça se passe bien. *Vraiment* bien.

— Tu vois, je t'avais dit que tu finirais par le voir tel qu'il est vraiment.

— Oui, même si j'ai mis un peu de temps pour ça.

— Tu regrettes de l'avoir autant repoussé ?

Je m'interroge un moment sur la question. Puis je secoue la tête.

— Non, parce que je n'étais pas prête à intégrer qui que ce soit à ma vie, du moins pas de la façon qu'il souhaitait. Et puis, j'avais besoin d'éclaircir des choses dans mon esprit et mon cœur avant d'entamer quoi que ce soit avec lui.

— Ouais, je sais. Mais aujourd'hui, tout va bien, non ?

— Tout va bien, lui confirmé-je.

J'ai finalement raconté mon histoire au reste de la bande. Ils ont ainsi compris pourquoi j'avais tant peur d'être touchée. Chacun a réagi à sa manière. Cillian en restant silencieux, Jamie en se montrant compréhensif, Jasmine en me disant à quel point je suis forte, et Emi en me prenant la main dans un geste affectueux.

Depuis cet aveu, je me sens infiniment libérée. Je ne sursaute plus quand quelqu'un de la bande pose une main sur mon épaule et j'accepte même les accolades d'Emi lorsqu'elle m'en offre. Parler m'a fortement aidée dans cette nouvelle optique de vie, mais également la présence d'Alex. J'ai cédé toutes mes barrières avec lui, tout simplement parce que je m'en sentais capable. La confiance que j'avais en lui s'est accrue depuis que nous sommes officiellement ensemble. Aujourd'hui, je suis même prête à aller plus loin avec lui. Je ne le lui ai pas dit car cela est encore nouveau pour moi, mais je sais que je passerai le pas avec lui.

Je suis de nouveau attirée par Alex, en grande conversation à l'autre bout du salon avec Jasmine. Cette fois, il remarque que je l'observe et s'arrête un moment sur moi. Il continue de discuter sans me lâcher de ses yeux gris qui parlent d'eux-mêmes. Je connaissais les sentiments d'Alex mais je les ressens d'autant plus à présent. Ils sont profonds, purs, et je me sens chanceuse qu'ils soient pour moi.

Je me détache d'Alex quand Jamie et moi sommes rejoints par Cillian et Lily qui s'assoient sur des poufs en face de nous.

— Salut, vous deux, déclaré-je en trinquant avec eux.

— Hey, me salue à son tour Cillian. Bon, Camryn, j'ai une question de la plus haute importance à te poser.

— Ça m'a l'air très sérieux tout ça, fais-je remarquer en riant. Qu'est-ce qu'il se passe ?

— Je ne te l'avais pas proposé jusque-là parce qu'avec ta peur d'être touchée, j'imaginais que ça allait être compliqué, mais puisque j'ai l'impression que ça va mieux...

— C'est le cas, affirmé-je.

— Eh bien, j'espérais que tu accepterais de tourner dans mon court métrage.

— Ah oui, Lily m'en a parlé. C'est pour ton projet de fin d'année, c'est ça ?

— Exactement. Tout le monde a déjà accepté de participer, même si certains ont accepté d'être seulement dans l'équipe technique.

Il indique Alex d'un mouvement de tête.

— Du coup, il ne manque plus que ta réponse.

Je lis l'espoir sur le visage de Cillian et je ne peux m'empêcher de me sentir coupable lorsque je réponds :

— Je suis désolée, Cillian, mais je suis vraiment très mauvaise comédienne. Je ne voudrais pas gâcher ton projet avec mes piètres talents d'actrice.

— Oh non, je suis sûr que tu te sous-estimes totalement.

— Je t'assure que non. Tu peux demander à Lily. On a joué dans un film amateur au lycée.

Je me tourne vers cette dernière qui confirme d'un hochement de tête.

— C'était un remake d'*Hunger Games*, explique Lily. C'est vrai que tu n'étais pas à l'aise devant la caméra, mais ça ne veut pas dire que tu étais mauvaise.

— J'avais une ligne à dire avant que mon personnage ne soit tué et je n'ai jamais réussi à la jouer correctement. Tu sais très bien que je suis une catastrophe, Lily.

— Mais peut-être que tu y arriveras mieux si tu es dirigé par un meilleur réalisateur, rétorque-t-elle en posant une main sur l'épaule de Cillian.

Le regard complice qu'ils échangent ensuite me confirme qu'entre eux, quelque chose de fort est en train de se construire. Je ne crois pas qu'ils aient sauté le pas du premier baiser, mais il est évident que celui-ci ne devrait plus tarder.

— Je peux toujours essayer, mais je ne te promets rien, finis-je par céder.

Cillian semble ravi de ma réponse.

— Cool, merci Cami !

Sur ce, les deux tourtereaux repartent s'isoler loin de nous.

— Tu crois qu'ils vont mettre combien de temps avant de se rendre compte qu'ils sont fous l'un de l'autre ? demande Jamie en observant Cillian et Lily de loin. J'espère que ce ne sera pas aussi long que toi avec tes sentiments pour Alex, sinon on n'a pas fini...

Je lui donne un coup dans l'épaule tandis qu'il s'esclaffe.

— Eh ! j'avais besoin de temps, je te rappelle. Ce n'est pas sympa de rire de moi comme ça.

— Oh si, j'ai le droit, parce que j'ai supporté les plaintes lancinantes d'Alex pendant des mois. *Oh Jay, pourquoi elle ne m'aime pas ? Pourtant je suis le garçon le plus gentil et le plus incroyable qui existe. Elle devrait avoir les yeux pleins d'étoiles et l'estomac rempli de papillons en me voyant. Mais elle ne fait que me repousser. Je suis siiii malheureux.*

— Je n'ai jamais dit ça, intervient la voix rauque d'Alex qui vient de se planter devant nous. En plus, tu m'imites très mal.

Mon visage s'éclaire dès que je le vois.

— À peu de choses près, si, affirme Jamie qui laisse une place entre lui et moi pour accueillir Alex.

— J'avais l'air si désespéré que ça ?

— Mec, tu n'imagines pas.

La moue qu'affiche ensuite Alex me fait rire, si bien que je décide de continuer de le titiller.

— Tu avais l'air désespéré avec moi, alors tu devais l'être aussi en te plaignant auprès de Jamie.

— Je n'étais *pas* désespéré.

Jamie et moi nous regardons avant de nous marrer.

— Un peu, continue Jay.

— J'étais *amoureux*.

À chaque fois que ce mot traverse ses lèvres, mon cœur fait un bond dans ma poitrine. Je l'ai tant redouté, mais aujourd'hui je fonds dès qu'il le prononce.

— L'un peut aller avec l'autre.

— En tant que meilleur ami, t'es censé me soutenir et m'encenser auprès de ma petite amie, pas te moquer de moi.

« Petite amie ». Encore des mots qui me font tant d'effet.

— Je pense que je lui ai dit assez de bien de toi pendant quatre mois.

— Je confirme, réponds-je en cognant mon verre contre celui de Jamie. Tu as de la chance de l'avoir.

— Ouais, je sais, reconnaît Alex en entourant les épaules de son meilleur ami.

Ce ne sont pas des paroles en l'air. Je pense vraiment qu'Alex est chanceux d'avoir Jamie dans sa vie. Tout comme je peux l'être d'avoir Rachel et Lily près de moi. Je regarde ces dernières du coin de l'œil, l'une en train de discuter avec Emi, l'autre rigolant avec Cillian.

Même en ignorant tout de mon passé, elles ont toujours été là pour moi, dans les moments où je n'étais pas bien, où je doutais de tout. Elles ont toujours vu que quelque chose n'allait pas chez moi, mais elles ne m'ont jamais poussé à leur avouer ce qui me tracassait. Elles ont été patientes avec moi. Et aujourd'hui, je me dois d'être entièrement sincère avec elles, parce que je n'en peux plus de me cacher auprès de mes meilleures amies. Parce qu'elles le méritent.

33
Cami

Cela faisait plus de six mois que Jane et Gabi m'avaient recueillie chez elles. J'avais découvert très vite toute la bienveillance que portaient ces femmes. Je leur faisais pleinement confiance. et je savais que je pouvais parler de tout avec elles. C'est pourquoi je me sentais enfin prête à poser une question qui me trottait dans la tête depuis ma première rencontre avec Jane.

J'ai trouvé cette dernière dans la cuisine. Je me suis installée à table alors qu'elle était en train de pâtisser.

— Qu'est-ce que tu fais ? l'ai-je interrogée.
— Des cookies. Je sais que tu aimes ça.
— J'adore ! Merci, Jane.

Elle a repris sa tâche tandis que je l'observais. J'ai pris finalement mon courage à deux mains et lui ai demandé :

— Jane, je peux te poser une question ?

Elle a levé un sourcil, soucieuse, avant de poser son bol plein de pâte et de s'asseoir en face de moi.

— Bien sûr. Qu'est-ce qu'il y a ?
— Je voulais savoir... comment as-tu su, lors de ma rentrée en sixième, que quelque chose n'allait pas chez moi ? Tu as été la pre-

mière à le remarquer directement et je me demande vraiment comment. Même les personnes les plus proches de nous n'ont jamais rien vu...

Elle a placé une mèche de ses cheveux derrière son oreille, l'air peiné.

— C'est parce que j'ai vécu la même chose lorsque j'avais ton âge et que je me suis reconnue dans ton regard effrayé.

Je suis restée silencieuse, choquée par ce que je découvrais sur Jane.

— Oh, me suis-je contentée de répondre.

— Mon père subissait des violences physiques, et surtout psychologiques, de ma mère, a-t-elle expliqué. Elle l'insultait à longueur de journée, lui jetait des objets à la figure... Ça a été ainsi pendant presque dix ans, jusqu'au jour où mon père a décidé que c'était la fois de trop. Il m'a embarquée une nuit où ma mère était absente et nous sommes partis, loin d'elle et de sa violence. Elle n'a jamais cherché à nous retrouver.

J'ai écouté Jane religieusement, en sentant une boule noueuse s'infiltrer dans mon ventre. Je ressentais sa douleur parce que je la vivais encore quotidiennement. Jane avait eu une fin plus heureuse que la mienne, mais les blessures étaient les mêmes et elles ne partaient jamais définitivement.

— Je suis désolée, suis-je parvenue à dire.

Elle a tendu sa main par-dessus la table, attendant que je fasse le premier pas.

Je me suis rendue compte que le contact avec les autres était devenu difficile quelques semaines après la mort de ma mère, alors que j'étais en cours de gym et qu'un de mes camarades m'a tapé l'épaule en signe d'encouragement. J'ai sursauté à son geste et je me suis sentie terriblement mal après. J'étais angoissée par toutes les personnes qui m'entouraient, comme si elles aussi voulaient me faire du mal.

J'ai fui le cours à bout de souffle et les larmes aux yeux. J'en ai parlé le soir avec Rachel — chez qui je logeais — par message (mon mutisme étant encore présent à ce moment-là). Elle m'a dit que c'était normal après avoir vécu un tel drame (même si elle ignorait alors la vérité sur celui-ci) et qu'elle s'assurerait qu'à l'avenir les gens sachent que me toucher n'était plus une chose à faire.

J'ai mis beaucoup de temps avant d'accepter le contact avec Jane et Gabi. Et, même si les toucher ne me faisait plus peur, elles étaient toujours prudentes avec moi, ce que j'appréciais.

Sans hésiter, j'ai pris la main de Jane. Parce qu'elle était là et qu'elle me comprenait.

Je suis une boule de stress.

C'est ma première séance avec ma nouvelle psychologue et je suis plus nerveuse que jamais. Je sais qu'elle va me poser des questions auxquelles j'ai refusé de répondre depuis des années, qu'elle va me mettre face à mes démons. Mais je sais aussi qu'elle est là pour m'aider et, qu'au fond, je n'ai pas à m'en faire.

La présence d'Alex sur le chemin du cabinet m'est d'autant plus rassurante. Il conduit tranquillement, une main sur le volant et l'autre glissée dans la mienne.

— Tu es prête ?

Je sors de mes pensées et réalise seulement qu'il vient de se garer devant le cabinet du Docteur Frances.

— Je crois.

— Ça va aller, ne t'en fais pas. Je serai là quand tu sortiras.

— OK.

Je l'embrasse furtivement avant d'entrer dans le bâtiment.

Le bureau du Docteur Frances a cette ambiance reposante que je ne pensais pas trouver dans un cabinet de psychologue. Les meubles d'aspect scandinave, les pots de fleurs séchées et les tableaux de *one line art* ont quelque chose de relaxant. Je m'installe dans le canapé face à cette femme. Elle a l'air calme, posé. Elle tient un bloc-notes dans ses mains qui, je le sais, va prochainement être recouvert de mes mots. Elle pose un regard bienveillant sur moi. En un instant, je me sens en confiance.

— La première chose que nous allons faire aujourd'hui, Camryn, est de te laisser complètement la parole. J'ai déjà eu un rapport de ton psychiatre et des troubles qu'il a détectés chez toi, mais je veux que toi, tu me racontes ton histoire. On pourra ensuite passer à la façon d'appréhender tes troubles. Prends le temps qu'il te faut.

Je me mets à raconter mon histoire. Je me sens épuisée à la fin de mon récit. J'ai mis tellement de temps à en parler et le fait d'enfin le faire à plusieurs reprises me lessive.

Le Docteur finit d'écrire sur son bloc-notes avant de lever les yeux vers moi.

— Que ressens-tu aujourd'hui face à tout ça ? Face à la perte de ta mère et face à celle de ton père ? Lui en veux-tu encore ?

— Je crois que j'ai dépassé le stade de la haine et que je suis simplement triste.

Face à cette constatation, les larmes se mettent à couler naturellement sur mes joues. Le silence s'installe un instant dans le cabinet, seulement couvert par mes sanglots. Le Docteur Frances n'enchaîne pas, me laissant le temps de reprendre mes esprits.

— Je... je suis las de me battre contre cet homme qui n'en a jamais rien eu à faire de nous. Son décès...

Je sens un poids se former dans ma poitrine. Parler de sa disparition me ramène des semaines en arrière, lorsqu'un gouffre s'est ouvert sous mes pieds et que j'y ai plongé sans pouvoir le contrôler. J'ai souffert à ce moment-là car je ne savais pas démêler les émotions que je ressentais face à cette nouvelle perte. Mais aujourd'hui, je sais ce qui me ronge.

— Je sais que tu es entrée dans une phase de mutisme, comme après la disparition de ta mère. Quel était le sentiment prédominant lorsque tu as appris son décès ?

— La culpabilité, soufflé-je sans hésiter. J'ai été une des dernières personnes à lui parler avant qu'il...

— Ne se suicide ? complète-t-elle en voyant que je bute sur les mots.

— Oui.

— Les mots sont parfois lourds à prononcer. Ne te sens pas obligée de les dire si tu ne veux pas ou si tu n'y arrives pas, d'accord ?

J'acquiesce en silence

— Je sais que tu as dû entendre plusieurs fois cette phrase, mais tu n'es pas responsable de l'acte de ton père, Camryn. La décision lui revient toute entière. La culpabilité peut être un poison qu'il est difficile d'extraire. Et je mentirais si je disais qu'il y avait une solution miracle à ça. Il faut apprendre à accepter que nous ne soyons pas responsables des choix d'autrui.

— J'aimerais juste être détachée de mes sentiments négatifs, la culpabilité, la colère, la tristesse, la peur, la douleur... J'ai l'impression de les ressasser depuis des années et de ne pas être capable d'aller de l'avant à cause d'eux.

— Les sentiments négatifs font partie de chaque être humain. Ils sont aussi utiles que les positifs, même s'ils sont difficiles à accepter. Ce dont tu souffres, Camryn, s'appelle des troubles du stress post-traumatique.

Je ne réagis pas tout de suite au diagnostic du Docteur, pesant ces termes dans mon esprit. Stress post-traumatique...

— J'imagine que, pour ça non plus, il n'y a pas de solution miracle, dis-je finalement.

— Un traitement médicamenteux et un suivi psychologique pourront t'aider. Des personnes guérissent de ces troubles, mais dans ton cas, Camryn, ils n'ont pas été pris en charge assez tôt, ce qui complique un peu ton rétablissement.

— Alors, je ne vais jamais guérir ?

— Il ne faut jamais dire *jamais*. Je serai là pour t'accompagner dans cette optique. Ce n'est pas une fatalité. Beaucoup de personnes vivent au quotidien avec ces troubles. Il faut simplement apprendre à vivre avec, et je serai là aussi pour ça, tout comme ton entourage. N'hésite pas à te reposer sur eux, à leur parler. Ils sont d'une plus grande aide que tu ne le crois.

— Je crois que je commence à le comprendre.

Mon rendez-vous se termine une heure plus tard et je me sens complètement vide.

Comme promis, Alex m'attend à la sortie. Il ne me demande pas comment ça s'est passé, me laissant le choix de le lui raconter ou non, ce que j'apprécie. Je lui promets de lui faire un compte-rendu plus tard.

— Tu es bien sûre de vouloir le faire ?

Alex me pose cette question alors que nous prenons la route de chez Lily. Je sais qu'il fait référence à ma décision d'avouer à mes meilleures amies pour nous deux.

— Oui, il est temps. Je ne veux plus nous cacher.

Je peux lire sur son visage le soulagement. Lui qui attendait en silence que je me décide à nous montrer au grand jour doit se sentir plus léger. Et je le comprends. Il a été tellement patient avec moi que je ne peux qu'imaginer ce qu'il ressent face à mon choix d'en parler autour de nous.

— Je suis content qu'on puisse enfin s'afficher devant nos amis.

— Moi aussi, réponds-je, même si une boule d'inquiétude se forme dans ma gorge.

— Tu sais qu'elles vont bien réagir, n'est-ce pas ?

J'acquiesce, en espérant qu'il ait raison.

Je passe la porte du petit appartement de Lily et trouve mes deux amies devant le portable de celle-ci en train de s'esclaffer.

— Salut, vous. Qu'est-ce que vous regardez ? Moi aussi j'ai envie de rire !

— Coucou, Cam. On s'est perdues sur TikTok et on est tombées sur des vidéos d'un mec qui imite les personnages de *Twilight*, m'explique Rachel. C'est hilarant tellement c'est réaliste et ridicule.

— Montre-moi.

Je rigole à mon tour face à cet homme qui imite parfaitement les mimiques de Kristen Stewart.

— Bon, alors, quoi de neuf ? me demande Lily après avoir récupéré son téléphone.

— Par où commencer ? Je suis allée à mon premier rendez-vous chez ma nouvelle psy.
— Super, ça ! Comment ça s'est passé ? enchaîne-t-elle.
— Bien. On a beaucoup discuté, fait le tour de ce qui me faisait mal encore aujourd'hui et elle a posé son diagnostic. J'ai un stress post-traumatique.

Les mots ont un goût amer sur ma langue, mais pas nouveau. Je n'ai pas été étonnée lorsqu'elle a annoncé mon trouble.

Même si personne ne l'a jamais clairement prononcé devant moi, je savais déjà ce dont je souffrais. Quelques recherches sur Internet et quelques témoignages m'avaient rapidement éclaircie. Mais qu'on pose enfin véritablement et officiellement les mots dessus a quelque chose de plus réel, de concret. Je me sens à la fois effrayée et soulagée de ce diagnostic. Je ne suis plus dans cette errance, même si je ne sais pas si je vais pouvoir en guérir totalement.

— Qu'est-ce que ça implique ? m'interroge Rachel, visiblement soucieuse.

Nous avons très peu reparlé de mon passé depuis mes aveux, mais je sais qu'elle et Lily s'inquiètent beaucoup pour moi.

— Beaucoup de patience et des séances chez la psy. Et des antidépresseurs. Ça va être encore un long chemin avant que je ne sorte de ce trouble, et je ne suis même pas sûre d'y parvenir un jour. J'ai été prise en charge trop tard, selon ma psy.

— On sera là, quoi qu'il arrive, m'assure Lily qui pose sa tête sur mon épaule.

— Merci à vous deux d'être toujours là.

— Toujours, répète Rachel.

— Toujours, confirme Lily.

Nous nous prenons dans les bras. Je me délecte de ce réconfort auprès de mes meilleures amies que j'ai délaissées ces derniers temps. Même si nous ne parlons pas tous les jours ni que nous nous voyons, je sais qu'elles sont présentes, qu'on ne s'oublie pas. Et je crois, au fond, que c'est ça l'amitié.

Notre étreinte terminée, je reste un instant silencieuse, réfléchissant à la meilleure façon d'amener le sujet suivant. Je prends une grand respiration et me lance :

— Je sors avec Alexander.

Les deux têtes se tournent immédiatement vers moi.

— Enfin ! s'exclame Rachel.

Lily, quant à elle, reste un instant silencieuse. Je n'arrive pas à lire son visage à ce moment-là et j'ai peur de ce qu'elle s'apprête à me dire. Mais ce qui sort de sa bouche me surprend.

— Je m'en doutais, reconnaît-elle, avec une pointe de tristesse dans la voix.

— C'est vrai ?

Elle confirme d'un hochement de tête.

— Vous sembliez si proches dernièrement. Est-ce que... est-ce qu'il se passait quelque chose entre vous quand lui et moi...

Elle n'a pas besoin de terminer sa phrase pour que je comprenne le sens de sa question.

J'acquiesce à mon tour en silence.

— Pour tout te dire, il me tourne autour depuis la rentrée, même pendant que vous vous rapprochiez. C'est en partie de ma faute s'il a préféré tourner court à votre début de relation. Je suis désolée, Lily. Je l'ai repoussé au début parce qu'il ne m'intéressait pas, mais au fur et à mesure du temps, un lien s'est créé entre nous. Et, malgré moi, j'en suis tombée amoureuse.

— Waw, je... je ne sais pas quoi dire, dit Lily qui semble confuse. Je... ça parait évident, maintenant. Je ne sais pas pourquoi je me suis persuadée qu'il s'intéressait à moi alors que ça crevait les yeux qu'il en pinçait pour toi. Je suis contente pour toi, Cam. Honnêtement.

— Merci, Lily.

Sa tristesse a laissé place à du soulagement. Un léger sourire se dessine sur son visage. Je sais que mes aveux sont difficiles pour elle, mais je sais aussi que ses paroles sont sincères.

— Tu es heureuse avec lui ?

— Oui, je le suis.

— Alors, tout va bien, conclut-elle avec un sourire. Et puis, je suis impliquée avec quelqu'un d'autre maintenant, ça n'a plus d'importance.

— Comment ça se passe avec Cillian, d'ailleurs ? demande Rachel.

— Ça se passe bien. On apprend de plus en plus à se connaître. On prend notre temps, on ne veut rien précipiter.

— Vous avez bien raison. La période de séduction est la meilleure.

Les sourcils de Rachel oscillent pour accompagner ses paroles.

— Toi, tu as quelque chose à nous dire, lui fais-je remarquer en voyant son air guilleret.

— Peut-être bien...

— Il s'est passé quelque chose avec Emi ? s'enquiert Lily.

— Peut-être bien...

— Bon, tu peux arrêter avec tes « peut-être » ? rétorqué-je.

Rachel se lève d'un bond et nous fait face, une immense joie que je n'avais pas vue depuis un moment sur son visage.

— On s'est embrassées ! C'était un soir où Cillian et Jasmine ont déserté. On s'est retrouvées toutes les deux à regarder *Moulin Rouge*. Et puis pendant qu'Ewan McGregor chantait, Emi m'a pris la main, s'est penchée vers moi et m'a embrassée. C'était siiii romantique.

— C'est super, Rach !

— Il était temps !

Rachel se rassoit entre nous, nous entourant chacune d'un bras.

— La vie est belle les filles, dit-elle, visiblement heureuse. La vie est belle.

Oh que oui !

34
Cami

Alex m'a proposé de passer la soirée chez lui. Il a dit qu'il me préparerait le dîner et que nous pourrions regarder la comédie musicale de mon choix. Évidemment, je ne pouvais qu'accepter.

Nous arrivons chez lui après avoir fait quelques courses qui ont réveillé entre-temps mon estomac. Alex se met alors aux fourneaux, et je l'observe depuis le bar, ma tête reposant sur ma main. Il se met dans une bulle, concentré comme il l'était lorsqu'il a peint ma guitare. J'aime comme il se plonge dans sa tâche et oublie ce qui l'entoure, comme s'il n'y avait plus que ça qui importait.

— Tu sais que je sens ton regard sur moi et que ça me perturbe ?

— Je te perturbe ?

— Disons plutôt que tu me déconcentres, avec tes grands yeux bleus et tes lèvres que j'ai envie d'embrasser.

Une chaleur agréable se manifeste dans mon ventre lorsqu'il s'approche de moi et prend mon visage en coupe avant de m'embrasser langoureusement.

— Je devrais te déconcentrer plus souvent, plaisanté-je alors qu'il retourne à sa recette.

— Tu sais que si tu continues, on ne mangera jamais.

— D'accord, je te laisse. Mais c'est bien parce que mon estomac crie famine.

Je l'abandonne et retourne au salon où je m'installe devant des épisodes de *Brooklyn 99* en attendant le repas.

— Ma chère mademoiselle, c'est avec une profonde fierté et un immense plaisir que je vous invite ce soir. Détendez-vous, ne pensez plus à rien, prenez place et laissez la haute gastronomie française vous présenter... votre dîner !

Alex entre dans la salle à manger et dépose deux assiettes fumantes remplies de légumes, de riz et de poulet crémeux. Je prends place face à lui, humant le plat qu'il a préparé avec appétit.

— Tu cuisines, tu es charmant et, *en plus,* tu cites *La Belle et la Bête*. Tu es vraiment le gendre idéal, n'est-ce pas ? me moqué-je gentiment.

— C'est seulement maintenant que tu t'en rends compte ? Et pour tout te dire, je regardais ce dessin animé en boucle quand j'étais petit.

— Vraiment ?

— Oui ! Ce film est génial.

— Génial pour un syndrome de Stockholm.

— Tu peux arrêter d'être cynique pour une fois ? Si on passe outre cette petite problématique, c'est une histoire d'amour magnifique.

— OK, je reconnais que c'est une belle romance.

Nous commençons à manger et je savoure chaque bouchée du plat d'Alex. Même pour ça il est doué !

— Alors, qu'est-ce que tu en penses ?

— C'est délicieux ! Je ne savais pas que tu cuisinais aussi bien.
— Il a fallu que je me débrouille en cuisine rapidement en l'absence de mes parents, m'explique-t-il.

Alex ne s'est pas caché de la situation avec ses parents, mais il ne s'est jamais appesanti sur ce qu'il ressentait face à leur absence. Je ne peux m'empêcher de lui poser la question :

— Ils te manquent parfois ?
— Avec le temps, ils ont cessé de me manquer. Liam les a un peu remplacés. Je me demande parfois ce qu'il se serait passé s'il n'avait pas été là.
— J'ai l'impression que votre relation est compliquée.

Il soupire en se passant une main dans les cheveux.

— On peut dire ça.
— Il y a des choses que tu ne me dis pas à propos de lui, je me trompe ? Les fois où tu disparais... tu es avec lui ?

Il hoche la tête.

— Mais je ne veux pas te parler de tout ça.
— Pourquoi ?
— Pour te protéger. Ce qu'on fait lui et moi n'est pas un milieu dans lequel je veux t'emmener.

Je comprends alors que ce qui me cache dépasse ce que j'imaginais.

— C'est quelque chose d'illégal ?
— Oui.

Merde.

— Alex...
— S'il te plaît, Cami, je ne veux *pas* en parler, répète-t-il sur un ton plus dur.
— D'accord, mais promets-moi que tu fais attention à toi.

Je sais que je ne peux rien lui dire de plus à part ça. Il ne veut clairement pas aborder le sujet. Même si je m'inquiète pour lui, je ne peux que respecter son choix de peur qu'il se braque complètement. Et puis, je sais ce que ça fait de vouloir se taire pour pouvoir protéger ses proches.

— Promis. Et toi, promets-moi qu'on ne reparlera pas de ça à moins que je le décide. Je veux vraiment te mettre à l'écart de tout ça pour t'épargner.

— Promis. Je ne me mêlerai pas de tes affaires si tu n'y tiens pas.

— Merci. Parlons d'autres choses. En fait, je veux te montrer quelque chose.

Il se lève de table et me prend la main avant de m'entraîner vers la pièce fermée à clé.

— Qu'est-ce que tu caches derrière cette porte ? Ne me dis pas que c'est une « salle de jeux » comme dans *50 Nuances de Grey*.

— Ce n'est pas ça, d'autant plus que je ne suis pas du tout porté *SM*. Ce qu'il y a derrière, ce sont mes peintures.

Il ouvre la porte et j'émerge dans un véritable studio d'artiste. Deux tables en bois sont cachées sous du matériel de peintures, ainsi qu'une desserte roulante remplie de pinceaux et de carnets. Un grand chevalet trône au milieu de la pièce, à côté d'un tabouret bas et d'une tablette avec une palette recouverte de peinture de toutes les couleurs. Des toiles vierges traînent un peu partout. Enfin, une immense armoire se dresse face à moi, imposante.

— Où sont tes peintures ?
— Ici.

Il déverrouille l'armoire et je suis ébahie lorsque je découvre les dizaines et dizaines de toiles peintes qui y sont entreposées.

— Alex... tu caches tes œuvres là-dedans ?

— Ça a toujours été mon jardin secret. Je voulais que personne ne tombe par mégarde dessus.

— Je ne comprends pas comment tu peux te cacher, surtout avec un tel talent.

Je sors délicatement quelques peintures, appréciant la délicatesse et le réalisme de chacune d'elles.

— La peinture a toujours été un moyen de me défouler, de laisser mes sentiments se déverser sur la toile. C'est tout. Je n'ai jamais pensé que je pouvais être... doué, pour ça.

— Et maintenant ? Est-ce que tu vois enfin le talent que tu as ?

— Je crois.

Je souris face à cette affirmation.

— Tu sais... tu as de quoi faire un bon portfolio avec toutes tes toiles. Tu pourrais tenter l'option Art pour le second semestre.

— Tu ne lâcheras pas l'affaire, hein ?

— Non, parce que je sais que tu mérites d'y être. C'est flagrant que c'est fait pour toi. Tu ne penses pas ?

Il prend une toile à son tour et la contemple.

— Si.

— Alors, tu vas le faire ?

— Ouais, je vais le faire. Je crois qu'il est temps.

35
Alex

Je suis une mauvaise personne.

Je l'ai su dès que j'ai commencé à refiler ces merdes à des jeunes de mon âge.

J'avais seulement seize ans, mon frère n'était même pas majeur. Ce jour-là, Liam manquait de monde et m'a demandé de remplacer un de ses gars. J'ai refusé, ne voulant pas traîner là-dedans, mais il a insisté.

— Allez, Alex ! Tu ne vas pas me laisser en plan après tout ce que j'ai fait pour toi ?

Il savait que cette phrase me touchait parce que je devais beaucoup à Liam, et que je ferais tout pour lui montrer ma reconnaissance. Mais là, ça allait trop loin.

— Je ne veux pas avoir d'ennui, lui ai-je dit.

— Ce ne sera pas le cas. J'assure tes arrières. C'est juste pour cette fois.

Est-ce que j'ai été bête d'avoir accepté ce jour-là ? Absolument. Parce que ça n'a pas été que cette fois-là. Je n'ai pas réussi à refuser lorsqu'il me demandait de l'aide après ça. Il était toujours parvenu à me convaincre avec les bons mots et je n'avais jamais rien pu lui refuser. Il me tenait depuis qu'il m'avait élevé en l'absence de mes parents. Il arrivait à me faire faire ce qu'il voulait. C'est comme ça que je me suis retrouvé parmi ses associés, à dealer malgré moi.

J'aimerais dire que je n'ai jamais eu de soucis, mais ce serait faux. Parce qu'à cause de moi, une jeune fille a failli mourir.

C'est arrivé l'année de ma Première. Ou non, plutôt début Terminale. Comme pour célébrer chaque rentrée, le BDE du lycée organisait une soirée où tous les élèves étaient conviés. Évidemment, Liam était au fait de ces soirées de rentrée et de la consommation de drogue et d'alcool qui en découlait. Mais, comme il n'était plus au lycée et n'était donc pas autorisé à cette soirée, c'est moi qui ai dû m'occuper de la vente ce soir-là.

Tout se passait comme d'habitude. Les gens me connaissaient de réputation et venaient vers moi pour acheter une dose ou plus. Je vendais à tout le monde, peu importe l'âge. Business is business, après tout. Si les gens voulaient se droguer, c'était leur problème. Je me sentais complètement détaché de ce qu'il pouvait leur arriver avec ce que je leur donnais.

J'ai vendu à un groupe de filles qui ont plutôt été entreprenantes avec moi, et je n'ai pas été indifférent à leurs avances. Alors, quand l'une d'elles est revenue vers moi, j'ai cru qu'elle venait me proposer autre chose de plus... intime.

Mais lorsque j'ai constaté son air affolé, j'ai vite compris que quelque chose n'allait pas.

— Qu'est-ce que tu nous as refilé ? s'est-elle écriée à bout de souffle.

— Comment ça ?

— Ta drogue, il y avait quoi dedans ?

— La même chose que d'habitude, j'imagine. Je n'achète pas, moi, je vends. Pourquoi, elle n'était pas bonne ?

Une autre fille du groupe s'est ramenée en courant.

— L'ambulance arrive dans cinq minutes. Tu crois qu'on doit la déplacer ? a-t-elle demandé à sa copine.

— Elle ne s'est pas réveillée ?

— Non.

— On va l'emmener dehors.

— Quelqu'un peut m'expliquer ce qui se passe ? les ai-je interrompues, ne comprenant rien à ce qu'elles racontaient.

— À cause de toi, une de nos potes s'est évanouie et elle ne se réveille pas.

— Quoi ? À cause de la drogue ?

— Ouais, à cause de ça.

— Putain.

— On ferait mieux d'y retourner, a suggéré la deuxième fille.

— Allons-y.

— Attends, je viens avec vous, ai-je dit.

Elles n'ont rien dit et m'ont laissé les accompagner

Bordel, bordel, bordel.

Je n'avais jamais fait face à cette situation. Les gens planaient juste avec ce que je leur donnais, ils ne s'évanouissaient pas, du moins pas devant moi.

Je me suis bientôt retrouvé devant le gymnase du lycée où se déroulait toujours la soirée, entouré de nanas en alerte maximale qui appelaient continuellement leur amie. Liza, toujours inconsciente, était allongée par terre, le visage gris. Je me sentais tellement mal à ce moment, et la suite n'allait rien arranger.

Les événements qui ont suivi me reviennent dans un enchaînement un peu flou.

Il y a eu d'abord l'ambulance, puis Liza a été placée sur un brancard avec une assistance respiratoire et a été transportée à l'hôpital.

J'ai suivi ses amies en voiture jusqu'à l'hôpital, voulant savoir si elle allait s'en sortir. Arrivés là-bas, on nous a faits patienter longtemps dans la salle d'attente, nous informant simplement que Liza avait été transportée aux urgences. Une heure après seulement, on nous tenait au courant de son état. Elle avait fait une overdose.

Visiblement, elle avait fumé plus que son corps ne pouvait en supporter, ce qui avait provoqué son évanouissement. La réaction avait été violente, à tel point qu'il s'en était fallu de peu. Elle avait subi un lavage d'estomac et était maintenue en coma artificiel encore quelques heures.

Overdose.

Ce mot tournait en boucle dans ma tête. Putain. Tout ça aurait pu finir mal. Très mal. Et j'avais été le premier maillon de la chaîne. Bien sûr, je n'étais pas entièrement fautif, mais, à ce moment-là, je me sentais totalement responsable de ce qui était arrivé.

Je suis rentré ce soir-là en vrac. J'ai raconté à Liam ce qui s'était passé. Je n'ai trouvé aucun soutien de son côté. Il est resté de marbre, me disant simplement que c'étaient les « risques du métier ». Tu parles, que des conneries !

— Je veux arrêter, lui ai-je dit fermement.

Il s'est tourné vers moi, un rictus mauvais sur le visage.

— Quoi ?

— Tu m'as bien entendu, ai-je répondu.

Il a croisé les bras sur sa poitrine, l'air sévère.

— Tu sais très bien que c'est impossible, p'tit frère. Maintenant que tu as commencé, tu restes.

— Mais je n'en ai pas envie. Je ne veux pas continuer, pas quand j'ai failli tuer quelqu'un ce soir.

— C'est pas ta faute, putain. C'est cette conne qui ne sait pas se gérer. Tu vas pas me lâcher pour une connerie pareille, si ?

Il affichait maintenant une mine blessée, comme si je le trahissais en voulant tout arrêter.

— Toi et moi contre le reste du monde, ça ne veut rien dire pour toi ?

— Bien sûr que si.

— Alors, tu sais ce qu'il te reste à faire. Tu vas continuer de m'aider, après tout, tu me dois bien ça. Tu ne me parleras plus de cette histoire, ni de cette connerie de vouloir arrêter, c'est clair ?

Il avait un éclat menaçant dans le regard qui me tordait les tripes. À ce moment-là, Liam me faisait peur. Alors j'ai acquiescé lamentablement, ne pouvant rien faire de plus que de le suivre.

Ce soir-là, j'ai fait ma première crise d'angoisse. Je me sentais extrêmement seul, renfermé dans ma douleur. J'ai pleuré silencieusement, en boule sur le sol de ma chambre, la respiration difficile. J'avais l'impression que ma poitrine allait exploser. Lorsque la crise est finalement passée, je me suis couché et me suis endormie quelques minutes après en ayant une seule pensée en boucle : je suis une mauvaise personne.

Je n'ai cessé de le penser, jusqu'à elle. Blue est entrée dans ma vie, et j'ai su que je n'étais pas si mauvais que ça. Je le voyais dans son regard, dans ses paroles sincères, dans sa façon de m'aimer.

Et bordel, être aimé par Blue était la chose la plus merveilleuse au monde.

Nous sommes installés sur le sol de mon studio, entourés de mes tableaux que nous avons pris en photo et regroupés pour constituer mon portfolio. Dès lundi matin, je compte me présenter au directeur de département avec mon dossier pour postuler à l'option Art. C'est une promesse que j'ai faite à Cami, mais également à moi-même. J'en ai envie, et je crois que j'en suis capable.

Assis en tailleur l'un en face de l'autre, j'écoute Cami jouer *You Found Me* de The Fray sur son ukulélé. La mélodie me fout la chair de poule et son chant m'apaise. Je l'observe, savourant chaque aspect d'elle. Elle est concentrée sur son morceau. Elle fredonne les paroles, donnant un air religieux à la chanson. Une mèche de ses cheveux lui retombe sur l'œil, mais elle n'a pas l'air de s'en rendre compte. Je m'approche à quatre pattes d'elle et la lui glisse derrière l'oreille.

Je n'arrive pas à réaliser qu'elle est là, enfin. Presque trois semaines sont passées depuis notre premier baiser et j'ai toujours du mal à croire que je suis avec elle. Je l'ai attendue des mois car je savais qu'elle et moi étions une évidence. Et maintenant que c'est arrivé, j'ai l'impression de ne pas mériter son amour. Elle est trop parfaite, alors que je suis fracassé.

— Alors, tu as aimé ? demande-t-elle lorsque la chanson s'achève.

— C'était magnifique. Tu as réussi à me donner des frissons.

— J'en conclus que ma prestation est réussie. À ton tour, maintenant !

— De ?

— Je veux te voir peindre.

— Tu m'as déjà vu peindre, lui fais-je remarquer.

— Oui, mais je veux te voir à nouveau le faire.

Sa demande m'enjoue. Une idée fugace me traverse alors l'esprit.

— D'accord, mais deviens ma toile.

Je me lève et tends une main vers elle pour l'aider à se relever à son tour.

— Tu veux peindre sur moi ?

J'acquiesce.

— Ça veut dire qu'il faut que je me mette... nue ?

— Seulement si tu te sens de le faire. Je peindrai ton dos, donc tu peux cacher ce que tu ne souhaites pas montrer.

— Non, je crois que... ça va aller.

À ces mots, elle commence à déboutonner son chemisier, le faisant glisser doucement le long de ses épaules.

— Tu veux que je me retourne ?

Elle secoue la tête.

— Non, je veux que tu me voies.

Alors, je la regarde faire, captant uniquement ses yeux à la fois gênés et pleins de fougue. Elle fait tomber son vêtement. J'observe son buste nu. Je contemple ses tatouages, ceux que je connais, et ceux qui sont dissimulés par ses vêtements. Je compte le nombre de ses grains de beauté, allant de sa nuque au bas de son ventre. J'ai envie d'embrasser chaque centimètre de sa peau laiteuse. Mais je ne le ferai pas, je sais qu'elle n'est pas prête pour ça. Elle vient de dépasser un lourd obstacle en se mettant littéralement à nu devant moi.

— Tu es belle.

Elle rougit, la tête baissée. D'un geste du doigt, je relève son menton pour qu'elle lise sur mon visage toute la sincérité de mes mots.

— Tu l'es, vraiment. Ne doute jamais quand je te le dis.

— C'est juste que... je n'ai jamais réussi à accepter ce que je suis, mon corps, mon esprit. Alors, j'ai du mal à ne pas me sentir gênée lorsque tu me dis que je suis belle.

— Je te le répéterai jusqu'à ce que tu ne le sois plus. Jusqu'à ce que tu y crois toi-même. Tu finiras par te voir comme je te vois.

Elle se met sur la pointe des pieds et m'embrasse tendrement en me susurrant sur les lèvres

« Peins-moi ».

Nous nous asseyons sur des tabourets. Je place un miroir psyché à côté de nous. Cami est dos à moi. Elle peut me voir peindre dans le reflet du miroir, comme elle le souhaitait.

Alors je commence. Mes premiers coups de pinceau la font frissonner. Je peins des ronds noirs, y ajoute du marron et du blanc pour les reflets. Je passe au jaune que je rajoute autour des ronds. Mon pinceau glisse sur la peau délicate de Cami. Le silence de la pièce nous englobe. Nos respirations sont le seul bruit ambiant. Je perçois la chaleur de son corps lorsque j'appose ma peinture sur elle. Elle semble autant concentrée sur moi. Je croise parfois son regard dans le miroir, lui souris. Puis je reprends mon œuvre.

Bientôt, de gros tournesols recouvrent tout son dos. Je peaufine en y ajoutant des ombres et de la lumière à certains endroits. Son corps continue de réagir à chaque fois que je passe sur elle. Je m'applique et pose la touche finale.

— J'ai terminé, finis-je par dire dans un chuchotement.

Elle se lève et se tourne dos au miroir.

— Waw. Je... j'adore. C'est magnifique, Alex.

— Merci. Je me suis souvenu que les tournesols sont tes fleurs préférées.

— C'est vrai. Je ne pensais pas que tu aurais retenu cette information.

— Tu me sous-estimes, Camryn.

Elle jette de nouveau des regards dans le miroir, appréciant son dos peint. Je profite de son inattention pour la prendre en photo. Je coupe le cliché pour ne voir que son reflet, les tournesols et son sourire scintillant.

— Je pense qu'il est temps de nettoyer ton dos. Un bain ?
— OK.

Le mélange des couleurs s'écoule au fond du bac de douche. Je retire délicatement les dernières traces de peinture du dos de Cami avant de la conduire dans la baignoire qui s'est remplie entre-temps. L'eau chaude m'accueille tendrement lorsque j'y plonge et m'installe face à Cami. Il y a assez de place pour nos deux corps, même si nos genoux finissent par se rencontrer au milieu. Elle semble plus à l'aise que quelques minutes plus tôt lorsque, à mon tour, je me suis déshabillé devant elle. Elle a rougi instantanément, me détaillant de haut en bas, gênée. Maintenant, notre nudité mutuelle est comme naturelle.

Cami me titille avec son pied, amusée de notre proximité. Je lui attrape la cheville brusquement, mettant fin à son jeu. Je masse doucement sa peau, traçant du bout du doigt le contour de la lune qui est tatouée sur celle-ci.

— Tu as beaucoup de tatouages, constaté-je. Ils ont une signification particulière ?
— Certains oui. D'autres sont plus décoratifs, on va dire. J'ai toujours voulu me faire tatouer, avoir ces dessins sur ma peau pour toujours. C'est comme une histoire que je raconte à travers eux.

Je hoche la tête, compréhensif.

— Je peux te poser une question ? lui demandé-je alors.
— Bien sûr.

— Tu n'as pas eu de problème avec le fait d'être touchée par ton tatoueur ou ta tatoueuse ?

— Au début, oui. J'ai repoussé inlassablement le moment de faire mon premier tatouage à cause de ça. Et puis, j'ai accompagné Rachel à sa séance et j'ai rencontré sa tatoueuse qui m'a paru une personne de confiance, avec qui je n'aurais pas peur du contact. Quelques mois plus tard, je me faisais tatouer la rose sur mon bras par elle.

— C'est plus facile avec une femme, n'est-ce pas ? D'être touchée, je veux dire.

— Je crois, oui. J'ai toujours une appréhension et un mouvement de recul au contact de n'importe qui, mais c'est vrai que cette peur diminue quand il s'agit d'une femme. Est-ce vraiment étonnant ?

— Pas vraiment, non. Ça se comprend complètement. Avec moi, comment tu te sens ?

— En sécurité. Ton contact ne m'effraie plus, et ce depuis un moment déjà. Ça a commencé à Halloween, quand tu as compris que j'avais un problème avec ça. Ça a eu un effet rassurant sur moi. Tu m'as montré ce soir-là que je n'avais pas à être effrayée de la moindre intimité.

— Je ne voulais pas te brusquer, mais je savais qu'en te poussant un peu, tu finirais par t'en rendre compte. J'avais aussi besoin de te montrer que tu pouvais avoir confiance en moi. Et Cami ?

Elle lève la tête vers moi, m'interrogeant du regard.

— Je ne te pousserai jamais à aller plus loin que tu ne le souhaites, tu le sais, n'est-ce pas ?

Elle acquiesce, silencieuse.

— Mais si un moment tu me sens trop pressant, ou même quand on s'embrasse ou se touche simplement, arrête-moi et je comprendrai.

Elle se glisse vers moi dans un geste fluide, bercée par l'eau autour de nous. Et m'embrasse.

Pas besoin de mot pour savoir ce que ce baiser signifie.

C'est un *Je sais*.

C'est un *Merci*.

C'est un *Je te fais confiance*.

Et ce simple fait remplit mon cœur d'une douce chaleur.

Nous sommes installés sur mon lit, rivés sur l'écran de mon ordinateur qui diffuse *Footloose*. Cami est absorbée par le film, celui qu'elle a vu le plus de fois, selon ses dires, et je ne peux m'empêcher de la regarder entre deux scènes. Elle est concentrée sur Kevin Bacon, marmonnant les répliques en même temps que lui. Nous approchons de la scène de danse dans le hangar quand je reçois un message de mon frère qui me demande de le remplacer pour la soirée. Je l'ignore, mais un second message suit rapidement. Il précise que c'est une grosse soirée organisée par le BDE du lycée de la ville voisine et qu'il ne veut pas manquer cette opportunité.

Lorsque je lis le mot « lycée », mon cœur fait un bond douloureux dans ma poitrine. Je m'excuse auprès de Cami et vais m'enfermer dans la salle de bain.

En un instant, des flashs de cette soirée avec Liza me reviennent, tout comme la crise qui a suivi. Celle-là même qui est en train de me submerger. Je sens ma poitrine se contracter, mon cœur battre vite, *trop* vite. Je me penche sur le lavabo, essayant de contrôler ma respiration qui s'emballe.

Les larmes roulent sur mes joues et je m'écroule au sol, mes jambes ne me portent plus. Je me cale contre la baignoire, pleurant silencieusement pour ne pas alerter Cami. Mon poing contre ma bouche étouffe quelque peu mes sanglots.

Seulement, quelques instants plus tard, des coups timides sont frappés à la porte et Cami passe la tête dans l'entrebâillement. En voyant mon état, elle se précipite vers moi. Je vois la panique sur ses traits tandis qu'une nouvelle vague de larmes et de terreur me submerge. Cami s'agenouille près de moi sans rien dire. Elle me prend la main et la serre. *Je suis là.*

Je me cale sur sa respiration pour retrouver la mienne. Ma crise commence à se calmer. Je tremble toujours, mais mon cœur a repris un rythme normal. J'inspire et expire fort, les larmes coulant toujours.

Ce soir-là, je lui parle de mes crises d'angoisse, de cette boule qui enserre mon ventre, me serre le cœur et que je ne peux arrêter. Elle me prend dans ses bras en me disant qu'elle est là, qu'elle ne part pas et que je peux me reposer sur elle. Elle me berce à même le sol de la salle de bain, me promettant qu'on va trouver une solution.

Je me couche ce soir dans les bras de la fille que j'aime, épuisé de devoir gérer plusieurs aspects de ma vie qui ne coïncident pas. Je veux juste oublier tout ça pour un moment et me reposer. Demain est un autre jour.

36
Cami

Je me lève sans faire de bruit, laissant Alex dormir. Il doit en avoir besoin après sa crise de la veille.

J'ignorais qu'il faisait des crises d'angoisse et le voir dans cet état m'a déchiré le cœur. Je me suis sentie impuissante. J'ai fait la seule chose qui me paraissait utile à ce moment-là : être auprès de lui et le soutenir silencieusement.

Je me dirige dans la cuisine avec pour but de préparer le petit-déjeuner. Je suis en train de me faire griller des toasts quand j'entends la porte d'entrée s'ouvrir. En rejoignant le salon, je tombe nez à nez avec Liam. Il semble surpris de me trouver là, avant d'afficher un rictus amusé qui me glace le sang.

— Camryn, content de te voir.

— Salut.

Il parcourt ma silhouette du regard, passant du tee-shirt trop grand d'Alex que j'ai emprunté à mon short court qui laisse mes jambes découvertes. Je sais que ce n'est pas un regard malsain, il constate juste ce que je porte pour faire ses propres conclusions. Et visiblement, il comprend vite ce qu'il se passe entre son frère et moi.

— Il a donc réussi à t'avoir.

Il parle sur un ton qui me donne la chair de poule. Sa présence ne me rassure vraiment pas.

— Je suis impressionné parce que je pensais la partie perdue d'avance. Tu lui auras donné du fil à retordre.

— Ne parle pas de moi comme si j'étais un objet qu'il a réussi à obtenir.

— Désolé de te dire ça, Camryn, mais c'est plus ou moins ça.

Il s'approche de moi et pique le toast que je viens de faire griller avant de croquer à pleine bouche dedans. Tout en soutenant mon regard, il continue :

— Alex n'a jamais été très stable dans ses relations, ce n'est pas une nouveauté. Il ne fait que jouer, il ne sait faire que ça. Et c'est exactement ce qu'il a fait avec toi. Je ne pensais pas qu'il arriverait à t'avoir, vu comme tu le repoussais.

— Il a changé, rétorqué-je en croisant mes bras sur ma poitrine. Il souhaite plus qu'une relation de passage avec moi

— Vraiment ? Alors quoi, tu penses qu'il est tombé amoureux de toi ? T'es-tu jamais demandé ce qu'il te trouvait ? Pourquoi c'était toi et pas une autre ? Tu es une partie facile à gagner, voilà pourquoi.

— J'en ai assez entendu.

Je sais que ce que dit Liam est faux. Je ne doute pas d'Alex, pas après tout ce qu'il s'est passé entre nous. Mais j'ai besoin de m'éloigner de cet appartement, et surtout de son frère qui me met très mal à l'aise. Je récupère mes affaires dans la salle de bain, que j'enfile en vitesse avant de prendre la fuite.

Ce n'est qu'au moment de prendre le bus, en ayant l'intention d'envoyer un message à Alex pour le prévenir de mon départ précipité, que je me rends compte que j'ai oublié mon téléphone chez lui. J'espère qu'il ne se fera pas de fausses idées sur les raisons de mon absence, même si je doute de la version que lui donnera son frère.

Je rentre chez moi en essayant d'oublier ma rencontre avec Liam, mais son air satisfait de me voir succomber à son frère me revient en mémoire. Je sais que je ne suis pas un jeu pour Alex, il m'a prouvé le contraire mainte fois, alors pourquoi ai-je autant de mal à passer outre le discours de Liam ? J'ai besoin d'air et j'ai besoin de réfléchir. Je sais où je dois me rendre, en espérant qu'Alex ait la même idée que moi.

Je me trouve en haut du panneau publicitaire, les jambes pendant dans le vide. L'effet n'est pas le même qu'à la nuit tombée, mais la vue reste impressionnante. Je ferme les yeux, appréciant la brise de ce vent d'hiver de là-haut. Je pense à Alex, à son frère, à ses crises, à son talent pour la peinture, à ce qu'il me cache. Je ne suis pas bête, je me doute de ce qu'il fait avec son frère lorsqu'il disparaît. Ce que j'essaye de comprendre, c'est pourquoi il continue de le suivre alors que, vraisemblablement, ce n'est pas ce qu'il souhaite. Qu'est-ce qui le pousse à aider son frère ? Est-ce qu'il se sent redevable parce qu'il l'a pratiquement élevé ? Est-ce qu'il a peur de le perdre en souhaitant tout arrêter ? Est-ce qu'il ne veut pas le laisser seul dans ses problèmes ? La réponse est probablement un condensé de tout ça. Et encore une fois, je ne sais pas quoi faire pour l'aider. Je ne sais même pas s'il souhaite de l'aide. Je ne peux pas lui en vouloir, même si j'aimerais qu'il me parle, qu'on trouve une solution ensemble.

J'aimerais qu'il soit *là*.

Comme un souhait silencieux qui se réalise, Alex apparaît au bout de l'échelle qui mène au panneau. Il semble soulagé en me voyant et je suis certaine de ce que lui a raconté Liam.

— Tu es partie, fait-il remarquer avec une certaine tristesse dans la voix.

— Je sais, je suis désolée. Ce n'était pas à cause de toi, si c'est ce que tu crains.

— C'est à cause de Liam, affirme-t-il. Qu'est-ce qu'il t'a fait ?

— Il m'a parlé, en me tenant le même discours que j'avais au début de notre rencontre : celui où tu n'es qu'un joueur, coureur de jupons, qui collectionne les filles et qui a réussi à m'avoir dans son tableau de chasse.

— Quel connard !

— Ne t'inquiète pas, je sais que tu n'es pas comme ça. C'est juste que... j'avais besoin de me retrouver seule un moment.

— Et tu veux encore l'être ?

— Non, pas du tout. Viens là.

Il vient s'installer à côté de moi, pose sa tête sur mon épaule et agrippe ma main de la sienne.

— Tu n'as jamais été un jeu, Cam. Ceci..., dit-il en indiquant l'espace entre nous. Ça n'a jamais été un jeu. J'ai toujours été vrai avec toi, depuis ce jour où tu m'as remballé à l'arrêt de bus, jusqu'à ce moment où j'ai l'impression que mon cœur va exploser si je ne le dis pas.

— Si tu ne dis pas quoi ?

— *Eu amo-te.*

J'ai l'impression de ne plus savoir comment respirer. Mon cœur se cogne dans ma poitrine face à ces mots. Et ce qui me touche le plus, c'est qu'il les a dits dans une langue qui m'est importante car elle m'a été enseignée par une de mes mères.

Je reste silencieuse, sonnée par son

« je t'aime ».

— Je ne veux pas que tu te sentes obligée de me répondre. J'attendrai le moment où tu te sentiras prête à le dire. Si tu ressens ce que je ressens, évidemment.

— Tu sais bien que c'est le cas.

— Ça me rassure, avoue-t-il en poussant un soupir soulagé avant de m'embrasser tendrement. Je t'aime Camryn Cynisme Blue.

37
Alex

— Votre carrosse vous attend, mademoiselle.

À l'autre bout du téléphone, Cami rigole et me dit qu'elle me rejoint de suite en bas de chez elle. Elle arrive quelques secondes plus tard, son sac de voyage sur l'épaule. Nonchalamment appuyé contre ma voiture, je l'accueille en la prenant dans mes bras et lui dépose une bise dans ses cheveux.

— Où est-ce que tu nous emmènes ? s'enquiert-elle joyeusement.

— C'est une surprise, je te rappelle. Tu le sauras le moment venu.

— Elle a intérêt à valoir le coup parce que j'avais prévu de regarder la dernière saison de *Brooklyn 99* ce week-end.

— Content de voir que tu m'as préféré à *Brooklyn 99*.

— Tu devrais en être même honoré !

— Bon aller, monte au lieu de dire des bêtises.

Elle me tire la langue malicieusement avant de s'exécuter. Je l'imite et nous prenons rapidement la route.

Durant les deux heures qui nous séparent de notre destination finale, Cami me raconte sa semaine de cours en se plaignant de ma playlist. Visiblement, elle n'est pas fan de rock et de hard rock.

— Au fait, tu savais que Rachel et Emi avaient enfin conclu ? me demande-t-elle alors.

— Oh oui, crois-moi, je le sais. Emi n'a pas arrêté d'en parler depuis leur baiser. Elles ont mis du temps avant de se rendre compte à quel point elles étaient folles l'une de l'autre.

— C'est clair. C'est comme si elles étaient les deux dernières personnes à ne pas le voir.

— Comme on dit, l'amour rend aveugle.

— Je confirme.

Prendrait-elle l'adage pour elle ?

Nous roulons silencieusement, bercés par la voix d'Elton John dans les enceintes de ma voiture. Cami a posé sa tête contre la vitre, regardant défiler les paysages automnaux anglais. Je pose une main sur sa cuisse et la contemple du coin de l'œil. Elle recouvre ma main de la sienne, la serre fort dans ce geste auquel je me suis habitué. *Je suis là*. Mon cœur se réchauffe un moment.

Bientôt, les routes de campagne laissent place à celles plus urbaines de la ville. Et, finalement, Londres se dessine devant nous.

— On est à Londres, fait-elle remarquer.

— Bien vu, mademoiselle Blue.

Elle se détourne de la vitre et me regarde, un immense sourire aux lèvres.

— Qu'est-ce qu'on fait à Londres ? demande-t-elle.

— Tu verras. Tu es déjà venue ici ?

— Jamais.
— Content d'être avec toi pour ta première fois dans la capitale.
— Merci de m'y avoir emmenée.
— Et encore, tu n'as rien vu.

Nous traversons les rues de la ville sous le regard ébahi de Cami qui découvre les monuments emblématiques de Londres. Nous arrivons bientôt dans le quartier de Camden, avec ses boutiques aux façades si originales et éclectiques. Nous nous garons quelques instants plus tard devant l'hôtel que j'ai réservé, tout en briques brunes. Cami fait le tour d'elle-même en sortant de la voiture pour admirer les rues autour de nous. Je sors nos sacs du coffre et nous entraîne vers l'hôtel où nous récupérons la clé de notre chambre. Celle-ci est très cosy, avec un grand lit au milieu de la pièce surplombé d'une étagère remplie de livres. Le soleil de cette fin de journée traverse les rideaux et vient éclairer la pièce, donnant une ambiance chaleureuse au blanc immaculé des murs et du linge de lit.

Cami se jette sur le lit, s'enfonçant dans la couette moelleuse. Je la rejoins, me love contre elle, appréciant la chaleur émanant de son corps.

Je la serre un peu plus contre moi et je me sens heureux.

Comme je ne l'ai jamais été.

Les rues londoniennes nous accompagnent en soirée lorsque nous quittons notre chambre pour nous rendre à la surprise de Cami. Les touristes et les natifs se mélangent partout autour de nous, rendant la ville vivante. Nous marchons main dans la main jusqu'au métro puis prenons la direction de Soho.

Je guide Cami dans les rues jusqu'à notre destination finale : Le Sondheim theatre. L'affiche qui s'étale en grand sur les murs externes du théâtre ne laisse aucun doute sur le spectacle que nous allons voir.

— Oh punaise, oh punaise, oh punaise! s'exclame Cami face à l'affiche des *Misérables*.

— Surprise !

— On va voir *Les Mis* !

— Je sais à quel point tu aimes les comédies musicales et les *Misérables*, alors je ne pouvais pas ne pas t'emmener voir la comédie musicale *Les Misérables*.

Elle se jette à mon cou, me remerciant mille et une fois pour ce cadeau.

La salle est grandiose. Entre le lustre étincelant, les moulures au plafond et les deux balcons qui surplombent le reste de l'assemblée, nous en prenons plein les yeux. Tout est magnifique.

Nous prenons place sur les fauteuils en velours rouge, impatients de voir le spectacle commencer. Quelques minutes plus tard, les lumières de la salle s'éteignent, le rideau s'ouvre, la musique de *Work Song* emplit l'espace et donne le départ de trois heures de spectacle intense.

Je ne vois pas le temps passer, appréciant chaque chanson et chaque numéro de la pièce. Les comédiens sont incroyables, les costumes resplendissants et l'histoire intemporelle. *Les Mis* ont réussi à me réconcilier avec l'œuvre de Victor Hugo.

À la fin de la reprise de *Do You Hear the People Sing?* qui clôt le spectacle, Cami est émue. Je n'ai pu m'empêcher de l'observer entre deux chansons, constatant à quel point elle appréciait le spectacle. Voir son livre préféré vivre en musique a dû lui faire quelque chose. Et je suis ravi d'avoir pu le lui offrir.

Nous quittons la salle avec un trop plein d'émotions et de souvenirs.

— Tu n'imagines pas à quel point j'ai aimé. Tout était... merveilleux. Merci encore, Alex.

Sur ce, elle se met sur la pointe des pieds et m'embrasse tendrement. Nos deux corps se joignent au milieu des lumières du théâtre et de la Ville-Monde, nous enfermant dans cette bulle qui n'appartient qu'à nous. Et jamais, au grand jamais, je ne voudrais en sortir.

— Est-ce tu veux des enfants ?

Je tends le billet de 20£ à Cami en posant cette question, signe que c'est à son tour de répondre.

Nous voilà maintenant assis à même le sol de la chambre d'hôtel, des plats de sushi vides éparpillés autour de nous, en train de nous questionner sur tout et rien en nous passant la parole avec le billet de 20.

— Je crois que non. Je ne sais pas si c'est lié à mon passé ou si c'est simplement une non-envie, mais je ne pense pas vouloir d'enfants un jour, répond-elle, songeuse. Et toi ?

— Je t'avoue que je n'y ai jamais réfléchi, mais je ne suis pas sûr d'en vouloir non plus. On a l'impression qu'avoir des enfants est un prérequis dans la vie d'une personne, mais ce n'est pas une tare de ne pas en vouloir.

— Je suis complètement d'accord. Je sais que Jane et Gabi seraient folles en m'entendant, elles qui ont toujours eu envie d'avoir des enfants, mais qui ont eu des freins sur leur passage pour.

— Elles avaient pensé à en avoir avant toi ?

— Oui, et je crois qu'elles en veulent toujours d'autres. Mais l'adoption et la PMA ne sont pas des choses faciles et je ne sais pas si elles seraient prêtes aujourd'hui à se lancer dans cette longue aventure.

— Tu en penserais quoi ? Je veux dire, si elles décidaient d'avoir un second enfant.

— Je serais heureuse, vraiment. Pour elles, et pour moi. J'ai toujours secrètement voulu avoir un petit frère ou une petite sœur, mais pour rien au monde je n'aurais voulu qu'il ou elle naisse dans ma famille. Avec Gabi et Jane comme parents, je n'aurais pas à m'inquiéter pour cet.te enfant.

— J'ai vu comment elles sont avec toi et je peux t'affirmer que ce sont deux superbes mamans.

— Je sais, j'ai une chance incroyable de les avoir.

Je lui prends la main, conscient de l'émotion qui perle dans son regard. Je sais à quel point Jane et Gabi sont importantes pour elle, qu'elle est là aujourd'hui grâce à ces deux femmes, et je leur suis infiniment reconnaissant d'avoir recueilli et aidé cette fille dont je suis fou amoureux.

— Dis-moi un truc sur toi que je ne sais pas, me demande-t-elle alors en me redonnant le billet.

— OK. Tu sais que je porte du vernis parce que j'ai l'impression d'avoir une touche artistique sur moi ?

Elle acquiesce, se rappelant la conversation que nous avons eue il y a plusieurs mois.

— Eh bien, parfois j'aimerais aller plus loin en me maquillant.

— C'est une super idée ça ! Comme dirait Cher dans *Burlesque* : c'est comme peindre une toile. Pourquoi tu ne le fais pas alors ?

Je triture le billet entre mes doigts.

— J'ai déjà essayé, mais je n'y arrivais pas et ça ne me plaisait pas tant que ça. Et puis, j'avoue que je redoutais un peu le regard des autres.

— Les gens sont bêtes.

— Et malheureusement, on ne peut pas changer certaines mentalités.

— Tu voudrais que je te maquille ? Je ne suis pas une experte, mais je sais appliquer du rouge à lèvres et du fard à paupières. Ce serait seulement pour nous deux.

— OK.

Nous nous déplaçons dans la salle de bain où je m'assois au bord de la baignoire, me trouvant maintenant plus bas que Cami.

— Tu ne bouges surtout pas.

Je hoche la tête et la laisse appliquer minutieusement chaque touche de maquillage. Elle commence par les yeux où elle applique du fard d'un prune tirant sur le noir puis les souligne d'un trait de crayon de la même couleur avant de finir par du mascara qui me fait pleurer l'œil.

— Désolée, j'ai dérapé, se moque-t-elle en effaçant du bout du doigt le surplus.

— Dis que t'as voulu me crever un œil, plutôt !

— Jamais je ne ferai de mal à tes beaux yeux gris.

— J'ai de beaux yeux, alors ?

Elle lève les siens au ciel, dans ce geste que je connais par cœur.

— Tu sais très bien que oui.

— Mais je voulais absolument l'entendre de ta bouche.

— Bon maintenant, tais-toi, je vais te mettre du rouge à lèvres.

Elle prend un rouge *nude* et l'applique sur ma bouche délicatement. Je presse mes lèvres l'une contre l'autre comme elle me l'indique et la regarde observer son œuvre finale.

— Alors, c'est réussi ? m'enquiers-je.

— À toi de juger, mais je trouve que ça te va super bien.

Je me place devant le miroir et regarde mon visage transformé. Le gris de mes yeux ressortent sur le noir du fard et le mascara agrandit mon regard. Mes lèvres sont plus claires que d'habitude, accentuant ma peau déjà pâle. Je me trouve différent, mais dans le bon sens du terme, avec un petit air du chanteur de Måneskin.

— J'aime bien, affirmé-je. Je crois que je pourrais m'habituer à me voir comme ça régulièrement.

— Si tu as besoin d'une maquilleuse à domicile, je suis là, dit-elle joyeusement.

Le sourire sur ses lèvres me fait fondre une énième fois, comme si mon cœur n'était toujours pas habitué à le voir. Je me penche vers elle et l'embrasse langoureusement.

Qu'est-ce que j'ai envie de cette fille.

Une certaine tension s'installe entre nous, quelque chose de nouveau. Cami se presse contre moi, une chaleur vive m'envahit. Je sens son désir autant que le mien. Nous continuons de nous embrasser, nos baisers deviennent plus pressants, plus passionnés. Nos langues se rencontrent et se joignent, exécutant une danse sensuelle qui me fait monter une excitation que je dois freiner. Et puis, finalement, c'est Cami qui prend l'initiative en faisant passer mon tee-shirt par-dessus ma tête. Elle passe ses doigts sur mon torse, dessinant des spirales qui me donnent des frissons. Tout mon corps chauffe de plaisir tandis que ses mains se pressent sur mon pantalon pour le retirer à son tour. Je glisse mes mains sous son pull, les posant sur ses côtes.

— Est-ce que je peux ? l'interrogé-je.

Elle hoche la tête et joint ses lèvres aux miennes tandis que je lui ôte les dernières couches qui me séparent de son corps. Nous nous retrouvons bientôt nus, à bout de souffle des baisers que nous nous sommes donnés. J'observe ses courbes, suivant le chemin de ses tatouages qui parcourent son corps.

— Tu es belle.

— Et toi, tu es beau.

Mes lèvres trouvent bientôt sa peau nue qui se couvre de chair de poule. J'embrasse chacun de ses tatouages, de son abeille sur sa nuque à la lune sur sa cheville, en passant par des mains entrelacées par un fil rouge en hommage à *Your Name* sur son épaule, le mot « *enough* » sur sa clavicule, une rose à l'intérieur de son coude et le petit tournesol à la base de sa cuisse. Elle frissonne, mais ne me repousse pas et je la sais en confiance. Je crois que personne ne l'a touchée comme ça et elle me laisse l'honneur d'être le premier. Je sais que c'est un grand pas pour elle. Je prends les précautions qu'il faut pour qu'elle ne regrette pas de m'avoir laissé faire.

— Ça va ?

Elle acquiesce en fermant les yeux.

— Continue, me conjure-t-elle en prenant de grandes inspirations. Embrasse-moi partout.

— D'accord, mais pas ici.

Je lui prends la main et l'entraîne vers la pièce principale où je la fais basculer sur le lit en l'embrassant. Elle continue de découvrir mon corps avec son toucher, passant sur des zones qui me font réagir.

— De quoi as-tu envie ? lui demandé-je.

— Je te veux, toi. Mais je veux aussi y aller doucement.

— D'accord, nous allons y aller à ton rythme, lui dis-je en l'embrassant sur le front.

Ce soir-là, je la découvre avec ma bouche. Nous ne faisons pas l'amour, mais les sensations sont aussi enivrantes que si nous avions sauté le pas.

Lorsque ce moment charnel entre nous se termine, je me blottis contre elle dans le lit, lui embrasse le front, l'emprisonnant dans mes bras. Nos corps moites s'emboîtent parfaitement, nos respirations se calent l'une sur l'autre. Nous sommes en parfaite harmonie après ce moment intime et intense.

— Merci de prendre ton temps avec moi, me chuchote-t-elle doucement.

— Tu n'as pas à me remercier pour ça. C'est tout à fait normal.

— Je sais que ça l'est, mais j'ai tellement peur d'être un frein à notre relation, de nous empêcher d'avancer à cause de ma peur… et je ne veux pas te perdre à cause de ça.

— Tu ne me perdras pas, Cam.

Elle ferme les yeux, comme si elle prenait le temps d'absorber mes mots. À travers ses cils, je vois de timides larmes couler. Je la serre un peu plus contre moi, restant volontairement silencieux sur ses pleurs.

J'ai mal de la voir pleurer, de la voir douter d'elle-même. Je ne sais pas quoi faire pour qu'elle se rende compte à quel point elle est parfaite telle qu'elle est. Ses angoisses sont une part d'elle dont elle ne devrait pas avoir honte. Elles sont légitimes. J'aimerais le lui faire comprendre davantage, mais je ne sais pas comment. Alors, je me tais et la laisse pleurer dans mes bras.

Je nous recouvre du drap et nous nous endormons ainsi, la vie animée de Londres jouant sa douce musique en fond et les larmes de Cami cessent finalement.

38
Cami

Je me réveille aux côtés d'Alex, remplie d'émotions de la veille. J'ai le souvenir de sa bouche sur moi qui continue de me tourmenter, me rappelant le plaisir que j'ai ressenti sous ses gestes experts. Je me suis sentie en sécurité et sûre de moi avec lui. J'ai eu le sentiment que c'était le bon moment pour entamer cette première fois. Je sens le rouge me monter aux joues en pensant à ce que je lui ai fait à mon tour. C'était étrange, mais agréable. Je me sentais si vulnérable, mais en même temps si bien. Je me suis sentie belle sous ses caresses et en sûreté au creux de ses bras. Je n'avais pas peur d'être touchée, comme je ne l'ai jamais été par lui. Il a été prudent, me rassurant dans ses gestes et ses paroles. Et je sais que je pourrais aller jusqu'au bout avec lui.

Je sens les larmes séchées sur mes joues et me souviens également de l'après. Celui où j'ai eu peur, où je lui ai avoué que je ne voulais pas le perdre, et où il m'a assuré que je ne le perdrai jamais. Les larmes ont coulé toutes seules à ce moment-là car je me suis rendu compte à quel point j'étais amoureuse de lui et à quel point mon angoisse avait augmenté avec mes sentiments. Je sais qu'il m'attendra, qu'il ne me brusquera jamais, mais je ne peux m'empêcher de me demander *Et si* ?

Et s'il n'en pouvait plus de patienter ? Et si je ne lui suffisais plus ? Je me suis attachée à Alex, plus que je ne pouvais l'imaginer. Le perdre serait un déchirement.

J'observe son beau visage endormi, encore maquillé de la veille. Le fard de ses yeux s'est étalé, lui donnant un air de panda. Je trace du doigt le contour de son visage, de ses sourcils bruns à sa mâchoire saillante, en passant par son nez fin et ses yeux gris que j'aime tant. Je passe mon pouce sur ses lèvres pleines, encore couvertes de rouge, et m'arrête sur sa petite cicatrice au-dessus de celles-ci, à peine visible à l'œil nu. Je sais qu'il en a d'autres, notamment sur son torse. Je n'ose l'interroger à ce propos et, quand bien même, je sais qu'il ne me répondra pas. Toute cette part de mystère me déplaît énormément, même s'il le fait pour me protéger. Mais j'aimerais pouvoir faire plus pour lui, pouvoir être véritablement là, dans le bon comme dans le mauvais.

Ses yeux s'ouvrent finalement et me contemplent un instant.

— Tu me regardes dormir ? me demande-t-il d'une petite voix encore ensommeillée.

— Tu es mignon quand tu dors.

— Ah ouais ?

Je confirme d'un hochement de tête. Il s'assoit dans le lit et m'attire à lui. Je me love dans ses bras, dans ce cocon qui me rassure et me fait du bien.

— On va visiter la ville aujourd'hui, ça te dit ?

— Carrément ! Mais on peut aller petit-déjeuner avant ?

— Évidemment. Des pancakes, ça te va ?

Mon ventre gargouille en entendant le mot « pancake ».
— Tu as ta réponse.

Nous rendons la chambre quelques dizaines de minutes plus tard. L'air frais de ce mois de décembre me fait frissonner tandis que nous marchons dans le quartier de Flat Iron Square où Alex a réservé pour bruncher. L'enseigne « Where the pancakes are » ne ment pas sur la spécialité de celle-ci. Alex m'avait promis des pancakes, je suis servie !

Je me régale de mon repas, appréciant chaque bouchée de pancakes chauds et de sirop d'érable. Le temps passe et nous regagnons les rues de Londres dans le but de voir le plus de monuments connus. Nous traversons Tower Bridge, passons devant Big Ben et le London Eye. Nous nous rendons jusqu'à Buckingham Palace où nous assistons à la relève de la Garde. Enfin, nous nous installons dans le Richmond Park et prenons en photos les daims qui passent à quelques mètres de nous. Ce week-end ne pouvait pas mieux se terminer.

Finalement, il est temps pour nous de rentrer à Southampton. Nous quittons Londres lorsque Alex reçoit un appel de son frère. Il décroche et la voix de Liam emplit l'espace de la voiture.

— Qu'est-ce qu'il y a ? demande un peu sèchement Alex.
— Tu es où ? interroge la voix feutrée de Liam.
— Je reviens de Londres.
— Tu es là bientôt ?
— Dans une heure et demie, pourquoi ?

Alex fronce les sourcils, visiblement perplexe de cet appel imprévu.

— Je suis chez toi, là. Rentre le plus rapidement possible, tu comprendras, dit Liam, restant volontairement évasif.

— Tout va bien ?
— Pas vraiment. À tout à l'heure.

La conversation se coupe. L'inquiétude se lit sur le visage d'Alex.

Le reste du trajet est silencieux, l'atmosphère pesante. Je n'ose rien dire car je sens la contrariété d'Alex à côté de moi.

— Je vais te déposer chez toi en rentrant, ça te va ?
— Oui, bien sûr. Ça va aller ? m'enquiers-je.
— J'espère.
— Tu me tiendras au courant ?

Il acquiesce silencieusement, les lèvres pincées et les mains serrées sur le volant.

L'heure et demie suivante est longue. J'étouffe dans la voiture. Heureusement, Southampton se dresse bientôt devant nous. Alex s'arrête en bas de mon immeuble, dépose un baiser rapide et chaste sur mes lèvres en s'excusant de devoir me laisser. Il redémarre en trombe. Je regarde sa voiture disparaître au coin de la rue et j'ai ce pressentiment que je ne le reverrai pas avant quelques temps.

Six jours sont passés depuis notre retour de Londres. Six jours pendant lesquels je n'ai pas eu de nouvelles d'Alex.

Je suis concentrée sur mon ordinateur et sur la dissertation du *Portrait de Dorian Gray* qui s'y dessine quand les notes de *Queen* de Shawn Mendes résonnent dans ma chambre, indiquant l'arrivée d'un appel.

— Jamie ?
— Salut, Cami. Je suis désolé de te déranger, mais j'ai besoin de toi. Est-ce que je peux passer chez toi ?
— Oui, bien sûr. Viens quand tu veux.
— Je suis là dans dix minutes.

Jamie arrive à bout de souffle. Il semble préoccupé lorsqu'il entre dans ma chambre étudiante et s'installe sur le lit.
— Qu'est-ce qui se passe ? C'est Alex ?
— Tu lui as parlé récemment ?
— Non, réponds-je en soufflant.

J'ai bien essayé de lui envoyer des messages et de l'appeler, mais il n'a jamais répondu. Je suis même passée chez lui, mais il était absent. Après le coup de fil alarmé de Liam, je savais qu'Alex allait disparaître. J'ai essayé de ne pas m'inquiéter, mais, bien évidemment, ça n'a pas marché. Alors je me suis plongée dans le travail, me convainquant qu'Alex savait se gérer et que, même s'il était loin de moi, rien de mauvais ne pouvait lui arriver. Mais à présent, avec la visite de Jamie, je n'en suis plus si sûre.

— Toi non plus ? demandé-je en voyant la panique dans le regard de Jay.

— Non. Il disparaît régulièrement comme ça, mais pas aussi longtemps. D'habitude, cela dure seulement deux, trois jours. Et il me donne des nouvelles à chaque fois. Là, c'est silence radio.

— Lorsque nous sommes rentrés de Londres, il a reçu un appel de son frère lui disant de rentrer rapidement. Il semblait contrarié.

Jamie se passe une main sur le visage.
— Merde.
— Il est avec son frère, c'est ça ?
— Je pense. Est-ce qu'il t'a expliqué... ?

Je me mords la lèvre en pensant à ce que j'ai deviné il y a déjà plusieurs semaines.

— Pas explicitement, mais j'ai compris ce qu'il faisait avec. Il deal, c'est ça ?
— Oui, mais pas seulement. Tu connais les *street racing* ?
— Je crois. Ce sont des courses de voiture, c'est ça ?
— Des courses illégales qui se déroulent sur des terrains vagues, sans aucune sécurité.
— Oh non...

Je comprends maintenant ses nombreuses absences, la fois où il est revenu avec un œil au beurre noir et ses nombreuses cicatrices... tout ça, c'est en suivant son frère.

— Je ne sais pas ce qu'il s'est passé avec Liam, mais je pense qu'Alex l'a suivi. Et ce n'est pas une très bonne nouvelle, conclut Jamie, l'air vraiment inquiet.
— Je peux te demander quelque chose ?
— Vas-y.
— Quelle est sa relation avec son frère ? Il a l'air de le craindre, mais en même temps de lui porter une certaine admiration.

Jamie soupire, ce que je prends pour un « oui ».

— Leur histoire est compliquée. Son frère... son frère a une très mauvaise influence sur lui. Alex a en effet beaucoup d'admiration pour lui, et ce, depuis qu'ils sont enfants. Liam l'a entraîné avec lui dans son business il y a plusieurs années et Alex continue de le suivre inlassablement. Je crois qu'il ne se rend pas bien compte qu'il est manipulé par son frère. Leur relation est toxique.
— J'ignorais que Liam avait cette emprise sur lui.
— Il le traite comme ça depuis des années. J'étais là quand ça a commencé. À l'époque, je sortais encore avec Liam. Mais j'ai vite compris qu'il n'était pas une bonne personne. Je suis resté auprès d'eux uniquement pour Alex. Suivre son

frère dans ses affaires ne lui plaît pas. Bien au contraire. Ça l'angoisse, ça le terrifie.

— Je sais qu'il fait des crises d'angoisse, mais je ne pensais pas que c'était lié à Liam.

— Alex garde énormément de choses pour lui. J'ai bien essayé de le faire parler, qu'il réalise la mauvaise influence qu'a Liam sur lui. Je veux qu'il s'en sorte, qu'il ne finisse pas comme son frère. Mais encore aujourd'hui il agit selon sa volonté. Je ne sais plus quoi faire pour le sortir de cette situation. J'ai l'impression de ne pas être la personne adéquate pour ça.

— Je vois où tu veux en venir, et je t'arrête tout de suite, ça ne marchera pas. À côté de ce que représente Liam pour Alex, je ne suis personne. Tout ce que je pourrais dire ou faire ne servirait à rien. Je ne suis ni médecin ni psy, je ne peux pas le guérir de cette influence.

— Crois-moi, tu n'es pas *personne*. Et tu trouveras le moyen de l'aider. Tu tiens à lui, n'est-ce pas ?

— Oui, bien sûr, dis-je sans hésiter.

— Alors tu feras en sorte de le sortir de là. Je sais que tu y parviendras. Je n'ai jamais vu Alex amoureux. Et le voilà, à te faire la cour, à s'émerveiller de tout ce que tu fais, à avoir des yeux en forme de cœur dès qu'il te regarde... Alex est fou de toi. Il écoutera tout ce que tu dis.

Je m'assieds sur mon lit, pensive et fatiguée.

— J'ai essayé de le joindre, mais il ne me répond pas, dis-je.

— Continue d'essayer. Il a juste besoin d'un déclencheur pour le faire revenir dans la réalité, pour revenir auprès de toi. Je suis impuissant de mon côté, Cam. Ça fait quatre ans que j'essaie, mais il reste sourd à mes paroles.

Je sens un poids sur mon ventre face à cette situation qui me pèse.

— Parle-lui, s'il te plaît, me supplie Jamie.

Je hoche la tête. Je ne sais pas si j'arriverai à faire quoi que ce soit, mais je dois essayer. Pour Alex, parce qu'il le mérite. Il mérite qu'on prenne du temps pour lui, qu'on prenne soin de lui et qu'on le tienne à l'écart de cette relation toxique qui le ronge de l'intérieur. Je veux être là pour lui comme il l'a été pour moi. Alors, je fais la seule chose possible à l'heure actuelle : je promets à Jamie que je ferai tout pour qu'il aille mieux. Parce que je tiens à lui.

Parce que je l'aime.

39
Alex

Les visages ravis de mes parents sont les premières choses que je vois en entrant dans mon appartement au retour de Londres. Ils sont assis sur le canapé, une tasse de thé dans les mains et font face à un Liam visiblement blasé.

— Alexander, me salue poliment mon père.

Ma mère se lève et vient à ma rencontre. Elle me prend dans ses bras, dans un geste que je n'ai pas connu depuis des années. Je reste statique, ne prenant pas part à ce câlin inattendu. Leur visite, elle-même inattendue, me prend de court. Je ne m'attendais pas à ce que mes parents soient la raison de l'appel agité de Liam.

— Qu'est-ce que vous faites là ? demandé-je sèchement, ne prenant même pas la peine de me montrer sympathique avec eux.

— Nous avions envie de venir voir nos garçons. Cela fait un moment que nous n'avons pas eu de vos nouvelles, répond ma mère en reprenant sa place auprès de mon père.

— C'est vrai que vous en donnez souvent, vous, rétorqué-je.

Mon père me lance un regard noir.

— Alexander, me réprimande-t-il.
— Quoi ? Vous voulez jouer les parents modèles maintenant ?
— Laisse, Alex, ça n'en vaut pas la peine, intervient tranquillement Liam en me rejoignant.

Il se penche vers moi et chuchote :
— Ils ne vont pas rester longtemps, essaie d'être patient.

Je sens une colère enflée en moi, si bien que je suis sourd aux paroles de Liam. Sur un ton acerbe, je poursuis :
— Vous étiez où quand j'ai fêté mon dix-neuvième anniversaire ? Ou tous les anniversaires qui ont précédé ?

Les voir là me met hors de moi. Ils n'ont jamais été là pour moi, pour *nous*. Je ne vois pas pourquoi ils auraient envie de commencer maintenant. Je ne veux rien avoir affaire avec eux, et ce depuis un moment. Leur argent ne m'est même plus utile à présent. Je vis sur mes propres réserves depuis des années, fruits du business de Liam auquel je prends part malgré moi.

— Nous sommes désolés, fils, mais notre travail...
— Ouais, je connais la chanson, interromps-je mon père. Écoutez, je ne sais pas ce qui vous est passé par la tête pour, soudainement, avoir envie de prendre de nos nouvelles. Cela fait quatre mois que nous ne nous sommes pas adressé la parole.

— Alex...

La tristesse sur le visage de ma mère me met un coup au cœur. Mais je me reprends vite, me rappelant qu'elle n'est plus présente dans ma vie depuis des années. À part un coup de fil ici et là, ils ont disparu de la circulation. Et comme je l'ai dit à Cami, ils ont fini de me manquer depuis bien longtemps.

— Nous essayons de faire de notre mieux, reprend ma mère.

— C'était il y a des années qu'il fallait faire mieux, lorsque nous étions encore enfants et que nous avions besoin de vous. Nous avons grandi seuls, nous nous sommes élevés seuls.

— Et nous sommes infiniment désolés pour tout cela. Nous avons toujours voulu faire ce qui était le mieux pour vous. Travailler dur pour vous offrir la vie de rêve. Mais je pense que nous avons oublié l'essentiel : être avant tout là pour vous.

La peine de ma mère me touche, mais je ne décolère pas.

— C'est trop tard maintenant, répliqué-je fermement.

— Nous voulons nous rattraper.

— C'est. Trop. Tard.

Je crache chaque mot comme du venin. J'ai passé le stade du pardon. Celui où j'aurais pu à nouveau les accueillir dans ma vie, leur donner une seconde chance. Mais aujourd'hui, je n'en ai plus envie. Je n'ai plus envie de donner du temps à des personnes qui n'en ont jamais eu pour moi. Je me suis construit sans eux et je continuerai de le faire, même si ça signifie les tenir à distance.

— Je suis désolé, moi aussi, mais il est trop tard pour revenir en arrière et oublier vos années d'absence. Peut-être qu'un jour j'aurai le courage de revenir vers vous... je ne sais pas. Tout ce que je sais, c'est que je me suis habitué à ne plus vous voir, à ne presque pas vous parler et que je n'ai pas besoin de vous dans ma vie. Je vous donnerai des nouvelles, comme je le fais actuellement, mais ça s'arrête là. Je ne veux plus que vous veniez nous voir, parce que ça fait trop mal de vous voir partir pour un temps indéterminé.

— Nous comprenons. Et, à nouveau, nous nous excusons de ne pas avoir été plus présents pour vous.

Ma mère vient vers nous, pose une main délicate sur nos joues. Je me repais un moment de ce geste maternel, presque aimant. Je vois que Liam en fait de même, fermant les yeux pour apprécier ce doux mouvement. Lui aussi a mal, mais il ne le montre pas. Il est resté silencieux tout ce temps, se tenant à l'écart de cette discussion houleuse et je le comprends. C'est lui qui a le plus souffert de la situation car, quand j'avais Liam, lui n'avait personne.

— Je suis fière de vous, mes enfants. Je ne suis peut-être pas là pour le montrer, mais je le suis, et ce depuis toujours. Je vous ai vus évoluer de loin et devenir les jeunes hommes que vous êtes. J'aurais aimé avoir pris part à tout ça et je le regrette sincèrement. Je sais qu'il est trop tard, comme tu l'as dit Alex, mais je serai là si vous changez d'avis. Si vous décidez de me... de nous pardonner. Alors, je serai là. Je ne partirai plus. Je vous le promets.

— Merci, maman, souffle Liam, visiblement touché par les mots de notre mère.

Je garde le silence, l'émotion encombrant ma gorge.

Mon père suit ma mère à l'extérieur, sans dire un mot. Je sais que lui n'a pas le même discours que ma mère et il ne l'aura probablement jamais. Mais ce n'est pas grave car j'ai appris à passer outre cette indifférence. C'est ce qui m'a renforcé au fil des années. Et, indirectement, je les remercie pour cela.

Ils nous quittent et, instinctivement, je tombe dans les bras de mon frère. Les larmes menacent de couler, mais je les retiens.

— Putain, soufflé-je.

— Je sais, p'tit frère.
Je me relève et regarde Liam.
— J'ai besoin de prendre l'air.
Il hoche la tête.
— OK, allons-y.

Le reste de ma semaine suit un schéma répétitif. J'ai éteint mon portable dès que nous avons rejoint la première *race* avec Liam et ne l'ai plus rallumé. Je pense à Cami, à Jamie ou à Emi qui ne vont pas s'empêcher de s'inquiéter, mais pour le moment c'est le cadet de mes soucis.

Je cours avec ma voiture, remporte très souvent le premier prix, puis nous nous infiltrons dans une soirée étudiante où nous vendons un maximum. L'adrénaline des courses et du deal court dans mes veines. J'oublie un moment la visite de mes parents et ce qui me pèse. J'oublie mes soucis avec Liam en m'y plongeant corps et âme, ce qui est paradoxal. Plus je cours et vends, plus j'oublie que je déteste ça.

Je me bats une ou deux fois, me marquant d'un méchant bleu sur la joue et d'une entaille au bras. Rien de bien méchant ou que je ne connaisse déjà. Je me fais draguer, souvent. Très souvent. Et si j'étais encore le Alex d'avant, je n'aurais pas hésité un instant à me taper toutes les nanas qui m'ont simplement souri. Mais je ne suis plus le même maintenant, du moins pas complètement. Il s'avère qu'à présent je suis raide dingue d'une fille que je ne veux pas perdre car je l'aime et qu'elle est une constante importante dans ma vie.

Je leur fais du charme pour qu'elle m'achète mes merdes, rien de plus. Je n'entre pas dans leur jeu de séduction et me tiens à l'écart de celles qui semblent trop pressantes et tactiles.

J'amasse un tas de fric en cinq jours, de par les courses et les ventes. Entre-temps, Liam et moi discutons. Beaucoup. Nous parlons de tout, de nos parents, des cours, de mon art, de Jamie et de Camryn. Je n'ai pas été aussi proche de mon frère depuis un moment et, je dois le reconnaître, cela me fait du bien. J'ai toujours cette petite voix qui me rappelle qu'il n'est pas bon pour moi, mais je ne l'écoute pas. Je profite, simplement.

Au bout du septième jour, nous faisons une pause à mon appartement. Je n'y ai pas remis les pieds depuis la visite de mes parents. À l'occasion, je rallume mon téléphone et passe en revue les nombreux appels et messages de mes amis qui sont en alerte maximale due à mon absence. Je les efface.

Cami aussi a tenté de me joindre, évidemment. Je lis chacun de ses messages, passant du simple « Tout va bien ? » à « Je m'inquiète vraiment. Rappelle-moi Alex, s'il te plaît. Je veux être sûre que tu ailles bien, rien de plus. ». Ses mots me brisent le cœur.

Putain, qu'est ce que j'ai fait ?

Je l'ai laissée tomber, la maintenant dans l'inquiétude et le silence. Elle ne mérite pas ça.

— Faut que j'y aille, lancé-je soudainement à Liam.

Affalé dans le canapé, il lit un thriller, chose que je ne l'ai pas vu faire depuis un moment.

— Tu vas la retrouver ? me demande-t-il naturellement.

— Ouais.

— Tu as raison. Ne joue pas au con comme moi.

Je sais à quoi il fait référence, ou plutôt à qui. Jamie lui manque et lui manquera probablement toujours. Et ça me fait mal de le voir ainsi, le cœur brisé, même si tout est de sa faute. Il méritait son bonheur avec mon meilleur ami, et il a tout gâché en préférant son business à son amour. Je ne ferai pas la même erreur que lui.

Alors, je sors en trombe de l'appartement et fonce retrouver Cami.

Je me présente à la porte de Cami avec un bouquet de roses qui aurait mérité plus d'eau et de lumière, et des excuses qui, j'espère, sauront la convaincre que je ne suis pas un connard égoïste, du moins pas entièrement.

La porte s'ouvre sur une Camryn encore à moitié endormie — pas étonnant pour un dimanche matin — vêtue de son pyjama et avec ses cheveux ramenés en queue-de-cheval.

— Alex ?
— Désolé, ils n'avaient pas de tournesols chez le fleuriste.

Je lui tends le bouquet de roses, mal à l'aise face à la situation.

— Je pense qu'on doit parler, toi et moi.
— Je pense aussi. Rentre.

Elle s'écarte pour me laisser entrer. Je m'installe sur son lit tandis qu'elle dispose mes pauvres fleurs dans un vase. Elle prend sa chaise de bureau et s'assied en face de moi, gardant une distance notable entre nous.

— Où étais-tu ? s'enquiert-elle, une certaine inquiétude dans la voix.
— J'ai merdé.
— Ce n'était pas ma question.
— J'étais avec Liam.
— Tu as dealé ?

Ce mot dans la bouche de Cami agit sur moi comme un électrochoc. Évidemment qu'elle le sait, mais je ne pensais pas qu'elle me confronterait directement à cet aspect de ma vie. Merde, j'ai *vraiment* merdé.
— Oui.
— Tu as fait des courses de voiture ?
Et merde.
— Oui.
Elle se penche vers moi, passe délicatement un doigt sur ma joue endolorie.
— Et tu t'es battu, finit-elle, non comme une question, mais comme une affirmation.
— Je suis désolé.
C'est tout ce que je peux lui dire actuellement. Désolé de l'avoir abandonnée. Désolé de m'être battu alors que je sais combien elle exècre la violence. Désolé d'avoir merdé, encore une fois. Mais je ne lui dis pas tout ça, car je suis lâche et que j'ai peur de la perdre.
— Parle-moi, Alex. C'est tout ce que je veux.
— Je ne sais pas quoi te dire. Mes parents sont passés, ça m'a fait vriller, j'ai suivi Liam et j'ai déconné. Je n'aurais pas dû disparaître comme ça, surtout sans donner de nouvelles.
— J'ai eu peur pour toi.
— Je sais. Excuse-moi.
Elle me rejoint finalement sur le lit et me prend la main.
— Tes parents sont venus chez toi ?
— Ça ne s'est pas très bien passé, si tu veux savoir. Je leur ai dit ce que je rêvais de leur dire depuis des années et ils ont paru... compréhensifs. Surtout ma mère. Ça m'a fait mal de la voir comme ça, mais je ne pouvais pas... je ne pouvais pas faire comme si toutes ces années n'avaient pas existé et effa-

cer le mal que j'ai eu à cause de leur absence. Je me suis forgé sans eux et je compte bien continuer comme ça.

— Tu étais en colère ?
— Oui. Mais maintenant, je suis juste... triste. Las.

Je sens ses yeux posés sur moi, mais je les fuis car je n'ai pas envie d'y lire de la pitié.

— Et après ça ?
— Après ça, j'avais besoin de me changer les idées.
— Alors, tu as suivi Liam ?
— Ouais. Je... j'en avais besoin.
— Tu aurais pu venir me trouver, à la place.

Je pourrais entendre son cœur se briser.

— Ça ne m'a pas traversé l'esprit à ce moment-là. J'avais juste envie de retrouver les sensations des courses et du deal. Je sais que c'était idiot. J'ai coupé mon téléphone pour m'isoler, pour penser à autre chose. J'avais besoin de m'enfermer dans cette bulle routinière.
— Je comprends. J'aurais aimé que tu fasses autrement, mais je comprends. Est-ce que tu... tu as fait une crise ?
— Non.
— Tu veux me parler de ça, aussi ?
— Je t'en ai déjà parlé.
— Tu m'as parlé du *comment*, pas du *pourquoi*.

Je sais ce qu'elle me demande. Est-ce que j'en suis capable ? Est-ce que je suis capable de lui déballer toute ma culpabilité vis-à-vis de l'histoire avec Liza et d'être confronté à son jugement ?

Mais c'est Camryn, et je sais qu'elle ne me jugera pas.

Alors, je lui raconte tout. Comment, à cette soirée au lycée, j'ai failli tuer une adolescente parce que je n'avais pas conscience des conséquences. Comment elle s'en est sortie miraculeusement. Comment je me suis retrouvé face à l'indifférence de Liam après cet épisode. Et finalement, comment ma première crise est apparue, marquant le début d'un enfer qui dure depuis deux ans.

— Alex...

— Je sais ce que tu vas me dire. Que ce n'était pas ma faute. Mais ça l'était. J'ai essayé de me convaincre du contraire, mais la vérité, c'est que j'ai failli la tuer ce soir-là. Ce n'était probablement pas la seule, d'ailleurs. Je ne sais jamais comment les gens vont réagir à la drogue que je leur vends et je ne m'en soucie même pas. Du moins, j'essaye. Je vends, c'est tout.

— Pourquoi tu continues ?

— Parce que...

Les mots me manquent. Comment lui expliquer que je n'ai pas le choix ?

— À cause de Liam ?

— Oui.

— Tu ne lui dois rien, Alex, peu importe ce que tu crois. Oui, il t'a élevé parce que vos parents étaient aux abonnés absents, mais ce n'est pas pour ça que tu dois le suivre dans tout.

— Tu ne comprends pas.

— Je ne comprends peut-être pas votre relation, mais je vois à quel point elle te fait du mal. Il te manipule, Alex. Tu as disparu pendant une semaine parce que tu l'as suivi. Tu ne te rends même pas compte que tu es complètement différent en sa présence. Tu n'es plus celui qui m'a fait les plus belles déclarations, m'a dit je t'aime en portugais parce que c'est une langue qui m'est chère. Celui à qui je me suis donnée tout entière, à qui appartient mon cœur. Celui-là n'est plus le même lorsque tu es sous son emprise.

— S'il te plaît, ne fais pas ça, n'essaie pas d'entrer dans ma tête.

Je sens les larmes poindre derrière mes yeux, mais je les retiens rageusement.

— Je veux simplement t'aider, Alex. Je suis là, et je ne veux plus te voir souffrir. Je suis là pour toi, toujours. Ne me repousse pas à cause de lui, je t'en supplie.

— Je ne veux pas avoir à choisir entre vous deux.

— Ce n'est pas le cas. Le seul choix que tu feras sera celui de prendre ta vie en main, d'apaiser enfin ton cœur et ta tête. Si tu me veux à tes côtés dans ce choix, alors je serai là. Si tu préfères être seul, je l'accepterai. Ça me fera mal, mais je saurai que tu es sorti de cette relation toxique, alors ça ira.

— Tu vas me quitter, n'est-ce pas ?

— Non. Je ferai seulement ce que souhaites.

— Je veux que tu restes.

Je me lève du lit et me mets alors à genoux, posant ma tête sur ses cuisses dans un geste désespéré. Les larmes coulent finalement sur mon visage, me coupant le souffle.

— J'ai besoin de toi, Cam. J'ai tellement besoin de toi que ça me fait mal.

— Je suis là, chuchote-t-elle en me caressant les cheveux. Je serai toujours là.

Nous restons dans cette position un moment. Le silence a repris ses droits. Nous sommes tous les deux perdus et submergés par la situation. Je ne voulais pas la faire entrer dans ce monde qui m'angoisse et me terrifie. Je souhaitais la tenir à l'écart, mais j'ai merdé et je l'entraîne, malgré moi, vers ces abysses.

Je ne sais pas quoi faire pour m'en sortir. Malgré ce que Cami semble penser, je dois trop à Liam pour le laisser tomber. Et, je dois le reconnaître, j'ai trop peur des conséquences. Il peut être mauvais, mais il reste mon frère et j'ai besoin de lui.

Nous passons le reste de la journée dans la chambre de Cami, à regarder des vidéos sur son ordinateur en essayant de penser à autre chose. Je me perds dans ses bras, oubliant ce qui me tracasse.
Elle a raison, j'aurais dû venir vers elle après la visite de mes parents. Car elle me fait plus de bien que n'importe quelle course ou n'importe quelle soirée de deal.
Cami est ma bouée de sauvetage. Elle est le ciel Bleu dans mon atmosphère sombre.
Je m'endors auprès d'elle, le cœur lourd et l'esprit agité.

40
Cami

— Salut, Cami.
— Salut, Teddy.

Il a contourné le banc sur lequel j'étais assise et m'a embrassée doucement sur la joue. J'aimais que Teddy soit aussi délicat avec moi, surtout depuis que je lui avais dit combien j'avais du mal avec le contact physique. Il faisait attention dans le moindre geste qu'il avait pour moi, ce qui me touchait particulièrement.

Cela faisait plusieurs semaines que nous nous étions rapprochés. Aujourd'hui, je savais que je pouvais lui faire confiance. Il m'écoutait, était gentil et doux avec moi, drôle, avenant. Tout ça me confortait dans le fait que j'étais prête à lui parler de mon passé.

— Tu avais l'air très sérieuse au téléphone, tout va bien ?
— Oui, ça va. Je voulais te parler.
— De quoi ?
— De moi. De ce qu'il m'est arrivé lorsque j'étais petite et qui m'a construite comme je suis. Tu sais que je n'aime pas qu'on me touche, mais je ne t'ai jamais dit pourquoi.

Je lui ai parlé de mon père, de ma mère, des années d'horreur qu'elle avait vécues avec lui, des choses que j'avais vues et entendues. Je lui ai raconté ce jour où mon père avait fini par tuer ma mère, et qu'il était maintenant en prison. Je lui ai parlé de Jane et Gabi qui m'avaient recueillie après cette tragédie et qui étaient devenues mes tutrices légales tout récemment. Je lui ai expliqué que j'avais l'impression de ne jamais pouvoir guérir de tout ça, même si j'avais retrouvé un foyer auprès de celles qui me considéraient aujourd'hui comme leur fille.

Il m'a écouté tout le long de mon récit, le regard peiné. Lorsque j'ai eu terminé, je pouvais lire une profonde tristesse sur son visage.

— Je suis tellement désolé pour tout ça, Cami. Je... je ne sais pas quoi dire de plus. Je n'imaginais pas que tu avais vécu un tel enfer. Tu es tellement forte et courageuse.

— Je n'ai pourtant pas l'impression de l'être. Je revis sans cesse ces années comme si elles dataient d'hier. J'y pense constamment. C'est pourtant la première fois que j'en parle à quelqu'un. Ni Lily ni Rachel ne sont au courant.

— Pourtant je croyais que tu connaissais déjà Rachel à l'époque.

— C'est le cas, mais au moment du drame nous étions si jeunes que les parents de Rachel ont préféré l'épargner en me demandant de garder le secret. Eux et Jane m'ont été d'un grand soutien après ça. Les parents de Rachel s'en sont énormément voulu de n'avoir rien vu. Eux et mes parents étaient très proches. Lorsque c'est arrivé, ils m'ont accueillie un temps chez eux, expliquant à Rachel que mes parents avaient été tués dans un accident de voiture. À cette époque, j'ai gardé le silence pendant des mois. Je n'arrivais plus à parler.

Lorsque mon père a été jugé, j'ai réussi à parler à nouveau. Entretemps, Jane avait entamé la demande pour devenir ma tutrice. Je lui faisais confiance, alors j'ai accepté sans hésiter qu'elle le soit. J'ai emménagé chez Jane et Gabi deux mois après la mort de ma mère, toujours en attente de l'adoption officielle. Et aujourd'hui, voilà où nous en étions. Jane et Gabi étaient mes tutrices, mon père était en prison, et Rachel ignorait tout de cette histoire. Tout comme Lily. Je n'avais pas réussi non plus à le lui dire.

— Merci de m'en avoir parlé.

Teddy m'a pris doucement la main. J'ai regardé nos doigts entrelacés en me rendant compte qu'un poids s'était enlevé de ma poitrine. Je n'avais pas raconté cette histoire depuis des années, et je réalisais à quel point l'avouer agissait comme un baume sur mon cœur. J'avais besoin d'en parler, de raconter mon passé à quelqu'un. Teddy était arrivé au bon moment.

Je savais, à cet instant, que je ne voudrais jamais le perdre.

La voix nasillarde du conducteur du train dans les haut-parleurs annonce notre arrivée imminente à la gare d'Oxford.

Je n'ai pas vu Teddy depuis plus de deux mois. Et, à part quelques messages, nous n'avons pas non plus beaucoup discuté. C'est pourquoi je me trouve ici, à Oxford. J'ai besoin de lui parler. De lui dire ce qui se passe dans ma vie et pourquoi lui et moi nous sommes éloignés ainsi.

Je distingue sa tête blonde au milieu des autres personnes qui attendent sur le quai de la gare. Il agite la main lorsque nos regards se croisent.

— Salut, dit-il simplement lorsque j'arrive à sa hauteur.

— Salut.

— Tu as fait bon voyage ?

— Ça va, oui.

À vrai dire, j'ai eu l'estomac noué tout le long du trajet. Je sais que j'ai beaucoup à dire à Teddy et j'ai peur de sa réaction.

— On va se prendre un café ?

J'acquiesce et le suis vers un petit café-bar à quelques centaines de mètres de la gare. Je prends un chocolat chaud tandis que Teddy commande un expresso et nous prenons place à une table près de la baie vitrée.

— Je suis content de te voir, Cam.

— Moi aussi, Teddy. Je crois qu'on avait besoin d'avoir cette discussion.

— Je crois aussi.

— Je suis désolée d'avoir été distante avec toi ces derniers temps. Je... j'avais beaucoup de choses à penser et à régler.

— Je me doute, Cam. Ton père...

Je lève une main, le coupant dans son élan.

— Je ne veux pas en parler. Et, pour être honnête, ce n'est pas à ça que je faisais allusion.

Je prends une grande inspiration et me lance :

— Depuis que tu m'as avoué que tu avais des sentiments pour moi, tout a changé. Parce que je savais que je ne pouvais pas te donner ce que tu voulais.

— Je suis tellement désolé pour ce que je t'ai fait, Cam.

— C'est oublié, vraiment. Mais, la vérité c'est que j'ai l'impression que, tant que tes sentiments seront là, notre amitié ne pourra plus être comme avant. Je ne dis pas que nous allons couper les ponts, au contraire, c'est tout ce que je ne souhaite pas. Mais je crois que, pour un temps, nous devrions mettre une certaine distance entre nous. Cela te permettra peut-être de passer à autre chose. Je ne veux pas te perdre, Ted, mais je ne crois pas que la situation actuelle soit idéale pour conserver notre amitié.

— J'ai saisi, Cam. Je ne veux pas que mes sentiments soient un frein entre nous.

— Ce n'est pas seulement ça.

Je baisse le regard.

— Je suis amoureuse d'Alexander, avoué-je enfin. Je sors avec lui depuis plus d'un mois maintenant.

— Oh.

Il ne réagit pas plus, mais je me doute que mon aveu lui fait du mal.

— Tu comprends pourquoi il vaut mieux que nous ne nous voyons pas un petit moment ?

— Oui, je comprends. Je me doutais que quelque chose se passait entre vous, mais je me voilais la face. Je continuais de penser que, peut-être un jour, tu te rendrais compte que mes sentiments pour toi étaient réciproques. C'était idiot de ma part. Même si ça me fait un peu de peine que tu l'aimes lui plutôt que moi, je suis quand même content pour toi, Cam. J'espère simplement qu'il te rend heureuse.

— C'est le cas.

— Alors, tant mieux. Je te souhaite le meilleur avec lui, de loin pour le moment.

— Merci, Ted. Et promis, un jour, nous nous retrouverons comme avant. Il nous faut juste...

— Du temps, complète-t-il.

Le temps, cette notion qui auparavant m'effrayait, aujourd'hui elle me rassure.

Je ne sais pas où nous en sommes aujourd'hui Teddy et moi, mais je sais que nous finirons par nous réunir. Parce que c'est comme ça entre lui et moi.

Je quitte Oxford quelque temps plus tard.

Il est temps de retrouver mon chez-moi.

Je débarque chez Lily le lendemain soir avec un paquet de Skittles dans une main et le DVD de *Burlesque* dans l'autre. Rachel est déjà là, en train de se vernir les ongles en violet.

— Salut, toi, dit Lily en versant des pop-corn chauds dans un pot. Comment ça va ?

— Ça va et vous ?

— Nickel ! se réjouit Rachel en admirant sa nouvelle manucure.

— Bien aussi. Comment ça s'est passé avec Teddy ?

Je m'affale sur le lit de Lily en poussant un soupir.

— Bien, je crois. Il a été compréhensif, même quand je lui ai avoué être avec Alex. Nous avons convenu de nous laisser du temps loin l'un de l'autre. Je pense que nous en avons besoin lui comme moi.

— Bon, j'imagine que c'est pour le mieux, reconnaît Rachel en prenant ma main. Est-ce que tout va bien ?

Je pense à Alex et à ses crises d'angoisse. Mon inquiétude pour lui doit se lire sur mon visage, d'où la question de ma meilleure amie.

— Je ne sais pas si j'ai trop le droit d'en parler, mais...

— Qu'est-ce qui se passe, Cam ? se soucie à son tour Lily en s'asseyant à côté de moi.

— Alex fait des crises d'angoisse depuis des années et... j'ai été là lors de l'une d'elles. C'était tellement dur de le voir comme ça. Je me sentais tellement... inutile. Je l'ai juste tenu dans mes bras sans savoir quoi faire. J'aimerais l'aider, mais je ne sais pas comment. Tout ça me dépasse et m'effraie.

— Mon cousin fait aussi des crises d'angoisse, intervient alors Rachel.

— C'est vrai ? Comment il les gère ?

— Il prend de grandes respirations et il compte en citant des choses qu'il aime. Par exemple, 1 : le fromage, 2 : le fromage et Lin-Manuel Miranda, etc. Ça lui permet de se concentrer sur autre chose tout en maîtrisant son souffle. Ce n'est pas une solution miracle, mais ça peut peut-être aider Alex.

— Je lui parlerai de cette méthode. Merci, Rach.

— Avec plaisir. Bon, maintenant, si on regardait Christina Aguilera et Cher donner le meilleur film musical du 21ième siècle ? demande Rachel.

— Je croyais que c'était *Mamma Mia* le meilleur film musical du 21ième siècle ? s'offense faussement Lily.

— Ils sont tous les deux sur le podium.

— Je préfère ça.

Nous mettons en route le film et passons les deux heures suivantes à chanter en chœur avec *Queen* Aguilera.

Et c'est comme si tout le reste n'avait plus d'importance. Je profite de cet instant de confort avant que l'orage ne revienne.

41
Cami

L'orage n'aura pas mis longtemps à revenir chasser le soleil de mon ciel bleu.

Je reçois un message d'Alex en début de soirée. Trois mots s'étalent sur l'écran, des mots qui font accélérer les battements de mon cœur en un instant.

À l'aide.

En moins de temps qu'il en faut pour le dire, je me retrouve dans les rues of Southampton, à pédaler sur mon vélo en direction de l'appartement d'Alex. Je suis à bout de souffle quand j'arrive et pénètre dans l'appartement.

— Alex ?

Mon appel se perd dans le silence de l'appartement.

— Alex, où es-tu ?

Des sanglots étouffés me répondent. Je les suis en direction de la salle de bain où je trouve Alex, recroquevillé sur lui-même, des larmes roulant en flot continu sur ses joues. Il se tient le ventre, tente de trouver sa respiration. Je m'agenouille à ses côtés, le berce comme la première fois que je l'ai trouvé en train de faire une crise.

— Respire, respire.

Il se bat pour se contenir, mais la crise est trop forte. Il s'accroche désespérément à moi, sanglotant dans mes bras. Je repense à la technique de Rachel et l'invite à compter en citant les choses qu'il aime.

1
La peinture.
2
Son frère.
3
Ses amis.
4
Faire des courses de voiture.
5
Toi. Toi. Toi.

Il finit par se calmer, même si les larmes ne cessent de couler. Son rythme cardiaque reprend une allure normale. Il souffle enfin.

Je le tiens toujours serré contre moi, incapable de le lâcher. Son corps est brûlant contre le mien. Je me lève, passe une serviette sous le jet d'eau froide et la plaque sur son front. Je la passe sur tout son visage, espérant faire retomber sa température corporelle.

— Ça va? demandé-je doucement.
— Oui, mieux, marmonne-t-il.
— Qu'est-ce qu'il s'est passé ? Tu veux m'en parler ?

Je prends sa main dans la sienne, la pressant pour le rassurer.

— Liam est passé. Je lui ai dit que je voulais tout arrêter, mais...

De nouveaux sanglots viennent couper sa phrase

— Il t'a fait du mal ? m'enquiers-je.
— Non, mais il a menacé de t'en faire.
Je déglutis. Putain.
— On doit aller porter plainte, décrété-je.
— Pour quoi faire ?
— Il menace, il te force à dealer, il traîne dans des affaires louches dont tu es témoin... je pense qu'il y a de quoi faire.
Il secoue la tête.
— On ne peut rien faire. Je plongerais avec lui.
La vérité m'éclate en plein visage. Merde.
— Je suis bloqué, Cam.
— On va trouver une solution, lui promets-je en caressant sa chevelure corbeau.
Quelques instants plus tard, je l'aide à se lever et le couche dans son lit. Je me blottis contre lui, calant ma respiration sur la sienne.
— Je suis une mauvaise personne.
Je me relève en entendant ses mots et maintiens son regard.
— Non, c'est faux.
— Si, je suis mauvais. Je mets des vies en danger en leur vendant des merdes qui peuvent arrêter leur cœur en une seconde. Je fais des courses de voiture qui peuvent tuer à chaque instant, moi ou les autres. Je suis dans une spirale infernale dans laquelle je plonge encore et encore alors que j'aurais pu arrêter ça il y a bien longtemps. D'une certaine façon, je le soutiens, *lui*. Je continue de le suivre et je me déteste. Je me déteste pour tout ce que je fais et suis depuis des années.
— Tu as essayé de te sortir de son emprise, tu me l'as dit toi-même. Et on trouvera une solution pour.

— S'il te plaît, ne t'en mêle pas. Je ne veux pas qu'il te fasse du mal.

— Il ne m'en fera pas, lui assuré-je.

Alex se relève pour me faire face.

— Tu ne le connais pas. Tu ne l'as pas vu quand je lui ai demandé d'arrêter.

— Je m'en fiche. Je veux t'aider. Tu me l'as demandé, rappelle-toi.

— Et maintenant, je te demande le contraire. S'il te plaît, Cam. Promets-moi que tu ne t'en mêleras pas.

Je soupire, résignée à accepter sa demande.

— OK, je te le promets.

— Merci.

Il me prend dans ses bras, dans un geste rassurant et protecteur. Je me love contre lui, me délectant de cet instant de calme après la tempête. Je lève ma tête vers lui, croise son regard gris et brillant, et l'embrasse tendrement.

— Et tu n'es pas une mauvaise personne, Alexander Cliché Evans. Loin de là. Tu es bon. Parfaitement bon.

Je l'embrasse sur chaque aspect de son visage : son nez, sa joue, entre ses sourcils.

— Tu sais comment je le sais ? Parce que, dans le cas contraire, tu ne t'inquiéterais pas de tout ça, ne te préoccuperais de personne. Tu as le cœur gros, Alex. Tu veux juste faire ce qu'il faut, contenter tout le monde, même quand cela n'est pas possible. Tu n'es pas une mauvaise personne, Alex. Tu es juste humain, et c'est déjà beaucoup.

Je lui dépose des baisers légers dans le coup et le sens frémir.

— Tu es une bonne personne, la meilleure que j'ai rencontrée. Tu es l'homme pour lequel je veux me donner. Corps et âme. Tout entière.

Je remonte le long de sa mâchoire, mordille son oreille et chuchote au creux de celle-ci.

— Je suis à toi, Alex. Alors, prends-moi.

J'ai l'impression que nos cœurs manquent un battement en même temps.

Il comprend ce que mes mots signifient. En un instant, sa bouche se retrouve sur la mienne, se repentant de ce baiser intense. Il dévore mes lèvres et ma langue, me laissant ivre lorsqu'il se décolle de moi. Il s'attaque finalement à mon cou, puis descend plus bas. Mon tee-shirt disparaît, remplacé par la bouche d'Alex qui redécouvre mon corps au moyen de ses baisers. Il prend son temps, recouvre chaque bout de peau tendrement, en laissant un vide à chaque fois.

Je me laisse aller entre ses mains expertes, appréciant chaque nouvelle chose qu'il me fait.

— Tu es tellement belle.

Mon cœur fond. Je l'attire à moi et l'embrasse, avide de ses lèvres sur les miennes.

— Je te veux. *Tellement.* J'ai envie de toi, Alex. Plus que n'importe quoi.

Il ne se fait pas prier et nous déshabille rapidement. Nos deux corps nus se meuvent, se collent, se cherchent. Nous sommes brûlants de désir. Nos baisers sont affamés.

— Tu es sûre que tu veux aller plus loin ?

— Plus sûre que jamais.

Il hoche la tête et m'embrasse. Il se détache quelques secondes de moi pour mettre un préservatif. Quelques secondes qui me paraissent être une éternité.

Il revient et prend son temps pour me faire l'amour.

Nous nous donnons l'un à l'autre ce soir-là, complètement et intensément. Je me sens en confiance au creux des bras d'Alex, lui offrant mon corps et mon âme dans un moment qui n'appartient qu'à nous.

Ce moment se termine en apothéose, dans une harmonie parfaite entre lui et moi, une osmose sublime.

L'intensité de cet instant précieux entre nous ne retombe pas avant quelques minutes. Nous restons collés l'un à l'autre, nos corps portant le souvenir de cet acte. Je m'éclipse finalement dans la salle de bain, prenant le temps de me rhabiller et d'enlever le reste d'Alex.

Je retrouve le lit, me blottis à ses côtés.

— Je t'aime, me murmure-t-il.

Je t'aime aussi.

Pourtant les mots ne sortent pas. Pourquoi je n'arrive pas à les lui dire alors que je les pense si fortement ? Mes sentiments pour lui ne sont pas nouveaux et ne changeront pas, alors pourquoi ai-je tant de mal à les avouer ?

— Je sais que toi aussi, dit-il en caressant ma joue.

— Oui.

— Tu y arriveras, un jour. Je saurai être patient.

— Merci.

Je lui rends le baiser qu'il m'offre en lui insufflant tout l'amour que je lui porte.

Alex s'endort finalement. Je reste couchée dans ses bras, mais ne peux fermer l'œil. Le déroulement de la soirée repasse dans ma tête, partant de ce moment charnel et intime entre nous, à sa crise.

Toute cette histoire me retourne. Je n'arrive pas à entrevoir une porte de sortie pour Alex. Sa relation avec son frère est tellement tenace depuis des années qu'il parviendra difficilement à s'en séparer. Je ne peux pas le laisser ainsi. De plus, je refuse de laisser quiconque me menacer. Liam n'est qu'un connard parmi d'autres. Et j'en ai connu des bien pires dans ma vie.

J'ai pris une décision.

Je sais d'avance qu'elle ne plaira pas à Alex.

J'espère seulement que je ne le perdrai pas.

42
Cami

Mon cœur bat à une vitesse folle.

Même la présence de Lily, Rachel et Emi n'arrive pas à me calmer. Elles ont accepté de m'accompagner pour me soutenir dans cette décision et lors de cette rencontre.

Je me refais mon discours dans ma tête lorsque je vois Liam entrer dans le café. Il nous aperçoit et vient à notre rencontre, aussi étonné qu'amusé de nous voir toutes les quatre l'attendre.

— Tu as ramené toute ta clique, constate-t-il en prenant place face à nous.

— Je préférais ne pas me retrouver seule avec toi, reconnus-je.

Il se recule dans sa chaise et croise ses bras sur sa poitrine.

— Je vois. Qu'est-ce que tu veux ? Je t'avoue que j'ai été surpris de recevoir un message de toi.

— Je veux te parler d'Alex.

— Comme c'est étonnant.

Son ton sarcastique ne m'échappe pas. Je ne me laisse pas intimider et poursuis :

— Laisse-le tranquille. Arrête de l'entraîner dans tes histoires. Il n'a pas envie de ça, alors laisse-le partir.
— C'est donc bien toi qui lui a fourré toutes ces idées dans la tête.
— Non, il a toujours pensé ainsi, mais tu devais être trop concentré sur ta petite personne pour t'en rendre compte.
— Quelle assurance ! Dis-moi, si je refuse, qu'est-ce que tu vas faire ?

Il s'avance vers moi, un sourcil haussé, curieux de ce que je vais lui dire. Je jette un œil vers les filles, me soutenant silencieusement à côté de nous.

— Porter plainte, déclaré-je finalement.

Liam esquisse un rire qui me glace le sang.

— Regarde-toi ! s'exclame-t-il avec un rictus mauvais sur le visage. Quel courage de venir me menacer de porter plainte alors que tu n'as aucune preuve contre moi. De plus, je pourrais facilement entraîner Alex avec moi, et je sais que ce n'est pas ce que tu souhaites.

— Des preuves j'en ai. Si tu veux savoir, j'ai une longue liste de messages que tu as échangés avec Alex et qui prouvent parfaitement toutes les merdes dans lesquelles tu t'es fourré et dans lesquelles tu l'as entraîné.

Encore une chose qu'Alex n'appréciera pas : avoir fouillé dans son téléphone. Mais je me devais d'être préparée à affronter Liam. Ces captures d'écran sont un moyen de pression non négligeable.

— Si tu crois que tu pourrais le faire tomber avec toi, tu as du souci à te faire, car ce sera ta parole contre la mienne, conclus-je.

— *Nos* paroles contre la tienne, intervient Rachel.

Je me tourne vers elle, puis vers Lily et Emi, et comprends, à leurs regards, qu'elles seraient prêtes à témoigner à mes côtés. Elles aussi veulent aider Alex.

— À toi de voir, reprends-je. Ou tu prends le risque que je porte plainte et advienne que pourra. Ou tu laisses Alex tranquille, pour de bon. C'est aussi simple que ça.

Liam se marre à nouveau, comme si la situation lui passait au-dessus de la tête.

— Tu as l'air bien sûre de toi. Mais tu ne me connais pas, alors...

— Elle non, mais moi oui.

C'est ce moment que choisit Jamie pour arriver. Mon cœur se serre, mais je me sens infiniment soulagée de sa présence. Je ne pensais honnêtement pas avoir réussi à le convaincre de venir m'aider. Mais pour le bien d'Alex, le voilà.

— James..., souffle Liam.

— Salut, Liam. On peut discuter ?

— Je suppose que je n'ai pas le choix.

— Non, effectivement. Vous nous laissez, les filles ?

Nous acquiesçons en chœur et quittons le café, laissant les deux anciens amants en grande conversation.

Je ne sais pas ce qui sortira de cette discussion, mais j'ai confiance en Jamie. Si lui n'arrive pas à convaincre Liam de laisser son frère loin de son business, personne ne le pourra.

Lily, Rachel, Emi et moi patientons de longues minutes dans la voiture de cette dernière. Bientôt, un coup au carreau nous fait sursauter. Jamie est de retour. Il prend place à côté de moi, sur la banquette arrière.

— Alors ? m'empressé-je de demander.

— Alors, il va le laisser tranquille.

— Vraiment ? s'étonne Emi.
— Ouais. Je crois qu'il a compris que tout ça n'était pas bon, ni pour Alex ni pour lui.
— Comment as-tu réussi à le convaincre ? interroge Rachel.

Jamie secoue la tête, nous signifiant que la réponse lui appartient.

— OK, je vois, reprend Rachel. Ça ne nous concerne pas.

J'apprendrai plus tard que Jamie a confronté directement Liam en lui parlant d'eux, de ce qu'il a perdu en continuant de traîner dans son business, des erreurs qu'il a faites et qu'Alex est en train de reproduire à son tour. Liam a accepté de laisser partir Alex, mais il a également promis à Jamie de changer. J'espère sincèrement que Liam va tenir sa promesse.

Nous repartons du rendez-vous avec un sentiment de victoire, de soulagement. Parce qu'Alex va pouvoir enfin vivre sa vie sans s'inquiéter, ni se sentir coupable ou redevable vis-à-vis de son frère.

— Tu peux me déposer chez Alex ? demandé-je à Emi.
— Bien sûr.

Il est temps pour moi de l'affronter. De lui avouer que j'ai trahi sa promesse et sa confiance. Une boule se forme dans mon ventre. L'angoisse monte en moi. Je crains terriblement sa réaction, mais je ne peux pas y échapper plus longtemps. Pourvu qu'il me pardonne...

Alex m'accueille en me serrant dans ses bras et en déposant un baiser dans mes cheveux.

— Salut, toi. Je ne pensais pas que tu passerais.
— J'avais envie de te voir.

Ce qui est la vérité. Mais je devais aussi lui parler, ce que j'omets de lui dire pour le moment.

— Ça tombe bien, parce que j'ai une bonne nouvelle à t'annoncer.

— Une bonne nouvelle ?

— Oui, mais on en parlera plus tard. Tu restes dormir ? demande-t-il en nous faisant asseoir sur le canapé.

— Je ne sais pas.

— Comment ça ?

Je prends une grande inspiration, me focalise sur Alex.

— Je ne sais pas si tu voudras encore que je reste après ce que je dois te dire.

Mon air sérieux l'interpelle. Nous nous installons sur son canapé. Je laisse volontairement une distance entre lui et moi.

— Tu m'inquiètes. Tout va bien ?

— D'une certaine façon, oui.

Je respire à fond et, enfin, je me lance.

— Je suis allée voir Liam pour le menacer de porter plainte, lâché-je d'une traite.

— Quoi ?

Il se tourne brusquement vers moi. Je peux lire un mélange de colère et de tristesse sur son visage. Ce que je redoutais est en train d'arriver.

— Tu es allée le voir toute seule ? Mais qu'est-ce qu'il t'a pris ? explose-t-il.

— Je n'étais pas seule. Lily, Rachel et Emi étaient là. Et puis, Jay... C'est plus ou moins lui qui a réussi à faire entendre raison à ton frère.

— Tu as entraîné Jamie? Tu n'avais aucun droit de le mettre dans une telle position. Tu sais à quel point il a souffert de sa relation avec Liam ?

— Je sais, mais... écoute-moi.

Il se lève d'un bond, me fusille du regard.

— Je t'écoute et ce que j'entends ne me plaît absolument pas. Tu m'avais promis, Cami, de ne pas t'en mêler ! Tu as trahi cette promesse et, en plus de ça, tu as entraîné mon meilleur ami là-dedans ! Tu n'avais aucun droit de l'impliquer dans cette histoire.

— Tu as raison, je n'aurais pas dû te promettre en premier lieu de ne pas m'en mêler. Je voulais t'aider et j'aurais fait n'importe quoi pour cela. Je n'ai pas forcé Jamie à venir. C'est lui qui a pris la décision parce que *lui aussi* voulait te venir en aide. S'il te plaît, ne m'en veux pas.

— Comment je pourrais faire autrement, putain ?! Si je t'ai tenue loin de mon frère, c'était pour une bonne raison. Bordel, Cam, il t'a menacée il y a seulement quelques jours et toi, tu... tu ne te rends pas compte à quel point ça aurait pu mal tourner. Je connais mon frère, je sais à quel point il peut être tordu. Il aurait très bien pu te faire du mal, peut-être pas physiquement, mais avec les mots. Il est doué pour ça, pour te blesser moralement au plus profond de ton être. Et toi, tu as cru que c'était une bonne idée d'aller le voir.

— Je suis sincèrement désolée, mais je devais trouver une solution pour...

— *Tu* ne devais rien faire ! me coupe-t-il. C'était mon problème, pas le tien.

Il commence à faire les cent pas devant moi, martelant le sol de sa démarche pleine de colère.

— Il a accepté de te laisser tranquille, dis-je finalement.

— Je m'en fous de ça ! hurle-t-il en s'arrêtant à ma hauteur. C'était peut-être des paroles en l'air. Il vous a peut-être baratiné pour que vous ne portiez pas plainte. Et s'il y a des retombées derrière ? S'il décide de vous faire du mal, à toi ou à Jamie ?

— Il ne fera jamais de mal à Jamie.

— Il lui en a déjà fait, pourtant. Tu l'ignores, mais après leur rupture, Liam a fait vivre un enfer à Jamie. Il l'a insulté de tous les noms, le rabaissant avec des mots blessants. Il lui a envoyé des messages de menaces, lui disant que s'il le croisait, il lui ferait payer de lui avoir brisé le cœur. Il n'a jamais mis ses menaces à exécution parce que je l'ai convaincu de ne pas le faire, mais il aurait pu. Putain, pour une simple rupture, il était prêt à le passer à tabac. Et toi, tu...

Il ne finit pas sa phrase, mais je sais très bien ce qu'il me reproche. Je baisse les yeux, consciente du regard rageur d'Alex sur moi. J'ignorais ce qu'il s'était passé entre Liam et Jamie après leur rupture. Si j'avais su...

— Je... je ne savais pas. Et je ne pensais pas...

— Non, effectivement, tu n'as pas pensé une seule seconde à ce qui pourrait arriver après, m'interrompt-il. Tu m'as menti, tu t'es mise volontairement en danger, en embarquant mon meilleur ami avec toi, et tu oses me dire que c'était pour *m'aider* ?

— Je voulais juste...

— Casse-toi, Camryn.

Mon cœur se brise et les larmes menacent de couler.

— Alex..., soufflé-je.

— Je ne veux plus te voir.

Cette fois, je pleure sans retenue.

— Tu ne peux pas dire ça..., bredouillé-je entre deux sanglots.

Il me tourne le dos. Ses poings serrés me donnent une idée de la colère qui bouillonne en lui. Une colère qui m'est destinée. Mes larmes redoublent, me laissant incapable d'ajouter quoi que ce soit.

— C'est fini. Va-t'en, maintenant.

Je ne peux pas croire ce qu'il dit. Je ne peux pas croire qu'après tout ce qu'on a traversé, il me quitte. Mais au fond de moi, je le savais. Je savais que je le perdrais à cause de tout ça. Je ne dois m'en prendre qu'à moi-même car, même si ça partait d'une bonne intention, je n'ai pas assez pensé aux conséquences. Il a raison, j'ai ignoré l'*après*. Tout ça aurait pu, et pourrait, mal tourner.

— Je suis tellement désolée, Alex, mais s'il te plaît, ne me chasse pas comme ça. Je... je t'a...

Les mots restent bloqués dans ma gorge.

— Tu m'aimes, c'est ça ? Putain, tu n'arrives même pas à le dire, Blue ! Si tu m'aimais vraiment, tu aurais tenu ta promesse et tu m'aurais écouté. Mais tu n'as pensé qu'à toi.

— Non, j'ai pensé à *toi*. Seulement à toi...

Ma voix n'est plus qu'un murmure rempli de pleurs.

— Je ne crois pas. Tu as pensé à toi parce que ça ne te plaisait pas de me voir vendre de la drogue, faire des courses de voiture, me battre... c'est tout ce que tu détestes, n'est-ce pas ? Tout ce qui t'horripile chez moi. Rien n'a changé. Tu as voulu effacer tout ça pour me rendre parfait. Parce que c'est ça le problème, n'est-ce pas ? Je ne suis pas assez parfait pour la parfaite mademoiselle Blue ? Ça a toujours été comme ça, depuis le début. Mais je me suis entêté à me dire que tu finirais par tomber amoureuse de moi, pour ça, mais ça n'a jamais été le cas. Tu avais toujours cette envie que je rentre dans le droit chemin, que je change.

Je secoue la tête, incapable d'accepter ses paroles.

— *Tu* as voulu changer pour moi, tu l'as dit toi-même, alors n'inverse pas la situation ! Et oui, je détestais cet aspect-là de toi, je ne m'en suis jamais cachée. Mais j'ai fini par tomber amoureuse de toi, *pour toi.* Pour ton être tout entier. Mais tu es trop aveuglé par ta rage pour t'en rendre compte. Alors, vas-y, quitte-moi pour n'avoir pensé qu'à toi. Parce que c'est ça la vérité : je n'ai pensé qu'à toi en prenant cette décision. J'ai pensé à la façon dont tu souffrais en silence. J'ai pensé à tes crises d'angoisse qui te mettent plus bas que terre. J'ai pensé à cette relation toxique que tu entretiens avec ton frère et qui t'empêche d'être complètement heureux. Et tu oses dire que je n'ai pensé qu'à moi ?! Si tu ne le vois pas, alors tu as raison, je devrais partir. Et c'est ce que je vais faire, parce que le discours devient inutile avec toi.

Il reste silencieux, se contentant de me suivre des yeux alors que je me dirige vers la porte.

— Toi et moi, ce n'était peut-être pas si évident que ça, après tout. Si ça doit se finir entre nous, c'est qu'on n'était pas faits pour être ensemble dès le départ, conclus-je avant de lui tourner le dos.

La porte se referme derrière moi.

Une seconde.

Deux secondes.

Je fonds en larmes.

Et mon cœur se brise en mille m o r c e a u x à mes

pieds.

43
Alex

J'avais dix ans. Liam en avait douze.

Nos parents étaient absents, comme d'habitude.

Nous étions installés sur le canapé, en train de s'ennuyer devant un dessin animé que nous connaissions par cœur. Liam m'a demandé ce que je voulais faire. J'ai haussé les épaules.

Il s'est levé et s'est éclipsé dans sa chambre. Il est revenu avec des feuilles et des tubes de peinture qu'il a déposé sur la table basse.

— Ça te dit ?

J'ai acquiescé joyeusement. Liam savait à quel point j'aimais peindre. Ça avait commencé plusieurs mois plus tôt, quand mon institutrice, madame Kowalski, nous avait fait peindre des assiettes en carton en classe. Depuis, je peignais régulièrement à la maison. Liam avait réussi à convaincre mes parents de m'acheter du matériel. Et me voilà le plus heureux du monde.

J'ai commencé par faire des mélanges sur ma palette en bois, puis le pinceau a glissé tout seul sur le papier. Les couleurs s'assemblaient, commençant à faire apparaître un vase rempli de fleurs sauvages sur le bord d'une fenêtre. Je m'appliquais tandis que je sentais le regard de Liam par-dessus mon épaule. J'y ai ajouté la lumière et les ombres, les contrastes et les détails. Puis ma peinture était terminée. Je l'ai brandie fièrement devant mon frère.

— T'es doué, frangin.

— *Ah bon ?*
Il a hoché la tête.
— *Tu deviendras peintre plus tard, a-t-il affirmé.*
— *N'importe quoi !*
— *Si, je te jure. T'es trop talentueux pour ne pas en faire profiter le reste du monde.*
— *Tu dis ça parce que t'es mon frère.*
— *Je dis ça parce que c'est vrai !*

Les mots de mon frère avaient toujours résonné en moi. Depuis que j'étais petit, je n'avais jamais cru en moi. Et pourtant, neuf ans plus tard, me voilà toucher mon rêve du bout des doigts.

Je n'ai même pas eu le temps de dire à Cami que j'avais été accepté dans l'option Art avant qu'elle ne m'assomme avec son aveu.

Je me sens étourdi depuis son départ. Vide. Insignifiant. Je lui ai balancé des mots que je ne pensais même pas. J'ai été blessé dans mon égo, incapable de comprendre qu'elle ait brisé sa promesse, qu'elle m'ait menti délibérément et qu'elle se soit mise, elle et Jamie, en danger, pour moi. Je lui en veux, terriblement, mais je sais, au fond, qu'elle ne méritait pas tout ça.

Et me voilà. Je l'ai quittée sous un coup de rage. Celle-ci a parlé pour moi.

La colère m'a aussi pris la main et m'a guidé vers mon studio. J'ai pris chaque toile, chaque peinture sur lesquelles j'ai passé des heures et des heures. Une partie de ma vie.

F r a c a s s é e.

Partie en fumée. Je n'ai pas réfléchi. Mon amertume m'a poussé à détruire mes œuvres. Les morceaux de bois et de toiles colorées sont éparpillés autour de moi.

Je suis au centre de mon studio, les jambes recroquevillées sous moi, la tête entre les mains. Je sens des larmes sur mes joues, mais je n'ai pas l'impression de pleurer. Et quand bien même, est-ce des larmes de tristesse ou de colère ?

Je reste plusieurs heures dans la lumière de mes toiles déchirées et du studio abandonné, le cœur en peine.

Quelques jours sont passés depuis que j'ai fichu Cami à la porte. Je me suis complètement renfermé sur moi-même ces derniers jours. Je ne sors plus, ne parle plus à personne, me contentant de ressasser en boucle ce qui s'est passé avec la fille que j'aimais. La fille que j'*aime*.

Je n'ai pas eu le courage de nettoyer mon studio. Le reste de mes toiles bousillées par mon accès de colère traîne encore sur le parquet. Je contemple les dégâts, soufflant de ma stupidité.

C'est finalement la sonnerie de mon téléphone qui me sort de ma léthargie. Le nom de Jay s'affiche sur l'écran et je me sens soudain las. Je n'ai pas envie de lui parler, ni à lui ni à personne.

Tu sais très bien que c'est faux. Tu as envie de lui parler, à elle, me chuchote une voix au fond de mon esprit.

Malgré moi, j'appuie sur « décrocher ».

— Salut.

— Salut, Alex. On peut se voir ? Je crois qu'on doit discuter toi et moi.

— Jay, je n'ai pas...

— Je m'en fiche, me coupe-t-il. Viens chez moi ou je débarque chez toi. Je ne te laisse pas le choix.
— Elle t'a parlé, n'est-ce pas ?
— Oui.
Je soupire, passe une main sur mon visage.
— OK, j'arrive.

Le visage fermé de Jamie ne me laisse aucun doute sur le sermon que je vais me prendre.
— Tu m'expliques ? demande-t-il, sévère, alors que je m'affale sur son canapé.
— T'expliquer quoi ?
— Que tu aies dégagé la meilleure chose qui te soit jamais arrivée ?
J'entends Jamie, mais je ne l'écoute pas. Parce que, même s'il a raison, je me rappelle la douleur que j'ai ressentie quand j'ai appris que Cami m'avait menti.
— Elle a trahi ma confiance, sifflé-je, excédé. Elle m'avait promis de ne pas s'en mêler et à la première occasion, elle va trouver Liam ! Et elle t'entraîne là-dedans !
— *J'ai* décidé d'y aller. Elle m'a juste demandé de l'aide, elle ne m'y a jamais obligé.
— Elle n'aurait pas dû venir te voir en premier lieu, répliqué-je.
— C'est moi qui suis allée la voir en premier, parce que je savais qu'elle seule serait capable de te raisonner. Elle a pris cette décision d'aller voir Liam parce que cela lui semblait juste. Et elle a eu raison. Combien de temps encore tu serais resté dans cette situation qui te bouffe ? Elle a réussi à faire ce dont tu n'as jamais été capable.

— Tu crois que c'est simple pour moi ? Tu crois que je n'ai jamais essayé de parler à Liam ?

La colère enfle dans ma voix et je sens les larmes poindre.

— La dernière fois que j'ai tenté de le convaincre de me laisser partir, il a menacé Cami. Putain, il l'a menacée et elle, elle court à sa rencontre !

— Elle avait conscience de tout ça, mais elle y est allée pour *toi*. Tu n'aurais pas fait la même chose si la situation avait été inverse ?

— Je...

— Si, bien sûr que tu l'aurais fait. Tu aurais pensé à elle, à son bien être, et tu y serais allé. Tu n'aurais pas réfléchi une demi-seconde avant de t'en mêler. Que tu le veuilles ou non, elle a fait les choses bien.

— Elle m'a menti, insisté-je.

— Pour t'aider. Parce qu'elle t'aime, crétin !

— Alors pourquoi elle n'arrive pas à me le dire ?

— Parce qu'elle a peur ? Parce qu'elle n'a jamais été amoureuse ? Parce qu'elle a grandi dans un climat familial terrible qui l'a bloquée sur ses sentiments ? Tu la connais mieux que moi, alors pourquoi poses-tu encore la question ? Tu sais pourquoi elle a tant de mal à te dire qu'elle t'aime.

Je passe une main sur mon visage pour éviter de croiser le regard moralisateur de mon meilleur ami. Il a raison.

Les yeux baissés vers l'écran de mon téléphone, j'observe la photo de Cami avec son dos recouvert de ma peinture. Et c'est là que ma connerie me frappe brutalement, comme un *uppercut* infligé à ma conscience.

— Putain, j'ai merdé, reconnus-je finalement.

— Content que tu t'en rendes enfin compte.

— Et je fais quoi maintenant ?

— Tu te rattrapes. Tu vas chercher la fille que tu aimes et tu t'excuses platement, en espérant qu'elle te pardonne ta connerie.

Si seulement c'était aussi simple...

— Et si elle me rejette ?

— Eh bien, je serais là pour te consoler, grande andouille.

— Merci, Jay.

J'ai un plan pour reconquérir Cami. Du moins, un semblant de plan.

Mon premier arrêt : la Coloc.

Celle que je viens voir est justement la seule présente en ce dimanche matin. Emi prépare des pancakes tout en se dandinant sur du BTS. J'entre dans l'appartement et m'annonce.

— Salut, mec, dit-elle en se détachant quelques secondes de sa poêle brûlante.

— J'ai besoin de ton aide.

— Comme toujours. Qu'est-ce que tu veux ?

— Toi qui a toujours ton appareil scotché à tes mains, tu n'aurais pas des photos de Cami et moi, prises à notre insu ?

Elle verse délicatement les pancakes cuits dans une assiette avant de s'installer à table avec. Je la rejoins et m'assois en face d'elle.

— Il se pourrait bien que oui, répond-elle en me présentant le plat rempli de pancakes.

— Super ! Aurais-tu la gentillesse de me les léguer ?

— Pourquoi je ferais ça ?

— S'il te plaît, Emi, ne joue pas les dures. J'en ai besoin parce que j'ai joué au con avec Cami.

Je constate qu'elle est déjà au courant lorsque son regard me lance des éclairs.

— Il parait, oui. Du coup, je me demande si tu les mérites vraiment, ces photos.

— Je veux me racheter auprès d'elle.

— Et tu crois que des photos suffiront ?

— Non, bien sûr. Mais ça me permettra d'engager la conversation avec elle.

Elle semble réfléchir à mes paroles, puis finit par accéder à ma demande.

Quelques minutes plus tard, je me retrouve à contempler les clichés d'Emi. On nous voit chez moi, l'un à côté de l'autre sur le canapé ou en train de discuter dans la cuisine. À la soirée d'Halloween, lorsque nous avons été physiquement proches pour la première fois. À l'exposition de l'Option Art, nous tenant discrètement par la main. Je suis surpris de cette dernière photo. Je ne pensais pas que quelqu'un nous avait vus ce jour-là, juste après notre second baiser. Toutes les photos d'Emi ont ce grain reconnaissable de l'argentique, ce qui donne un côté nostalgique aux scènes représentées. Je ne veux pas être nostalgique de Cami et moi. Je veux le vivre, encore, et pour toujours. Je veux de *nous*. Et j'ai été tellement idiot de nous déchirer ainsi.

J'emporte les photographies et me mets en route pour mon second arrêt : Londres.

Le retour de la capitale me paraît extrêmement long. Mon paquet bien emballé sur le siège passager et la vue des photos me rendent nerveux. Je sais ce que j'ai à faire et ce que j'ai à dire — je me suis entraîné toute la route — mais j'ai peur du rejet de Cami. Et elle aurait raison de m'envoyer balader après ce que je lui ai fait et dit. Je l'aurais mérité. Mais, malgré tout, j'aimerais qu'elle m'écoute. Parce que j'ai beaucoup à lui dire.

J'attends un moment devant la Bibliothèque Universitaire, là où, d'après Jamie, Cami se trouve. Effectivement, elle en sort quelques dizaines de minutes plus tard. Lorsqu'elle m'aperçoit, tenant un bouquet de tournesols dans une main et les clichés dans l'autre, elle me dévisage. Elle semble hésiter un instant, mais finit par venir vers moi.

— Salut, commencé-je.
— Qu'est-ce que tu fais là ?

Son ton est sec. Je sais d'avance que je vais devoir sortir les rames...

— Je suis venu t'apporter ça.

Je lui tends le bouquet, puis les photos qu'elle observe un instant avant de les ranger dans son *tote bag* sans plus de cérémonie.

— Tu as finalement réussi à trouver des tournesols, constate-t-elle.
— Ils en avaient à Londres.

Étonnée, elle relève brusquement les yeux du bouquet.

— Tu as été jusqu'à Londres pour des fleurs ?
— Il faut croire que je ferais beaucoup de choses pour toi.
— Ne commence pas avec tes répliques toutes faites. Qu'est-ce que tu veux ?
— Te parler.
— Non.

Elle est catégorique, je peux le voir dans son regard.

— S'il te plaît ?
— Non, Alex. Je n'ai pas envie de te parler. Ce n'est pas parce que tu m'apportes des fleurs londoniennes et des pho-

tos que ça va changer quoi que ce soit. La façon dont tu m'as traitée... c'était blessant. Même plus que ça. Alors désolée, mais je n'ai pas envie de te parler. Rentre chez toi.

Elle me dépasse et disparaît de mon champ de vision. Comme ça, sans un mot de plus.

Je reste là, planté au milieu du campus, le cœur tordu et l'esprit embrumé. C'est fini.

Bravo, mon grand, tu as réussi à tout perdre en une seconde !

Merde.

44
Cami

Je contemple depuis vingt bonnes minutes les tournesols déposés dans un vase sur mon bureau. Mes doigts tremblent au-dessus des photos que je reconnais être celles prises par Emi. Je repense à Alex, à la tristesse sur son visage lorsque je l'ai rejeté et mon cœur se serre. Je ne me sentais pas capable de lui faire face alors j'ai préféré fuir.

Il me manque.

C'est un constat que je ne peux nier. Il me manque, terriblement. Mais je n'oublie pas pour autant ses mots qui ont été durs. Il m'a blessée. Tout le manque du monde ne pourra me faire oublier ça. La haine qu'il avait dans le regard. Les paroles acerbes qui sont sorties de ses lèvres. Et sa décision : *c'est fini.*

Je suis assise sur mon lit, attendant que le temps passe et que la douleur dans mon cœur s'atténue. J'ai besoin de me changer les idées.

Quelques minutes après mon appel à l'aide, Lily et Rachel débarquent dans ma chambre en chantant *Mamma Mia* à tue-tête, ce qui me fait instantanément rire.

— Vous savez que je vous aime ? leur demandé-je en soufflant de satisfaction de les voir.

Lily s'installe à mon bureau tandis que Rachel se pose à côté de moi et me tend une boîte de mouchoirs et un paquet de M&m's.

— On ne savait pas lequel tu aurais le plus besoin, du coup on t'a amené les deux. Et nous aussi on t'aime, au passage.

— Je confirme, intervient Lily en contemplant le bouquet de fleurs. Elles viennent d'Alex ?

J'acquiesce silencieusement.

— Il est venu me trouver hier pour qu'on puisse parler, je leur explique.

— Et ? demande Lily.

— J'ai refusé et je suis partie.

— Bien joué ! Il n'a que ce qu'il mérite, réplique Rachel. Il n'aurait jamais dû te parler comme ça et rompre avec toi. Tu as fait ce qu'il fallait. S'il est trop bête pour s'en rendre compte, c'est son problème.

— Je crois qu'il s'en est rendu compte... du moins, trop tard. C'est pour ça qu'il a souhaité me parler. J'aurais peut-être dû écouter ce qu'il avait à me dire ?

Lily se lève et nous rejoint finalement.

— Tu te sentais prête à l'écouter ? me demande doucement Lily.

— Non, pas vraiment.

— Alors c'est simplement que ce n'était pas le bon *timing*. Vous vous retrouverez le moment venu, si c'est ce qui doit arriver.

— Et si ce n'est pas le cas ? On n'était peut-être pas faits pour être ensemble...

— C'est évident que si, rétorque Rachel.
— Je croyais qu'il n'avait eu que ce qu'il méritait ?
— Oui, mais ce n'est pas pour ça que je ne crois pas non plus en vous deux. Au contraire. C'est pour ça qu'il n'aurait jamais dû rompre avec toi. Vous deux, c'était écrit.

Je sens les sanglots monter dans ma gorge.

— Oh non, Cam...

En remarquant mes larmes, Lily m'emprisonne dans ses bras. Rachel se joint à notre accolade. Je me laisse aller au milieu de mes deux meilleures amies. Les larmes se déversent sur mes joues, mais je ne les arrête pas. Parfois, il est bon de pleurer pour les choses importantes.

Et *Alex* est important.

— Je l'aime tellement.
— On sait, ma chérie. Mais est-ce que *lui* le sait ? m'interroge Rachel.

Je secoue la tête.

— Je n'ai jamais réussi à le lui dire.
— Tu avais peur, affirme Lily.

J'acquiesce silencieusement.

— Quand tu te sentiras prête à lui dire, tu sauras que c'est le bon moment pour le retrouver.
— Tu penses ?

Lily confirme d'un hochement de tête.

— C'est compliqué l'amour, n'est-ce pas ?
— Oh oui, réponds-je à Rachel. Et l'amour fait mal, aussi.
— Oui, mais au bout du compte, l'amour est beau. Il faut juste réussir à l'apprivoiser, enchaîne Rachel.
— Comment fait-on ça ?

— En donnant sa confiance à l'autre. En communiquant. En montrant que, peu importe les obstacles, vous serez toujours là l'un pour l'autre.

Les paroles de Rachel sont tellement vraies qu'elles me font mal au cœur.

— On a manqué de tout ça avec Alex.

— Peut-être, mais rien n'est perdu, m'assure Lily. Vous êtes faits l'un pour l'autre, ça crève les yeux. Tous les deux, vous êtes une évidence.

Une *putain* d'évidence.

Rachel et Lily ont raison : nous finirons par nous retrouver. Parce que l'amour est plus fort que tout. Et, *bordel*, qu'est-ce que j'aime cet homme.

Je me battrai pour nous. Parce que nous méritons notre *putain* de belle histoire. *Ensemble.*

Les vacances de février m'apparaissent comme un bon moment pour oublier tout ce qu'il se passe à Southampton. Rentrer à Portsmouth me permet de laisser derrière moi toute cette histoire. Je compte bien profiter de ma famille sans penser à ce qui me tracasse.

Jane et Gabi m'accueillent avec un gros câlin et une tasse de chocolat chaud. Je me blottis au creux de leurs bras, inspirant la douce odeur de mon chez-moi.

Une vague de tristesse me monte à la gorge. La dernière fois que j'étais dans cette maison, je venais d'apprendre le décès de Jim. La dernière fois que j'étais ici, Alex était là lui aussi.

Je chasse ces pensées en me concentrant sur les blagues de Gabi et les questions de Jane. Lorsqu'elles viennent à m'interroger sur Alex, je secoue la tête pour leur faire comprendre que le sujet est délicat. Elles passent à autre chose immédiatement, sentant mon malaise.

— Jane et moi avons quelque chose à t'annoncer, commence alors Gabi en prenant la main de sa femme dans la sienne.

Je fais face aux deux femmes, toutes les trois assises au salon. Je sens l'appréhension dans leur regard. Un nœud se forme dans mon ventre.

— J'espère que ce n'est pas grave.

— Non, ne t'inquiète pas ma chérie, tout va bien, me rassure Jane.

— Voilà. Nous avons décidé de déménager.

— Oh.

Je ne sais pas comment accueillir cette nouvelle. Cette maison, c'est mon foyer. Celui où j'ai retrouvé une vie saine et sécurisée. Celui où, cinq ans en arrière, j'ai fait la rencontre de ma nouvelle famille.

Après l'accident, tout était allé très vite.

J'avais passé quelques nuits chez les Connor-Pawlak, avant d'être placée en foyer. Tout ce temps, j'avais gardé contact avec Jane qui avait été la première sur les lieux après avoir reçu mon message. Nous nous étions vues quelques fois. Nous ne communiquions pas beaucoup, j'étais alors encore plongée dans mon mutisme, mais sa simple présence me rassurait. Je portais une confiance nouvelle à cette jeune femme. Alors, quand elle m'a proposé de venir vivre avec elle et sa femme, j'ai tout de suite accepté. Après des semaines à batailler pour obtenir mon placement chez elles en attendant ma mise officielle sous leur tutelle, j'ai finalement emménagé dans leur maison.

Leur petit lotissement m'apparaissait tout de suite comme un endroit accueillant. En pénétrant chez ces deux femmes, j'avais l'impression d'avoir finalement trouvé ma place. D'avoir trouvé mon chez-moi.

Jane m'a fait visiter sa maison avant de me présenter à sa femme.

— Camryn, je te présente Gabriela.

Gabriela avait des cheveux bruns qui tombaient en spirale sur ses épaules et des yeux d'un noir profond. Elle portait des créoles aux oreilles et une longue robe fleurie qui faisait ressortir sa peau bronzée. La sincérité sur ses traits m'a plongée dans une confiance qui m'a surprise.

— Bonjour minha linda, *m'a-t-elle saluée d'une voix suave et chaleureuse.*

Je lui ai souri, la saluant malgré les mots qui ne voulaient pas sortir. J'ai posé un doigt sur mes lèvres, l'observant avec une interrogation dans le regard.

— Ça veut dire « ma belle » en portugais, a-t-elle alors précisé en comprenant ce que je lui demandais silencieusement . Bienvenue chez toi, minha linda.

J'ai tout de suite compris que ces deux femmes allaient constituer mon nouveau foyer, ma nouvelle famille. Une famille soudée et aimante, qui ne me laisserait pas tomber.

Cinq ans plus tard, j'aime ces femmes de tout mon cœur, mais je ne peux m'empêcher de leur en vouloir d'avoir pris la décision de quitter cette maison. *Ma* maison.

— Je ne comprends pas... Pourquoi vouloir déménager ? Et pour aller où ?

— Nous n'avons pas encore de destination précise, mais nous voudrions nous rapprocher de Londres, explique Jane.

— Pourquoi Londres ?

Toutes deux s'échangent un regard avant que Gabi ne dise :

— Parce qu'à Londres, nous pourrons entamer les démarches d'adoption.

À ce mot, je sens les larmes me venir naturellement.

— Adoption ? Vous voulez avoir un autre enfant ?

Ma voix est cassée. Je bute sur les mots.

— Oh ma chérie, ne pense pas que l'on veuille te remplacer... Nous voulons seulement agrandir la famille, reprend Jane.

— Je... non, vous avez mal compris. Je suis si heureuse pour vous. Sincèrement.

J'éclate en sanglots. Mais ce ne sont pas des larmes de tristesse. Au contraire. J'ai attendu ce moment pendant si longtemps.

Je me lève et prends dans mes bras mes deux mères.

— Je vais être grande sœur.

— Oui, *minha linda*. Tu vas être une super *irmã*[20].

— Vous ne pouvez pas savoir à quel point je suis contente, bredouillé-je.

— Nous aussi, ma chérie. Mais il faudra être patientes car les démarches vont être longues et compliquées. L'adoption n'est pas quelque chose de simple. Mais nous nous battrons pour, assure Jane.

20 *« Sœur », en portugais*

— Je serai là pour vous aider et vous épauler dans tout ça. Je vous aime.

Je me tourne vers Jane.

— Maman.

Puis vers Gabi.

— *Mãezinha*[21].

Les larmes perlent au coin de leurs yeux. Ces mots, je sais qu'elles ont attendu longtemps avant de les entendre. Ils me viennent maintenant naturellement, parce qu'aujourd'hui je suis fière et heureuse d'avoir ces deux femmes dans ma vie. Ces deux *mères*. Je les aime d'un amour profond et je ne pouvais rêver mieux comme famille.

Elles me serrent dans leurs bras, pleurant à chaudes larmes.

Les vacances passent. Je me sens revigorée après ce séjour chez mes mères. J'ai un trop plein d'amour que je chéris précieusement. Parce que, comme le dit Rachel, l'amour est beau.

Et qu'il est grand temps que j'aille récupérer le mien.

---

21 « *Maman* », *en portugais*

45
Alex

La porte d'entrée a claqué violemment, me faisant sursauter.

Je savais déjà, sans l'ombre d'un doute, qui était entré en trombe dans l'appartement. Le message que je lui avais envoyé plus tôt avait réveillé une colère en lui à laquelle je m'attendais.

Liam m'a trouvé dans mon studio. J'ai interrompu mon geste en le voyant arriver, le pinceau en arrêt au-dessus de la toile.

— C'est quoi cette connerie ? a demandé Liam rageusement.

— Ce n'est pas une connerie. Je veux arrêter, c'est tout, ai-je répondu calmement, même si à l'intérieur de moi, mes boyaux faisaient des acrobaties.

— Tu ne peux pas arrêter ! J'ai besoin de toi, moi, tu le sais.

Il a fait les cent pas dans le petit studio, les mains agrippant fermement ses cheveux.

— C'est elle qui t'a mis ça dans la tête, hein ?

La haine dans sa voix m'a filé des frissons.

— Non, ce n'est pas elle, ai-je contré en sachant pertinemment qu'il faisait référence à Cami. C'est moi. Laisse-la en dehors de tout ça.

— Oui, bien sûr, comme si elle ne t'avait pas poussé à m'envoyer ce message. Elle ne supporte pas de te voir traîner avec moi, c'est ça ? J'en étais sûr ! Je ne l'ai jamais sentie, cette fille.
— Ne la mêle pas à ça, ai-je sifflé, les dents serrées. Elle n'a rien à voir là-dedans. C'est moi qui ai pris la décision seul.
— Et ça t'est venu d'un coup, comme ça ? Ne me fais pas croire qu'elle n'est pas à l'origine de tout ça ! J'ai vu comment tu te comportais avec elle : tu lui manges dans la main.
— Arrête, Liam.

Il a enfin stoppé sa marche incessante et s'est planté devant moi. Son regard était brûlant d'amertume.

— Si cette petite conne croit pouvoir se mêler de mes affaires.
— Putain, Liam, arrête ça tout de suite.

Je me suis levé d'un bond. La colère et l'inquiétude se mêlaient en moi, me forçant à m'imposer face à mon frère.

— Elle n'y est pour rien, ai-je insisté.
— Je ne te crois pas.
— Pourtant, c'est la vérité.
— Je te jure que la prochaine fois que je la croise…

Je l'ai frappé au torse, l'interrompant dans ses paroles menaçantes.

— Tu feras quoi ? Tu vas la laisser tranquille ou tu auras affaire à moi, ai-je répliqué fermement.
— Ça y est, tu as des couilles qui ont enfin poussé ? Frangin, crois-moi, vaut mieux que tu restes à ta place dans cette histoire.
— Pas si tu veux t'en prendre à elle.
— Je ferai ce que je veux avec elle. Tu ne seras pas toujours là pour protéger ta petite chérie.
— Liam, je te jure…

— *Tu ne vas rien faire, p'tit frère. On le sait très bien tous les deux. Ce que tu vas faire, en revanche, c'est de continuer à travailler pour moi et je laisserai ta meuf tranquille. On est d'accord ?*

Je n'ai rien répondu, parce que c'était tout simplement inutile. J'avais perdu la bataille.

Liam a fini par partir. Dès que la porte s'est refermée sur lui, je me suis effondré.

❊

Je rumine depuis des jours.

Les vacances m'ont permis de me terrer à nouveau chez moi, sans personne. Je ne suis quasiment pas sorti de mon appartement.

Pour être plus précis, je suis à peine sorti de mon studio. J'ai peint à m'en faire mal aux doigts. Je n'ai pas pu m'arrêter, les lambeaux de mes toiles brisées m'en empêchant. J'ai continué et continué, vidant ainsi mes pensées de *son* image. C'est la nuit que je la vois le plus. Son visage blessé, trahi, lorsque je l'ai mise à la porte. Puis ses traits impassibles quand j'ai essayé de la retrouver. Et son refus qui m'a brisé à nouveau le cœur. Je sais que je l'ai mérité, mais ça n'empêche pas la douleur.

Je laisse mon pinceau glisser sur la toile. C'est lui qui guide mon geste. Je suis plongé dans cette nouvelle peinture lorsque mon téléphone se met à sonner. L'infime espoir que ce soit Cami s'efface rapidement lorsque je lis le nom de mon frère sur l'écran. Je ne lui ai pas parlé depuis sa dernière visite à l'appartement. J'hésite une seconde à ignorer son appel, mais finis par décrocher.

— Salut.

— Salut, p'tit frère. On peut se voir ?
— Pourquoi ?
— J'aimerais te parler. On peut se retrouver au panneau ?

Je reste silencieux un moment, pesant le pour et le contre de ce rendez-vous.

— S'il te plaît.

La voix de Liam se casse sur ces mots, comme si ça lui coûtait de les prononcer.

— OK. Je serai là dans vingt minutes.
— Merci, frangin.

Pour la première fois en une semaine, je me débarrasse de mon jogging et enfile un jean et un pull noir.

Je prends la route avec une boule au ventre. Un goût âcre imprègne ma bouche et me donne envie de faire demi-retour. Mais bientôt, le panneau publicitaire se dresse devant moi. Je ne peux plus reculer.

Je grimpe sur la plateforme pour retrouver Liam. Il fume une cigarette en contemplant la ville immobile en-dessous. Je m'accoude à la barrière de sécurité près de lui. Nous restons silencieux un moment, le poids de notre dernière conversation flottant au-dessus de nous.

— Salut, finit-il par dire en jetant sa cigarette d'une pichenette.

Je la regarde tourbillonner vers le sol, l'air absent.

— Salut, réponds-je à mon tour.
— Quoi de neuf ?

Je hausse les épaules.

— Cami m'a largué. J'espère que tu es content.
— Tu sais très bien que non.

— Ah oui ?, demandé-je ironique en me tournant vers lui. C'est pour ça que tu l'as menacée la dernière fois que l'on s'est vus ?

— Ce n'était pas une menace...

— Je crois bien que si. Mais peu importe. Tu as eu ce que tu voulais. Elle n'est plus là et je vais continuer à travailler pour toi.

Je le vois secouer la tête frénétiquement.

— C'est fini, confirme-t-il.

— Oui. Elle est partie.

Il m'attrape l'épaule et me fait pivoter face à lui.

— Je ne parle pas de Cami et toi. Je parle de mon business. Je me retire. Tu avais raison. Cette merde ne pouvait pas continuer longtemps. J'ai trop à perdre pour ça. Et même, j'ai déjà trop perdu à cause de ça.

Je suis abasourdi.

— Vraiment ? Tu arrêtes ? m'étonné-je.

— Ouais.

Je vois la détermination sur le visage de mon frère, pourtant j'ai du mal à y croire.

— Qu'est-ce qui t'a fait changer d'avis ?

— Toi... entre autres.

— Jamie ?

À son tour, il hausse les épaules.

— Un peu, oui. Je lui ai promis de changer. Pas pour lui, mais pour moi. Et pour toi, aussi.

— Merci.

Ses mots semblent sincères. Je sens mon cœur se serrer à la perspective des changements qui arrivent. Mais une question me tourmente.

— Et tu vas faire quoi maintenant ?

— Je vais partir.

Trois mots tout simples qui, pourtant, résonnent comme une victoire sous mon crâne.

— Où ça ?

— Je ne sais pas encore. Loin. Loin d'ici, loin de toi. Ta copine avait raison. James avait raison. J'ai envie de faire ce qui est le mieux pour toi. Tu es mon petit frère, et malgré toutes ces années où je t'ai entraîné avec moi, je ne t'ai jamais voulu de mal. Je crois qu'il est temps qu'on prenne un nouveau départ, tous les deux. Et le mieux pour ça est que je m'éloigne de toi. Je quitte la ville en fin de semaine.

— On pourra rester en contact ?

— Bien sûr. Je serai toujours prêt à t'écouter te plaindre de Cami qui te mène par le bout du nez.

— Je... je ne suis pas sûr que ça arrivera.

— Je suis sûr du contraire. Accroche-toi à elle. Tu n'en trouveras pas deux comme elle. Et c'est moi qui te le dis ! C'est un sacré bout de femme que tu nous as trouvé là, très coriace.

— Ouais, je sais, dis-je en riant.

— Ne la laisse pas partir.

J'acquiesce silencieusement.

Nous restons face à face, un sourire complice aux lèvres. Ni lui ni moi ne savons comment gérer la future séparation à venir. Même si c'est un au revoir et non un adieu, le voir partir me fait plus mal que je ne le pensais.

— Allez, viens là, petit frère.

Sur ces mots, il me prend dans ses bras. Son accolade chaleureuse me ramène plusieurs années en arrière, quand il n'y avait pas de business entre nous. Mais seulement lui et moi. Contre le reste du monde.

À ce moment-là, je ne sais pas quand je le reverrai, mais je sais que tout ira bien pour nous.

46
Cami

Mon cœur a fini par parler.

Le manque est si douloureux, si brutal, que j'ai besoin de le revoir, besoin de lui parler. Et au diable tous mes doutes.

Il est presque 21h00 lorsque je sonne chez Alex. J'attends quelques minutes, une boule de stress coincée dans mon ventre. Mais la porte ne s'ouvre pas. Je fais une nouvelle tentative, tout aussi infructueuse.

Je rebrousse chemin en composant le numéro de Jamie.

— Salut, Cam.

— Salut. Dis-moi, est-ce que tu saurais où est Alex ? Il n'est pas chez lui et je n'arrive pas à le joindre.

Il ne répond pas tout de suite. Je le sens hésitant à l'autre bout du fil.

— Tu n'as pas envie de savoir où il est, finit-il par dire.

— Tente quand même.

— Il fait une *race*.

Je m'y attendais, mais je sens quand même un pincement dans ma poitrine en imaginant Alex là-bas.

— Envoie-moi l'adresse.

— Cam, ce n'est pas une bonne idée. Ça craint là-bas. Vraiment.

— S'il te plaît, Jay, j'ai besoin de lui parler.

— Je n'ai pas envie que tu te retrouves au milieu des ennuis.

— Ça n'arrivera pas, parce qu'Alex sera là. S'il te plaît ?

À force de persuasion, Jamie me donne finalement l'adresse. Je suis étonnée de constater que cette *race* a lieu à seulement quelques kilomètres du campus.

Je lance un appel à l'aide à Emi qui débarque chez moi quelques minutes plus tard, accompagnée de Rachel. Je leur explique la situation et, en un rien de temps, nous nous retrouvons en voiture, en route pour rejoindre l'homme que j'aime.

❀

Alex

Nous sommes alignés sur la ligne de départ. Les moteurs des voitures vrombissent déjà en chœur. Cela fait des semaines que je n'ai pas couru et je dois dire que la sensation m'a manqué. Les phalanges serrées sur le volant, je m'apprête à mettre la misère à tous ces types, incluant Taron qui me nargue depuis la voiture voisine.

Quand le départ est lancé, je me lâche sur la pédale d'accélération, faisant soulever la poussière. Je prends rapidement la tête, talonné par Taron et sa caisse. Les virages serrés s'enchaînent et je ne perds pas ma place de premier. Je reste concentré sur la route, anticipant la moindre boucle. Je suis dans ma bulle.

Je jette un rapide coup d'œil aux spectateurs qui nous encouragent depuis le bord de la route, lorsque je crois avoir une hallucination. Une tête blonde dépasse de la foule, tentant de se faufiler jusqu'au premier rang.

Putain.

Elle est *là.*

Je repose mon regard sur la route, la dépassant en un rien de temps. Je me remets dans la course, mais mon esprit est ailleurs. Il est auprès d'elle. Elle qui est venue me voir.

Je continue de courir, mais l'envie et la soif de victoire ont disparu. Je perds ma concentration, enchaînant les erreurs qui sont fatales sur mon classement. Les autres concurrents me dépassent, mais je me rends compte que je n'en ai rien à faire. Je m'en fiche de perdre cette course. Parce que la seule chose qui importe est au milieu de la foule et j'ai juste envie d'aller la retrouver.

En un coup de volant, je me retrouve garé sur le bas-côté. Je sors en trombe de ma voiture et me mets à courir le long du parcours. Je scanne les visages de chaque spectateur, espérant repérer ses cheveux dorés et ses yeux bleus. Je commence à désespérer quand, soudain, j'entends mon nom. Et enfin, elle est là, fendant la foule pour me rejoindre.

— Cam, dis-je dans un souffle, épuisé après ma course effrénée.

— Salut.

Elle me sourit et c'est la plus belle chose qui soit.

Sans un mot, je la prends par la main et l'entraîne vers ma voiture. En partant loin de la foule, loin de la course et des sensations de celle-ci, je me rends compte que je n'ai plus besoin de tout ça. Parce que la seule chose qui compte est assise à côté de moi.

❃

Cami

Nous roulons dans le silence. La présence d'Alex me réconforte. Pour l'instant, nous n'avons pas besoin de mots pour nous parler.

Bientôt, le panneau publicitaire apparaît devant nous. Nous grimpons là-haut, sans un bruit, avant de nous accouder à la rambarde en admirant la vue.

— Tu es venue.

La voix d'Alex perce dans le silence de la nuit. Je me tourne vers lui, regardant son beau visage éclairé par les lumières de la ville.

— Je voulais te voir.
— Je suis là.

Trois mots qui ont beaucoup résonné pour moi depuis que j'ai rencontré Alex. Je lui prends la main et la serre, lui retournant ses mots.

— Je suis désolée de t'avoir rejeté lorsque tu es venu me voir, commencé-je, nerveuse. Je... je n'étais pas prête à t'entendre. Mais aujourd'hui, je le suis. Alors, je veux savoir ce que tu avais à me dire devant la BU.

— OK.

Il prend une grande inspiration et presse à son tour ma main.

— Je tiens à m'excuser pour ce que je t'ai dit. J'étais en colère pour des raisons injustifiées et je n'en pensais pas un mot. Je t'ai hurlé dessus alors que j'aurais dû te remercier, d'autant plus que tu avais vu juste concernant Liam.

Il marque une pause, captant mon regard.

— J'ai besoin de savoir si je me trompe en disant que je n'ai pas tout gâché entre nous. Qu'il y a une once d'espoir pour que tu pardonnes à cet idiot qui est fou amoureux de toi.

Mon cœur explose.

— Regarde-moi et dis-moi que tu ressens la même chose. Que je ne suis pas fou si j'affirme que, malgré nos disputes et nos mésententes, nous sommes faits l'un pour l'autre. Aussi cliché que ça puisse être, nous sommes deux âmes sœurs qui ont passé leur vie à se chercher mutuellement, et aujourd'hui on est en train de tout foutre en l'air. J'ai tout foutu en l'air.

— Alex...

— Je suis désolé d'avoir été un sale con et de nous avoir séparés. Je ne peux plus être loin de toi. Je t'aime Camryn Cynisme Blue, plus que je n'ai jamais et n'aimerai jamais personne.

Les larmes lui coulent à présent sur le visage. Il fouille dans la poche de sa veste et me tend notre billet de 20£.

— À toi.

À contrecœur, je lui prends le billet et, sous ses yeux ébahis, le déchire d'un geste sec.

— Je n'ai pas besoin de ça pour te dire à quel point tu m'as manqué, Alex. À quel point je ne veux plus vivre sans toi, plus revivre ton absence loin de moi, plus revivre les mêmes erreurs que nous avons faites. Tu avais raison, nous *sommes* une putain d'évidence. Et rien ne pourra changer quoi que ce soit à ça. Parce que je t'aime, Alex. Je t'aime, je t'aime, je t'ai...

Je n'ai pas le temps de terminer ma phrase qu'il comble l'espace entre nous et écrase ses lèvres sur les miennes. Nous nous retrouvons comme si rien ne nous avait jamais séparés.

Ce soir-là, je m'offre tout entière à lui. Comme cette première fois, je n'ai pas peur d'être touchée, au contraire. J'en redemande. Je veux qu'il ne cesse jamais de m'embrasser, de me caresser, de me dire à quel point je suis belle, précieuse et sexy. Sous son regard, je me sens tout ça à la fois, et bien plus.

Nous faisons l'amour dans un moment en parfaite osmose, en parfaite harmonie. Nous ne formons qu'un.

Je lui répète que je l'aime, sans jamais me lasser du goût de ces mots sur mes lèvres.

C'est bon d'*aimer* et d'*être aimée*.

C'est parfaitement bon.

Épilogue
Cami

Deux mois plus tard

La chaleur de ce premier jour des vacances de printemps nous accueille lorsque nous retrouvons Cillian et le reste de son groupe de promo au Queens Park. Ils ont déjà installé tout le matériel de tournage lorsque toute la bande et moi débarquons pour jouer les figurants dans leur court métrage.

En tant que réalisateur du projet, Cillian nous donne ses directives pour chaque scène où nous allons apparaître. Heureusement pour moi, je ne suis présente que dans une scène. Assise sur un banc, je feins de discuter avec Jamie et Emi tandis que les acteurs principaux jouent devant nous. La scène terminée, je rejoins Alex qui, lui, devait faire semblant de faire un jogging.

— Je ne suis pas sûr que ma carrière d'acteur décolle avec ce rôle, plaisante-t-il en me déposant un baiser sur le front.

— Pourtant tu jouais super bien le joggeur. À croire que ce rôle était fait pour toi.

Nous rions en chœur avant d'aller observer les autres qui continuent le tournage.

J'ai du mal à croire tout ce qui s'est passé en l'espace de six mois. J'ai commencé l'Université en espérant que ce nouveau départ arrive à me changer, à me guérir. Au fond de moi, cet espoir était vain, et pourtant... Me voici, à tourner un court métrage avec des personnes qui ont atterri par hasard dans ma vie et qui sont, aujourd'hui, devenues indispensables.

Emi, Jameson, Cillian, Jasmine, autant de caractères et personnalités que j'ai appris à découvrir et à aimer.

Lily et Rachel, qui sont là depuis tellement longtemps et qui, j'espère, ne disparaîtront jamais. Car j'ai besoin d'elle comme j'ai besoin de respirer. Malgré mes erreurs et mes mensonges, elles ne m'ont pas jugée et, au contraire, m'ont soutenue dans mes choix. Avec le recul, je me rends compte que je n'aurais pas dû leur cacher la vérité sur mon passé aussi longtemps. Je me voilais la face en me disant que je le faisais pour les protéger. En réalité, c'est moi que je protégeais. Parce que j'avais peur de m'ouvrir, peur qu'elles me voient différemment, peur qu'en parler à nouveau après autant de temps me brise complètement. Mais finalement, c'est ce qui m'a aidée à avancer.

Je continue de voir régulièrement ma psychologue qui m'aide dans ce sens. J'ai compris que je ne guérirai peut-être jamais de ce traumatisme, mais, aujourd'hui, ce n'est plus ce qui compte. Car j'apprends à vivre avec mes blessures. Même si c'est parfois difficile, je commence à enfin les appréhender.

Et puis, il y a Alex. Le cliché ambulant, comme je l'appelais. Maintenant, je réalise à quel point j'avais tort. J'ai refoulé mes sentiments pour lui par crainte, parce que je n'étais jamais tombée amoureuse et que, dans mon inconscient, l'amour rimait avec la violence. C'est ce que m'avait appris mon père.

Mais l'amour ce n'est pas ça. L'amour, c'est comprendre l'autre, accepter tout de lui, se sentir capable de faire n'importe quoi pour le rendre heureux. L'amour, c'est se donner entièrement sans avoir peur. C'est faire confiance. Et bordel, ce que j'aime Alex.

Je mentirais si je disais que c'est tous les jours faciles. On a des hauts et des bas, comme dans toute relation. Mais les moments où nous nous retrouvons et nous aimons passionnément sont les plus merveilleux, et c'est ce qui importe.

Les crises d'Alex n'ont pas cessé, mais elles sont beaucoup plus rares et moins brutales. Il parvient à les maîtriser et, lorsqu'elles sont trop fortes pour lui, je prends le relai et l'apaise en étant simplement là.

Je regarde Alex, les yeux emplis d'un amour que je ne pourrais jamais décrire tant il est puissant. Et je sais, à ce moment-là, que tout ira bien. Parce que c'est lui et moi.

Et que nous sommes une putain d'évidence.

Numéros importants

Les personnes victimes de violences peuvent contacter le **3919** (numéro pour la France), le **0 800 30 030** (pour la Belgique), le **0840 110 110** (pour la Suisse).

Gratuits et anonymes, ces numéros de téléphone sont accessibles 24h/24 et 7 jours sur 7. La plateforme d'écoute des victimes de violences conjugales, sexistes et sexuelles est donc joignable sans interruption.

Il existe également des centres d'accueil pour les personnes violentées et leurs enfants un peu partout sur les territoires français, belges et suisses, proposant accueil, hébergement, conseils, accompagnement.

Vous n'êtes pas seul.es.

Remerciements

Certainement la partie que je redoutais le plus. Donc, par avance, je m'excuse auprès des personnes que j'aurais oubliées.

Tout d'abord, je remercie chaudement mes bêta-lectrices qui ont su sortir le meilleur de ce roman : Sabrina (mon binôme de WordCamp) et mes copines du book club rouennais, Sarah et Aimie, encore merci les filles !

Merci à Axelle et à ma sœur pour leurs corrections précieuses.

Merci à Ines et Samira qui m'ont aidée pour les notions de portugais.

Petit clin d'œil à Johanne qui m'a aidée à trouver le prénom de Jamie.

Merci à toutes les personnes de mon entourage (les copaing, je ne vous oublie pas !) qui ont su me redonner confiance en moi et me remotiver quand ça n'allait pas.

À toutes mes copines du book club qui ont été d'un soutien sans faille, croyant plus en ce roman que moi.

Merci surtout à mon chéri sans qui j'aurais certainement abandonné ce projet de roman...

Pour terminer, je vous remercie d'avance, vous, cher.e lecteur.rice, qui aura choisi de découvrir l'histoire de Camryn et d'Alexander. Cette histoire et ces personnages ont été miens pendant deux ans et demi et je suis heureuse, aujourd'hui, qu'ils soient désormais à vous.

Enfin, une dernière pensée pour toi, mamie, avec ton expertise de 35 ans dans l'imprimerie, qui t'était plainte de l'impression de la première version, mais qui était quand même si fière de la montrer à tout le monde. J'espère que tu aurais aimé cette seconde version.

À propos de l'autrice

Solenne Dauriac est une jeune autrice normande de 26 ans avec de l'imagination à revendre. Passionnée de lecture, elle partage sur les réseaux sociaux ses avis livresques sous le pseudonyme « finchisreading ».

Son inspiration se trouve dans les romans qu'elle dévore, dans la Pop Culture qu'elle aime et dans les voyages qu'elle fait.

« Perfectly Wrong for Me » est son premier roman.